MANESSE BIBLIOTHEK DER WELTLITERATUR

ROSEN

TEXTE AUS DER WELTLITERATUR

Herausgegeben
von Anne Marie Fröhlich

Mit 19 Illustrationen

MANESSE VERLAG
ZÜRICH

CHRISTIAN MORGENSTERN

1871–1914

Von den heimlichen Rosen

Oh, wer um alle Rosen wüßte,
die rings in stillen Gärten stehn –
oh, wer um alle wüßte, müßte
wie im Rausch durchs Leben gehn.

Du brichst hinein mit rauhen Sinnen,
als wie ein Wind in einen Wald –
und wie ein Duft wehst du von hinnen,
dir selbst verwandelte Gestalt.

Oh, wer um alle Rosen wüßte,
die rings in stillen Gärten stehn –
Oh, wer um alle wüßte, müßte
wie im Rausch durchs Leben gehn.

HERMANN HESSE

1877–1962

Heumond

Das Landhaus Erlenhof lag nicht weit vom Wald und Gebirge in der hohen Ebene.

Vor dem Hause war ein großer Kiesplatz, in den die Landstraße mündete. Hier konnten die Wagen vorfahren, wenn Besuch kam. Sonst lag der viereckige Platz immer leer und still und schien dadurch noch größer, als er war, namentlich bei gutem Sommerwetter, wenn das blendende Sonnenlicht und die heiße Zitterluft ihn so anfüllten, daß man nicht daran denken mochte, ihn zu überschreiten.

Der Kiesplatz und die Straße trennten das Haus vom Garten. «Garten» sagte man wenigstens, aber es war vielmehr ein mäßig großer Park, nicht sehr breit, aber tief, mit stattlichen Ulmen, Ahornen und Platanen, gewundenen Spazierwegen, einem jungen Tannendickicht und vielen Ruhebänken. Dazwischen lagen sonnige, lichte Rasenstücke, einige leer und einige mit Blumenrondells oder Ziersträuchern geschmückt, und in dieser heiteren, warmen Rasenfreiheit standen allein und auffallend zwei große einzelne Bäume.

Der eine war eine Trauerweide. Um ihren

Stamm lief eine schmale Lattenbank, und ringsum hingen die langen, seidig zarten, müden Zweige so tief und dicht herab, daß es innen ein Zelt oder Tempel war, wo trotz des ewigen Schattens und Dämmerlichtes eine stete, matte Wärme brütete.

Der andere Baum, von der Weide durch eine niedrig umzäunte Wiese getrennt, war eine mächtige Blutbuche. Sie sah von weitem dunkelbraun und fast schwarz aus. Wenn man jedoch näher kam oder sich unter sie stellte und emporschaute, brannten alle Blätter der äußeren Zweige, vom Sonnenlichte durchdrungen, in einem warmen, leisen Purpurfeuer, das mit verhaltener und feierlich gedämpfter Glut wie in Kirchenfenstern leuchtete. Die alte Blutbuche war die berühmteste und merkwürdigste Schönheit des großen Gartens, und man konnte sie von überall her sehen. Sie stand allein und dunkel mitten in dem hellen Graslande, und sie war hoch genug, daß man, wo man auch vom Park aus nach ihr blickte, ihre runde, feste, schön gewölbte Krone mitten im blauen Luftraum stehen sah, und je heller und blendender die Bläue war, desto schwärzer und feierlicher ruhte der Baumwipfel in ihr. Er konnte je nach der Witterung und Tageszeit sehr verschieden aussehen. Oft sah man ihm an, daß er wußte, wie schön er sei, und daß er nicht ohne Grund allein und stolz weit von den anderen Bäumen stehe. Er brüstete sich und blickte kühl über alles hinweg in den Himmel. Oft auch sah er aber aus, als wisse er wohl, daß er der einzige seiner Art im Garten sei und keine Brüder habe. Dann schaute er zu den übrigen, entfernten Bäumen hinüber, suchte und hatte Sehnsucht. Morgens war er am schönsten, und auch abends, bis die Sonne rot wurde, aber dann war er plötzlich gleichsam erloschen, und es schien an seinem Orte eine Stunde früher Nacht zu werden als sonst überall. Das eigentümlichste und düsterste Aussehen hatte er jedoch an Regentagen. Während die anderen Bäume atmeten und sich reckten und freudig mit hellerem Grün erprangten, stand er wie tot in seiner Einsamkeit, vom Wipfel bis zum Boden schwarz anzusehen. Ohne daß er zitterte, konnte man doch sehen, daß er fror und daß er mit Unbehagen und Scham so allein und preisgegeben stand.

Früher war der regelmäßig angelegte Lustpark ein strenges Kunstwerk gewesen. Als dann aber Zeiten kamen, in welchen den Menschen ihr mühseliges Warten und Pflegen und Beschneiden verleidet war und niemand mehr nach den mit Mühe hergepflanzten Anlagen fragte, waren die Bäume auf sich selber angewiesen. Sie hatten Freundschaft untereinander geschlossen, sie hatten ihre kunstmäßige, isolierte Rolle vergessen, sie hatten sich in der Not ihrer alten Waldheimat erinnert, sich aneinandergelehnt, mit den Armen umschlungen und gestützt. Sie hatten die schnurgeraden Wege mit dickem Laub verborgen und mit ausgreifenden Wurzeln an sich gezogen und in nährenden Waldboden verwandelt, ihre Wipfel ineinander verschränkt und festgewachsen, und sie sahen in ihrem Schutze ein eifrig aufstrebendes Baumvolk aufwachsen, das mit glatteren Stämmen und lichteren Laubfarben die Leere füllte, den brachen Boden eroberte und durch Schatten und Blätterfall die Erde schwarz, weich und fett machte, so daß nun auch die Moose und Gräser und kleinen Gesträuche ein leichtes Fortkommen hatten.

Als nun später von neuem Menschen herkamen und den einstigen Garten zu Rast und Lustbarkeit gebrauchen wollten, war er ein kleiner Wald geworden. Man mußte sich bescheiden. Zwar wurde der alte Weg zwischen den zwei Platanenreihen wiederhergestellt, sonst aber begnügte man sich damit, schmale und gewundene Fußwege durch das Dickicht zu ziehen, die heidigen Lichtungen mit Rasen zu besäen und an guten Plätzen grüne Sitzbänke aufzustellen. Und die Leute, deren Großväter die Platanen nach der Schnur gepflanzt und beschnitten und nach Gutdünken gestellt und geformt hatten, kamen nun mit ihren Kindern zu ihnen zu Gast und waren froh, daß in der langen Verwahrlosung aus den Alleen ein Wald geworden war, in welchem Sonne und Winde ruhen und Vögel singen und

Menschen ihren Gedanken, Träumen und Gelüsten nachhängen konnten.

Paul Abderegg lag im Halbschatten zwischen Gehölz und Wiese und hatte ein weiß und rot gebundenes Buch in der Hand. Bald las er darin, bald sah er übers Gras hinweg den flatternden Bläulingen nach. Er stand eben da, wo Frithjof über Meer fährt, Frithjof der Liebende, der Tempelräuber, der von der Heimat Verbannte. Groll und Reue in der Brust, segelt er über die ungastliche See, am Steuer stehend; Sturm und Gewoge bedrängen das schnelle Drachenschiff, und bitteres Heimweh bezwingt den starken Steuermann.

Über der Wiese brütete die Wärme, hoch und gellend sangen die Grillen, und im Innern des Wäldchens sangen tiefer und süßer die Vögel. Es war herrlich, in dieser einsamen Wirrnis von Düften und Tönen und Sonnenlichtern hingestreckt in den heißen Himmel zu blinzeln oder rückwärts in die dunkeln Bäume hineinzulauschen oder mit geschlossenen Augen sich auszurecken und das tiefe, warme Wohlsein durch alle Glieder zu spüren. Aber Frithjof fuhr über Meer, und morgen kam Besuch, und wenn er nicht heute noch das Buch zu Ende las, war es vielleicht wieder nichts damit wie im vorigen Herbst. Da war er auch hier gelegen und hatte die Frithjofsage angefangen, und es war auch Besuch gekommen, und mit dem Lesen hatte es ein Ende gehabt. Das Buch war dageblieben, er aber ging in der Stadt in seine Schule und dachte zwischen Homer und Tacitus beständig an das angefangene Buch und was im Tempel geschehen würde mit dem Ring und der Bildsäule.

Er las mit neuem Eifer, halblaut, und über ihm lief ein schwacher Wind durch die Ulmenkronen, sang das Gevögel und flogen die gleißenden Falter, Mücken und Bienen. Und als er zuklappte und in die Höhe sprang, hatte er das Buch zu Ende gelesen, und die Wiese war voll Schatten, und am hellroten Himmel erlosch der Abend. Eine müde Biene setzte sich auf seinen Ärmel und ließ sich tragen. Die Grillen sangen noch immer. Paul ging schnell davon, durchs Gebüsch und den Platanenweg und dann über die Straße und den stillen Vorplatz ins Haus. Er war schön anzusehen, in der schlanken Kraft seiner sechzehn Jahre, und den Kopf hatte er mit stillen Augen gesenkt, noch von den Schicksalen des nordischen Helden erfüllt und zum Nachdenken genötigt.

Die Sommerstube, wo man die Mahlzeiten hielt, lag zuhinterst im Hause. Sie war eigentlich eine Halle, vom Garten nur durch eine Glaswand getrennt, und sprang geräumig als ein kleiner Flügel aus dem Hause vor. Hier war nun der eigentliche Garten, der von alters her «am See» genannt wurde, wenngleich statt eines Sees nur ein kleiner, länglicher Teich zwischen den Beeten, Spalierwänden, Wegen und Obstpflanzungen lag. Die aus der Halle ins Freie führende Treppe war von Oleandern und Palmen eingefaßt, im übrigen sah es «am See» nicht herrschaftlich, sondern behaglich ländlich aus.

«Also morgen kommen die Leutchen», sagte der Vater. «Du freust dich hoffentlich, Paul?»

«Ja, schon.»

«Aber nicht von Herzen? Ja, mein Junge, da ist nichts zu machen. Für uns paar Leute ist ja Haus und Garten viel zu groß, und für niemand soll doch die ganze Herrlichkeit nicht da sein! Ein Landhaus und ein Park sind dazu da, daß fröhliche Menschen drin herumlaufen, und je mehr, desto besser. Übrigens kommst du mit solenner Verspätung. Suppe ist nimmer da.»

Dann wandte er sich an den Hauslehrer.

«Verehrtester, man sieht Sie ja gar nie im Garten. Ich hatte immer gedacht, Sie schwärmen fürs Landleben.»

Herr Homburger runzelte die Stirn.

«Sie haben vielleicht recht. Aber ich möchte die Ferienzeit doch möglichst zu meinen Privatstudien verwenden.»

«Alle Hochachtung, Herr Homburger! Wenn einmal Ihr Ruhm die Welt erfüllt, lasse ich eine Tafel unter Ihrem Fenster anbringen. Ich hoffe bestimmt, es noch zu erleben.»

Der Hauslehrer verzog das Gesicht. Er war sehr nervös.

Gabriel Rollenhagen

Aionion kai proskairon.

Ewig der Kreis, vergänglich die Rose.

«Sie überschätzen meinen Ehrgeiz», sagte er frostig. «Es ist mir durchaus einerlei, ob mein Name einmal bekannt wird oder nicht. Was die Tafel betrifft...»

«Oh, seien Sie unbesorgt, lieber Herr! Aber Sie sind entschieden zu bescheiden. Paul, nimm dir ein Muster!»

Der Tante schien es nun an der Zeit, den Kandidaten zu erretten. Sie kannte diese Art von höflichen Dialogen, die dem Hausherrn so viel Vergnügen machten, und sie fürchtete sie. Indem sie Wein anbot, lenkte sie das Gespräch in andere Gleise und hielt es darin fest.

Es war hauptsächlich von den erwarteten Gästen die Rede. Paul hörte kaum darauf. Er aß nach Kräften und besann sich nebenher wieder einmal darüber, wie es käme, daß der junge Hauslehrer neben dem fast grauhaarigen Vater immer aussah, als sei er der Ältere.

Vor den Fenstern und Glastüren begannen Garten, Baumland, Teich und Himmel sich zu verwandeln, vom ersten Schauer der heraufkommenden Nacht berührt. Die Gebüsche wurden schwarz und rannen in dunkle Wogen zusammen, und die Bäume, deren Wipfel die ferne Hügellinie überschnitten, reckten sich mit ungeahnten, bei Tage nie gesehenen Formen dunkel und mit einer stummen Leidenschaft in den lichteren Himmel. Die vielfältige, fruchtbare Landschaft verlor ihr friedlich buntes zerstreutes Wesen mehr und mehr und rückte in großen, fest geschlossenen Massen zusammen. Die entfernten Berge sprangen kühner und entschlossener empor, die Ebene lag schwärzlich hingebreitet und ließ nur noch die stärkeren Schwellungen des Bodens durchfühlen. Vor den Fenstern kämpfte das noch vorhandene Tageslicht müde mit dem herabfallenden Lampenschimmer.

Paul stand in dem offenen Türflügel und schaute zu, ohne viel Aufmerksamkeit und ohne viel dabei zu denken. Er dachte wohl, aber nicht an das, was er sah. Er sah es Nacht werden. Aber er konnte nicht fühlen, wie schön es war. Er war zu jung und lebendig, um so etwas hinzunehmen und zu betrachten und sein Genüge daran zu finden. Woran er dachte, das war eine Nacht am nordischen Meer. Am Strande zwischen schwarzen Bäumen wälzt der düster lodernde Tempelbrand Glut und Rauch gen Himmel, an den Felsen bricht sich die See und spiegelt wilde rote Lichter, im Dunkel enteilt mit vollen Segeln ein Wikingerschiff.

«Nun, Junge», rief der Vater, «was hast du denn heut wieder für einen Schmöker draußen gehabt?»

«Oh, den Frithjof!»

«So, so, lesen das die jungen Leute noch immer? Herr Homburger, wie denken Sie darüber? Was hält man heutzutage von diesem alten Schweden? Gilt er noch?»

«Sie meinen Esajas Tegner?»

«Ja, richtig, Esajas. Nun?»

«Ist tot, Herr Abderegg, vollkommen tot.»

«Das glaub' ich gerne! Gelebt hat der Mann schon zu meinen Zeiten nicht mehr, ich meine damals, als ich ihn las. Ich wollte fragen, ob er noch Mode ist.»

«Ich bedaure, über Mode und Moden bin ich nicht unterrichtet. Was die wissenschaftlich-ästhetische Wertung betrifft...»

«Nun ja, das meinte ich. Also die Wissenschaft...?»

«Die Literaturgeschichte verzeichnet jenen Tegner lediglich noch als Namen. Er war, wie Sie sehr richtig sagten, eine Mode. Damit ist ja alles gesagt. Das Echte, Gute ist nie Mode gewesen, aber es lebt. Und Tegner ist, wie ich sagte, tot. Er existiert für uns nicht mehr. Er scheint uns unecht, geschraubt, süßlich...»

Paul wandte sich heftig um.

«Das kann doch nicht sein, Herr Homburger!»

«Darf ich fragen, warum nicht?»

«Weil es schön ist! Ja, es ist einfach schön.»

«So? Das ist aber doch kein Grund, sich so aufzuregen.»

«Aber Sie sagen, es sei süßlich und habe keinen Wert. Und es ist doch wirklich schön.»

«Meinen Sie? Ja, wenn Sie so felsenfest wissen, was schön ist, sollte man Ihnen einen Lehrstuhl einräumen. Aber wie Sie sehen, Paul – diesmal stimmt Ihr Urteil nicht mit der Ästhetik. Sehen Sie, es ist gerade umgekehrt wie mit Thukydides. Den findet die Wissenschaft schön, und Sie finden ihn schrecklich. Und den Frithjof...»

«Ach, das hat doch mit der Wissenschaft nichts zu tun.»

«Es gibt nichts, schlechterdings nichts in der Welt, womit die Wissenschaft nicht zu tun hätte. – Aber, Herr Abderegg, Sie erlauben wohl, daß ich mich empfehle.»

«Schon?»

«Ich sollte noch etwas schreiben.»

«Schade, wir wären gerade so nett ins Plaudern gekommen. Aber über alles die Freiheit! Also gute Nacht!»

Herr Homburger verließ das Zimmer höflich und steif und verlor sich geräuschlos im Korridor.

«Also die alten Abenteuer haben dir gefallen, Paul?» lachte der Hausherr. «Dann laß sie dir von keiner Wissenschaft verhunzen, sonst geschieht's dir recht. Du wirst doch nicht verstimmt sein?»

«Ach, es ist nichts. Aber weißt du, ich hatte doch gehofft, der Herr Homburger würde nicht mit aufs Land kommen. Du hast ja gesagt, ich brauche in diesen Ferien nicht zu büffeln.»

«Ja, wenn ich das gesagt habe, ist's auch so, und du kannst froh sein. Und der Herr Lehrer beißt dich ja nicht.»

«Warum mußte er denn mitkommen?»

«Ja, siehst du, Junge, wo hätt' er denn sonst bleiben sollen? Da, wo er daheim ist, hat er's leider nicht sonderlich schön. Und ich will doch auch mein Vergnügen haben! Mit unterrichteten und gelehrten Männern verkehren ist Gewinn, das merke dir. Ich möchte unsern Herrn Homburger nicht gern entbehren.»

«Ach, Papa, bei dir weiß man nie, was Spaß und was Ernst ist.»

«So lerne es unterscheiden, mein Sohn. Es wird dir nützlich sein. Aber jetzt wollen wir noch ein bißchen Musik machen, nicht?»

Paul zog den Vater sogleich freudig ins nächste Zimmer. Es geschah nicht häufig, daß Papa unaufgefordert mit ihm spielte. Und das war kein Wunder, denn er war ein Meister auf dem Klavier, und der Junge konnte, mit ihm verglichen, nur eben so ein wenig klimpern.

Tante Grete blieb allein zurück. Vater und Sohn gehörten zu den Musikanten, die nicht gerne einen Zuhörer vor der Nase haben, aber gerne einen unsichtbaren, von dem sie wissen, daß er nebenan sitzt und lauscht. Das wußte die Tante wohl. Wie sollte sie es auch nicht wissen? Wie sollte ihr irgendein kleiner, zarter Zug an den beiden fremd sein, die sie seit Jahren mit Liebe umgab und behütete und die sie beide wie Kinder ansah.

Sie saß ruhend in einem der biegsamen Rohrsessel und horchte. Was sie hörte, war eine vierhändig gespielte Ouvertüre, die sie gewiß nicht zum ersten Mal vernahm, deren Namen sie aber nicht hätte sagen können; denn so gern sie Musik hörte, verstand sie doch wenig davon. Sie wußte, nachher würde der Alte oder der Bube beim Herauskommen fragen: «Tante, was war das für ein Stück?» Dann würde sie sagen: «von Mozart» oder «aus ‹Carmen›» und dafür ausgelacht werden, denn es war immer etwas anderes gewesen.

Sie horchte, lehnte sich zurück und lächelte. Es war schade, daß niemand es sehen konnte, denn ihr Lächeln war von der echten Art. Es geschah weniger mit den Lippen als mit den Augen; das ganze Gesicht, Stirn und Wangen glänzten innig mit, und es sah aus wie ein tiefes Verstehen und Liebhaben.

Sie lächelte und horchte. Es war eine schöne Musik, und sie gefiel ihr höchlich. Doch hörte sie keineswegs die Ouvertüre allein, obwohl sie ihr zu folgen versuchte. Zuerst bemühte sie sich herauszubringen, wer oben sitze und wer unten. Paul saß unten, das hatte sie bald erhorcht. Nicht daß es gehapert hätte, aber die oberen Stimmen klangen so leicht und kühn und sangen so von innen heraus, wie kein Schüler spielen kann. Und nun konnte sich die Tante alles vorstellen. Sie sah die zwei am Flügel sitzen. Bei prächtigen Stellen sah sie den Vater zärtlich schmunzeln.

Paul aber sah sie bei solchen Stellen mit geöffneten Lippen und flammenden Augen sich auf dem Sessel höher recken. Bei besonders heiteren Wendungen paßte sie auf, ob Paul nicht lachen müsse. Dann schnitt nämlich der Alte manchmal eine Grimasse oder machte so eine burschikose Armbewegung, daß es für junge Leute nicht leicht war, an sich zu halten.

Je weiter die Ouvertüre vorwärtsgedieh, desto deutlicher sah das Fräulein ihre beiden vor sich, desto inniger las sie in ihren vom Spielen erregten Gesichtern. Und mit der raschen Musik lief ein großes Stück Leben, Erfahrung und Liebe an ihr vorbei.

Es war Nacht, man hatte einander schon «Schlaf wohl» gesagt, und jeder war in sein Zimmer gegangen. Hier und dort ging noch eine Türe, ein Fenster auf oder zu. Dann ward es still.

Was auf dem Lande sich von selber versteht, die Stille der Nacht, ist doch für den Städter immer wieder ein Wunder. Wer aus seiner Stadt heraus auf ein Landgut oder in einen Bauernhof kommt und den ersten Abend am Fenster steht oder im Bette liegt, den umfängt diese Stille wie ein Heimatzauber und Ruheport, als wäre er dem Wahren und Gesunden nähergekommen und spüre ein Wehen des Ewigen.

Es ist ja keine vollkommene Stille. Sie ist voll von Lauten, aber es sind dunkle, gedämpfte, geheimnisvolle Laute der Nacht, während in der Stadt die Nachtgeräusche sich von denen des Tages so bitter wenig unterscheiden. Es ist das Singen der Frösche, das Rauschen der Bäume, das Plätschern des Baches, der Flug eines Nachtvogels, einer Fledermaus. Und wenn etwa einmal ein verspäteter Leiterwagen vorüberjagt oder ein Hofhund anschlägt, so ist es ein erwünschter Gruß des Lebens und wird majestätisch von der Weite des Luftraums gedämpft und verschlungen.

Der Hauslehrer hatte noch Licht brennen und ging unruhig und müde in der Stube auf und ab. Er hatte den ganzen Abend bis gegen Mitternacht gelesen. Dieser junge Herr Homburger war nicht, was er schien oder scheinen wollte. Er war kein Denker. Er war nicht einmal ein wissenschaftlicher Kopf. Aber er hatte einige Gaben, und er war jung. So konnte es ihm, in dessen Wesen es keinen befehlenden und unausweichlichen Schwerpunkt gab, an Idealen nicht fehlen.

Zur Zeit beschäftigten ihn einige Bücher, in welchen merkwürdig schmiegsame Jünglinge sich einbildeten, Bausteine zu einer neuen Kultur aufzutürmen, indem sie in einer weichen, wohllauten Sprache bald Ruskin, bald Nietzsche um allerlei kleine, schöne, leicht tragbare Kleinode bestahlen. Diese Bücher waren viel amüsanter zu lesen als Ruskin und Nietzsche selber, sie waren von koketter Grazie, groß in kleinen Nuancen und von seidig vornehmem Glanze. Und wo es auf einen großen Wurf, auf Machtworte und Leidenschaft ankam, zitierten sie Dante oder Zarathustra.

Deshalb war auch Homburgers Stirn umwölkt, sein Auge müde wie vom Durchmessen ungeheurer Räume und sein Schritt erregt und ungleich. Er fühlte, daß an die ihn umgebende schale Alltagswelt allenthalben Mauerbrecher gelegt waren und daß es galt, sich an die Propheten und Bringer der neuen Seligkeit zu halten. Schönheit und Geist würden ihre Welt durchfluten, und jeder Schritt in ihr würde von Poesie und Weisheit triefen.

Vor seinen Fenstern lag und wartete der gestirnte Himmel, die schwebende Wolke, der träumende Park, das schlafend atmende Feld und die ganze Schönheit der Nacht. Sie wartete darauf, daß er ans Fenster trete und sie schaue. Sie wartete darauf, sein Herz mit Sehnsucht und Heimweh zu verwunden, seine Augen kühl zu baden, seiner Seele gebundene Flügel zu lösen. Er legte sich aber ins Bett, zog die Lampe näher und las im Liegen weiter.

Paul Abderegg hatte kein Licht mehr brennen, schlief aber noch nicht, sondern saß im Hemde auf dem Fensterbrett und schaute in die ruhigen Baumkronen hinein. Den Helden Frithjof hatte er vergessen. Er dachte überhaupt an nichts

Bestimmtes, er genoß nur die späte Stunde, deren reges Glücksgefühl ihn noch nicht schlafen ließ. Wie schön die Sterne in der Schwärze standen! Und wie der Vater heute wieder gespielt hatte! Und wie still und märchenhaft der Garten da im Dunkeln lag!

Die Juninacht umschloß den Knaben zart und dicht, sie kam ihm still entgegen, sie kühlte, was noch in ihm heiß und flammend war. Sie nahm ihm leise den Überfluß seiner Jugend ab, bis seine Augen ruhig und seine Schläfen kühl wurden, und dann blickte sie ihm lächelnd als eine gute Mutter in die Augen. Er wußte nicht mehr, wer ihn anschaue und wo er sei, er lag schlummernd auf dem Lager, atmete tief und schaute gedankenlos hingegeben in große, stille Augen, in deren Spiegel Gestern und Heute zu wunderlich verschlungenen Bildern und schwer zu entwirrenden Sagen wurden.

Auch des Kandidaten Fenster war nun dunkel. Wenn jetzt etwa ein Nachtwanderer auf der Landstraße vorüberkam und Haus und Vorplatz, Park und Garten lautlos im Schlummer liegen sah, konnte er wohl mit einem Heimweh herüberblicken und sich des ruhevollen Anblicks mit halbem Neide freuen. Und wenn es ein armer, obdachloser Fechtbruder war, konnte er unbesorgt in den arglos offenstehenden Park eintreten und sich die längste Bank zum Nachtlager aussuchen.

Am Morgen war diesmal gegen seine Gewohnheit der Hauslehrer vor allen andern wach. Munter war er darum nicht. Er hatte sich mit dem langen Lesen bei Lampenlicht Kopfweh geholt; als er dann endlich die Lampe gelöscht hatte, war das Bett schon zu warmgelegen und zerwühlt zum Schlafen, und nun stand er nüchtern und fröstelnd mit matten Augen auf. Er fühlte deutlicher als je die Notwendigkeit einer neuen Renaissance, hatte aber für den Augenblick zur Fortsetzung seiner Studien keine Lust, sondern spürte ein heftiges Bedürfnis nach frischer Luft. So verließ er leise das Haus und wandelte langsam feldeinwärts.

Überall waren schon die Bauern an der Arbeit und blickten dem ernst Dahinschreitenden flüchtig und, wie es ihm zuweilen scheinen wollte, spöttisch nach. Dies tat ihm weh, und er beeilte sich, den nahen Wald zu erreichen, wo ihn Kühle und mildes Halblicht umflossen. Eine halbe Stunde trieb er sich verdrossen dort umher. Dann fühlte er eine innere Öde und begann zu erwägen, ob es nun wohl bald einen Kaffee geben werde. Er kehrte um und lief an den schon warm besonnten Feldern und unermüdlichen Bauersleuten vorüber wieder heimwärts.

Unter der Haustür kam es ihm plötzlich unfein vor, so heftig und happig zum Frühstück zu eilen. Er wandte um, tat sich Gewalt an und beschloß, vorher noch gemäßigten Schrittes einen Gang durch die Parkwege zu tun, um nicht atemlos am Tisch zu erscheinen. Mit künstlich bequemem Schlenderschritt ging er durch die Platanenallee und wollte soeben gegen den Ulmenwinkel umwenden, als ein unvermuteter Anblick ihn erschreckte.

Auf der letzten, durch Holunderbüsche etwas versteckten Bank lag ausgestreckt ein Mensch. Er lag bäuchlings und hatte das Gesicht auf die Ellbogen und Hände gelegt. Herr Homburger war im ersten Schreck geneigt, an eine Greueltat zu denken, doch belehrte ihn bald das feste tiefe Atmen des Daliegenden, daß er vor einem Schlafenden stehe. Dieser sah abgerissen aus, und je mehr der Lehrersmann erkannte, daß er es mit einem vermutlich ganz jungen und unkräftigen Bürschlein zu tun habe, desto höher stiegen der Mut und die Entrüstung in seiner Seele. Überlegenheit und Mannesstolz erfüllten ihn, als er nach kurzem Zögern entschlossen näher trat und den Schläfer wachschüttelte.

«Stehen Sie auf, Kerl! Was machen Sie denn hier?»

Das Handwerksbürschlein taumelte erschrokken empor und starrte verständnislos und ängstlich in die Welt. Er sah einen Herrn im Gehrock befehlend vor sich stehen und besann sich eine Weile, was das bedeuten könne, bis ihm einfiel, daß er zu Nacht in einen offenen Garten eingetreten sei und dort genächtigt habe. Er hatte mit Tagesanbruch weiterwollen, nun war er verschlafen und wurde zur Rechenschaft gezogen.

«Können Sie nicht reden, was tun Sie hier?»

«Nur geschlafen hab' ich», seufzte der Angedonnerte und erhob sich vollends. Als er auf den Beinen stand, bestätigte sein schmächtiges Gliedergerüste den unfertig jugendlichen Ausdruck seines fast noch kindlichen Gesichts. Er konnte höchstens achtzehn Jahre alt sein.

«Kommen Sie mit mir!» gebot der Kandidat und nahm den willenlos folgenden Fremdling mit zum Hause hinüber, wo ihm gleich unter der Türe Herr Abderegg begegnete.

«Guten Morgen, Herr Homburger, Sie sind ja früh auf! Aber was bringen Sie da für merkwürdige Gesellschaft?»

«Dieser Bursche hat Ihren Park als Nachtherberge benützt. Ich glaubte Sie davon unterrichten zu müssen.»

Der Hausherr begriff sofort. Er schmunzelte.

«Ich danke Ihnen, lieber Herr. Offen gestanden, ich hätte kaum ein so weiches Herz bei Ihnen vermutet. Aber Sie haben recht, es ist ja klar, daß der arme Kerl zum mindesten einen Kaffee bekommen muß. Vielleicht sagen Sie drinnen dem Fräulein, sie möchte ein Frühstück für ihn herausschicken? Oder warten Sie, wir bringen ihn gleich in die Küche. – Kommen Sie mit, Kleiner, es ist schon was übrig.»

Am Kaffeetisch umgab sich der Mitbegründer einer neuen Kultur mit einer majestätischen Wolke von Ernst und Schweigsamkeit, was den alten Herrn nicht wenig freute. Es kam jedoch zu keiner Neckerei, schon weil die heute erwarteten Gäste alle Gedanken in Anspruch nahmen.

Die Tante hüpfte immer wieder sorgend und lächelnd von einer Gaststube in die andere, die Dienstboten nahmen maßvoll an der Aufregung teil oder grinsten zuschauend, und gegen Mittag setzte sich der Hausherr mit Paul in den Wagen, um zur nahen Bahnstation zu fahren.

Wenn es in Pauls Wesen lag, daß er die Unterbrechungen seines gewohnten stillen Ferienlebens durch Gastbesuche fürchtete, so war es ihm ebenso natürlich, die einmal Angekommenen nach seiner Weise möglichst kennenzulernen, ihr Wesen zu beobachten und sie sich irgendwie zu eigen zu machen. So betrachtete er auf der Heimfahrt im etwas überfüllten Wagen die drei Fremden mit stiller Aufmerksamkeit, zuerst den lebhaft redenden Professor, dann mit einiger Scheu die beiden Mädchen.

Der Professor gefiel ihm, schon weil er wußte, daß er ein Duzfreund seines Vaters war. Im übrigen fand er ihn ein wenig streng und ältlich, aber nicht zuwider und jedenfalls unsäglich gescheit. Viel schwerer war es, über die Mädchen ins reine zu kommen. Die eine war eben schlechthin ein junges Mädchen, ein Backfisch, jedenfalls ziemlich gleich alt wie er selber. Es würde nur darauf ankommen, ob sie von der spöttischen oder gutmütigen Art war, je nachdem würde es Krieg oder Freundschaft zwischen ihm und ihr geben. Im Grunde waren ja alle jungen Mädchen dieses Alters gleich, und es war mit allen gleich schwer zu reden und auszukommen. Es gefiel ihm, daß sie wenigstens still war und nicht gleich einen Sack voll Fragen auskramte.

Die andere gab ihm mehr zu raten. Sie war, was er freilich nicht zu berechnen verstand, vielleicht drei- oder vierundzwanzig und gehörte zu der Art von Damen, welche Paul zwar sehr gerne sah und von weitem betrachtete, deren näherer Umgang ihn aber scheu machte und meist in Verlegenheiten verwickelte. Er wußte an solchen Wesen die natürliche Schönheit durchaus nicht von der eleganten Haltung und Kleidung zu trennen, fand ihre Gesten und ihre Frisuren meist affektiert und vermutete bei ihnen eine Menge von überlegenen Kenntnissen über Dinge, die ihm tiefe Rätsel waren.

Wenn er genau darüber nachdachte, haßte er diese ganze Gattung. Sie sahen alle schön aus, aber sie hatten auch alle die gleiche demütigende Zierlichkeit und Sicherheit im Benehmen, die gleichen hochmütigen Ansprüche und die gleiche geringschätzende Herablassung gegen Jünglinge seines Alters. Und wenn sie lachten oder lächelten, was sie sehr häufig taten, sah es oft so unleidlich maskenhaft und verlogen aus. Darin waren die Backfische doch viel erträglicher.

Am Gespräch nahm außer den beiden Männern nur Fräulein Thusnelde - das war die Ältere, Elegante - teil. Die kleine blonde Berta schwieg ebenso scheu und beharrlich wie Paul, dem sie gegenübersaß. Sie trug einen großen, weich gebogenen, ungefärbten Strohhut mit blauen Bändern und ein blaßblaues, dünnes Sommerkleid mit losem Gürtel und schmalen weißen Säumen. Es schien, als sei sie ganz in den Anblick der sonnigen Felder und heißen Heuwiesen verloren.

Aber zwischenein warf sie häufig einen schnellen Blick auf Paul. Sie wäre noch einmal so gern mit nach Erlenhof gekommen, wenn nur der Junge nicht gewesen wäre. Er sah ja sehr ordentlich aus, aber gescheit, und die Gescheiten waren doch meistens die Widerwärtigsten. Da würde es gelegentlich so heimtückische Fremdwörter geben und auch solche herablassende Fragen, etwa nach dem Namen einer Feldblume, und dann, wenn sie ihn nicht wußte, so ein unverschämtes Lächeln und so weiter. Sie kannte das von ihren zwei Vettern, von denen einer Student und der andere Gymnasiast war, und der Gymnasiast war eher der schlimmere, einmal bubenhaft ungezogen und ein andermal von jener unausstehlich höhnischen Kavalierhöflichkeit, vor der sie so Angst hatte.

Eins wenigstens hatte Berta gelernt, und sie hatte beschlossen, sich auch jetzt auf alle Fälle daran zu halten: weinen durfte sie nicht, unter keinen Umständen. Nicht weinen und nicht zornig werden, sonst war sie unterlegen. Und das wollte sie hier um keinen Preis. Es fiel ihr tröstlich ein, daß für alle Fälle auch noch eine Tante da sein würde; an die wollte sie sich dann um Schutz wenden, falls es nötig werden sollte.

«Paul, bist du stumm?» rief Herr Abderegg plötzlich.

«Nein, Papa. Warum?»

«Weil du vergißt, daß du nicht allein im Wagen sitzt. Du könntest dich der Berta schon etwas freundlicher zeigen.»

Paul seufzte unhörbar. Also nun fing es an.

«Sehen Sie, Fräulein Berta, dort hinten ist dann unser Haus.»

«Aber Kinder, ihr werdet doch nicht Sie zueinander sagen!»

«Ich weiß nicht, Papa – ich glaube doch.»

«Na, dann weiter! Ist aber recht überflüssig.»

Berta war rot geworden, und kaum sah es Paul, so ging es ihm nicht anders. Die Unterhaltung zwischen ihnen war schon wieder zu Ende, und beide waren froh, daß die Alten es nicht merkten. Es wurde ihnen unbehaglich, und sie atmeten auf, als der Wagen mit plötzlichem Krachen auf den Kiesweg einbog und am Hause vorfuhr.

«Bitte, Fräulein», sagte Paul und half Berta

beim Aussteigen. Damit war er der Sorge um sie fürs erste entledigt, denn im Tor stand schon die Tante, und es schien, als lächle das ganze Haus, öffne sich und fordere zum Eintritt auf, so gastlich froh und herzlich nickte sie und streckte die Hand entgegen und empfing eins um das andere und dann jedes noch ein zweites Mal. Die Gäste wurden in ihre Stuben begleitet und gebeten, recht bald und recht hungrig zu Tische zu kommen.

Auf der weißen Tafel standen zwei große Blumensträuße und dufteten in die Speisengerüche hinein. Herr Abderegg tranchierte den Braten, die Tante visierte scharfäugig Teller und Schüsseln. Der Professor saß wohlgemut und festlich im Gehrock am Ehrenplatz, warf der Tante sanfte Blicke zu und störte den eifrig arbeitenden Hausherrn durch zahllose Fragen und Witze. Fräulein Thusnelde half zierlich und lächelnd beim Herumbieten der Teller und kam sich zuwenig beschäftigt vor, da ihr Nachbar, der Kandidat, zwar wenig aß, aber noch weniger redete. Die Gegenwart eines altmodischen Professors und zweier junger Damen wirkte versteinernd auf ihn. Er war im Angstgefühl seiner jungen Würde beständig auf irgendwelche Angriffe, ja Beleidigungen gefaßt, welche er zum voraus durch eiskalte Blicke und angestrengtes Schweigen abzuwehren bemüht war.

Berta saß neben der Tante und fühlte sich geborgen. Paul widmete sich mit Anstrengung dem Essen, um nicht in Gespräche verwickelt zu werden, vergaß sich darüber und ließ es sich wirklich besser schmecken als alle anderen.

Gegen das Ende der Mahlzeit hatte der Hausherr nach hitzigem Kampfe mit seinem Freunde das Wort an sich gerissen und ließ es sich nicht wieder nehmen. Der besiegte Professor fand nun erst Zeit zum Essen und holte maßvoll nach. Herr Homburger merkte endlich, daß niemand Angriffe auf ihn plane, sah aber nun zu spät, daß sein Schweigen unfein gewesen war, und glaubte sich von seiner Nachbarin höhnisch betrachtet zu wissen. Er senkte deshalb den Kopf so weit, daß eine leichte Falte unterm Kinn entstand, zog die Augenbrauen hoch und schien Probleme im Kopf zu wälzen.

Fräulein Thusnelde begann, da der Hauslehrer versagte, ein sehr zärtliches Geplauder mit Berta, an welchem die Tante sich beteiligte.

Paul hatte sich inzwischen vollgegessen und legte, indem er sich plötzlich übersatt fühlte, Messer und Gabel nieder. Aufschauend erblickte er zufällig gerade den Professor in einem komischen Augenblick: er hatte eben einen stattlichen Bissen zwischen den Zähnen und noch nicht von der Gabel los, als ihn gerade ein Kraftwort in der Rede Abdereggs aufzumerken nötigte. So vergaß er für Augenblicke die Gabel zurückzuziehen und schielte großäugig und mit offenem Munde auf seinen sprechenden Freund hinüber. Da brach Paul, der einem plötzlichen Lachreiz nicht widerstehen konnte, in ein mühsam gedämpftes Kichern aus.

Herr Abderegg fand im Drang der Rede nur Zeit zu einem eiligen Zornblick. Der Kandidat bezog das Lachen auf sich und biß auf die Unterlippe. Berta lachte mitgerissen ohne weiteren Grund plötzlich auch. Sie war so froh, daß Paul diese Jungenhaftigkeit passierte. Er war also wenigstens keiner von den Tadellosen.

«Was freut Sie denn so?» fragte Fräulein Thusnelde.

«Oh, eigentlich gar nichts.»

«Und dich, Berta?»

«Auch nichts. Ich lache nur so mit.»

«Darf ich Ihnen noch einschenken?» fragte Herr Homburger mit gepreßtem Ton.

«Danke, nein.»

«Aber mir, bitte», sagte die Tante freundlich, ließ jedoch den Wein alsdann ungetrunken stehen.

Man hatte abgetragen, und es wurden Kaffee, Kognak und Zigarren gebracht.

Paul wurde von Fräulein Thusnelde gefragt, ob er auch rauche.

«Nein», sagte er, «es schmeckt mir gar nicht.»

Dann fügte er, nach einer Pause, plötzlich ehrlich hinzu: «Ich darf auch noch nicht.»

Als er das sagte, lächelte Fräulein Thusnelde ihm schelmisch zu, wobei sie den Kopf etwas auf die Seite neigte. In diesem Augenblick erschien sie dem Knaben charmant, und er bereute den vorher auf sie geworfenen Haß.

Sie konnte doch sehr nett sein.

Der Abend war so warm und einladend, daß man noch um elf Uhr unter den leise flackernden Windlichtern im Garten draußen saß. Und daß die Gäste sich von der Reise müde gefühlt hatten und eigentlich früh zu Bett hatten gehen wollen, daran dachte jetzt niemand mehr.

Die warme Luft wogte in leichter Schwüle ungleich und träumend hin und wider, der Himmel war ganz in der Höhe sternklar und feuchtglänzend, gegen die Berge hin tiefschwarz und goldig vom fiebernden Geäder des Wetterleuchtens überspannt. Die Gebüsche dufteten süß und schwer, und der weiße Jasmin schimmerte mit unsicheren Lichtern fahl aus der Finsternis.

«Sie glauben also, diese Reform unserer Kultur werde nicht aus dem Volksbewußtsein kommen, sondern von einem oder einigen genialen einzelnen?»

Der Professor legte eine gewisse Nachsicht in den Ton seiner Frage.

«Ich denke es mir so...», erwiderte etwas steif der Hauslehrer und begann eine lange Rede, welcher außer dem Professor niemand zuhörte.

Herr Abderegg scherzte mit der kleinen Berta, welcher die Tante Beistand leistete. Er lag voll Behagen im Stuhl zurück und trank Weißwein mit Sauerwasser.

«Sie haben den ‹Ekkehard› also auch gelesen?» fragte Paul das Fräulein Thusnelde.

Sie lag in einem sehr niedrig gestellten Klappstuhl, hatte den Kopf ganz zurückgelegt und sah geradeaus in die Höhe.

«Jawohl», sagte sie. «Eigentlich sollte man Ihnen solche Bücher noch verbieten.»

«So? Warum denn?»

«Weil Sie ja doch noch nicht alles verstehen können.»

«Glauben Sie?»

«Natürlich.»

«Es gibt aber Stellen darin, die ich vielleicht besser als Sie verstanden habe.»

«Wirklich? Welche denn?»

«Die lateinischen.»

«Was Sie für Witze machen!»

Paul war sehr munter. Er hatte zu Abend etwas Wein zu trinken bekommen, nun fand er es köstlich, in die weiche, dunkle Nacht hineinzureden, und wartete neugierig, ob es ihm gelänge, die elegante Dame ein wenig aus ihrer trägen Ruhe zu bringen, zu einem heftigeren Widerspruch oder zu einem Gelächter. Aber sie schaute nicht zu ihm herüber. Sie lag unbeweglich, das Gesicht nach oben, eine Hand auf dem Stuhl, die andre bis zur Erde herabhängend. Ihr weißer Hals und ihr weißes Gesicht hoben sich matt schimmernd von den schwarzen Bäumen ab.

«Was hat Ihnen denn im ‹Ekkehard› am besten gefallen?» fragte sie jetzt, wieder ohne ihn anzusehen.

«Der Rausch des Herrn Spazzo.»

«Ach?»

«Nein, wie die alte Waldfrau vertrieben wird.»

«So?»

«Oder vielleicht hat mir doch das am besten gefallen, wie die Praxedis ihn aus dem Kerker entwischen läßt. Das ist fein.»

«Ja, das ist fein. Wie war es nur?»

«Wie sie nachher Asche hinschüttet...»

«Ach ja. Ja, ich weiß.»

«Aber jetzt müssen Sie mir auch sagen, was Ihnen am besten gefällt.»

«Im ‹Ekkehard›?»

«Ja, natürlich.»

«Dieselbe Stelle. Wo Praxedis dem Mönch davonhilft. Wie sie ihm da noch einen Kuß mitgibt und dann lächelt und ins Schloß zurückgeht.»

«Ja – ja», sagte Paul langsam, aber er konnte sich des Kusses nicht erinnern.

Des Professors Gespräch mit dem Hauslehrer war zu Ende gegangen. Herr Abderegg steckte sich eine Virginia an, und Berta sah neugierig zu, wie er die Spitze der langen Zigarre über der

Kerzenflamme verkohlen ließ. Das Mädchen hielt die neben ihr sitzende Tante mit dem rechten Arm umschlungen und hörte großäugig den fabelhaften Erlebnissen zu, von denen der alte Herr ihr erzählte. Es war von Reiseabenteuern, namentlich in Neapel, die Rede.

«Ist das wirklich wahr?» wagte sie einmal zu fragen.

Herr Abderegg lachte.

«Das kommt allein auf Sie an, kleines Fräulein. Wahr ist an einer Geschichte immer nur das, was der Zuhörer glaubt.»

«Aber nein?! Da muß ich Papa drüber fragen.»

«Tun Sie das!»

Die Tante streichelte Bertas Hand, die ihre Taille umfing.

«Es ist ja Scherz, Kind.»

Sie hörte dem Geplauder zu, wehrte die taumelnden Nachtmotten von ihres Bruders Weinglas ab und gab jedem, der sie etwa anschaute, einen gütigen Blick zurück. Sie hatte ihre Freude an den alten Herren, an Berta und dem lebhaft schwatzenden Paul, an der schönen Thusnelde, die aus der Gesellschaft heraus in die Nachtbläue schaute, am Hauslehrer, der seine klugen Reden nachgenoß. Sie war noch jung genug und hatte nicht vergessen, wie es der Jugend in solchen Gartensommernächten warm und wohl sein kann. Wieviel Schicksal noch auf alle diese schönen Jungen und klugen Alten wartete! Auch auf den Hauslehrer. Wie jedem sein Leben und seine Gedanken und Wünsche so wichtig waren! Und wie schön Fräulein Thusnelde aussah! Eine wirkliche Schönheit.

Die gütige Dame streichelte Bertas rechte Hand, lächelte dem etwas vereinsamten Kandidaten liebreich zu und fühlte von Zeit zu Zeit hinter den Stuhl des Hausherrn, ob auch seine Weinflasche noch im Eise stehe.

«Erzählen Sie mir etwas aus Ihrer Schule!» sagte Thusnelde zu Paul.

«Ach, die Schule! Jetzt sind doch Ferien.»

«Gehen Sie denn nicht gern ins Gymnasium?»

«Kennen Sie jemand, der gern hingeht?»

«Sie wollen aber doch studieren?»

«Nun ja. Ich will schon.»

«Aber was möchten Sie noch lieber?»

«Noch lieber? – Haha. – Noch lieber möcht' ich Seeräuber werden.»

«Seeräuber?»

«Jawohl, Seeräuber. Pirat.»

«Dann könnten Sie aber nimmer soviel lesen.»

«Das wäre auch nicht nötig. Ich würde mir schon die Zeit vertreiben.»

«Glauben Sie?»

«O gewiß. Ich würde...»

«Nun?»

«Ich würde – ach, das kann man gar nicht sagen.»

«Dann sagen Sie es eben nicht.»

Es wurde ihm langweilig. Er rückte zu Berta hinüber und half ihr zuhören. Papa war ungemein lustig. Er sprach jetzt ganz allein, und alles hörte zu und lachte.

Da stand Fräulein Thusnelde in ihrem losen, feinen englischen Kleide langsam auf und trat an den Tisch.

«Ich möchte gute Nacht sagen.»

Nun brachen alle auf, sahen auf die Uhr und konnten nicht begreifen, daß es wirklich schon Mitternacht sei.

Auf dem kurzen Weg bis zum Hause ging Paul neben Berta, die ihm plötzlich sehr gut gefiel, namentlich seit er sie über Papas Witze so herzlich hatte lachen hören. Er war ein Esel gewesen, sich über den Besuch zu ärgern. Es war doch fein, so des Abends mit Mädchen zu plaudern.

Er fühlte sich als Kavalier und begann zu bedauern, daß er sich den ganzen Abend nur um die andere gekümmert hatte. Die war doch wohl ein Fratz. Berta war ihm viel lieber, und es tat ihm leid, daß er sich heute nicht zu ihr gehalten hatte. Und er versuchte ihr das zu sagen. Sie kicherte.

«Oh, Ihr Papa war so unterhaltend! Es war reizend.»

Er schlug ihr für morgen einen Spaziergang auf den Eichelberg vor. Es sei nicht weit und so schön. Er kam ins Beschreiben, sprach vom Weg und von der Aussicht und redete sich ganz in Feuer.

Da ging gerade Fräulein Thusnelde an ihnen vorüber, während er im eifrigsten Reden war. Sie wandte sich ein wenig um und sah ihm ins Gesicht. Es geschah ruhig und etwas neugierig, aber er fand es spöttisch und verstummte plötzlich. Berta blickte erstaunt auf und sah ihn verdrießlich werden, ohne zu wissen warum.

Da war man schon im Hause. Berta gab Paul die Hand. Er sagte gute Nacht. Sie nickte und ging.

Thusnelde war vorausgegangen, ohne ihm gute Nacht zu sagen. Er sah sie mit einer Handlampe die Treppe hinaufgehen, und indem er ihr nachschaute, ärgerte er sich über sie.

Paul lag wach im Bette und verfiel dem feinen Fieber der warmen Nacht. Die Schwüle war im Zunehmen, das Wetterleuchten zitterte beständig an den Wänden. Zuweilen glaubte er es in weiter Ferne leise donnern zu hören. In langen Pausen kam und ging ein schlaffer Wind, der kaum die Wipfel rauschen machte.

Der Knabe überdachte halb träumend den vergangenen Abend und fühlte, daß er heute anders gewesen sei als sonst. Er kam sich erwachsener vor, vielmehr schien ihm die Rolle des Erwachsenen heute besser geglückt als bei früheren Versuchen. Mit dem Fräulein hatte er sich doch ganz flott unterhalten und nachher auch mit Berta.

Es quälte ihn, ob Thusnelde ihn ernst genommen habe. Vielleicht hatte sie eben doch nur mit ihm gespielt. Und das mit dem Kuß der Praxedis mußte er morgen nachlesen. Ob er das wirklich nicht verstanden oder nur vergessen hatte?

Er hätte gern gewußt, ob Fräulein Thusnelde wirklich schön sei, richtig schön. Es schien ihm so, aber er traute weder sich noch ihr. Wie sie da beim schwachen Lampenlicht im Stuhl halb saß und halb lag, so schlank und ruhig, mit der auf dem Boden niederhängenden Hand, das hatte ihm gefallen. Wie sie lässig nach oben schaute, halb vergnügt und halb müde, und der weiße schlanke Hals – im hellen, langen Damenkleid –, das könnte geradeso auf einem Gemälde vorkommen.

Freilich, Berta war ihm entschieden lieber. Sie war ja vielleicht ein wenig sehr naiv, aber sanft und hübsch, und man konnte doch mit ihr reden ohne den Argwohn, sie mache sich heimlich über einen lustig. Wenn er es von Anfang an mit ihr gehalten hätte statt erst im letzten Augenblick, dann könnten sie möglicherweise jetzt schon ganz gute Freunde sein. Überhaupt begann es ihm jetzt leid zu tun, daß die Gäste nur zwei Tage bleiben wollten.

Aber warum hatte ihn, als er beim Heimgehen mit der Berta lachte, die andere so angesehen?

Er sah sie wieder an sich vorbeigehen und den Kopf umwenden, und er sah wieder ihren Blick.

Sie war doch schön. Er stellte sich alles wieder deutlich vor, aber er kam nicht darüber hinweg – ihr Blick war spöttisch gewesen, überlegen spöttisch. Warum? Noch wegen des «Ekkehard»? Oder weil er mit der Berta gelacht hatte?

Der Ärger darüber folgte ihm noch in den Schlaf.

Am Morgen war der ganze Himmel bedeckt, doch hatte es noch nicht geregnet. Es roch überall nach Heu und nach warmem Erdstaub.

«Schade», klagte Berta beim Herunterkommen, «man wird heute keinen Spaziergang machen können?»

«Oh, es kann sich noch den ganzen Tag halten», tröstete Herr Abderegg.

«Du bist doch sonst nicht so eifrig fürs Spazierengehen», meinte Fräulein Thusnelde.

«Aber wenn wir doch nur so kurz hier sind!»

«Wir haben eine Luftkegelbahn», schlug Paul vor. «Im Garten. Auch ein Krocket. Aber Krokket ist langweilig.»

«Ich finde Krocket sehr hübsch», sagte Fräulein Thusnelde.

«Dann können wir ja spielen.»

«Gut, nachher. Wir müssen doch erst Kaffee trinken.»

Nach dem Frühstück gingen die jungen Leute in den Garten; auch der Kandidat schloß sich an. Fürs Krocketspielen fand man das Gras zu hoch, und man entschloß sich nun doch zu dem andern

Spiel. Paul schleppte eifrig die Kegel herbei und stellte auf.

«Wer fängt an?»

«Immer der, der fragt.»

«Also gut. Wer spielt mit?»

Paul bildete mit Thusnelde die eine Partei. Er spielte sehr gut und hoffte, von ihr dafür gelobt oder auch nur geneckt zu werden. Sie sah es aber gar nicht und schenkte überhaupt dem Spiel keine Aufmerksamkeit. Wenn Paul ihr die Kugel eingab, schob sie unachtsam und zählte nicht einmal, wieviel Kegel fielen. Statt dessen unterhielt sie sich mit dem Hauslehrer über Turgenjew. Herr Homburger war heute sehr höflich. Nur Berta schien ganz beim Spiel zu sein. Sie half stets beim Aufsetzen und ließ sich von Paul das Zielen zeigen.

«König aus der Mitte!» schrie Paul. «Fräulein, nun gewinnen wir sicher. Das gilt zwölf.»

Sie nickte nur.

«Eigentlich ist Turgenjew gar kein richtiger Russe», sagte der Kandidat und vergaß, daß es an ihm war zu spielen. Paul wurde zornig.

«Herr Homburger, Sie sind dran!»

«Ich?»

«Ja doch, wir warten alle.»

Er hätte ihm am liebsten die Kugel ans Schienbein geschleudert. Berta, die seine Verstimmung bemerkte, wurde nun auch unruhig und traf nichts mehr.

«Dann können wir ja aufhören.»

Niemand hatte etwas dagegen. Fräulein Thusnelde ging langsam weg, der Lehrer folgte ihr. Paul warf verdrießlich die noch stehenden Kegel mit dem Fuße um.

«Sollen wir nicht weiterspielen?» fragte Berta schüchtern.

«Ach, zu zweien ist es nichts. Ich will aufräumen.»

Sie half ihm bescheiden. Als alle Kegel wieder in der Kiste waren, sah er sich nach Thusnelde um. Sie war im Park verschwunden. Natürlich, er war ja für sie nur ein dummer Junge.

«Was nun?»

«Vielleicht zeigen Sie mir den Park ein wenig?»

Da schritt er so rasch durch die Wege voran, daß Berta außer Atem kam und fast laufen mußte, um nachzukommen. Er zeigte ihr das Wäldchen und die Platanenallee, dann die Blutbuche und die Wiesen. Während er sich beinahe ein wenig schämte, so grob und wortkarg zu sein, wunderte er sich zugleich, daß er sich vor Berta gar nimmer geniere. Er ging mit ihr um, wie wenn sie zwei Jahre jünger wäre. Und sie war still, sanft und schüchtern, sagte kaum ein Wort und sah ihn nur zuweilen an, als bäte sie für irgend etwas um Entschuldigung.

Bei der Trauerweide trafen sie mit den beiden andern zusammen. Der Kandidat redete noch fort, das Fräulein war still geworden und schien verstimmt. Paul wurde plötzlich gesprächiger. Er machte auf den alten Baum aufmerksam, schlug die herabhängenden Zweige auseinander und zeigte die um den Stamm laufende Rundbank.

«Wir wollen sitzen», befahl Fräulein Thusnelde.

Alle setzten sich nebeneinander auf die Bank. Es war hier sehr warm und dunstig, die grüne Dämmerung war schlaff und schwül und machte schläfrig. Paul saß rechts neben Thusnelde.

«Wie still es da ist!» begann Herr Homburger.

Das Fräulein nickte.

«Und so heiß!» sagte sie. «Wir wollen eine Weile gar nichts reden.»

Da saßen alle vier schweigend. Neben Paul lag auf der Bank Thusneldes Hand, eine lange und schmale Damenhand mit schlanken Fingern und feinen, gepflegten, mattglänzenden Nägeln. Paul sah beständig die Hand an. Sie kam aus einem weiten hellgrauen Ärmel hervor, so weiß wie der bis übers Gelenk sichtbare Arm, sie bog sich vom Gelenk etwas nach außen und lag ganz still, als sei sie müde.

Und alle schwiegen. Paul dachte an gestern abend. Da war dieselbe Hand auch so lang und still und ruhend herabgehängt und die ganze Gestalt so regungslos halb gesessen, halb gelegen. Es paßte zu ihr, zu ihrer Figur und zu ihren Kleidern, zu ihrer angenehm weichen, nicht ganz freien Stimme, auch zu ihrem Gesicht, das mit den ruhigen Augen so klug und abwartend und gelassen aussah.

Herr Homburger sah auf die Uhr.

«Verzeihen Sie, meine Damen, ich sollte nun an die Arbeit. Sie bleiben doch hier, Paul?»

Er verbeugte sich und ging.

Die andern blieben schweigend sitzen. Paul hatte seine Linke langsam und mit ängstlicher Vorsicht wie ein Verbrecher der Frauenhand genähert und dann dicht neben ihr liegen lassen. Er wußte nicht, warum er es tat. Es geschah ohne seinen Willen, und dabei wurde ihm so drükkend bang und heiß, daß seine Stirn voll von Tropfen stand.

«Krocket spiele ich auch nicht gerne», sagte Berta leise, wie aus einem Traum heraus. Durch das Weggehen des Hauslehrers war zwischen ihr und Paul eine Lücke entstanden, und sie hatte sich die ganze Zeit besonnen, ob sie herrücken solle oder nicht. Es war ihr, je länger sie zauderte, immer schwerer vorgekommen, es zu tun, und nun fing sie, nur um sich nicht länger ganz allein zu fühlen, zu reden an.

«Es ist wirklich kein nettes Spiel», fügte sie nach einer langen Pause mit unsicherer Stimme hinzu. Doch antwortete niemand.

Es war wieder ganz still. Paul glaubte sein Herz schlagen zu hören. Es trieb ihn, aufzuspringen und irgend etwas Lustiges oder Dummes zu sagen oder wegzulaufen. Aber er blieb sitzen, ließ seine Hand liegen und hatte ein Gefühl, als würde ihm langsam, langsam die Luft entzogen, bis zum Ersticken. Nur war es angenehm, auf eine traurige, quälende Art angenehm.

Fräulein Thusnelde blickte in Pauls Gesicht, mit ihrem ruhigen und etwas müden Blick. Sie sah, daß er unverwandt auf seine Linke schaute, die dicht neben ihrer Rechten auf der Bank lag.

Da hob sie ihre Rechte ein wenig, legte sie fest auf Pauls Hand und ließ sie da liegen.

Ihre Hand war weich, doch kräftig und von trockener Wärme. Paul erschrak wie ein überraschter Dieb und fing zu zittern an, zog aber seine Hand nicht weg. Er konnte kaum noch atmen, so stark arbeitete sein Herzschlag, und sein ganzer Leib brannte und fror zugleich. Langsam wurde er blaß und sah das Fräulein flehend und angstvoll an.

«Sind Sie erschrocken?» lachte sie leise. «Ich glaube, Sie waren eingeschlafen?»

Er konnte nichts sagen. Sie hatte ihre Hand weggenommen, aber seine lag noch da und fühlte die Berührung noch immer. Er wünschte sie wegzuziehen, aber er war so matt und verwirrt, daß er keinen Gedanken oder Entschluß fassen und nichts tun konnte, nicht einmal das.

Plötzlich erschreckte ihn ein ersticktes, ängstliches Geräusch, das er hinter sich vernahm. Er wurde frei und sprang tiefatmend auf. Auch Thusnelde war aufgestanden.

Da saß Berta tiefgebückt an ihrem Platz und schluchzte.

«Gehen Sie hinein», sagte Thusnelde zu Paul, «wir kommen gleich nach.»

Und als Paul wegging, setzte sie noch hinzu: «Sie hat Kopfweh bekommen.»

«Komm, Berta. Es ist zu heiß hier, man erstickt ja vor Schwüle. Komm, nimm dich zusammen! Wir wollen ins Haus gehen.»

Berta gab keine Antwort. Ihr magerer Hals lag auf dem hellblauen Ärmel des leichten Backfischkleidchens, aus dem der dünne, eckige Arm mit dem breiten Handgelenk herabhing. Und sie weinte still und leise schluckend, bis sie nach einer langen Weile rot und verwundert sich aufrichtete, das Haar zurückstrich und langsam und mechanisch zu lächeln begann.

Paul fand keine Ruhe. Warum hatte Thusnelde ihre Hand so auf seine gelegt? War es nur ein Scherz gewesen? Oder wußte sie, wie seltsam weh das tat? Sooft er es sich wieder vorstellte, hatte er von neuem dasselbe Gefühl: ein erstikkender Krampf vieler Nerven oder Adern, ein Druck und leichter Schwindel im Kopf, eine Hitze in der Kehle und ein lähmend ungleiches, wunderliches Wallen des Herzens, als sei der Puls unterbunden. Aber es war angenehm, so weh es tat.

Er lief am Hause vorbei zum Weiher und in den Obstgängen auf und ab. Indessen nahm die

Schwüle stetig zu. Der Himmel hatte sich vollends ganz bezogen und sah gewitterig aus. Es ging kein Wind, nur hin und wieder im Gezweig ein feiner, zager Schauder, vor dem auch der fahle, glatte Spiegel des Weihers für Augenblicke kraus und silbern erzitterte.

Der kleine alte Kahn, der angebunden am Rasenufer lag, fiel dem Jungen ins Auge. Er stieg hinein und setzte sich auf die einzige noch vorhandene Ruderbank. Doch band er das Schifflein nicht los; es waren auch schon längst keine Ruder mehr da. Er tauchte die Hände ins Wasser, das war widerlich lau.

Unvermerkt überkam ihn eine grundlose Traurigkeit, die ihm ganz fremd war. Er kam sich wie in einem beklemmenden Traume vor – als könnte er, wenn er auch wollte, kein Glied rühren. Das fahle Licht, der dunkel bewölkte Himmel, der laue dunstige Teich und der alte, am Boden moosige Holznachen ohne Ruder, das sah alles unfroh, trist und elend aus, einer schweren, faden Trostlosigkeit hingegeben, die er ohne Grund teilte.

Er hörte Klavierspiel vom Hause herübertönen, undeutlich und leise. Nun waren also die andern drinnen, und wahrscheinlich spielte Papa ihnen vor. Bald erkannte Paul auch das Stück, es war aus Griegs Musik zum «Peer Gynt», und er wäre gern hineingegangen. Aber er blieb sitzen, starrte über das träge Wasser weg und durch die müden, regungslosen Obstzweige in den fahlen Himmel. Er konnte sich nicht einmal wie sonst auf das Gewitter freuen, obwohl es sicher bald ausbrechen mußte und das erste richtige in diesem Sommer sein würde.

Da hörte das Klavierspiel auf, und es war eine Weile ganz still. Bis ein paar zarte, wiegend laue Takte aufklangen, eine scheue und ungewöhnliche Musik. Und nun Gesang, eine Frauenstimme. Das Lied war Paul unbekannt, er hatte es nie gehört, er besann sich auch nicht darüber. Aber die Stimme kannte er, die leicht gedämpfte, ein wenig müde Stimme. Das war Thusnelde. Ihr Gesang war vielleicht nichts Besonderes, aber er traf und reizte den Knaben ebenso beklemmend und quälend wie die Berührung ihrer Hand. Er horchte, ohne sich zu rühren, und während er noch saß und horchte, schlugen die ersten trägen Regentropfen lau und schwer in den Weiher. Sie trafen seine Hände und sein Gesicht, ohne daß er es spürte. Er fühlte nur, daß etwas Drängendes, Gärendes, Gespanntes um ihn her oder auch in ihm selber sich verdichte und schwelle und Auswege suche. Zugleich fiel ihm eine Stelle aus dem «Ekkehard» ein, und in diesem Augenblick überraschte und erschreckte ihn plötzlich die sichere Erkenntnis. Er wußte, daß er Thusnelde lieb habe. Und zugleich wußte er, daß sie erwachsen und eine Dame war, er aber ein Schuljunge, und daß sie morgen abreisen würde.

Da klang – der Gesang war schon eine Weile verstummt – die helltönige Tischglocke, und Paul ging langsam zum Hause hinüber. Vor der Türe wischte er sich die Regentropfen von den Händen, strich das Haar zurück und tat einen tiefen Atemzug, als sei er im Begriff, einen schweren Schritt zu tun.

«Ach, nun regnet es doch schon», klagte Berta. «Nun wird also nichts daraus?»

«Aus was denn?» fragte Paul, ohne vom Teller aufzublicken.

«Wir hatten ja doch... Sie hatten mir versprochen, mich heut auf den Eichelberg zu führen.»

«Ja so. Nein, das geht bei dem Wetter freilich nicht.»

Halb sehnte sie sich danach, er möchte sie ansehen und eine Frage nach ihrem Wohlsein tun, halb war sie froh, daß er's nicht tat. Er hatte den peinlichen Augenblick unter der Weide, da sie in Tränen ausgebrochen war, völlig vergessen. Dieser plötzliche Ausbruch hatte ihm ohnehin wenig Eindruck gemacht und ihn nur in dem Glauben bestärkt, sie sei doch noch ein recht kleines Mädchen. Statt auf sie zu achten, schielte er beständig zu Fräulein Thusnelde hinüber.

Diese führte mit dem Hauslehrer, der sich seiner albernen Rolle von gestern schämte, ein lebhaftes Gespräch über Sportsachen. Es ging

Herrn Homburger dabei wie vielen Leuten: er sprach über Dinge, von denen er nichts verstand, viel gefälliger und glatter als über solche, die ihm vertraut und wichtig waren. Meistens hatte die Dame das Wort, und er begnügte sich mit Fragen, Nicken, Zustimmen und pausenfüllenden Redensarten. Die etwas kokette Plauderkunst der jungen Dame enthob ihn seiner gewohnten dickblütigen Art; es gelang ihm sogar, als er beim Weineinschenken danebengoß, selber zu lachen und die Sache leicht und komisch zu nehmen. Seine mit Schlauheit eingefädelte Bitte jedoch, dem Fräulein nach Tisch ein Kapitel aus einem seiner Lieblingsbücher vorlesen zu dürfen, wurde zierlich abgelehnt.

«Du hast kein Kopfweh mehr, Kind?» fragte Tante Grete.

«O nein, gar nimmer», sagte Berta halblaut. Aber sie sah noch elend genug aus.

«O ihr Kinder!» dachte die Tante, der auch Pauls erregte Unsicherheit nicht entgangen war. Sie hatte mancherlei Ahnungen und beschloß, die zwei jungen Leutchen nicht unnötig zu stören, wohl aber aufmerksam zu sein und Dummheiten zu verhüten. Bei Paul war es das erste Mal, dessen war sie sicher. Wie lang noch, und er würde ihrer Fürsorge entwachsen sein und seine Wege ihrem Blick entziehen! – O ihr Kinder!

Draußen war es beinahe finster geworden. Der Regen rann und ließ nach mit den wechselnden Windstößen, das Gewitter zögerte noch, und der Donner klang noch meilenfern.

«Haben Sie Furcht vor Gewittern?» fragte Herr Homburger seine Dame.

«Im Gegenteil, ich weiß nichts Schöneres. Wir könnten nachher in den Pavillon gehen und zusehen. Kommst du mit, Berta?»

«Wenn du willst, ja, gern.»

«Und Sie also auch, Herr Kandidat? – Gut, ich freue mich darauf. Es ist in diesem Jahr das erste Gewitter, nicht?»

Gleich nach Tisch brachen sie mit Regenschirmen auf, zum nahen Pavillon. Berta nahm ein Buch mit.

«Willst du dich denen nicht anschließen, Paul?» ermunterte die Tante.

«Danke, nein. Ich muß eigentlich üben.»

Er ging in einem Wirrwarr von quellenden Gefühlen ins Klavierzimmer. Aber kaum hatte er zu spielen begonnen, er wußte selbst nicht was, so kam sein Vater herein.

«Junge, könntest du dich nicht um einige Zimmer weiter verfügen? Brav, daß du üben wolltest, aber alles hat seine Zeit, und wir älteren Semester möchten bei dieser Schwüle doch gern ein wenig zu schlafen versuchen. Auf Wiedersehen, Bub!»

Der Knabe ging hinaus und durchs Eßzimmer, über den Gang und zum Tor. Drüben sah er gerade die andern den Pavillon betreten. Als er hinter sich den leisen Schritt der Tante hörte, trat er rasch ins Freie und eilte mit unbedecktem Kopf, die Hände in den Taschen, durch den Regen davon. Der Donner nahm stetig zu, und erste scheue Blitze rissen zuckend durch das schwärzliche Grau.

Paul ging um das Haus herum und gegen den Weiher hin. Er fühlte mit trotzigem Leid den Regen durch seine Kleider dringen. Die noch nicht erfrischte, schwebende Luft erhitzte ihn, so daß er beide Hände und die halbentblößten Arme in die schwer fallenden Tropfen hielt. Nun saßen die andern vergnügt im Pavillon beisammen, lachten und schwatzten, und an ihn dachte niemand. Es zog ihn hinüber, doch überwog sein Trotz; hatte er einmal nicht mitkommen wollen, so wollte er ihnen auch nicht hinterdrein nachlaufen. Und Thusnelde hatte ihn ja überhaupt nicht aufgefordert. Sie hatte Berta und Herrn Homburger mitkommen heißen und ihn nicht. Warum ihn nicht?

Ganz durchnäßt kam er, ohne auf den Weg zu achten, ans Gärtnerhäuschen. Die Blitze jagten jetzt fast ohne Pause herab und quer durch den Himmel in phantastisch kühnen Linien, und der Regen rauschte lauter. Unter der Holztreppe des Gärtnerschuppens klirrte es auf, und mit verhaltenem Grollen kam der große Hofhund heraus. Als er Paul erkannte, drängte er sich fröhlich und schmeichelnd an ihn. Und Paul, in plötzlich überwallender Zärtlichkeit, legte ihm den Arm um den Hals, zog ihn in den dämmernden Treppenwinkel zurück und blieb dort bei ihm kauern und sprach und koste mit ihm, er wußte nicht wie lang.

Im Pavillon hatte Herr Homburger den eisernen Gartentisch an die gemauerte Rückwand geschoben, die mit einer italienischen Küstenlandschaft bemalt war. Die heiteren Farben, Blau, Weiß und Rosa, paßten schlecht in das Regengrau und schienen trotz der Schwüle zu frieren.

«Sie haben schlechtes Wetter für Erlenhof», sagte Herr Homburger.

«Warum? Ich finde das Gewitter prächtig.»

«Und Sie auch, Fräulein Berta?»

«Oh, ich sehe es ganz gerne.»

Es machte ihn wütend, daß die Kleine mitgekommen war. Gerade jetzt, wo er anfing, sich mit der schönen Thusnelde besser zu verstehen.

«Und morgen werden Sie wirklich schon wieder reisen?»

«Warum sagen Sie das so tragisch?»

«Es muß mir doch leid tun.»

«Wahrhaftig?»

«Aber gnädiges Fräulein...»

Der Regen prasselte auf dem dünnen Dach und quoll in leidenschaftlichen Stößen aus den Mündungen der Traufen.

«Wissen Sie, Herr Kandidat, Sie haben da

einen lieben Jungen zum Schüler. Es muß ein Vergnügen sein, so einen zu unterrichten.»

«Ist das Ihr Ernst?»

«Aber gewiß. Er ist doch ein prächtiger Junge. – Nicht, Berta?»

«Oh, ich weiß nicht, ich sah ihn ja kaum.»

«Gefällt er dir denn nicht?»

«Ja, das schon. – O ja.»

«Was stellt das Wandbild da eigentlich vor, Herr Kandidat? Es scheint eine Rivieravedute?»

Paul war nach zwei Stunden ganz durchnäßt und todmüde heimgekommen, hatte ein kaltes Bad genommen und sich umgekleidet. Dann wartete er, bis die drei ins Haus zurückkehrten, und als sie kamen und als Thusneldes Stimme im Gang laut wurde, schrak er zusammen und bekam Herzklopfen. Dennoch tat er gleich darauf etwas, wozu er sich selber noch einen Augenblick zuvor den Mut nicht zugetraut hätte.

Als das Fräulein allein die Treppe heraufstieg, lauerte er ihr auf und überraschte sie im oberen Flur. Er trat auf sie zu und streckte ihr einen kleinen Rosenstrauß entgegen. Es waren wilde Heckenröschen, die er im Regen draußen abgeschnitten hatte.

«Ist das für mich?» fragte Thusnelde.

«Ja, für Sie.»

«Womit hab' ich denn das verdient? Ich fürchtete schon, Sie könnten mich gar nicht leiden.»

«Oh, Sie lachen mich ja nur aus.»

«Gewiß nicht, lieber Paul. Und ich danke schön für die Blumen. Wilde Rosen, nicht?»

«Hagrosen.»

«Ich will eine davon anstecken, nachher.»

Dann ging sie weiter nach ihrem Zimmer.

Am Abend blieb man diesmal in der Halle sitzen. Es hatte schön abgekühlt, und draußen fielen noch die Tropfen von den blankgespülten Zweigen. Man hatte im Sinn gehabt zu musizieren, aber der Professor wollte lieber die paar Stunden noch mit Abderegg verplaudern. So saßen nun alle bequem in dem großen Raum, die Herren rauchten, und die jungen Leute hatten Limonadebecher vor sich stehen.

Die Tante sah mit Berta ein Album an und erzählte ihr alte Geschichten. Thusnelde war guter Laune und lachte viel. Den Hauslehrer hatte das lange erfolglose Reden im Pavillon stark mitgenommen, er war wieder nervös und zuckte leidend mit den Gesichtsmuskeln. Daß sie jetzt so lächerlich mit dem Büblein Paul kokettierte, fand er geschmacklos, und er suchte wählerisch nach einer Form, ihr das zu sagen.

Paul war der Lebhafteste von allen. Daß Thusnelde seine Rosen im Gürtel trug und daß sie «lieber Paul» zu ihm gesagt hatte, war ihm wie Wein zu Kopf gestiegen. Er machte Witze, erzählte Geschichten, hatte glühende Backen und ließ den Blick nicht von seiner Dame, die sich seine Huldigung so graziös gefallen ließ. Dabei rief es im Grund seiner Seele ohne Unterlaß: «Morgen geht sie fort! Morgen geht sie fort!», und je lauter und schmerzlicher es rief, desto sehnlicher klammerte er sich an den schönen Augenblick, und desto lustiger redete er darauf los.

Herr Abderegg, der einen Augenblick herüberhorchte, rief lachend: «Paul, du fängst früh an!»

Er ließ sich nicht stören. Für Augenblicke faßte ihn ein drängendes Verlangen, hinauszugehen, den Kopf an den Türpfosten zu lehnen und zu schluchzen. Aber nein, nein!

Währenddessen hatte Berta mit der Tante «du» gemacht und gab sich dankbar unter ihren Schutz. Es lag wie eine Last auf ihr, daß Paul von ihr allein nichts wissen wollte, daß er den ganzen Tag kaum ein Wort an sie gerichtet hatte, und müde und unglücklich überließ sie sich der gütigen Zärtlichkeit der Tante.

Die beiden alten Herren überboten einander im Aufwärmen von Erinnerungen und spürten kaum etwas davon, daß neben ihnen junge unausgesprochene Leidenschaften sich kreuzten und bekämpften.

Herr Homburger fiel mehr und mehr ab. Daß er hin und wieder eine schwach vergiftete Pointe ins Gespräch warf, wurde kaum beachtet, und je mehr die Bitterkeit und Auflehnung in ihm wuchs, desto weniger wollte es ihm gelingen,

Worte zu finden. Er fand es kindisch, wie Paul sich gehenließ, und unverzeihlich, wie das Fräulein darauf einging. Am liebsten hätte er gute Nacht gesagt und wäre gegangen. Aber das mußte aussehen wie ein Geständnis, daß er sein Pulver verschossen habe und kampfunfähig sei. Lieber blieb er da und trotzte. Und so widerwärtig ihm Thusneldes ausgelassen spielerisches Wesen heute abend war, so hätte er sich doch vom Anblick ihrer weichen Gesten und ihres schwach geröteten Gesichtes jetzt nicht trennen mögen.

Thusnelde durchschaute ihn und gab sich keine Mühe, ihr Vergnügen über Pauls leidenschaftliche Aufmerksamkeiten zu verbergen, schon weil sie sah, daß es den Kandidaten ärgerte. Und dieser, der in keiner Hinsicht ein Kraftmensch war, fühlte langsam seinen Zorn in jene weiblich trübe, faule Resignation übergehen, mit der bis jetzt fast alle seine Liebesversuche geendet hatten. War er denn je von einem Weib verstanden und nach seinem Wert geschätzt worden? Oh, aber er war Künstler genug, um auch die Enttäuschung, den Schmerz, das Einsambleiben mit allen ihren verborgensten Reizen zu genießen. Wenn auch mit zuckender Lippe, er genoß es doch; und wenn auch verkannt und verschmäht, er war doch der Held in der Szene, der Träger einer stummen Tragik, lächelnd mit dem Dolch im Herzen.

Man trennte sich erst spät. Als Paul in sein kühles Schlafzimmer trat, sah er durchs offene Fenster den beruhigten Himmel mit stillstehenden, milchweißen Flaumflöckchen bedeckt; durch ihre dünnnen Flöre drang das Mondlicht weich und stark und spiegelte sich tausendmal in den nassen Blättern der Parkbäume. Fern über den Hügeln, nicht weit vom dunklen Horizont, leuchtete schmal und langgestreckt wie eine Insel ein Stück reinen Himmels feucht und milde, darin ein einziger blasser Stern.

Der Knabe blickte lange hinaus und sah es nicht, sah nur ein bleiches Wogen und fühlte reine, frisch gekühlte Lüfte um sich her, hörte nie gehörte, tiefe Stimmen wie entfernte Stürme brausen und atmete die weiche Luft einer anderen Welt. Vorgebeugt stand er am Fenster und schaute, ohne etwas zu sehen, wie ein Geblendeter, und vor ihm ungewiß und mächtig ausgebreitet lag das Land des Lebens und der Leidenschaften, von heißen Stürmen durchzittert und von dunkelschwülem Gewölk verschattet.

Die Tante war die letzte, die zu Bette ging. Wachsam hatte sie noch Türen und Läden revidiert, nach den Lichtern gesehen und einen Blick in die dunkle Küche getan, dann war sie in ihre Stube gegangen und hatte sich beim Kerzenlicht in den altmodischen Sessel gesetzt. Sie wußte ja nun, wie es um den Kleinen stand, und sie war im Innersten froh, daß morgen die Gäste wieder reisen wollten. Wenn nur auch alles gut ablief! Es war doch eigen, so ein Kind von heut auf morgen zu verlieren. Denn daß Pauls Seele ihr nun entgleiten und mehr und mehr undurchsichtig werden müsse, wußte sie wohl, und sie sah ihn mit Sorge seine ersten, knabenhaften Schritte in den Garten der Liebe tun, von dessen Früchten sie selber zu ihrer Zeit nur wenig und fast nur die bitteren gekostet hatte. Dann dachte sie an Berta, seufzte und lächelte ein wenig und suchte dann lange in ihren Schubladen nach einem tröstenden Abschiedsgeschenk für die Kleine. Dabei erschrak sie plötzlich, als sie sah, wie spät es schon war.

Über dem schlafenden Haus und dem dämmernden Garten standen ruhig die milchweißen, flaumig dünnen Wolken, die Himmelsinsel am Horizont wuchs langsam zu einem weiten, reinen, dunkelklaren Felde, zart von schwach glänzenden Sternen durchglüht, und über die entferntesten Hügel lief eine milde, schmale Silberlinie, sie vom Himmel trennend. Im Garten atmeten die erfrischten Bäume tief und rastend, und auf der Parkwiese wechselte mit dünnen, wesenlosen Wolkenschatten der schwarze Schattenkreis der Blutbuche.

Die sanfte, noch von Feuchtigkeit gesättigte Luft dampfte leise gegen den völlig klaren Himmel. Kleine Wasserlachen standen auf dem Kiesplatz und auf der Landstraße, blitzten goldig oder spiegelten die zarte Bläue. Knirschend fuhr der Wagen vor, und man stieg ein. Der Kandidat machte mehrere tiefe Bücklinge, die Tante nickte liebevoll und drückte noch einmal allen die Hände, die Hausmädchen sahen vom Hintergrunde der Flur der Abfahrt zu.

Paul saß im Wagen Thusnelde gegenüber und spielte den Fröhlichen. Er lobte das gute Wetter, sprach rühmend von köstlichen Ferientouren in die Berge, die er vorhabe, und sog jedes Wort und jedes Lachen des Mädchens gierig ein. Am frühen Morgen war er mit schlechtem Gewissen in den Garten geschlichen und hatte in dem peinlich geschonten Lieblingsbeet seines Vaters die prächtigste halboffene Teerose abgeschnitten. Die trug er nun, zwischen Seidenpapier gelegt, versteckt in der Brusttasche und war beständig in Sorge, er könnte sie zerdrücken. Ebenso bang war ihm vor der Möglichkeit einer Entdeckung durch den Vater.

Die kleine Berta war ganz still und hielt den blühenden Jasminzweig vors Gesicht, den ihr die Tante mitgegeben hatte. Sie war im Grunde fast froh, nun fortzukommen.

«Soll ich Ihnen mal eine Karte schicken?»
fragte Thusnelde munter.

«O ja, vergessen Sie es nicht! Das wäre sc
Und dann fügte er hinzu: «Aber Sie
dann auch unterschreiben, Fräulein B

Sie schrak ein wenig zusammen

«Also gut, hoffentlich denken wir auch daran», sagte Thusnelde.

«Ja, ich will dich daran erinnern.»

Da war man schon am Bahnhof. Der Zug sollte erst in einer Viertelstunde kommen. Paul empfand diese Viertelstunde wie eine unschätzbare Gnadenfrist. Aber es ging ihm sonderbar: seit man den Wagen verlassen hatte und vor der Station auf und ab spazierte, fiel ihm kein Witz und kein Wort mehr ein. Er war plötzlich bedrückt und klein, sah oft auf die Uhr und horchte, ob der kommende Zug schon zu hören sei. Erst im letzten Augenblick zog er seine Rose hervor und drückte sie noch an der Wagentreppe dem Fräulein in die Hand. Sie nickte ihm fröhlich zu und stieg ein. Dann fuhr der Zug ab, und alles war aus.

Vor der Heimfahrt mit dem Papa graute ihm, und als dieser schon eingestiegen war, zog er den Fuß wieder vom Tritt zurück und meinte: «Ich hätte eigentlich Lust, zu Fuß heimzugehen.»

«Schlechtes Gewissen, Paulchen?»

«O nein, Papa, ich kann ja auch mitkommen.»

Aber Herr Abderegg winkte lachend ab und fuhr allein davon.

«Er soll's nur ausfressen», knurrte er unterwegs vor sich hin, «umbringen wird's ihn nicht.» Und er dachte, seit Jahren zum ersten Mal, an sein erstes Liebesabenteuer und war verwundert, wie genau er alles noch wußte. Nun war also schon die Reihe an seinem Kleinen! Aber es gefiel ihm, daß der Kleine die Rose gestohlen hatte. Er hatte sie wohl gesehen.

Zu Hause blieb er einen Augenblick vor dem Bücherschrank im Wohnzimmer stehen. Er nahm den «Werther» heraus und steckte ihn in die Tasche, zog ihn aber gleich darauf wieder heraus, blätterte ein wenig darin herum, begann ein Lied zu pfeifen und stellte das Büchlein an seinen Ort zurück.

Mittlerweile lief Paul auf der warmen Landstraße heimwärts und war bemüht, sich das Bild der schönen Thusnelde immer wieder vorzustellen. Erst als er heiß und erschlafft die Parkhecke erreicht hatte, öffnete er die Augen und besann sich, was er nun treiben solle. Da zog ihn die plötzlich aufblitzende Erinnerung unwiderstehlich zur Trauerweide hin. Er suchte den Baum mit heftig wallendem Verlangen auf, schlüpfte durch die tiefhängenden Zweige und setzte sich auf dieselbe Stelle der Bank, wo er gestern neben Thusnelde gesessen war und wo sie ihre Hand auf seine gelegt hatte. Er schloß die Augen, ließ die Hand auf dem Holze liegen und fühlte noch einmal den ganzen Sturm, der gestern ihn gepackt und berauscht und gepeinigt hatte. Flammen wogten um ihn, und Meere rauschten, und heiße Ströme zitterten sausend auf purpurnen Flügeln vorüber.

Paul saß noch nicht lange auf seinem Platz, so

klangen Schritte, und jemand trat herzu. Er blickte verwirrt auf, aus hundert Träumen gerissen, und sah den Herrn Homburger vor sich stehen.

«Ah, Sie sind da, Paul? Schon lange?»

«Nein, ich war ja mit an der Bahn. Ich kam zu Fuß zurück.»

«Und nun sitzen Sie hier und sind melancholisch.»

«Ich bin nicht melancholisch.»

«Also nicht. Ich habe Sie zwar schon munterer gesehen.»

Paul antwortete nicht.

«Sie haben sich ja sehr um die Damen bemüht.»

«Finden Sie?»

«Besonders um die eine. Ich hätte eher gedacht, Sie würden dem jüngeren Fräulein den Vorzug geben.»

«Dem Backfisch? Hm.»

«Ganz richtig, dem Backfisch.»

Da sah Paul, daß der Kandidat ein fatales Grinsen aufsetzte, und ohne noch ein Wort zu sagen, kehrte er sich um und lief davon, mitten über die Wiese.

Mittags bei Tisch ging es sehr ruhig zu.

«Wir scheinen ja alle ein wenig müde zu sein», lächelte Herr Abderegg. «Auch du, Paul. Und Sie, Herr Homburger? Aber es war eine angenehme Abwechslung, nicht?»

«Gewiß, Herr Abderegg.»

«Sie haben sich mit dem Fräulein gut unterhalten? Sie soll ja riesig belesen sein.»

«Darüber müßte Paul unterrichtet sein. Ich hatte leider nur für Augenblicke das Vergnügen.»

«Was sagst du dazu, Paul?»

«Ich? Von wem sprecht ihr denn?»

«Von Fräulein Thusnelde, wenn du nichts dagegen hast. Du scheinst einigermaßen zerstreut zu sein...»

«Ach, was wird der Junge sich viel um die Damen gekümmert haben», fiel die Tante ein.

Es wurde schon wieder heiß. Der Vorplatz strahlte Hitze aus, und auf der Straße waren die letzten Regenpfützen vertrocknet. Auf ihrer sonnigen Wiese stand die alte Blutbuche, von warmem Licht umflossen, und auf einem ihrer starken Äste saß der junge Paul Abderegg, an den Stamm gelehnt und ganz von rötlich dunkeln Laubschatten umfangen. Das war ein alter Lieblingsplatz des Knaben, er war dort vor jeder Überraschung sicher. Dort auf dem Buchenast hatte er heimlicherweise im Herbst vor drei Jahren die «Räuber» gelesen, dort hatte er seine erste halbe Zigarre geraucht, und dort hatte er damals das Spottgedicht auf seinen früheren Hauslehrer gemacht, bei dessen Entdeckung sich die Tante so furchtbar aufgeregt hatte. Er dachte an diese und andere Streiche mit einem überlegenen, nachsichtigen Gefühl, als wäre das alles vor Urzeiten gewesen. Kindereien, Kindereien!

Mit einem Seufzer richtete er sich auf, kehrte sich behutsam im Sitze um, zog sein Taschenmesser heraus und begann am Stamm zu ritzen. Es sollte ein Herz daraus werden, das den Buchstaben T umschloß, und er nahm sich vor, es schön und sauber auszuschneiden, wenn er auch mehrere Tage dazu brauchen sollte.

Noch am selben Abend ging er zum Gärtner hinüber, um sein Messer schleifen zu lassen. Er trat selber das Rad dazu. Auf dem Rückweg setzte er sich eine Weile in das alte Boot, plätscherte mit der Hand im Wasser und suchte sich auf die Melodie des Liedes zu besinnen, das er gestern von hier aus hatte singen hören. Der Himmel war halb verwölkt, und es sah aus, als werde in der Nacht schon wieder ein Gewitter aufkommen.

FRIEDRICH GOTTLIEB KLOPSTOCK

1724–1803

Das Rosenband

Im Frühlingsschatten fand ich sie;
Da band ich sie mit Rosenbändern:
Sie fühlt' es nicht, und schlummerte.

Ich sah sie an; mein Leben hing
Mit diesem Blick an ihrem Leben:
Ich fühlt' es wohl, und wußt es nicht.

Doch lispelt ich ihr sprachlos zu
Und rauschte mit den Rosenbändern:
Da wachte sie vom Schlummer auf.

Sie sah mich an; ihr Leben hing
Mit diesem Blick an meinem Leben,
Und um uns wards Elysium.

FRIEDRICH RÜCKERT

1788–1866

Die Nachtigall sang,
Und die Ros' entsprang.
Und hätte die nicht gesungen,
So wäre sie nicht entsprungen.

Die Ros' entsprang,
Und die Nachtigall sang.
Und wäre die nicht entsprungen,
So hätte sie nicht gesungen.

Die Nachtigall sang,
Weil die Ros' entsprang.
Doch ist die Rose entsprungen,
Weil Nachtigall hat gesungen.

OSCAR WILDE

1854–1900

Die Nachtigall und die Rose

«Sie sagte, daß sie mit mir tanzen würde, wenn ich ihr rote Rosen brächte», klagte der junge Student, «aber in meinem ganzen Garten gibt es keine einzige rote Rose.»

Von ihrem Nest aus in dem Eichenbaum hörte die Nachtigall ihn, und sie blickte durch die Blätter und wunderte sich.

«In meinem ganzen Garten keine rote Rose!» klagte er, und seine schönen Augen füllten sich mit Tränen. «Ach, von welch kleinen Dingen doch das Glücklichsein abhängt! Ich habe alles gelesen, was die weisen Männer geschrieben haben, und alle Geheimnisse der Philosophie sind mir eigen, aber es mangelt mir an einer roten Rose, und das macht mein Leben erbärmlich.»

«Hier ist endlich ein wahrhaft Liebender», sagte die Nachtigall. «Nacht für Nacht habe ich von ihm gesungen, auch wenn ich ihn nicht kannte: Nacht für Nacht habe ich seine Geschichte den Sternen erzählt, und nun erblicke ich ihn. Sein Haar ist so dunkel wie die Blüte der Hyazinthe, und seine Lippen sind so rot wie die Rose, die er begehrt, aber die Leidenschaft hat sein Gesicht wie blasses Elfenbein werden lassen, und der Kummer hat sein Siegel auf seine Stirn gesetzt.»

«Der Prinz gibt morgen abend einen Ball», murmelte der junge Student, «und meine Geliebte wird von der Gesellschaft sein. Wenn ich ihr eine rote Rose bringe, wird sie mit mir tanzen bis zum Morgengrauen. Wenn ich ihr eine rote Rose bringe, werde ich sie in meinen Armen halten, und sie wird ihren Kopf an meine Schulter lehnen, und ihre Hand wird in der meinen ruhen. Aber in meinem Garten gibt es keine rote Rose, so werde ich dasitzen, und sie wird an mir vorübergehen. Sie wird mir keine Beachtung schenken, und das Herz wird mir brechen.»

«Hier ist wirklich ein wahrhaft Liebender», sagte die Nachtigall. «Wovon ich singe, erleidet er; was für mich Freude ist, ist für ihn Schmerz. Liebe muß etwas Wunderbares sein. Sie ist wertvoller als Smaragde und kostbarer als feiner Opal. Perlen und Granatäpfel können sie nicht erwerben, noch wird sie auf dem Markt feilgeboten. Sie kann nicht beim Händler erstanden noch kann sie mit Gold aufgewogen werden.»

«Die Musikanten werden in ihrer Galerie sitzen», sagte der junge Student, «und auf ihren Saiteninstrumenten spielen, und meine Geliebte wird tanzen zu dem Klang der Harfe und der Violine. Sie wird so leicht tanzen, daß ihre Füße den Boden nicht berühren, und die buntgekleideten Höflinge werden sich um sie scharen. Aber mit mir wird sie nicht tanzen, denn ich habe keine rote Rose für sie», und er warf sich in das Gras und schlug die Hände vor das Gesicht und weinte.

«Warum weint er?» fragte eine kleine grüne Eidechse, als sie, mit dem Schwanz in der Luft, an ihm vorbeilief.

«Ja, warum?» sagte ein Schmetterling, der einem Sonnenstrahl hinterherflatterte.

«Ja, warum?» flüsterte ein Gänseblümchen seinem Nachbarn mit zarter, leiser Stimme zu.

«Er weint um eine rote Rose», sagte die Nachtigall.

«Um eine rote Rose?» riefen sie. «Wie lächerlich!», und die kleine Eidechse, die etwas zynisch war, lachte heraus.

Aber die Nachtigall verstand den verborgenen Grund seines Kummers, und sie saß still in dem Eichenbaum und dachte über das Geheimnis der Liebe nach. Plötzlich breitete sie ihre braunen Flügel zum Flug aus und erhob sich in die Luft. Sie glitt wie ein Schatten durch den Hain, und wie ein Schatten segelte sie durch den Garten.

In der Mitte des Rasenplatzes stand ein wunderschönes Rosenbäumchen, und als sie es sah, flog sie zu ihm hinüber und landete auf einem Zweig. «Gib mir eine rote Rose», rief sie, «und ich werde dir mein lieblichstes Lied singen.»

Aber das Bäumchen schüttelte den Kopf.

«Meine Rosen sind weiß», antwortete es, «so weiß wie die Schaumkronen auf der See und weißer als der Schnee auf dem Berg. Aber geh zu meinem Bruder, der sich um die alte Sonnenuhr rankt, und vielleicht wird er dir geben, was du möchtest.»

So flog die Nachtigall zu dem Rosenbäumchen hinüber, das sich um die alte Sonnenuhr rankte.

«Gib mir eine rote Rose», rief sie, «und ich werde dir mein lieblichstes Lied singen.»

Aber das Bäumchen schüttelte den Kopf.

«Meine Rosen sind gelb», antwortete es, «so gelb wie das Haar der Meerjungfrau, die auf einem bernsteinenen Thron sitzt, und gelber als die Narzisse, die in der Wiese blüht, bevor der Mäher mit seiner Sense kommt. Aber geh zu meinem Bruder, der unter dem Fenster des Studenten wächst, und vielleicht wird er dir geben, was du möchtest.»

So flog die Nachtigall zu dem Rosenbäumchen hinüber, das unter dem Fenster des Studenten wuchs.

«Gib mir eine rote Rose», rief sie, «und ich werde dir mein lieblichstes Lied singen.»

Aber das Bäumchen schüttelte den Kopf.

«Meine Rosen sind rot», antwortete es, «so rot wie die Füße der Taube und röter als die großen Korallenfächer, die immerfort in der Meereshöhle wallen. Aber der Winter hat meine Adern erstarren lassen, und der Frost hat meine Knospen erfrieren lassen, und der Sturm hat meine Äste gebrochen, und ich werde gar keine Rosen tragen dieses Jahr.»

«Eine rote Rose ist alles, was ich brauche», rief die Nachtigall, «nur eine rote Rose! Gibt es denn gar keinen Weg, sie zu bekommen?»

«Es gibt einen Weg», antwortete das Bäumchen, «aber er ist so furchtbar, daß ich nicht wage, ihn dir zu nennen.»

«Nenn ihn mir», sagte die Nachtigall, «ich habe keine Angst.»

«Wenn du eine rote Rose möchtest», sagte der Baum, «mußt du sie selber aus Musik im Mondlicht formen und mit dem Blut deines Herzens färben. Du mußt für mich singen mit deiner Brust gegen einen Dorn. Die ganze Nacht hindurch mußt du für mich singen, und der Dorn muß dein Herz durchbohren, und dein Lebenssaft muß in meine Adern fließen und zu meinem werden.»

«Der Tod ist ein hoher Preis für eine rote Rose», rief die Nachtigall, «und das Leben ist allen sehr teuer. Es ist schön, im grünen Wald zu sitzen und die Sonne anzuschauen in ihrem Wagen aus Gold und den Mond in seinem Wagen aus Perlmutt. Süß ist der Duft des Hagedorns, und süß sind die blauen Glockenblumen, die sich im Tal verbergen, und die Heide, die auf dem Berg im Wind weht. Doch die Liebe ist besser als das Leben, und was ist das Herz eines Vogels schon im Vergleich zu dem eines Menschen.»

Da breitete sie ihre braunen Flügel zum Flug aus und erhob sich in die Luft. Sie glitt durch den Garten wie ein Schatten, und wie ein Schatten segelte sie durch den Hain.

Der junge Student lag noch immer im Gras, wie sie ihn verlassen hatte, und die Tränen in seinen schönen Augen waren noch nicht getrocknet.

«Sei glücklich», rief die Nachtigall, «sei glücklich; du sollst deine rote Rose haben. Ich werde sie aus Musik im Mondlicht formen und mit meinem eigenen Herzblut färben. Alles, was ich von dir dafür verlange, ist, daß du ein wahrhaft Liebender sein sollst, denn die Liebe ist weiser als die Philosophie, obwohl sie weise ist, und stärker als die Macht, obwohl sie mächtig ist. Flammenfarbig sind ihre Schwingen, und von der Farbe der Flamme ist ihr Körper. Ihre Lippen sind süß wie Honig, und ihr Atem ist wie Weihrauch.»

Der Student sah aus dem Gras auf und hörte zu, aber er konnte nicht verstehen, was die Nachtigall zu ihm sagte, da er nur die Dinge kannte, die in Büchern geschrieben standen.

Aber der Eichenbaum verstand und war traurig, denn er hatte die kleine Nachtigall lieb, die ihr Nest in seinen Ästen gebaut hatte.

«Sing mir ein letztes Lied», flüsterte er. «Ich werde einsam sein, wenn du nicht mehr da bist.»

So sang die Nachtigall für den Eichenbaum, und ihre Stimme war wie Wasser, das aus einem silbernen Gefäß perlt.

Als sie ihr Lied zu Ende gesungen hatte, stand der Student auf und nahm ein Notizbuch und einen Bleistift aus der Tasche.

«Sie hat Geschmack», sagte er zu sich, als er sich durch den Hain entfernte; «das muß man zugeben; aber empfindet sie auch? Ich fürchte nicht. Sie ist doch wie die meisten Künstler; sie ist ganz Manier ohne jegliche Ernsthaftigkeit. Sie würde sich nicht für andere opfern. Sie denkt nur an Musik, und jeder weiß, daß die Künste selbstsüchtig sind. Und dennoch muß man ihr zugestehen, daß ihre Stimme einige wunderschöne Töne hervorbringt. Wie schade, daß sie nichts bedeuten, keinen praktischen Nutzen haben!» Und er ging in sein Zimmer und warf sich auf sein bescheidenes Strohlager und fing an, an seine Liebe zu denken; und nach einiger Zeit schlief er ein.

Und als der Mond am Himmel schien, flog die Nachtigall zu dem Rosenbaum und legte ihre Brust gegen den Dorn. Die ganze Nacht sang sie mit ihrer Brust gegen den Dorn, der kalte, kristallene Mond neigte sich und hörte zu. Die ganze Nacht sang sie, und der Dorn bohrte sich tiefer und tiefer in ihre Brust, und ihr Herzblut verebbte.

Zuerst sang sie davon, wie in dem Herzen eines Jünglings und eines Mädchens die Liebe geboren wurde. Und auf dem obersten Zweig des Rosenbaums, als ein Lied dem anderen folgte, trieb Blütenblatt für Blütenblatt eine wunderbare Rose. Blaß war sie, zunächst wie der Dunst, der über dem Fluß hängt – blaß wie die Füße des Morgens – und silbern wie die Schwingen der Morgendämmerung. Wie der Schatten einer Rose in einem Spiegel aus Silber, wie der Schatten einer Rose im Wasser, so war die Rose, die auf dem obersten Zweig des Baumes erblühte.

Aber das Bäumchen rief der Nachtigall zu, sich dichter an den Dorn zu drängen. «Dränge dich dichter heran, oder es wird Tag, bevor die Rose vollendet ist.»

Da drängte sich die Nachtigall dichter an den Dorn, und lauter und lauter wurde ihr Lied, denn sie sang von der Leidenschaft, die in der Seele eines jungen Mannes und eines Mädchens geboren wurde.

Und ein zarter rosa Hauch stieg in die Blütenblätter der Rose wie das Erröten im Gesicht eines Bräutigams, wenn er die Lippen der Braut küßt. Aber der Dorn hatte ihr Herz noch nicht erreicht, und das Herz der Rose blieb weiß, denn nur das Herzblut einer Nachtigall kann das Herz einer Rose glutrot färben.

Und das Bäumchen rief der Nachtigall zu, sich

dichter an den Dorn zu drängen. «Dränge dich dichter an ihn, kleine Nachtigall», rief der Baum, «oder es wird Tag, ehe die Rose vollendet ist.»

Da drängte sich die Nachtigall dichter an den Dorn, und der Dorn berührte ihr Herz, und ein wilder heftiger Schmerz durchfuhr sie. Bitter, bitter war der Schmerz, und inbrünstiger und inbrünstiger wurde ihr Lied, denn sie sang von der Liebe, die im Tod ihre Erfüllung findet, von der Liebe, die nicht im Grab stirbt.

Und die wunderbare Rose wurde glutrot wie die Rose unter dem östlichen Himmel. Karmesinrot war der Gürtel aus Blütenblättern und glutrot wie ein Rubin war das Herz.

Aber die Stimme der Nachtigall wurde schwächer, und ihre kleinen Flügel fingen an zu flattern, und ein Schleier legte sich über ihre Augen. Schwächer und schwächer wurde ihr Lied, und sie fühlte, wie etwas sie in ihrer Kehle erstickte.

Dann brach eine letzte Melodie aus ihr hervor. Der weiße Mond hörte sie, und er vergaß die Morgendämmerung und verweilte am Himmel. Die rote Rose hörte sie, und sie zitterte verzückt und öffnete ihre Blütenblätter der frischen Morgenluft.

Das Echo trug sie in seine purpurne Höhle in den Bergen und weckte die Schäfer aus ihren Träumen. Sie trieb das Schilf des Flusses, das die Nachricht bis hin zum Meer trug.

«Sieh nur, sieh nur!» rief das Bäumchen, «die

Rose ist jetzt vollendet», aber die Nachtigall gab keine Antwort, denn sie lag tot im hohen Gras, mit dem Dorn in ihrem Herzen.

Und am Mittag öffnete der Student sein Fenster und sah hinaus.

«Ach, was für ein Glück», rief er, «eine rote Rose! Ich habe noch nie in meinem ganzen Leben so eine Rose gesehen. Sie ist so schön, sie hat bestimmt einen langen lateinischen Namen.» Und er lehnte sich hinunter und pflückte sie.

Dann setzte er seinen Hut auf und lief mit der Rose in der Hand zu dem Haus des Professors.

Die Tochter des Professors saß in der Tür und wand blaue Seide auf eine Haspel, und ihr kleiner Hund lag zu ihren Füßen.

«Du hast gesagt, daß du mit mir tanzen würdest, wenn ich dir eine rote Rose brächte», rief der Student. «Hier ist die röteste Rose in der ganzen Welt. Du wirst sie heute abend nah an deinem Herzen tragen, und wenn wir zusammen tanzen, wird sie dir sagen, wie sehr ich dich liebe.»

Aber die Stirn des Mädchens umwölkte sich.

«Ich fürchte, sie wird nicht zu meinem Kleid passen», antwortete sie, «und außerdem hat mir der Neffe des Schatzmeisters einige echte Edelsteine geschickt, und jeder weiß, daß Edelsteine viel mehr kosten als Blumen.»

«Du bist wirklich sehr undankbar», sagte der Student zornig, und er warf die Rose auf die

Straße, wo sie in den Rinnstein fiel und ein Wagenrad über sie fuhr.

«Undankbar!» sagte das Mädchen. «Laß dir das sagen, du bist sehr unverschämt; und wer bist du denn schon? Nur ein Student. Ich wette, du hast noch nicht einmal silberne Schnallen auf deinen Schuhen wie der Neffe des Schatzmeisters!» Und sie stand von ihrem Stuhl auf und ging ins Haus.

«Was für eine nichtige Sache die Liebe ist!» sagte der Student, als er sich entfernte.

«Sie ist nicht halb so nützlich wie die Logik, denn sie beweist nichts, und sie erzählt einem immer von Dingen, die sich nicht erfüllen, und sie läßt einen Dinge glauben, die nicht wahr sind. Sie ist alles in allem vollkommen unpraktisch, und da heutzutage alles praktisch sein muß, werde ich mich wieder der Philosophie zuwenden und Metaphysik studieren.»

So ging er in sein Zimmer zurück und zog ein großes, staubiges Buch hervor und begann zu lesen.

JAHJA KEMAL

1884–1958

Der Tod der Berauschten

Im Hag, wo das Grab des Hafis liegt, dort
erblühen
Noch jeden Tag Rosen mit blutroten Säumen,
Dort weint noch die Nachtigall süß in
Morgenfrühen;
Die Weise läßt von dem alten Schiras uns
träumen...
Ein Land voll Frühling nur ist der Tod für den
Trunknen,
Sein Herz gleich dem Rauchfaß, das jahrelang
Düfte noch bringt.
Am Grab, dem unter frischen Zypressen
versunknen,
Springt früh eine Rose auf, eine Nachtigall singt.

ÜMMI SINAN

gestorben 1568

Rosen

In eine Stadt kam ich einmal;
Ich sah: ihr Schloß aus Rosen rot,
Und ihres Fürsten Krone, Thron,
Und Hag und Mauer Rosen rot.

Mit Rosen geht Kauf und Verkauf,
Aus Rosen stellt man Waagen auf,
Wiegt Rose dort mit Rose auf –
Der ganze Markt ist Rosen rot.

Ihr Staub ist Rose, Ros' ihr Stein,
Ihr Feuchtes, Trocknes Rosenschein,
Zypressen sind in ihrem Hain
Und Tannen auch aus Rosen rot.

Aus Rosen drehn sich Mühlen dort,
Sie mahlen Rosen fort und fort,
Ihr Rad, ihr Wasser und ihr Port,
Ihr Damm, ihr Quell sind Rosen rot.

Aus Rosen aufgebaut ein Zelt,
Drin alle Gnaden jener Welt.
Ilyas Hizir die Wache hält,
Sein Haus, sein Wein sind Rosen rot.

Ümmi Sinan, sag allerwärts
Des Sprossers und der Rose Schmerz –
Es sind ja für dein armes Herz
Auch Seufzer, Klagen Rosen rot.

KONSTANTIN PAUSTOWSKIJ

1892–1968

Kostbarer Staub

Ich erinnere mich nicht mehr, wie ich diese Geschichte von dem Pariser Müllmann Jean Chamette erfahren habe. Chamette kehrte die Werkstätten der Handwerker in seinem Stadtviertel aus und verdiente sich damit seinen Lebensunterhalt.

Er wohnte in einer ärmlichen Hütte am Stadtrand. Natürlich könnte ich diese Gegend ausführlich beschreiben und dadurch den Leser von dem eigentlichen Thema der Erzählung wegführen. Deshalb soll hier nur erwähnt werden, daß in den Vororten von Paris bis heute die alten Festungswälle erhalten geblieben sind. Zu der Zeit, da die Handlung dieser Erzählung spielt, waren die Wälle noch mit einem Dickicht von Geißblatt und Weißdorn überwuchert, in dem die Vögel nisteten.

Die Hütte des Müllmanns lag unmittelbar am Fuß des nördlichen Festungswalls, neben den Häuschen der Klempner, Schuster, Kippensammler und Bettler.

Hätte Maupassant sich für das Leben der Bewohner dieser Elendshütten interessiert, so wären wohl noch einige großartige Erzählungen aus seiner Feder geflossen, und vielleicht hätten sie seinem unauslöschlichen Ruhm noch neuen Lorbeer hinzugefügt.

Leider verirrte sich nie ein Außenstehender in diese Gegend, abgesehen von den Polizeispitzeln, aber auch die nur, um irgendwelches Diebesgut aufzuspüren.

Der Spitzname «Specht», mit dem die Nachbarn Chamette bedacht hatten, legt die Vermutung nahe, daß er dünn und spitznasig war und unter seinem Hut vielleicht immer ein Haarbüschel, ähnlich dem Federschopf eines Vogels, hervorguckte.

Einstmals hatte Jean Chamette bessere Tage gekannt. Er hatte während der mexikanischen Expedition als Soldat in der Armee «Napoleons des Kleinen» gedient.

Chamette hatte Glück gehabt. In Veracruz packte ihn ein heftiges Fieber. Der kranke Soldat, der noch niemals ein richtiges Feuergefecht mitgemacht hatte, wurde nach Hause zurückgeschickt. Der Regimentskommandeur nutzte diese Gelegenheit und erteilte Chamette den Auftrag, seine achtjährige Tochter Suzanne nach Frankreich mitzunehmen.

Der Kommandeur war Witwer und somit gezwungen, das kleine Mädchen überall mit hinzunehmen. Jetzt aber hatte er beschlossen, sich von seiner Tochter zu trennen und sie zu seiner Schwester nach Rouen zu schicken. Das Klima in

Mexiko war mörderisch für europäische Kinder. Zudem lauerten in den Wirren des Partisanenkrieges viele unvorhersehbare Gefahren.

Während der Überfahrt nach Frankreich herrschte brütende Hitze über dem Atlantik. Die Kleine schwieg die ganze Zeit. Selbst die Fische, die aus dem öligen Wasser hochsprangen, betrachtete sie ohne ein Lächeln.

Chamette versorgte Suzanne, so gut er konnte. Aber er wußte natürlich, daß sie nicht nur das von ihm erwartete, sondern auch Zuwendung, freundliche Worte. Aber was für freundliche Worte konnte er, der Soldat eines Kolonialregiments, ihr schon sagen? Womit ihr die Zeit vertreiben? Mit Würfelspielen? Oder rohen Soldatenliedern?

Schweigen aber konnte er auch nicht länger. Immer öfter fing Chamette fragende Blicke des Mädchens auf. Da faßte er sich schließlich ein Herz und begann ihr, so wie es ihm gerade einfiel, sein Leben zu erzählen. In allen Einzelheiten schilderte er das kleine Fischerdorf am Ärmelkanal, den Treibsand, die Wasserlachen, die bei Ebbe zurückbleiben, die kleine Dorfkapelle mit der gesprungenen Glocke, seine Mutter, die die Nachbarn vom Sodbrennen kurierte.

In diesen Erinnerungen fand Chamette nichts, was Suzanne hätte aufheitern können. Doch zu seiner Verwunderung lauschte das Mädchen begierig seinen Erzählungen, konnte gar nicht genug davon hören und wollte immer noch mehr Einzelheiten wissen.

Chamette strengte sein Gedächtnis an, suchte nach solchen Einzelheiten, bis er schließlich selbst nicht mehr genau wußte, ob wirklich alles so gewesen war. Das waren eigentlich nicht mehr Erinnerungen, sondern nur noch Schemen von Erinnerungen, die sich auflösten wie Nebelschwaden. Chamette hatte allerdings auch nie geahnt, daß er sich diese längst vergangene Zeit seines Lebens jemals wieder ins Gedächtnis zurückrufen mußte.

Eines Tages kam ihm die vage Erinnerung an eine goldene Rose. Hatte er diese grob gehämmerte Rose aus dunklem Gold, die am Kruzifix im Haus einer alten Fischersfrau hing, mit eigenen Augen gesehen, oder wußte er davon nur aus Erzählungen der Leute im Dorf?

Nein, er hatte diese Rose wohl doch selbst einmal gesehen, denn er erinnerte sich, wie sie funkelte, obwohl keine Sonne schien, der Himmel dunkel war und ein Sturm über dem Kanal tobte. Je länger Chamette nachdachte, desto deutlicher erinnerte er sich an dieses Funkeln – ein paar grelle Lichtreflexe unter der niedrigen Zimmerdecke.

Alle im Dorf wunderten sich, daß die alte Frau dieses kostbare Stück nicht verkaufte. Sie hätte viel Geld dafür bekommen können. Einzig Chamettes Mutter beteuerte immer wieder, es sei

Sünde, die goldene Rose zu verkaufen, denn sie sei ein Geschenk, das ihr Glück bringen sollte. Von ihrem Liebsten hatte die alte Frau es einst bekommen, als sie, damals noch ein fröhliches junges Mädchen, in der Sardinenfabrik in Audierne gearbeitet hatte.

«Solche goldene Rosen gibt es wenige auf der Welt», hatte Chamettes Mutter gesagt. «Aber alle, die eine im Hause haben, werden ganz gewiß glücklich. Und nicht nur sie, sondern auch jeder, der diese Rose berührt.»

Als Junge hatte Chamette ungeduldig darauf gewartet, daß die Alte endlich glücklich würde. Aber von Glück konnte gar keine Rede sein. Das Haus der Alten schwankte im Wind, und abends saß sie im Dunkeln.

Und so verließ Chamette das Fischerdorf, ohne die Wende im Schicksal der alten Frau abgewartet zu haben. Erst ein Jahr später in Le Havre erzählte ihm ein Bekannter, Heizer auf einem Postdampfer, daß eines Tages ganz unverhofft der Sohn der alten Frau, der Maler war, aus Paris gekommen sei, ein fröhlicher komischer Kauz mit Bart. Seitdem sei die Hütte nicht wiederzuerkennen, es herrschten dort Leben und Wohlstand. Es heißt ja, diese Maler sollen für ihr Geklecksc viel Geld kriegen.

Eines Tages, als Chamette an Deck saß und Suzanne mit seinem eisernen Kamm die windzerzausten Haare kämmte, fragte sie: «Ob mir

Joachim Camerarius

Uni salus, alteri pernicies.

Des einen Glück, des andern Unglück.

wohl mal jemand eine goldene Rose schenkt, Jean?»

«Möglich ist alles», antwortete Chamette. «Auch für dich, Suzi, wird sich irgendein Sonderling finden. In unserer Kompanie war ein ganz schmächtiger Soldat. Der hatte ein verdammtes Glück. Er fand auf dem Schlachtfeld ein zerbrochenes goldenes Gebiß. Das haben wir dann mit der ganzen Kompanie versoffen. Während des Krieges in Annam war das. Die betrunkenen Artilleristen schossen einfach so zum Spaß aus dem Mörser, ein Geschoß landete im Krater eines erloschenen Vulkans, detonierte da, und vor Überraschung begann der Vulkan zu zischen und Feuer zu speien. Weiß der Teufel, wie er hieß, dieser Vulkan! Kraka-Taka, glaube ich. Das war vielleicht ein Feuerwerk! Vierzig friedliche Eingeborene kamen dabei um. Stell dir bloß vor, wegen einem Gebiß mußten so viele Menschen ihr Leben lassen. Später erfuhren wir, daß unser Oberst dieses Gebiß verloren hatte. Die Sache wurde natürlich vertuscht – das Ansehen der Armee geht über alles. Aber wir hatten uns damals tüchtig vollaufen lassen.»

«Wo war das denn?» fragte Suzi mißtrauisch.

«Sagte ich doch schon, in Annam. In Indochina. Da brennt der Ozean wie Feuer, wie in der Hölle, und die Quallen sehen aus wie die Spitzenröckchen der Balletteusen. Und da ist es so feucht, daß in einer einzigen Nacht in unseren

Stiefeln Champignons wuchsen! Hängen soll man mich, wenn ich lüge!»

Chamette hatte schon viele Lügengeschichten von Soldaten gehört, aber er selbst hatte bis jetzt noch nie gelogen. Nicht aus Mangel an Phantasie, nein, es war einfach nicht nötig gewesen. Jetzt dagegen hielt er es für seine heilige Pflicht, Suzanne die Zeit zu vertreiben.

Chamette brachte das kleine Mädchen nach Rouen und übergab es einer hochgewachsenen Frau mit fest zusammengepreßten blassen Lippen. Das war Suzannes Tante. Die Frau war über und über mit schwarzen Glasperlen behängt und schillerte wie eine Zirkusschlange.

Als das Mädchen sie sah, drängte es sich ganz fest an Chamette, an seinen verblichenen Mantel.

«Keine Bange!» flüsterte Chamette und schubste Suzanne leicht an der Schulter. «Wir einfachen Soldaten können uns die Kompanieführer auch nicht aussuchen. Halt durch, Suzi, mein Soldatenkind!»

Chamette ging weg. Ein paarmal blickte er sich noch um, sah die Fenster des tristen Hauses, wo nicht mal der Wind die Gardinen bewegte. In den engen Straßen der Stadt drang aus den kleinen Läden das rastlose Ticken der Uhren. In Chamettes Tornister lag ein Andenken an Suzi – ihre zerknitterte blaue Haarschleife. Und weiß der Teufel warum, aber diese Haarschleife duftete so lieblich, als hätte sie lange in einem Korb mit Veilchen gelegen.

Das mexikanische Fieber hatte Chamettes Gesundheit zerrüttet. Er wurde aus der Armee entlassen. Da er es nicht einmal bis zum Unteroffizier gebracht hatte, kehrte er als gemeiner Soldat ins zivile Leben zurück.

Die Jahre vergingen in Eintönigkeit und Not. Chamette ging verschiedener kärglich bezahlter Arbeit nach und wurde schließlich Müllmann in Paris. Seitdem verfolgte ihn überall der Geruch nach Staub und Unrat. Er spürte diesen Geruch sogar in dem leichten Wind, der von der Seine her in die Straßen wehte, und selbst den Büscheln taufrischer Blumen, die saubere alte Frauen auf den Boulevards verkauften, schien dieser Geruch anzuhaften.

Die Tage verschwammen in gelbtrübem Nebel. Manchmal jedoch tauchte vor Chamettes innerem Auge ein leichtes rosa Wölkchen auf – das alte Kleid von Suzanne. Dieses Kleid duftete so frühlingsfrisch, als hätte es ebenfalls lange Zeit in einem Korb mit Veilchen gelegen.

Suzanne! Wo war sie? Wie mochte es ihr gehen? Er wußte, daß sie jetzt bereits erwachsen war und daß ihr Vater eine Verwundung nicht überlebt hatte.

Lange Zeit hatte Chamette die Absicht gehabt, nach Rouen zu fahren und Suzanne zu besuchen. Aber er schob die Reise immer wieder auf, und dann war es zu spät, es war zu viel Zeit vergangen, und Suzanne hatte ihn sicher längt vergessen.

Er bezichtigte sich selbst als Schweinehund, wenn er an den Abschied dachte. Anstatt der Kleinen einen Kuß zu geben, hatte er sie noch zu der bösen Alten hingeschubst und gesagt: «Halt durch, Suzi, mein Soldatenkind!»

Mülleute arbeiten bekanntlich meist in der Nacht. Und dafür gibt es zwei zwingende Gründe: der meiste Müll der rastlosen und nicht immer nützlichen menschlichen Tätigkeit sammelt sich gegen Ende des Tages an, und außerdem muß man Augen und Nasen der Pariser schonen. Nachts dagegen bemerkt außer den Ratten kaum jemand die Arbeit der Mülleute.

Chamette hatte sich an die Nachtarbeit gewöhnt und sogar Gefallen daran gefunden. Besonders schön fand er die Zeit, wenn über Paris langsam der Morgen graute. Über der Seine wallte Nebel, der jedoch nie höher als bis zum Brückengeländer stieg.

Eines Tages ging Chamette in solch diesigem Morgengrauen über die Brücke der Invaliden und sah eine junge Frau in einem blaßlila Kleid mit schwarzem Spitzenbesatz. Sie stand am Geländer und blickte auf die Seine.

Chamette blieb stehen, zog seinen staubigen Hut und sagte: «Gnädige Frau, das Wasser der Seine ist um diese Zeit sehr kalt. Kommen Sie, ich begleite Sie lieber nach Hause.»

«Ich habe kein Zuhause», antwortetete die Frau rasch und wandte sich zu Chamette um.

Chamette ließ seinen Hut fallen.

«Suzi!» rief er verzweifelt und freudig zugleich. «Suzi, mein Soldatenkind! Mein kleines Mädchen! Endlich sehe ich dich wieder. Du hast mich sicher längst vergessen. Ich bin Jean Erneste Chamette, der Soldat vom 27. Kolonialregiment, der dich zu dieser widerlichen Tante nach Rouen gebracht hat. Wie schön du geworden bist! Und diese hübsche Frisur! Ich ungeschickter Soldat habe es ja nicht fertiggebracht, dich ordentlich zu kämmen!»

«Jean!» schrie die Frau auf, stürzte zu Chamette und fiel ihm weinend um den Hals. «Jean, Sie sind immer noch so ein guter Mensch wie damals. Ich erinnere mich an alles.»

«Ach, Unsinn!» murmelte Chamette. «Wem nützt das schon... Was ist dir zugestoßen, meine Kleine?»

Chamette drückte Suzanne an seine Brust und tat das, was er sich in Rouen nicht getraut hatte, er streichelte und küßte ihr glänzendes Haar. Doch dann wich er schnell zurück, aus Angst, Suzanne könnte den Mäusegeruch seiner Jacke spüren. Aber Suzanne schmiegte sich nur noch fester an seine Schulter.

«Was ist denn, Mädchen?» fragte er verwirrt.

Suzanne antwortete nicht. Sie konnte nicht länger an sich halten und brach in Schluchzen aus. Chamette begriff: er durfte ihr jetzt keine Fragen stellen.

«Ich habe eine Unterkunft am Festungswall», sagte er rasch. «Ziemlich weit von hier. Und auch nicht gerade gemütlich, ganz kahl und leer. Aber man kann Wasser warm machen und in einem Bett schlafen. Du kannst dich waschen und ausruhen. Und überhaupt da wohnen, solange du willst.

Suzanne blieb fünf Tage bei Chamette. Fünf Tage lang ging über Paris eine ungewöhnliche Sonne auf. Alle Gebäude, selbst die ältesten rußgeschwärzten Häuser, alle Gärten und sogar Chamettes ärmliche Hütte funkelten in den Strahlen dieser Sonne wie Juwelen.

Wer nie erfahren hat, wie erregend der leise Atem einer schlafenden jungen Frau ist, der kann nicht verstehen, was Zärtlichkeit ist. Schöner als feuchte Blütenblätter glänzten ihre Lippen, und von den nächtlichen Tränen glitzerten ihre Wimpern.

Ja, es war genau so, wie Chamette es vermutet hatte. Suzannes Geliebter, ein junger Schauspieler, hatte sie mit einer anderen betrogen. Aber die fünf Tage, die Suzanne bei Chamette verbrachte, reichten aus für eine Versöhnung der beiden.

Chamette hatte seinen Teil dazu beigetragen. Er sollte dem Schauspieler einen Brief von Suzanne überbringen und konnte bei der Gelegenheit diesem schmachtenden Schönling gleich eine Lektion in Höflichkeit erteilen, als dieser ihm ein paar Sous Trinkgeld zustecken wollte.

Kurz darauf kam der Schauspieler in einer Droschke angefahren, um Suzanne abzuholen. Und alles war, wie es sein mußte: Blumen, Küsse, Lachen unter Tränen, Reue und leicht gedämpfte Unbekümmertheit.

Als die jungen Leute abfahren wollten, hatte Suzanne es so eilig, daß sie in die Droschke sprang und sogar vergaß, sich von Chamette zu verabschieden. Doch sie besann sich sofort, errötete und reichte ihm schuldbewußt die Hand.

«Du hast dir ein Leben nach deinem Geschmack ausgesucht», brummte Chamette zum Abschied, «also werde glücklich.»

«Ich weiß gar nicht, was mit mir wird», antwortete Suzanne mit Tränen in den Augen.

«Du machst dir unnötige Sorgen, mein Kleines», sagte der junge Schauspieler ungehalten und wiederholte: «Mein bezauberndes Kleines.»

«Wenn mir doch jemand eine goldene Rose schenken würde!» sagte Suzanne seufzend. «Das würde mir bestimmt Glück bringen. Ich erinnere mich noch genau an die Geschichte, die du mir damals auf dem Dampfer erzählt hast, Jean.»

«Wer weiß!» antwortete Chamette. «Jedenfalls wird dieser Kavalier dir keine goldene Rose schenken. Verzeih, ich bin Soldat. Ich habe nichts übrig für Wichtigtuer.»

Die jungen Leute wechselten einen Blick. Der Schauspieler zuckte die Achseln. Die Droschke fuhr los.

Gewöhnlich schüttete Chamette den gesamten Abfall weg, den er allabendlich in den Werkstätten der Handwerker zusammenkehrte. Aber nach dieser Begegnung mit Suzanne warf er den Staub aus den Juwelierwerkstätten nicht mehr weg, sondern sammelte ihn heimlich in einem Säckchen und trug ihn in seine Hütte. Die Nachbarn dachten, Chamette «ticke nicht mehr richtig». Wer wußte denn auch schon, daß dieser Abfall eine gewisse Menge Goldstaub enthielt, da die Juweliere bei ihrer Arbeit ja immer ein wenig Gold abschleifen.

Chamette hatte die Idee, das Gold aus dem Staub herauszusieben, einen winzigen Barren daraus zu machen und aus diesem Barren eine kleine goldene Rose als Glücksbringer für Suzanne schmieden zu lassen. Konnte ja sein, daß sie, wie seine Mutter ihm einst gesagt hatte, auch vielen einfachen Leuten Glück bringt. Wer weiß! Er beschloß, Suzanne erst wiederzusehen, wenn diese Rose fertig war.

Chamette erzählte niemandem von seinem Vorhaben, aus Angst vor den Behörden und der Polizei. Wer weiß denn, was diesen Rechtsverdrehern in den Sinn kam! Sie könnten ihn am Ende noch als Dieb hinstellen, ihn ins Gefängnis sperren und ihm das Gold wegnehmen. Immerhin war es ja nicht sein Eigentum.

Vor seiner Armeezeit hatte Chamette als Knecht in der Landwirtschaft eines Dorfpfarrers gearbeitet, und deshalb kannte er sich in der Getreideverarbeitung aus. Diese Kenntnisse kamen ihm jetzt zustatten. Er erinnerte sich, wie Getreide geworfelt wurde – die schweren Körner fielen zu Boden, und die Spreu wehte der Wind weg.

Chamette konstruierte eine kleine Vorrichtung, mit der er nachts im Freien den Staub aus den Juwelierwerkstätten worfelte. Wie aufgeregt war er, bis er endlich, kaum erkennbar, golden schimmernden Staub in der Worfelschaufel entdeckte.

Es verging noch viel Zeit, bis sich so viel Goldstaub angesammelt hatte, daß es für einen Barren reichte. Aber Chamette hatte es nicht eilig, ihn zu einem Juwelier zu bringen und daraus eine goldene Rose schmieden zu lassen.

Nicht Geldmangel war der Grund – jeder Juwelier hätte mit Freuden diese Arbeit für ein Drittel des Barrens übernommen.

Nicht darum ging es. Mit jedem Tag rückte die Stunde des Wiedersehens mit Suzanne näher. Aber seit einiger Zeit hatte Chamette Angst vor dieser Stunde.

Alle Zärtlichkeit, die er schon seit langem tief in seinem Herzen vergraben hatte, wollte er nur ihr, nur Suzi, geben. Aber wer brauchte schon die Zärtlichkeit eines häßlichen alten Mannes!

Chamette hatte längst bemerkt, daß die Menschen, die ihm begegneten, nur den einen Wunsch hatten, schnell weiterzugehen und sein eingefallenes Gesicht mit der schlaffen grauen Haut und den stechenden Augen zu vergessen.

In seiner Hütte hatte Chamette eine Spiegelscherbe. Manchmal guckte er hinein, um sie aber gleich wieder laut fluchend in die Ecke zu werfen. Lieber wollte er sich gar nicht sehen – diese Fratze, diese plumpe Gestalt, die mit rheumageplagten Beinen durch die Straßen hinkte.

Als die Rose endlich fertig war, erfuhr Chamette, daß Suzanne ein Jahr zuvor aus Paris nach Amerika abgereist war, und zwar, wie man sagte, für immer. Niemand kannte ihre Adresse.

Im ersten Augenblick fühlte Chamette sich sogar erleichtert. Doch dann verwandelte sich die Vorfreude auf ein herzliches und unbeschwertes Wiedersehen mit Suzanne unbegreiflicherweise in einen rostigen Eisensplitter. Dieser scharfe Splitter blieb in Chamettes Brust dicht am Herzen stecken, und Chamette flehte zu Gott, der Splitter möge rasch dieses alte Herz durchbohren und für immer stillstehen lassen.

Chamette hörte auf zu arbeiten. Ein paar Tage lag er in seiner Hütte und starrte die Wand an. Nur einmal lächelte er, als er den Ärmel seiner alten Jacke an die Augen drückte. Aber niemand sah es. Die Nachbarn warfen nicht einmal einen Blick zu ihm herein – jeder hatte genug eigene Sorgen.

Nur ein einziger Mensch kümmerte sich um Chamette, der alte Juwelier, der aus dem Goldbarren die zarte Rose und daneben auf einem kleinen Zweig eine winzige spitze Knospe geschmiedet hatte.

Der Juwelier sah öfter nach Chamette, brachte ihm jedoch keine Arzneien. Er hielt sie für nutzlos.

Und tatsächlich entschlief Chamette ganz friedlich während eines dieser Besuche. Der Juwelier hob den Kopf des Toten hoch, zog unter dem grauen Kopfkissen die goldene Rose hervor, die in eine zerknitterte blaue Schleife gewickelt war, schloß hinter sich die knarrende Tür und ging seelenruhig davon. Die Schleife roch nach Mäusen.

Es war Spätherbst. Das Abenddunkel bewegte sich von dem Wind und den flackernden Lichtern. Der Juwelier dachte daran, wie der Tod Chamettes Gesicht verändert hatte. Ernst und ruhig wirkte es. Und der Zug von Bitterkeit ließ es sogar schön erscheinen.

Was das Leben dir versagt, bringt der Tod, sinnierte der Juwelier in seiner schlichten Denkweise und stieß einen tiefen Seufzer aus.

Bald darauf verkaufte der Juwelier die goldene Rose einem bejahrten Schriftsteller, der schäbig gekleidet war und sich, nach Meinung des Juweliers, solch ein kostbares Stück eigentlich gar nicht hätte leisten können.

Offenbar war es die Geschichte der goldenen Rose, die der Juwelier dem Schriftsteller erzählt und diesen damit zum Kauf bewogen hatte.

Den Aufzeichnungen des alten Schriftstellers ist es zu verdanken, daß man davon erfahren hat, von dieser traurigen Begebenheit im Leben des ehemaligen Soldaten der 27. Kolonialarmee Jean Erneste Chamette.

In diesen Aufzeichnungen steht unter anderem geschrieben: «Jeder Moment, jedes beiläufig geäußerte Wort, jeder flüchtige Blick, jeder tiefe oder scherzhafte Gedanke, jede unmerkliche Regung des menschlichen Herzens wie auch der schwebende Pappelflaum oder das Licht eines Sterns in einer Pfütze bei Nacht – all das sind winzige Körnchen Goldstaub.

Wir Schriftsteller schürfen dieses Gold, diese Millionen kleiner Körnchen, sammeln sie, ohne uns dessen bewußt zu sein, schmelzen sie zusammen und schmieden aus dieser Legierung dann unsere ‹goldene Rose› – eine Erzählung, einen Roman oder ein Gedicht.

Die goldene Rose Chamettes! Sie ist für mich in gewisser Weise beispielgebend für unsere schöpferische Tätigkeit. Seltsam, daß sich noch niemand die Mühe gemacht hat, herauszufinden, wie aus diesen kostbaren Staubkörnchen der lebendige Strom der Literatur entsteht.

Aber ebenso, wie die goldene Rose des alten Müllmannes dazu bestimmt war, der jungen

Suzanne Glück zu bringen, so soll auch unser Schaffen dazu dienen, daß die Schönheit der Erde, der Appell zum Kampf für Glück, Freude und Freiheit, die Weite des menschlichen Herzens und die Kraft der Vernunft über die Finsternis triumphieren und wie eine Sonne leuchten, die niemals erlischt.»

ANONYM, 16. JAHRHUNDERT

aus dem «Kin Ku Ki Kwan»

Das Rosenaquarell

Duftende Tusche…
Ein Bild, das sprach,
fügte zusammen,
was Tücke zerbrach.

In den Tagen der Mongolenherrschaft lebte in Tschön tschou der junge Mandarin Tsui Ying. Er stammte aus reichem Hause, dessen Wohlstand ihm eine sorgfältige Bildung ermöglicht hatte. Vortrefflich war er seit früher Jugend in den Wissenschaften beschlagen, und vor allem in der Malkunst stand er allen seinen Kameraden voran. Seine junge Frau glänzte nicht minder an Schönheit wie an Geist. Dank väterlichen Einflusses hatte der junge Tsui Ying die Beamtenlaufbahn einschlagen können, und so war er eben zum Kreismandarin von Yung kia in der Provinz Tsche kiang ernannt worden. Um an den neuen Amtssitz zu gelangen, beschloß er, den Wasserweg zu benutzen; an einem glücklichen Tag reiste er auf einer komfortablen Mietsdschunke mit Frau und Dienerschaft von Tschön tschou ab.

Der Schiffskapitän hieß Ku, von Herkunft aus

der Stadt Su tschou, und das halbe Dutzend junger Leute, die außer ihm die Besatzung bildeten, waren angeblich seine Neffen. Ein günstiger Wind erlaubte das große Mattensegel zu ziehen, und so glitt das Fahrzeug langsam den Yang tse hinab in den «großen Kanal» gen Süden.

Eines Tages bei Windstille war Su tschou erreicht.

«Wir sind in Su tschou», sagte der Kapitän. «Der Herr Mandarin weiß, es ist hier Brauch, bei der Ankunft den Windgeistern zu opfern, damit sie weiter gute Fahrt gewähren. Außerdem haben meine Leute bislang hart gearbeitet, für den Mandarin ein doppelter Anlaß, ein kleines Trinkgeld zu spendieren.»

Nun, Herr Tsui Ying stammte aus vornehmem Hause und pflegte sich nicht lumpen zu lassen. So griff er denn bereitwillig in den Beutel. Der Kapitän ging an Land, kaufte die drei üblichen Opfertiere, ein Rind, ein Schaf, ein Schwein, und brachte den Windgeistern ihren Tribut. Dann sagte er sich, daß es klug sei, einen so hohen Herrn, wie es ein Mandarin ist, durch eine Aufmerksamkeit günstig zu stimmen. Er kaufte also noch schnell einige Eßvorräte und zwei Flaschen «Dreiweißquell», ließ eine Tafel mit ausgewählten Speisen herrichten und schickte sie samt dem Wein Herrn Tsui Ying in die Kajüte. Dieser «Dreiweißquell» ist nun etwas ganz Besonderes. Man braucht nur eine

Flasche zu öffnen, da steigt einem schon ein berauschender Duft in die Nase; gießt man ihn in den Becher, so gibt es einen Schimmer wie von mondscheinbeglänzten Pfirsichblüten. Dem jungen Paar war seine Güte noch unbekannt, und als sie den ersten Becher leerten, war es ihnen, als ob flüssiger Duft durch ihre Kehle geronnen sei. Herr Tsui Ying war von Haus aus ein tüchtiger Zecher, und seine Frau hielt wacker mit. Die zwei Flaschen waren rasch geleert, und Herr Tsui Ying, dem der Trank glänzend mundete, schickte schleunigst nach neuem Wein und ließ zur Feier des Tages mehrere goldene und silberne Prunkbecher aus seinen Koffern holen. Prachtvoll funkelten die Pokale auf dem Tisch. Wenn die beiden bloß geahnt hätten, daß der Kapitän der Anführer einer schlimmen Piratenbande war, der sich schon längst seine Gedanken über die gewichtigen Koffer und Kisten seiner vornehmen Passagiere gemacht hatte. Der Anblick des Gold- und Silbergeschirrs reizte nun vollends seine Gier. Eine kurze geheime Besprechung mit seinen Komplizen, und der Kapitän erschien in der Kajütentür.

«Hoher Mandarin, edle Dame! Für längeres Verweilen ist, fürchte ich, dieser Platz so heiß und lärmend laut, sollten wir nicht lieber einen anderen Ort aufsuchen, wo die Luft kühl und rein weht?»

Nun befand man sich zur Zeit gerade im siebenten Monat. In der sommerlichen Luft lag glühende Hitze, die Herr Tsui Ying infolge des reichlichen Weingenusses doppelt lästig empfand. Der Vorschlag des Kapitäns erschien ihm also recht willkommen, und er erklärte sich arglos einverstanden.

Sie stießen also vom Ufer ab und steuerten auf die weite Fläche des Tai-hu-Sees hinaus. An einer wüsten Stelle des Seeufers, im dichten Schilf, machte die Dschunke halt. Der Abend dämmerte schon herauf, da stürmten die Leute plötzlich, mit langen Messern und Äxten bewaffnet, in die Kajüte. Entsetzt warfen sich die beiden Gatten zu Boden, machten Kotau und boten den Räubern all ihre Habe, wenn man ihnen nur das Leben ließe. In diesem Augenblick trat der Anführer dazwischen, zeigte mit der Spitze seines Messers auf die junge Frau und schrie: «Du brauchst nichts zu fürchten, dich lasse ich nicht sterben, für alle übrigen aber gibt es keine Schonung.»

Herr Tsui Ying sah, hier gab es für ihn kein Erbarmen; da erbat er sich noch die eine Gunst, man möge ihn wenigstens unverstümmelt sterben lassen, ewig werde er es danken.

«Für dich wäre das Messer auch viel zu schade!» Mit diesen Worten packte der Bandit den Mandarin, schleppte ihn aus der Kajüte und schleuderte ihn ins Wasser. Im nächsten Augenblick war die ganze Dienerschaft niedergemacht, bloß die Wehrufe der verzweifelten Frau Duftwolke waren noch zu hören, die nur mit Mühe von Banditen gehindert wurde, ihrem Gatten in die Fluten nachzuspringen.

«Weint nicht, edle Dame, und hört meine aufrichtigen Worte», sprach der Anführer beschwichtigend auf sie ein. «Der zweite Sohn meines jüngsten Bruders ist noch ledig, er weilt heute in Su tschou. In kurzem kehrt er zurück, dann will ich ihn mit Euch vermählen, Ihr sollt es als meine Schwiegertochter in meinem Hause gut haben.»

Nun war es im Grunde die Angst vor Mißhandlung gewesen, die Frau Duftwolke getrieben hatte, freiwillig den Tod zu suchen. Wenn sie sich zum Schein in den eben gehörten Vorschlag fügte, dann würde sich vielleicht Gelegenheit zu einem Racheplan bieten.

Ihr Entschluß war gefaßt: «Wenn Ihr es aufrichtig mit mir meint und mein Leben schonen wollt, dann will ich freudigen Herzens Eure Schwiegertochter werden.»

Der Räuber erbot sich, die Aufrichtigkeit seiner Worte durch einen Schwur zu bekräftigen, aber Frau Duftwolke wehrte ab: «Schwiegervater, ich glaube an deine ehrlichen Absichten, es ist unnötig, zu schwören.»

Das bloße Wort «Schwiegervater» aus ihrem reizenden Munde versetzte den alten Banditen in helles Entzücken und ließ jeden Argwohn gegen die Gefangene in nichts zerflattern.

Inzwischen waren die Räuber an die Teilung der Beute gegangen und steuerten die Dschunke ihrem heimatlichen Schlupfwinkel zu. Auf der Weiterfahrt benahm sich Frau Duftwolke, ihrem Plan entsprechend, als brave Haustochter. Zärtlich nannte sie den alten Räuber «Schwiegerpapa» und ließ sich selbst «Schwiegertochter» titulieren. In allem fügte sie sich den Wünschen des Alten, erwies ihm hundert Gefälligkeiten und bekümmerte sich aufs gewissenhafteste um den Haushalt an Bord. Und der Alte pries sich glücklich ob des Gewinns einer solchen Schwiegertochter.

So war ein Monat verstrichen, als der Tag des Mittelherbstfestes herankam. Aus diesem Anlaß ließ der Alte von Frau Duftwolke ein üppiges Festmahl für die ganze Schiffmannschaft herrichten. Da ging es hoch her, man aß und trank, und schließlich war die ganze Gesellschaft so bezecht, daß einer nach dem andern in alle Richtungen der Windrose umsank. Anstatt rohen Trinklärms drangen nun an das Ohr der lauschenden Frau dumpfe Schnarchtöne. Und im Schein des Mondes sah sie die Besatzung stocktrunken und unbeweglich wie Klötze am Boden liegen. Da fuhr es ihr durch das Hirn: wenn je, war jetzt der Augenblick zur Flucht gekommen. Eine kleine Muskelanspannung, und leichtfüßig war Frau Duftwolke ans Ufer gesprungen. Sie lief, was nur ihr Atem hergab. Sie hatte an zwei

Li zurückgelegt, da stockte ihr Fuß, denn wie abgeschnitten hörte der bisherige Weg plötzlich auf. Wohin ihr Blick schweifte, sah sie nur Sumpf und Dickicht, weit und grenzenlos. Doch beim genauen Hinsehen entdeckte sie, wie sich mitten durch Schlamm und Röhricht ein winziger Pfad schlängelte. Die Angst, verfolgt zu werden, trieb sie weiter, und unter unzähligen Mühseligkeiten eilte sie auf dem schlüpfrigen Pfad vorwärts.

Schon kündete im Osten ein bleicher Schimmer den Tag, da näherte sie sich einem Wald, und mit einem Mal tauchten die Umrisse eines Gebäudes auf. Sie stand vor einem Kloster Buddhas. Als sie sich zögernd näherte, hörte sie drinnen am Türbalken rütteln, das Tor öffnete sich, und eine junge Nonne trat heraus, um Wasser schöpfen zu gehen. Kurz entschlossen durchschritt jetzt Frau Duftwolke die Pforte und ließ sich zur Oberin führen.

«Was führt die edle Dame zu so früher Stunde in mein geringes Kloster?»

Frau Duftwolke wagte vorsichtshalber nicht, die volle Wahrheit zu sagen. Was sie aus Dichtung und Wahrheit mischte, lautete also: «Eure Sklavin stammt aus Tschön tschou und ist die zweite Frau des Kreismandarins Tsui Ying. Vor kurzem hatte er sich auf Urlaub nach der Heimat begeben und sein Schiff nicht weit von hier am Ufer anlegen lassen. Seine Hauptfrau ist immer boshaft und gemein gegen mich gewesen.

Gestern abend feierten wir gerade den Mittelherbstmond und saßen beim Wein, da befahl sie mir, einige goldene Trinkbecher zu bringen. Unglücklicherweise ließ ich sie versehentlich ins Wasser fallen. Da drohte sie mir, daß sie mich zur Strafe dafür sterben lassen würde. Aus Furcht bin ich gestern, während sie schlief, weggelaufen und hierhergekommen.»

Die Oberin entgegnete: «Zum Schiff könnt Ihr natürlich nicht mehr zurückkehren; verwaist und verlassen wie Ihr seid, was soll nun mit Euch werden?»

Ein Tränenstrom bildete die einzige Antwort.

Das traurige Geschick der Fremden erfüllte die Oberin mit tiefem Mitleid. So kam ihr der Gedanke, sie als Novize ins Kloster aufzunehmen. Sie sprach: «Die alte Frau hätte ja einen Vorschlag für Euch, aber sie kennt nicht Eure eigene Absicht.»

«Eure Sklavin steckt mitten im Unglück, wie sollte sie es wagen, sich Eurer erhabenen Meinung zu widersetzen?»

«Mein geringes Kloster liegt verborgen an wildem Gestade. Selten dringt eines Menschen Fuß zu uns. Möwen und Reiher sind unsere einzigen Freunde. Ihr seid noch zart an Jahren und hold von Antlitz, aber was könnt Ihr gegen Euer Schicksal machen? Warum wollt Ihr nicht irdischem Verlangen entsagen, Euer Haar preisgeben und die schwarze Nonnentracht anlegen?

Ihr könnt Euch hier dem Dienste Buddhas weihen, habt am Morgen und Abend Euer warmes Reisgericht und verbringt im übrigen die Tage und Monate in bequemer Beschaulichkeit. Ist das nicht besser, als einem Mann als Sklavin zu dienen?»

Frau Duftwolke verneigte sich tief: «Wenn die würdige Frau Oberin mich als Novize aufnehmen wollte, würde das die Erfüllung meiner Wünsche bedeuten. Ich bin bereit, mein Haupthaar preiszugeben.»

Befriedigt von dieser Antwort, rief die Oberin ihre beiden Gehilfinnen herbei und machte sie mit Frau Duftwolke bekannt. Man schritt zur feierlichen Einweisung, Räucherstäbchen wurden verbrannt, Gebete vor dem Buddhabild gesprochen, und schließlich fiel das Haupthaar der schönen jungen Frau. Jetzt erhielt sie auch einen Tempelnamen: Hui Yüan, das heißt «Beginnende Einsicht». Dann folgte noch eine Anrufung der drei «Herrlichkeiten» Buddha, Dharma und Sangha, und die Aufnahmezeremonie war beendet.

Von nun an bestand ihr Tageslauf darin, daß sie am zeitigen Morgen den Dienst im Glockenturm, am Abend den Dienst im Paukenturm versah, dazwischen vor dem Buddhabild Andachten verrichtete und die gewohnten Gebetsformeln hersagte. Im übrigen ließ man sie ungestört in ihrer Zelle verweilen.

So war ein Jahr völliger Abgeschiedenheit verstrichen, als eines Tages zwei Fremde im Kloster eintrafen. Die Oberin kannte sie von früher als Almosenspender, die sie mitunter besuchten. Als Dank für die genossene Gastfreundschaft stifteten sie eine Papierrolle, deren Innenseite ein entzückendes Rosenaquarell barg. Die Oberin nahm das Geschenk an und rollte das Bild als Zierde auf einer leeren Wandschirmfläche auf. Als Frau Duftwolke eines Tages das Bild zu Gesicht bekam, fragte sie betroffen die Oberin, woher das Bild stamme.

«Kürzlich brachten es zwei Gönner des Klosters.»

«Wie heißen sie und wo wohnen sie?»

«Es sind die Brüder Ku aus unserem Amtsbezirk. Sie sind eigentlich einfache Schiffer, aber seit vorigem Jahr sind sie plötzlich wohlhabend. Man munkelt, ihr Vermögen stamme von einem reichen Kaufmann, den sie ausgeplündert haben.»

Frau Duftwolke schwieg. Hatte sich der Piratenkapitän nicht Ku genannt? Dann ergriff sie Tusche und Pinsel und improvisierte eine Ode, die sie oben rechts auf das Rosenaquarell schrieb:

Wie jung er war! Wie geistvoll! Wie meisterhaft führte er den Pinsel! Wessen Kunst kam seiner gleich! Wie frisch leuchten diese Rosen! Wer hätte gedacht, daß der Zauber ihrer Farben die Lebende erneut zum Gedenken an den

Toten mahnen würde? Der Anblick dieses Bildes entfacht mein Weh, und doch ist es mir teuer als einziges Vermächtnis des Toten. Ein stummer Wandschirm ist nun der trostlosen Nonne einziger Freund! Möchte doch, die in diesem Leben getrennt wurden, eine spätere Existenz wieder vereinigen!

Der Sinn dieser Schriftzeichen blieb den Klosterschwestern, die nur ihre Gebetsformeln kannten, vollkommen dunkel. Wie konnten sie auch ahnen, daß das Bild sich bei dem Schiffsüberfall mit unter dem geraubten Gepäck befunden hatte und von keiner anderen als Herrn Tsui Yings eigener Hand herrührte! So glaubten sie, Frau Duftwolke habe mit dem Gedicht bloß eine gelegentliche Probe ihres Talents geben wollen.

Nun traf es sich, daß eines Tages Herr Ko King Tschun, ein reicher Privatmann und Kunstmaler aus Su tschou, dem Kloster einen Besuch abstattete und bei dieser Gelegenheit das Rosenaquarell entdeckte. Mit Kennerblick erkannte er sofort den hohen Kunstwert, aber auch das dazugehörige Prosagedicht erregte wegen der Eleganz seiner Schriftzüge seine höchste Bewunderung, und augenblicklich war er entschlossen, das Bild zu kaufen. Darüber wollte sich aber die Oberin zuvor mit Frau Duftwolke beraten. Diese sagte sich: was nützte ihr das Bild hier hinter Klostermauern? Vielleicht, da es in den beigefügten Sätzen eine geheime Botschaft enthielt, würde es draußen einem Menschen zu Gesicht kommen, der den Sinn der Worte erfassen und der dunklen Angelegenheit auf den Grund gehen würde. Und so kam Herr Ko King Tschun in den Besitz des Bildes und war darüber sehr beglückt.

In Su tschou wohnte damals im Ruhestand ein ehemaliger kaiserlicher Zensor, der würdige Herr Kao Na Ling, gleichfalls ein eifriger Mäzen und Kunstsammler. Herr Ko King Tschun durfte sich der Ehre rühmen, zum Bekanntenkreise des einflußreichen alten Herrn zu gehören, und um diese wichtige Beziehung zu fördern, beschloß er, ihm das eben entdeckte Gemälde zu schenken. Dieser nahm das Geschenk, das beim ersten Blick sein Wohlgefallen erregte, gern an.

Am nächsten Morgen erschien abermals ein Besuch an der Tür des alten Kunstfreundes. Es war ein junger Mann, der vier Rollen Wandsprüche, in schöner Kursivschrift geschrieben, zum Kauf anbot. Exzellenz Kao sammelte auch gern Meisterstücke der Kalligraphie. Er ließ den Besucher hereinbitten, und als er die Rollen auseinanderbreitete, entfuhr ihm ein Ausdruck des Staunens. Dieser Schwung, dieses Temperament! Bewundernd fragte er: «Wer ist der Künstler?»

«Es sind ein paar armselige Studien von mir selbst.»

Aufmerksam betrachtete jetzt Exzellenz Kao sein Gegenüber. Er fragte ihn nach Namen und

Herkunft. Da stellte sich der Gefragte vor als der junge Mandarin Tsui Ying, und nun erzählte er seine ganze traurige Geschichte von der Fahrt nach dem neuen Amtssitz, vom Überfall, wie man ihn ins Wasser geworfen hatte, wie er aber, ein guter Schwimmer, sich vermöge langen Untertauchens ans Seeufer retten konnte. Wie er erschöpft bei einem Bauern freundliche Aufnahme gefunden und, mit trockener Kleidung und etwas Bargeld versehen, sich an die zuständige Ortsbehörde gewandt habe, aber nichts hatte erreichen können, weil er ohne Ausweis war. Wie er seither sein Leben durch Verkauf von Wandrollen kümmerlich gefristet hatte und wie ihn zu alledem die Ungewißheit wegen des Schicksals seiner Frau peinigte.

Der junge Mann hatte seinen Bericht beendet. An seinem ganzen Wesen erkannte Exzellenz Kao unschwer, daß er hier die Wahrheit vernommen hatte, und ohne langes Bedenken stand sein Entschluß fest: hier mußte er helfend eingreifen. Teilnahmsvoll zu seinem Besuch gewandt, sprach er: «Bei Eurer augenblicklichen Lage wird Euch nichts anderes übrigbleiben, als fremden Beistand anzunehmen. Da schlage ich Euch vor, Ihr bleibt vorläufig in meinem Hause als Erzieher meiner Enkelsöhne. Wollt Ihr?»

Mit Freuden nahm der junge Mann den Vorschlag an, und der Hausherr führte ihn ins Bibliothekzimmer, wo ein reichliches Mahl hergerichtet wurde. Plötzlich blieb Herrn Tsui Yings Blick gebannt an einer Stelle der gegenüberliegenden Wand haften. Da hing seit gestern das Rosenaquarell, das Geschenk des Herrn Ko King Tschun.

«Was starrt Ihr so entgeistert auf jenes Bild?» fragte erstaunt der Hausherr.

«Glaubt nicht, daß ich Euch etwas vormache, aber dieses Bild ist mein eigenes Werk; es befand sich unter den Sachen, die mir auf dem Schiff geraubt wurden.»

Herr Tsui Ying war aufgestanden, und als er das Bild aus der Nähe aufmerksam betrachtete, rief er erstaunt: «Und was noch wunderbarer ist, dieses Gedicht ist nachträglich von meiner Frau hinzugeschrieben worden, ich erkenne deutlich ihre Schriftzüge. Überdies läßt der in den Worten versteckte Sinn keinen Zweifel übrig, daß sie die Verfasserin war. Der Sinn besagt, daß sie noch am Leben ist, wahrscheinlich in der Gewalt der Banditen. Wenn Eure Exzellenz der Herkunft des Bildes nachforschen wollten, würden wir bald auf eine Spur kommen.»

Der alte Mandarin schmunzelte: «Seid unbesorgt, ich werde die Sache in die Hand nehmen.»

Und während der junge Mann sich in einem Seitenflügel des Anwesens dem Unterricht der beiden Enkelsöhne des Hausherrn widmete, begann dieser seine Nachforschungen. Das erste war eine Anfrage bei Herrn Ko King Tschun, dessen Auskunft die Spur auf das Nonnenkloster lenkte. Die Erkundigung im Kloster ergab weiter, daß die Geschenkgeber des Bildes die Brüder Ku waren und daß die Nonne Hui Yüan das Gedicht verfaßt hatte.

Eines Tages erschienen mehrere Sänftenträger mit einer leeren Sänfte im Kloster und ließen sich bei der Oberin melden. Ein Begleitmann trat vor und sagte: «Wir kommen im Auftrag unseres Gebieters, des großen Mandarin Kao Na Ling. Die Gattin unseres Gebieters verehrt Buddha und sucht zum Einstudieren der vorgeschriebenen Gebete eine im Dienste Buddhas wohlgeübte Gesellschafterin. Sie hat von der Fähigkeit der jungen Nonne Hui Yüan gehört und bittet sie für einige Zeit als Gast in ihr Haus. Wir sind gekommen, sie abzuholen.»

Da entgegnete die Oberin: «In allen Klosterangelegenheiten ist mir zwar Hui Yüan unentbehrlich, aber wenn ein so hohes Haus uns die Ehre einer Einladung zuteil werden läßt, wäre es unpassend und könnte unliebsame Folgen haben, wenn ich ablehnen würde.»

So kam die junge Nonne in das Heim des alten Mandarin, wo man sie in den Gemächern der Dame des Hauses einquartierte. Die würdige Dame war natürlich in die Sachlage eingeweiht und begann zunächst ganz harmlos mit einer Befragung über verschiedene dunkle Stellen buddhistischer Sutras. Dann hielt sie mit einem

Mal inne und bemerkte: «An der Aussprache meiner jungen Meisterin höre ich, daß sie nicht von der hiesigen Gegend stammt. Seid Ihr übrigens von klein auf im Kloster gewesen, oder wart Ihr bereits vermählt, bevor Ihr Nonne wurdet?»

Bei dieser Frage vermochte die junge Frau ihre Fassung nicht länger zu bewahren. Wie Regentropfen perlten ihre Tränen, als sie gestand: «Ja, die geringe Nonne stammt tatsächlich nicht von hier, sondern aus Tschön tschou, und sie war bereits verheiratet. Ihr Gatte war Tsui Ying, ein Kreismandarin; bisher wagte ich nicht, mich den Leuten zu entdecken, Euch aber kann ich mich anvertrauen.»

Und nun floß unaufhaltsam der Strom ihrer Erzählung. Die würdige Dame des Hauses berichtete natürlich ihrem Gatten sofort alles wieder, und da stellte es sich heraus, daß die Angaben der jungen Nonne mit denen des Herrn Tsui Ying völlig übereinstimmten. Kein Zweifel, die Nonne war die junge Frau des Mandarins, und beide Ehegatten, die sich schon tot glaubten, wohnten, ohne es zu ahnen, unter einem Dache!

Exzellenz Kao liebte gründliche Arbeit. Zunächst mußten die Räuber gefunden und überführt werden. Er schärfte also seiner Frau ein, nicht ein Sterbenswörtchen verlauten zu lassen, ebenso wie Herr Tsui Ying nichts von alledem erfuhr. Und da war noch ein Punkt zu bedenken: die Nonnentracht der jungen schönen Frau. Sollte Herr Tsui Ying seine Gattin mit einer Tonsur wiederfinden? Darum sprach die Dame des Hauses zu ihrem Schützling so: «Mein Mann hat sich Eurer Angelegenheit angenommen und wird nicht eher ruhen, als bis Euch Vergeltung zuteil geworden ist. Inzwischen wünscht er, daß Ihr Euer Haar wieder wachsen laßt und die Nonnentracht ablegt; denn Ihr seid aus einem vornehmen Hause, und der Aufenthalt in einem armseligen Kloster ist Euer nicht würdig. Wisset, bei seinen Nachforschungen erfuhr mein Mann, daß im Bezirk ein junger Mann aufgetreten ist, der sich als Kreismandarin von Yung kia ausgab und die gleiche Geschichte erzählte wie Ihr. Vielleicht ist Euer Gatte also noch am Leben. Soll er Euch als Nonne, durch eine häßliche Tonsur entstellt, wiedersehen?»

Mit einem Mal erinnerte sich Frau Duftwolke, daß ihr Mann von Jugend auf ein vorzüglicher Schwimmer gewesen war. Konnte er sich damals nicht schwimmend ans Seeufer gerettet haben? Neue Hoffnung lebte in ihr auf, sie wollte bleiben und ihr Haar wieder wachsen lassen.

Inzwischen war es Exzellenz Kao gelungen, den Aufenthalt der Piraten zu ermitteln. Er hatte festgestellt, daß der zuständige Ortsmandarin nur aus Besorgnis vor persönlichem Nachteil gegen sie noch nicht einzuschreiten gewagt hatte. Da traf es sich günstig, daß gerade um diese Zeit ein kaiserlicher Zensor mit Spezialvollmacht eine Inspektionsreise im Bezirk vornahm, um nach Recht und Ordnung zu sehen. Exzellenz Kao, der ein persönlicher Freund des Zensors war, teilte ihm die Geschichte des Herrn Tsui Ying sofort mit und erhielt die Zusicherung raschen Eingreifens.

Die Piraten hatten seit dem Überfall auf den jungen Mandarin und seine Frau wohl noch ein Dutzend ähnlicher Beutezüge veranstaltet und lebten seither vergnügt und ungestört auf einem einsamen Gehöft am Tai-hu-See.

Eines Tages saß die ganze Gesellschaft dort gerade bei Schmaus und Trank, als plötzlich das Gehöft von einer Schar Bewaffneter umstellt wurde, deren Führer einen Befehl des Zensors vorwies, worin Hausdurchsuchung und Verhaftung sämtlicher Bewohner angeordnet war. Eine Unmasse gestohlenen Gutes wurde dabei zutage gefördert und samt den Verhafteten nach dem Yamen des Präfekten gebracht.

Dort wurden zahlreiche Stücke des beschlagnahmten Gutes als Eigentum des Mandarins Tsui Ying erkannt. Ja, in einem Koffer fand man sogar die kaiserliche Bestallungsurkunde, die ihn zum Kreismandarin von Yung kia ernannte. Als man nun den Räubern, die anfangs hartnäckig leugneten, die Urkunde vorhielt, mußten sie sich als überführt bekennen. Daß sämtliche Angehörige der Bande enthauptet und ihre Köpfe zur Warnung am Markte auf Stangen gespießt wurden, versteht sich von selbst. Alles gestohlene Gut des Herrn Tsui Ying aber wurde, soweit es noch vorhanden war, dem rechtmäßigen Eigentümer wieder zugestellt. So sehr nun auch Herr Tsui Ying dem Himmel für diese günstige Wendung Dank wußte, so blieb doch seine Freude getrübt durch die Erinnerung an die verlorene Gattin. Jetzt hielt ihn nichts mehr im Hause des ehrwürdigen Gastfreundes.

«Nachdem sich meine Bestallungsurkunde wiedergefunden hat», sagte er, «steht nichts mehr im Wege, daß ich mein Amt sofort antrete. Was soll ich hier noch länger verweilen, nachdem alle meine Bemühungen, meine Gattin wiederzufinden, gescheitert sind?»

«Ein Mandarinposten ist gewiß nicht zu verachten, aber wird er Euch so allein, ohne Frau, Befriedigung verschaffen? Soll ich Euch nicht lieber vorher zu einer Heirat verhelfen?»

«Ich brächte es nicht über mich, eine zweite Frau zu heiraten. Die Inschrift auf dem Bilde läßt vermuten, daß die erste noch am Leben ist und sich irgendwo verborgen hält. Ich danke Eurer Exzellenz für die edelmütige Absicht, aber sprecht mir nicht von einer zweiten Heirat.»

«Der Himmel wird Eure treue Anhänglichkeit belohnen. Ich wage nicht länger auf meinem Vorschlag zu bestehen, aber verschiebt Eure

Abreise wenigstens um einen Tag, damit ich Euch noch ein Abschiedsmahl bereiten kann.»

Herr Tsui Ying war einverstanden, und zu dem großen Essen wurden die Honoratioren der ganzen Umgebung eingeladen. Nachdem einige Runden Wein getrunken waren, erhob der Gastgeber seinen Pokal zu einem kurzen Trinkspruch: «Auf das Wohl des Mandarins Tsui Ying, der heute seine zweite Vermählung feiert!»

Im nächsten Augenblick öffnete sich die Tür zum Bankettsaal, und herein schritt, von der Dame des Hauses und einer Schar Dienerinnen begleitet, in festlicher Tracht und strahlender Schönheit, das Haar schon wieder fast nachgewachsen, die Frau des Mandarins Tsui Ying. Während sie selbst von der Dame des Hauses zuvor entsprechend unterrichtet war, traf den Gatten ihr Anblick gänzlich unerwartet. Er glaubte zu träumen, taumelte gleich einem Trunkenen und fand keine Worte.

«Ihr hattet mich gestern als Heiratsvermittler verschmäht», rief ihm der Hausherr schmunzelnd zu, «wollt Ihr meine guten Dienste auch jetzt noch ablehnen?»

Herr Tsui Ying war unfähig zu erwidern. Von Freude überwältigt, schloß er schluchzend und wortlos seine totgeglaubte Gattin in die Arme. Alles umdrängte den Hausherrn und verlangte stürmisch zu wissen, was der Trinkspruch und diese Szene zu bedeuten hätten.

Da ließ Exzellenz Kao das Rosenaquarell holen, stellte es inmitten der Gäste auf den Tisch und begann zu erklären: «Fast ein halbes Jahr haben die beiden, ohne voneinander zu wissen, jedes den andern tot glaubend, unter meinem Dach gewohnt. Aber es durfte nichts übereilt werden. Vor der Wiedervereinigung mußten zunächst die Schuldigen ergriffen und bestraft, mußte die Bestallungsurkunde des Gatten gefunden, mußten die Haare der Gattin wieder nachgewachsen sein. Im Verlauf einer harten Prüfung haben beide Teile ihre Liebe und Treue offenbart. Die Worte des Trinkspruches, den ich soeben hielt, spielten auf eine Stelle der Bildnisinschrift an. Seht dieses Bild, es wurde zum stummen Zeugen einer dunklen Begebenheit und gleichzeitig zum Vermittler der heutigen Wiedervereinigung zweier Liebender.»

Voll Staunen hatten die Gäste den wunderbaren Bericht des alten Mandarins angehört. Jetzt beeilt man sich, ihn, der die Sache so trefflich gelenkt hatte, und das junge Paar zu beglückwünschen. Und während ihre frohe Ausgelassenheit den Höhepunkt erreichte, stahlen sich heimlich zwei Glückliche aus dem Trubel des Gelages, um in der Stille eines prächtig hergerichteten Gemaches das Fest der zweiten Vermählung zu begehen.

WILLIAM SHAKESPEARE

1564–1616

Sonnet 54

Oh how much more doth beauty beauteous seem
By that sweet ornament which truth doth give!
The rose looks fair, but fairer we it deem
For that sweet odour which doth in it live.

The canker blooms have full as deep a dye
As the perfumèd tincture of the roses,
Hang on such thorns and play as wantonly
When summer's breath their maskèd buds discloses:

But for their virtue only is their show
They live unwoo'd and unrespected fade –
Die to themselves. Sweet roses do not so;
Of their sweet deaths are sweetest odours made:

And so of you, beauteous and lovely youth,
When that shall vade, by verse distills your truth.

WILLIAM SHAKESPEARE

1564–1616

Sonett 54

Oh, wieviel schöner scheint die Schönheit doch,
Wenn Treue sie als süße Zierde hebt!
Die holde Rose dünkt uns holder noch,
Weil süßer Duft in ihrer Blüte lebt.

Die Heckenröschen mögen Farben zeigen
So leuchtend wie der Rosen würz'ge Pracht;
Gleich üppig schwellen sie an gleichen Zweigen,
Hat Sommerhauch die Kelche weit gemacht.

Doch weil ihr Wert im bloßen Aussehn liegt,
So leben sie und welken ungepriesen –
Sie sterben ganz für sich. Die Rosen nicht,
Aus ihrem süßen Tod wird Süße fließen.

Und so auch Ihr, des Schönheit liebreich blüht;
Vergeht sie, Eure Treue tränkt das Lied.

HJALMAR SÖDERBERG

1869–1941

Der Schatten

Ich weiß nicht, ob ich das Leben liebe oder hasse; aber ich hänge an ihm mit meinem ganzen Willen und all meinem Begehren. Ich will nicht sterben. Nein, ich will nicht sterben: weder heute noch morgen, weder in diesem noch im nächsten Jahr.

Trotzdem hatte ich einst vor vielen Jahren einen Traum, der mich wünschen ließ, nie geboren zu sein...

Ich ging allein durch eine stille und menschenleere Straße. Es war an einem Tag der Schneeschmelze zu Beginn des Vorfrühlings; die vom Dach fallenden Tropfen glitzerten in der Sonne, auf der Straße bildeten sich blanke Seen, die blau spiegelten, und über den Schornsteinen und Dächern der Häuser strahlte es blau von einem bleichen Frühlingshimmel. Die Frühlingsluft, die ich einatmete, erschien mir wie Balsam und Heilmittel für den heimlichen Kummer, der zu jener Zeit meine Seele bis in den Traum hinein vergiftete. Trotzdem spürte ich eine gewisse Unruhe. War ich wirklich allein? Ich hatte ein Gefühl, als ob jemand an meiner Seite ginge, aber ich sah nicht klar, wer es war, denn er hielt sich unablässig einen halben Schritt hinter mir; und als ich mich einmal umwandte, um sein Gesicht zu sehen, war er eben damit beschäftigt, sich zu schneuzen, und versteckte also den größten Teil seines Gesichts hinter dem Taschentuch, das vom Wind ausgebreitet wurde. Mit einem Mal merkte ich, daß ich auf der Sonnenseite der Straße ging und daß es also mein Schatten sein könnte, der mir auf der weißen Wand folgte. Ich selbst hatte von der Frühlingsluft einen kleinen Schnupfen bekommen, warum sollte ihn nicht auch mein Schatten bekommen haben?

Früher hatte mich mein Schatten nie gestört, aber heute war er mir etwas beschwerlich. Ich hatte neue Handschuhe und Kleider an; aber mein Schatten war grau und blaß und machte einen ärmlichen Eindruck. Weshalb mußte er mir just an diesem Sonnentag folgen, wo ich hinging, meine Liebste zu treffen?

Sie kam mir entgegen, und sie strahlte und lächelte, aber es glänzte auch etwas wie eine Träne in ihrem Auge. Sie trug zwei Rosen in der Hand. Die eine war rosa, die andere rot. Sie gab mir die blasse Rose; die rote, deren Stiel voller Dornen war, versteckte sie an ihrer Brust.

«Warum gibst du mir nicht auch die rote Rose?» fragte ich sie.

«Noch nicht», antwortete sie und lächelte.

Und im Traum schien mir, als ob ihr Lächeln dasselbe sei, mit dem Leonardos Frauen lächeln.

Ich wollte ihren Arm fassen, aber sie nahm statt dessen meine Hand. Und wie zwei Kinder gingen wir Hand in Hand die Straße hinunter. Ich ließ sie mit Absicht auf jener Seite gehen, wo mein Schatten war, so daß sie auf ihn trat und ihn zum Verschwinden brachte.

Aber die Träume wechseln schneller als die Zeit.

Die Straße, auf der wir gingen, war dieselbe wie neulich, mit Holzhäusern und Gärten hinter roten Planken, und doch war es eine andere, denn es gab keinen Schnee und keine blanken Seen, die blau spiegelten, es war richtig Frühling geworden. Der Ahorn war voll aufgeblüht, und die Kirschbäume in Nachbars Gärtchen hatten große Knospen. Und es war plötzlich dunkel; die Türen der kleinen Häuser schienen, schwarzen Löchern gleich, durch die ungewisse Dämmerung des Traums, und ein alter Mann mit einem Licht in der Hand ging herum und entzündete eine Laterne nach der andern.

Wir blieben bei der Tür zu meinem Haus stehen. Es war das Haus, in dem ich schon als Kind gewohnt hatte und das seit langem verschwunden ist wie auch die Straße und die Gärten und Kirschbäume. Wir standen in der Dämmerung und flüsterten und streichelten uns die Hände, und die Zeit verging in einem Kuß.

Omnis forma caduca.
Keine Schönheit ist beständig.

«Und die rote Rose?» fragte ich. «Ist sie etwa verwelkt?»

«Nein», antwortete sie, «noch ist sie nicht verwelkt. Schau her, sie hat meine Brust blutig gestochen, und ich sehne mich danach, sie dir geben zu dürfen. Aber ich wage es nicht. Nein, ich wage es nicht!»

Und ihre Augen waren voller Tränen, als sie den Arm ausstreckte und die Rose gegen den Lichtstreifen hochhielt, der durch die Dämmerung bei der Tür hereinfiel. Ich vermochte mich nicht zu beherrschen, ich erfaßte ihre Hand mit meinen beiden Händen, und ich drückte die rote Rose an meinen Mund und küßte sie.

Es schwindelte mir im Kopf, es wurde mir schwarz vor den Augen, und ich vergaß alles. Aber als ich wieder zu mir kam, stand sie, die ich liebte, weiter von mir entfernt als vorher; ihre Haut war blasser, und sie hatte etwas Schmerzliches in ihrem Ausdruck um den Mund. Ich wollte mich nähern, aber sieh an, da glitt ein Schatten zwischen mich und sie. Er war grau und bleich, und er war von den Spuren der Armut gezeichnet. Ich wollte ihn beiseite schieben, aber er war stärker als ich; und während wir kämpften, ich und mein Schatten, glitt meine Geliebte immer weiter weg in die Traumdämmerung und verschwand wie der Fetzen eines bleichen Nebels...

Ich ging zur Tür hinaus, und der Schatten

folgte mir. Es war nicht mehr Frühling draußen, es war Winterdämmerung; der Schnee lag frisch gefallen und weiß unter einem dunklen und grauen Himmel, und es schneite noch immer. Ich grollte meinem Schatten nicht mehr, denn ich war alt und gebückt und hatte alles vergessen.

MARCELINE DESBORDES-VALMORE

1786–1859

Les Roses de Saadi

J'ai voulu ce matin te rapporter des roses;
Mais j'en avais tant pris dans mes ceintures closes
Que les nœuds trop serrés n'ont pu les contenir.

Les nœuds ont éclaté. Les roses envolés
Dans le vent, à la mer s'en sont toutes allées.
Elles ont suivi l'eau pour ne plus revenir.

La vague en a paru rouge et comme enflammée.
Ce soir, ma robe encore en est toute
embaumée…
Respires-en sur moi l'odorant souvenir.

MARCELINE DESBORDES-VALMORE

1786–1859

Die Rosen des Saadi

Ich wollt' dir diesen Morgen Rosen bringen.
Zu viele waren's, die im Gürtel hingen,
Und die geschürzten Bänder hielten nicht.

Der Wind entführte sie mir aus dem losen
Geschlinge, trug aufs Meer hinaus die Rosen.
Sie schwanden mit der Flut aus dem Gesicht.

Die Woge färbte sich, stand wie in Flammen…
Und wiederum schlägt überm Kleid zusammen
Ihr Duft mir abends, den Erinn'rung flicht.

GRAZIA DELEDDA

1871–1936

Die blühende Rosenveranda

Die Herzogin Di Flores erinnerte sich, daß sie, in ihrer weit zurückliegenden Jugend, wenn sie Männer in ihren Salon locken wollte, die für ihre Klugheit oder Ritterlichkeit berühmt waren, diese auf höfliche, indirekte Weise wissen ließ, daß am Empfang auch schöne junge Frauen zugegen sein würden.

Jetzt, da sie achtzig Jahre alt war, aber noch immer lebhaft und schelmisch, und sich einen wachen, jungen Geist bewahrt hatte, obwohl sie wegen ihres stark verminderten Vermögens gezwungen war, zurückgezogen in einem ihrer Landhäuser zu leben, benutzte sie dasselbe Mittel, um ihre zahlreichen Enkel anzulocken, die fast alle als glänzende Offiziere in verschiedenen Regimentern des italienischen Heeres dienten. Wenn sie wußte, daß einer von ihnen Urlaub hatte, lud sie ihn in ihre Villa ein, mindestens für acht, mindestens für drei, mindestens für zwei Tage, und sie unterließ es nie, nebenbei irgendeine schöne, junge Geladene zu erwähnen. Da sie ihre Nachkommen genau kannte, legte sie für jeden von ihnen einen entsprechenden Köder aus. Deshalb schrieb sie ihrem zwanzigjährigen

Urenkel Beniamino (der nicht nur Beniamino hieß, sondern es auch war), daß sie die Urenkelin einer ihrer Jugendfreundinnen zu Gast habe, eine blasse Lotosblume, die noch im kristallklaren Wasser einer vollkommen unberührten Jugend schwamm.

Beniamino war, wie gesagt, zwanzig und einziger Sohn einer Enkelin der Herzogin und eines reichen Industriellen. Er war inmitten der väterlichen Unbekümmertheit und dem trägen Luxusleben der Mutter aufgewachsen und hatte bereits allerhand hinter sich: schlechte Freunde, einen Fluchtversuch aus dem Elternhaus, schlechte Schulnoten, die jedes Jahr mit der Kürbisernte fällig waren, drei Jahre Kadettenschule, kleine Spielschulden und andere Dinge. Trotz allem war er schon Kavallerieleutnant, ein schöner junger Mann, einen Meter siebzig hoch, mit achtundneunzig Zentimeter Brustumfang. Beniamino hatte noch fast keine Erfahrung mit Frauen und träumte von einer Verlobten, deren erste und einzige Liebe er sein würde.

Und das wußte die Herzogin.

Beniamino sagte das Militärleben nicht zu, das ein wenig dem Mond gleicht: hell strahlend von ferne, doch unwirtlich und steinig, wenn man es aus der Nähe betrachtet. Er trug deshalb auch nicht gern Uniform: für den Besuch bei der Herzogin zog er Zivilkleider an.

Die Reise war langweilig und wollte kein

Ende nehmen. Glücklicherweise traf er im Zug einen seiner Kadettenkameraden, der auch eben die Offiziersschule abgeschlossen hatte; und bei Geschichten, Prahlereien, Berichten von unglaublich phantastischen galanten Abenteuern und vor allem Anekdoten flogen die Stunden schnell und unmerklich dahin wie die Landschaft vor dem Abteilfenster. Nach und nach hörten die Mitreisenden aufmerksam zu: von Zeit zu Zeit begleitete ein allgemeines Gelächter das Rezitativ der beiden Freunde. Welcher Art diese prächtigen Geschichten waren, zeigt eine, die Beniaminos Freund erfunden oder gestohlen hatte.

«Es sei vorausgeschickt, daß in Frankreich Leichentransporte per Bahn sündhaft teuer sind. Nun, zwei Brüder aus vornehmer, aber verarmter Familie, die einen dritten, verstorbenen Bruder von Lyon nach Paris überführen mußten, beschlossen, den Toten vollkommen anzukleiden und ihn mit einer Droschke zum Bahnhof zu bringen. Dann faßten sie ihn, der eine rechts, der andere links unter den Arm, trugen ihn in ein leeres Zugabteil, setzten ihn dort gut in eine Ecke, zogen ihm den Hut auf die Augen, so daß es aussah, als würde er schlafen, und begaben sich, um keinen Verdacht zu wecken, in ein Abteil viel weiter vorn im Wagen. An einer der nächsten Stationen stieg jedoch ein Reisender zu und nahm im Abteil des Toten Platz. Man muß

Jacob Cats
«Rosenkrieg»
Venus im Jubelzug.

beifügen, daß es Nacht war und der halbe Zug schlief. Der Reisende wunderte sich deshalb nicht über den tiefen Schlaf seines Reisegefährten. Irgendwann schlief er selber ein, und irgendwann erwachte er wieder und sah mit Schrecken, daß sein bis anhin wenig aufdringlicher Reisegefährte der Länge nach zu Boden gestürzt war und sich einzig im Rhythmus des Zuges hin und her bewegte. Voller Besorgnis wirft er sich auf den Unglücklichen, schüttelt ihn, hebt ihn hoch, redet auf ihn ein und merkt schließlich, daß er tot ist.

‹Er ist tot, er ist tot›, denkt er, sich in das Haar greifend, ‹und jetzt werde ich Gott weiß was für Scherereien bekommen, oder man wird mich gar verdächtigen, ihn umgebracht zu haben.›

Und was macht er da? Er packt den Toten und wirft ihn aus dem Fenster, mitsamt Hut, Stock und allem übrigen.

Schließlich fährt der Zug in Paris ein, die Brüder des Toten gehen ins Abteil zurück, um wieder dasselbe Spiel wie schon in Lyon zu spielen: den Leichnam ihres verstorbenen Bruders unterzufassen, mit ihm auszusteigen und in einer Droschke zum Familiengrab zu fahren.

Aber o weh, soviel sie sich auch umschauen, der Tote ist verschwunden. Verzweifelt richten sie sich an den Mitreisenden, der gerade seinen Koffer herunterholt und ein anständiger Mensch zu sein scheint: ‹Verzeihen Sie, mein Herr, haben Sie hier nicht zufällig einen schlafenden Reisenden gesehen?›

‹Doch, doch›, antwortet der Reisende ausgesprochen höflich. ‹Er ist am vorigen Bahnhof ausgestiegen.›»

Schließlich kamen Beniamino und sein Freund am kleinen Bahnhof des Ortes an, wo die Herzogin wohnte, und stiegen zusammen aus.

Sie stiegen zusammen aus, denn Beniamino hatte dem Freund, als sie während des letzten Stückes der Reise allein geblieben waren, das eigentliche Ziel seiner Reise zur Urgroßmutter offenbart: er war sicher, bei ihr die ideale Verlobte zu finden.

«Aber weißt du, Nonnina ist streng; obwohl sie die Jugend liebt, wird sie mir nicht erlauben, auch nur einen Augenblick mit dem Mädchen zusammenzusein. Begleite mich, man wird dich fürstlich aufnehmen. Du wirst Nonnina ein wenig den Hof machen, und ich werde mit dem Mädchen spazierengehen.»

«Großartig! Den Anstandswauwau spielen und meine zwanzig Jahre zu ihren achtzig zählen, um genau auf ein Jahrhundert zu kommen. Wirklich großartig!»

Aber da sie gute Kameraden waren, einigten sie sich und stiegen gemeinsam aus.

Die Nacht war warm und klar. Große, fahlgrüne Sterne leuchteten am dunklen Himmel, und ihre Helle schien den beiden jungen Männern, die ein Stück des Weges mit nach oben gewandtem Gesicht gingen, den Weg zu weisen. Auf die leicht ansteigende Straße fielen aber auch die Lichter der kleinen Höfe und fiel der Schein eines Stoppelfeuers, das auf einem Feld brannte. Das Landhaus der Herzogin war schon ganz nahe; weiß hob es sich im Garten von den schwarzen Bäumen ab, zwischen denen Sterne schimmerten. Schon waren seine Umrisse mit den Zinnen zu erkennen, und der Duft von Rosen schien manchmal geradezu in der Luft aufzuleuchten.

«Nonnina liebt Rosen über alles», sagte Beniamino, mit einer Stimme, die nicht mehr die seine schien: eine zarte, musikalische Stimme, in der eben dieser Rosenduft und das Funkeln der Sterne anklangen. «Sie bestellt in der ganzen Welt Rosenstöcke, selbst in Persien; der Garten, das Haus, die Veranden sind voll davon.

«Mein Lieblingsduft», sagte der andere, ernst und feierlich. «Wenn ich an einer Rose rieche, spüre ich eine geheimnisvolle Benommenheit; sie erinnert mich an ein früheres, wunderschönes Leben.»

Inzwischen hatten sie das Landhaus erreicht: eine ganz in Schwarz gekleidete Frau, die ein großes Taschentuch wie ein Band um den Kopf geschlungen hatte, saß unbeweglich auf einem Straßenstein und schaute ins Tal. Gegenüber lag das Landhaus, in Schweigen versunken: nur im obersten Stock, wo die Diener wohnten, waren ein paar Fenster schwach beleuchtet. Alle schienen sich zurückgezogen zu haben, doch als die beiden Freunde auf das Gittertor zugingen, wunderte sich Beniamino, es angelehnt zu finden.

Da er sich auskannte, schritt er die breite Eingangsallee entlang und sah, daß die Türen der zwischen Bäumen verborgenen Veranda im ersten Stock offenstanden und Licht dahinter brannte. Oben, zwischen den Rosengirlanden, die sich an den Säulen der Laube hochrankten, bemerkte er eine weiße Frauengestalt; sie saß an der Brüstung, unbeweglich im Zauber der Nacht. «Sie ist es, sie muß es sein», sagte Beniamino leise, zu seinem Kameraden gewandt. «In diesem Zimmer bringt Nonnina gewöhnlich die Gäste unter. Und wie oft bin ich von der Laube zur Veranda hochgeklettert, um meine Mutter zu überraschen.»

«Versuch es doch noch mal. Vielleicht erwartet sie dich», sagte der Freund halb im Ernst, halb im Scherz.

Fast augenblicklich beginnt Beniaminos Herz zu klopfen wie das des Prinzen, der die Schöne aus der Gefangenschaft des Menschenfressers befreien will. Die alten Instinkte des Klettertiers erwachen in seinen jungen Adern, die Abenteuerlust seiner spanischen Vorfahren, die auch ihn stark prägt, nimmt von ihm Besitz, packt ihn und treibt ihn vorwärts, als sei er einem berauschenden Taumel verfallen.

Der leicht verschmitzte Ton seines Freundes hat ihn angestachelt: im Grunde sucht er wohl das Abenteuer, will er seine Wendigkeit, seinen Wagemut beweisen, doch gleichzeitig versucht er einen Traum zu erklimmen, da sich ihm Gelegenheit dazu bietet und man Träume nur so erklimmen kann wie junge Jäger den Felsen, auf dem hoch oben der Adler sitzt.

Ohne ein Wort reißt er sich den Hut vom Kopf, dann stürzt er stumm zur Laube, wobei er sich immer stärker zu Boden duckt; er umfaßt die Säule, streckt sich an ihr hoch und klettert, klettert, schon ist er oben wie der Sieger, der den eingeseiften Maibaum bezwingt; mit einem Satz landet er auf der Veranda. Ein Schrei durchbricht die kristallklare Ruhe der Nacht.

«Nonnina! Verzeih mir. Habe ich dich erschreckt? Ich wollte dich überraschen.»

Die kleine alte Frau ist zwar erschrocken, doch sie lächelt ihn mit allen ihren falschen Zähnen an, und während er ihr die rechte, beringte Hand küßt, tätschelt sie ihm mit der linken leicht auf den Kopf.

Auf der Stelle erwacht das Landhaus. Auch im Garten hört man Stimmen und Lachen, und Beniamino sagt, daß er unten seinen Freund zurückgelassen hat. Da erklärt ihm die Herzogin, nicht ohne eine Spur von Verschmitztheit, daß ihr Gast in der Kühle der Nacht spazierengegangen sei: Sie hat bestimmt die beiden Männer durch das Gartentor eintreten sehen, das sie offengelassen hatte, und ist ihnen gefolgt, und nun ist der Freund unten dabei, ihr alles zu erklären, und sie lachen über Beniaminos Heldentat.

Doch Beniamino gerät nicht aus der Fassung, im Gegenteil, er überlegt, daß Frauen, die nachts alleine spazierengehen, nicht nach seinem Geschmack sind, richtet sich auf und salutiert: «Jede Erfahrung im Leben hat ihr Gutes. Wer zuletzt lacht, lacht am besten.»

GOTTHOLD EPHRAIM LESSING

1729–1781

Als Amor in den goldnen Zeiten,
Verliebt in Schäferlustbarkeiten,
Auf bunten Blumenfeldern lief,
Da stach den kleinsten von den Göttern
Ein Bienchen, das in Rosenblättern,
Wo sonst es Honig holte, schlief.

Durch einen Stich wird Amor klüger,
Der unerschöpfliche Betrüger
Sann einer neuen Kriegslist nach:
Er lauscht in Rosen und Violen;
Und kam ein Mädchen, sie zu holen,
Flog er als Bien' heraus und stach.

ANAKREON

um 580–um 495 v. Chr.

Über die Rose

Laßt uns doch Cupidens Rosen
Mit des Bacchus Lust vermischen.
Laßt uns doch mit Rosenkränzen
Unsre muntre Scheitel krönen,
Und bey zartem Lachen trinken.
Rose! Königin der Blumen!
Rose! jedes Frühlings Zierde,
Rose! Liebling aller Götter,
Rose! die Cytherens Knabe,
Mit den Charitinnen tanzend,
Selbst auf schöner Stirne traget.
Kröne mich denn, lieber Bacchus!
So will ich dein Lob besingen,
Und mit einer schönen Dirne,
In den besten Rosenkränzen,
Deinen Festtag tanzend ehren.

WILLIAM BROWNE OF TAVISTOCK

um 1590–um 1643

The Rose

A Rose, as fair as ever saw the North,
Grew in a little garden all alone;
A sweeter flower did Nature ne'er put forth,
Nor fairer garden yet was never known:

The maidens danced about it morn and noon,
And learnèd bards of it their ditties made;
The nimble fairies by the pale-faced moon
Water'd the root and kiss'd her pretty shade.

But well-a-day! – the gardener careless grew;
The maids and fairies both were kept away,
And in a drought the caterpillars threw
Themselves upon the bud and every spray.

God shield the stock! If heaven send no supplies,
The fairest blossom of the garden dies.

WILLIAM BROWNE OF TAVISTOCK

um 1590–um 1643

Die Rose

Ein Röschen, schön wie's je der Norden sah,
Ganz einsam wuchs an eines Gärtchens Rand.
Noch nie war eine süßre Blume da,
Und schönre Gärten waren nie bekannt.

Die Mädchen tanzten um es Ringelreihn,
Und weise Dichter es im Lied besangen.
Die flinken Elfen nachts im Mondenschein
Begossen es und küßten's voll Verlangen.

Doch weh! Der Gärtner gab nicht mehr drauf acht;
Mädchen und Elfen kamen nimmer wieder;
Und Dürre hatte Raupen hergebracht,
Die ließen sich auf Zweig und Knospen nieder.

Gott schütz' den Stock! Wenn Himmel Hilf' nicht sendet,
Des Gartens schönste Blume dann verendet.

AZORÍN (JOSÉ MARTÍNEZ RUIZ)

1873–1967

Rose, Lilie, Nelke

«Hört, ihr Mädchen! Ich möchte euch etwas sagen; ja, doch, leiht mir eine kurze Weile euer Ohr! Kommt her, ihr Mädchen, kommt! Ich möchte euch eine kleine Geschichte erzählen. Eine lustige? Ja, ja, ha, ha, ha! Ich bin schon alt, steinalt, bin viel in der Welt herumgekommen, bin in allen Ländern Europas, Amerikas, Asiens und Ozeaniens gewesen. Ha, ha, ha! Ich habe den Humor nicht verloren, obwohl ich soviel gereist bin. Nun, Mädchen? Habt doch keine Angst! Seht ihr meine blauen Augen? Und meinen weißen Bart? Mein Bart ist ganz staubig. Die Staubwolken der Straßen haben eine dicke Schicht auf meinen Kopf, auf meine Kleider, auf meine Hände gewirbelt. Seid ihr denn nie aus diesem Dorf hinausgekommen? Ach, wenn ihr wüßtet, was es auf der Welt alles gibt! Schönes und Erschütterndes. Nun, ihr Mädchen, kommt herbei zum guten Alten! Zum guten Alten, der mit dem Bündel auf dem Rücken seiner Wege geht. Glaubt ihr nicht, daß ich euch eine lustige Geschichte erzählen kann? Seht ihr denn nicht, wie meine Augen lachen? Zögert nicht; kommt herbei, ihr seid die Jugend, der Jubel, die Begeisterung. Ich finde meine Befriedigung einzig in der Freude der andern. Habe ich euch nicht schon gesagt, daß ich ein fröhlicher Mensch bin? Ha, ha, ha! Nun denn, fangen wir mit der Geschichte an! Ihr wollt also nicht näher kommen? So haltet euch still und hört von weitem zu; ich werde ein bißchen lauter sprechen. Ihr werdet sehen, wie schön sie ist. Ha, ha, ha!

*

In einem alten Palast. Der Saal ist groß, hell und blitzblank. An den Wänden hängen Spiegel. Viele Spiegel. In der Stadt – einer alten Stadt – ist alles still. Man könnte die Stille mit einem silbernen Messer zerschneiden, so dicht ist sie. Lebhafte Sonnenstrahlen scheinen durch die großen Fenster herein. Strahlen der Abendsonne? Ja, einer goldenen, milden, schmeichelnden Sonne, die sich sterbend verabschiedet bis zum nächsten Tag. Auch goldene Wolken, schöne runde Haufenwolken, wandern über den Himmel. Wandern sie über den Himmel? Nein, nein; sie stehen still, unbeweglich still über den Türmen mit den Wetterfahnen. Die Hähne, die Engel, die Sterne, die Wetterfahnen stechen vom Gold der Wolken ab. Im Saal – er ist ganz hell, blitzblank – spielen drei Mädchen. Sie tragen helle Kleider. Die eine heißt Lucila, die andere Evelia, die dritte Violante. Jede hat eine andere Augenfarbe: Lucila hat schwarze Augen, Evelia blaue, Violante grüne. Alle drei, Lucila, Evelia, Violante, sind anmutig, zierlich, fröhlich. Im goldenen Abendlicht – der Tag hat sich schon geneigt – huschen sie leichtfüßig durch den Saal. Bald werden die ersten Sterne funkeln. Der erste Stern, der im tiefen dunklen Blau des Himmels erstrahlt, wird zittern wie ein Wassertröpfchen, bevor es herabfällt. Aber der leuchtende Stern wird nicht herabfallen. Würde er herabfallen, sich aus dem durchsichtigen Blau lösen, die drei schönen Mädchen würden ihm entgegeneilen und ihn mit ihren feinen weißen Händen erhaschen. Sie würden ihn aufwerfen und wieder fangen, ihn herzlich übermütig lachend einander zuwerfen wie einen kostbaren Edelstein.

Lucila, Evelia, Violante gehen im Saal hin und her, auf und ab. Alle drei sind zierlich und graziös; so fein und duftig sind ihre Kleider, daß man bei ihrem unermüdlichen Drehen und Hüpfen bisweilen das zarte Rosa ihres weichen, schmiegsamen und doch straffen Körpers zu erahnen, erraten, durchscheinen zu sehen meint. Die drei lachen, lachen unaufhörlich; sie sind ein wenig benommen von der wunderbar wohligen Ruhe, vom Gold, das die untergehende Sonne über die Gegend vergießt, von der angenehmen Kühle der nahen Nacht. Sie laufen vom Fensterbalkon hinüber zu einem breiten Diwan; sie setzen sich einen Augenblick hin. Jetzt, da sie schweigsam beisammen sind, sehen sie älter aus; es scheint, sie wollten gleich anfangen zu beten;

aber die Besinnung dauert nur kurz. Sie stehen wieder auf, ihre geschmeidigen weichen und doch straffen Körper richten sich auf, recken und biegen sich, und schon eilen sie in eine andere Ecke des Saales. Im weiten Raum widerhallt ihr silbernes Lachen. Das Gold der Abendsonne verschwindet allmählich. Die Stadt liegt in tiefem Frieden. Durch das Balkonfenster herein dringt das murmelnde Plätschern des feinen Wasserstrahls, der sich kristallklar in den Brunnen in der Mitte des Hauptplatzes ergießt.

In dieser Abendminute, da es zu dunkeln beginnt, sind die drei Mädchen Lucila, Evelia, Violante ganz entrückt.

Aus der stummen Versunkenheit aber ist plötzlich wie ein Vogelruf Lucilas Stimme aufgeblüht: ‹Ich wäre gern eine Blume!› hat Lucila gerufen.

‹Ich auch!› hat Evelia gerufen.

‹Ich ebenfalls!› hat Violante gerufen.

Alle drei haben im Chor gelacht, ihr Lachen ist fröhlich herausgeplatzt.

Die drei Körper wiegen sich in der milden, nun undurchsichtigen Abendluft. Die hellen duftigen Stoffe lassen die ebenmäßig straffen, geschmeidigen Linien ihrer Körper erahnen, sogar durchscheinen.

‹Ich wäre gern eine Rose!› hat Lucila nochmals gerufen.

‹Und ich eine Lilie!› hat Evelia gerufen.

‹Und ich eine Nelke!› hat Violante gesagt.

Eine Rose, eine Lilie, eine Nelke! Der Tag ist vorbei. Hoch oben am Himmel beginnt ein erstes Sternchen zu leuchten. Die drei anmutigen Mädchen wirbeln nun ein wenig närrisch schon durch den großen Raum.

Als sie erneut einen Augenblick lang ruhig beisammen sind, sagen sie nochmals alle zur gleichen Zeit: ‹Ich wäre gern eine Blume!›

Und dann: ‹Ich die Rose am nächsten von hier!› ruft Lucila.

‹Ich die Lilie am nächsten bei unserem Haus!› ruft auch Evelia.

‹Ich die Nelke im nächstgelegenen Haus von hier!› sagt zuletzt Violante.

*

In der gleichen Stadt – der alten Stadt – zur gleichen Zeit. Zur gleichen Zeit, als Lucila, Evelia, Violante sich im großen hellen Saal tummeln. Zur gleichen Zeit, da die drei anmutigen Mädchen liebend gern eine Blume sein möchten, liebend gern eine Rose, eine Lilie, eine Nelke. Die Rose, die Lilie, die Nelke, die sich am nächsten bei Lucila, Evelia, Violante befinden.

Ganz nahe dem alten Herrschaftshaus, an seine Mauern angebaut, steht eine bescheidene Hütte. In dem Hüttchen wohnt ein Mädchen; es ist kreidebleich, sein Leib fast durchsichtig. Seine blauen großen Augen haben einen eindringlich traurigen Glanz. Wie durch ein Wunder hält es sich aufrecht, wenn es von seinem Lehnstuhl aufsteht. Sein Liebster ist seit langem im Krieg. Es kommen keine Nachrichten von ihm; aber jeden Tag, zu jeder Zeit kann eine kommen. Es kommen keine Nachrichten mehr vom Abwesenden; hie und da gelangte ein Brief in die bleichen durchsichtigen Hände des Mädchens. Mit welcher Lust, mit welcher Inbrunst wurde er gelesen! Jetzt kommen schon lange keine Nachrichten mehr vom Jüngling; Unruhe trübt das Gemüt des Mädchens. Es sitzt im behaglich breiten Lehnstuhl, sein Oberkörper ist etwas zurückgelehnt, damit es leichter atmen kann. Auf dem Tisch steht eine Vase mit einer Rose, einer einzigen prallen, duftenden weißen Rose. Unruhe und Unrast sind im Raum zu spüren; man weiß nicht, was es ist; sie läßt sich nicht bestimmen; trotzdem deutet alles darauf hin, daß irgend etwas Schreckliches, Unheilvolles geschehen ist, weit weg, wir wissen nicht wo. Die Augen des Mädchens – ach, wie matt sie sind! – haben sich geschlossen, als wollten sie das Schrecknis nicht sehen. Im Flur sind Schritte zu vernehmen. Die Tür wird gleich aufgehen. Vielleicht wird jemand hereinkommen und mit gezwungenem Lächeln dem Mädchen empfehlen, sich nicht aufzuregen. Die Empfehlung wird schrecklich, tragisch sein.

Die weiße Rose lehnt schräg am Rand der Vase. Stunden später wird die Rose, die dem alten

Herrschaftshaus, wo Lucila, Evelia, Violante sich tummeln, am nächsten ist, die weiße duftende Rose, die nachdenklich aussieht, als besitze sie Verstand, weich und sorgfältig hingebettet auf einem großen weißen Kissen liegen. Die Rose ist weiß; das Kissen ist weiß; das Gesicht des Mädchens – es ist für immer eingeschlafen – ist weiß.

*

Sie hatte eine tiefe Liebe für die Blumen. Unter allen Blumen war ihr die Lilie die liebste. Die blaue Trauerlilie. In ihrer Klosterzelle hob sich das dunkle Rotviolett eines Lilienstraußes besonders schön von den schneeweiß getünchten Wänden ab. Nachdem sie einige Tage da gestanden waren und nachdem die demütige Nonne lange zur Heiligen Jungfrau gebetet hatte, nahm sie den Strauß mit beiden Händen und trug ihn durch den Kreuzgang zur Marienkapelle in der Kirche. In der Kapelle stellte sie ihn zu Füßen der Heiligen Jungfrau. Das Kloster steht neben dem alten Palast. Zur gleichen Zeit, da die drei anmutigen Mädchen Blumen zu sein wünschen, ruht die demütige Nonne für immer.

Aus dem Strauß am Altar – dem letzten, den die Nonne der Heiligen Jungfrau gebracht hat – ist eine Lilie herausgenommen und der Toten zu Füßen gelegt worden. Da liegt die violette Trauerlilie frisch und lebensvoll auf dem Schwarz.

*

Auf einmal hat man weit weg von der vordersten Häuserreihe am Hauptplatz entsetzlichen Lärm und Tumult gehört. In einer Taverne sind Schreie laut geworden; Leute vom Ort, Landarbeiter und Handwerker, sind fassungslos auf die Straße gestürzt. Die Stille des weiten Platzes ist gebrochen worden. Etwas ganz Furchtbares muß sich zugetragen haben. So war es auch: zur selben Zeit, da die Mädchen vom alten Herrschaftshaus Blumen zu sein wünschten, in dem Augenblick, da Violante eine Nelke sein wollte, ist in der Schenke wegen einer Liebesgeschichte oder aus Eifersucht ein junger Mann in der Abendstunde getötet worden. Als die Polizei eintraf und der Leichnam aufgehoben wurde, steckte im Knopfloch seiner Jacke, vielleicht ein Geschenk seiner Geliebten, eine Nelke. So feuerrot wie die Nelke war das Blut des Jünglings.

*

‹Ich möchte eine Rose sein!›
‹Ich möchte eine Lilie sein!›
‹Ich möchte eine Nelke sein!›

Hört, ihr Mädchen! Kommt doch näher, kommt zu mir her! Die Geschichte ist aus. Sie ist lustig, nicht wahr? Lustig wie das Leben. Ha, ha, ha! Ihr lacht nicht? Möchtet ihr auch gern Blumen sein? Rose, Lilie, Nelke? Ha, ha, ha!»

WILLIAM BUTLER YEATS

1865–1939

Aus der Rose

An einem Winterabend ritt ein alter Kämpe in rostigem Kettenpanzer langsam den bewaldeten Südhang des Ben Bulben entlang und sah zu, wie die Sonne über dem Meer in dunkelroten Wolken unterging. Sein Pferd war ermattet wie nach langem Ritt, und er führte an seinem Helm nicht das Wappen eines Fürsten oder Königs der Umgegend, sondern eine kleine Rose aus Rubin, die mit jedem Augenblick in tieferem Rot erstrahlte. Sein schlohweißes Haar fiel ihm in spärlichen Locken auf die Schultern herab, und ihre Wirrnis gab seinem Gesicht ein noch schwermütigeres Aussehen. Es war das Gesicht eines jener Menschen, wie sie nur selten zur Welt kamen und immer nur um irdischer Leiden willen: Träumer, die tun müssen, was sie träumen; Männer der Tat, die träumen müssen, was sie tun.

Als der Ritter eine Weile in die Sonne geblickt hatte, ließ er die Zügel auf den Hals des Pferdes fallen, streckte seine Arme gegen Westen und rief: «O göttliche Rose der geistigen Flamme, öffne mir endlich das Tor deines Friedens!» Da wurde plötzlich, einige hundert Schritte höher oben am Berghang, ein lautes Quieken im Walde vernehmbar. Er hielt sein Roß an, um zu lauschen, und hörte Schritte und Stimmen hinter sich. «Sie schlagen auf sie ein, um sie auf den schmalen Pfad bei der Schlucht zu treiben», sagte jemand, und einen Augenblick später hatten ein Dutzend Bauern, die mit kurzen Spießen bewaffnet waren, den Ritter eingeholt und blieben ein wenig abseits stehen, ihre blauen Mützen in den Händen.

«Wohin wollt ihr denn mit euren Spießen?» fragte er, und einer, der ihr Anführer schien, antwortete: «Eine Horde Walddiebe ist vorhin von den Bergen gekommen und hat einem alten Mann, der am Glencar-See wohnt, die Schweine weggetrieben, und wir sind hinter ihnen her. Da wir aber wissen, daß ihrer viermal so viele sind als unser, wollen wir nur schauen, wohin sie gehen, und dann wollen wir es gleich De Courcy sagen, und wenn er uns nicht helfen will, Fitzgerald. Denn De Courcy und Fitzgerald haben vor kurzem Frieden miteinander geschlossen, und wir wissen noch nicht, zu wem wir gehören.»

«Aber bis dahin», wandte der Ritter ein, «werden die Schweine aufgegessen sein.»

«Ein Dutzend Männer können nicht mehr tun, und es würde sich übel lohnen, das ganze Tal auf die Beine zu bringen und das Leben aller aufs Spiel zu setzen für zwei oder auch für ein Dutzend Schweine.»

«Könnt ihr mir sagen», fragte der alte Ritter, «ob der Alte, dem die Schweine gehören, auch fromm ist und redlichen Gemüts?»

«Er ist so redlich wie nur einer und frömmer als irgendwer, denn er betet jeden Morgen vor dem Frühstück zu einem Heiligen.»

«Dann wäre es nur recht, für seine Sache zu streiten», sagte der Ritter, «und wenn ihr es mit den Walddieben aufnehmen wollt, so will ich dem ärgsten Ansturm wehren, und ihr wißt wohl, daß ein Mann in Rüstung soviel gilt wie eine ganze Schar, die nur Wolle und Leder trägt wie diese Diebe.»

Der Anführer wandte sich an seine Gefährten und fragte sie, ob sie es wagen wollten, aber diese schienen es eilig zu haben, in ihre Hütten zurückzukommen.

«Sind die Walddiebe tückisch und gottlos?»

«Sie sind voll Tücke, was immer sie beginnen», sagte ein Bauer, «und niemand hat sie je beten sehen.»

«Dann», sagte der Ritter, «will ich fünf Kronen für den Kopf eines jeden Walddiebs geben, der von uns im Kampf erschlagen wird», und er hieß den Anführer den Weg zeigen, und sie folgten ihm alle mitsammen. Nach einiger Zeit gelangten sie an einen ausgetretenen Fußpfad, der in den Wald hinein lief; dem folgten sie, und er führte sie bald in die entgegengesetzte Richtung und begann den waldigen Berghang hinanzusteigen. Nach einer kleinen Weile wurde der Pfad sehr schmal und steil, und der Ritter mußte absitzen, sein Pferd an einen Baumstamm binden und es zurücklassen. Sie wußten alle, daß sie auf der richtigen Spur waren, denn sie sahen auf dem weichen Erdboden die Abdrücke von spitzen Schuhen und dazwischen die der gespaltenen Schweinehufe. Bald wurde der Pfad noch steiler, und sie erkannten an dem Ende der gespaltenen Fußspuren, daß die Diebe die Schweine getragen hatten. Hier und da zeigte ein langer Streifen in dem lehmigen Boden, daß ein Schwein herabgeglitten und eine kurze Strecke mitgeschleift worden war. Sie waren ungefähr fünfzehn Minuten bergan gestiegen, als der Klang verworrener Stimmen ihnen verriet, daß sie den Dieben auf den Fersen waren. Dann schwiegen die Stimmen, und sie merkten, daß man auch sie gehört hatte. Sie drangen rasch und vorsichtig weiter, und nach einigen Minuten erspähte einer von ihnen ein Lederwams, halb verborgen von einem Haselstrauch. Ein Pfeil traf des Ritters Kettenpanzer, prallte jedoch ab, und dann sauste ein ganzer Schwarm von Pfeilen über ihre Köpfe hinweg. Sie rannten und kletterten, kletterten und rannten auf die Diebe los, die jetzt alle sichtbar im Gebüsch standen, in der Hand den noch zitternden Bogen: sie selbst hatten ja nur ihre Spieße und trachteten daher, sogleich ins Handgemenge zu kommen. Der

Ritter war ganz vorn und hieb zuerst einen und dann noch einen der Diebe nieder. Die Bauern schrien und drängten vorwärts und trieben die Diebe vor sich her, bis sie auf die flache Höhe des Berges hinauskamen. Und als sie dort die beiden Schweine in aller Ruhe im kurzen Gras wühlen sahen, liefen sie im Bogen um sie herum und machten Anstalten, sie zum schmalen Pfad zurückzutreiben. Der Ritter war nun der letzte von allen und hieb einen Dieb nach dem andern nieder. Keiner der Bauern war arg verwundet, denn er hatte den härtesten Kampf auf sich gelenkt, wie an den blutigen Sprüngen in seiner Rüstung wohl zu erkennen war. Und als sie den schmalen Pfad erreichten, ließ er sie die Schweine ins Tal abtreiben, derweil er ihnen den Rücken decken wollte. So blieb er im Nu allein und wäre, geschwächt vom Blutverlust, an Ort und Stelle von den Walddieben niedergemetzelt worden, hätten sie sich aus Furcht nicht schleunigst aus dem Staube gemacht.

Eine Stunde verging, und sie kehrten nicht wieder. Der Ritter vermochte nicht länger Wache zu stehen und mußte sich im Gras niederlegen. Es verstrich eine weitere halbe Stunde, und dann tauchte auf dem Pfad hinter ihm ein junger Bursche auf, der Hahnenfedern rund um seinen Hut stecken hatte, trat zwischen die toten Diebe und begann ihnen die Köpfe abzuschlagen. Schließlich legte er die Köpfe in einem Haufen vor den

Joachim Camerarius
Non bene conveniunt.
Rosen vor die Schweine werfen.

Ritter hin und sagte: «O großer Ritter, mir wurde befohlen, hierher zu kommen und von Euch die Kronen zu verlangen, die Ihr für die Köpfe versprochen habt: fünf Kronen für jeden Kopf. Sie lassen Euch sagen, daß sie zu Gott und der Gottesmutter um ein langes Leben für Euch gebetet haben, daß sie aber arme Bauern sind und gern das Geld hätten, bevor Ihr gestorben seid. Das haben sie mir eingebleut, damit ich's nicht vergesse, und mir mit Prügeln gedroht.»

Der Ritter richtete sich auf, stützte sich auf den Ellbogen und öffnete einen Beutel, der ihm am Gürtel hing. Für jeden Kopf zählte er fünf Kronen heraus, insgesamt für dreißig Köpfe. «Großer Ritter», sagte der Bursche, «sie haben mir auch aufgetragen, Euer zu warten und ein Feuer anzuzünden und diese Salbe auf Eure Wunden zu streichen.» Er sammelte dürre Äste und trokkenes Laub, und nachdem er Stahl und Feuerstein unter einem Haufen dürren Laubs aneinandergeschlagen, gelang es ihm, ein loderndes Feuer zu entfachen. Dann löste er dem Ritter die Rüstung und begann die Wunden zu salben. Aber er machte seine Sache so ungeschickt, als ob es bloß eingelernte Handgriffe wären. Der Ritter bedeutete ihm innezuhalten und sagte: «Du scheinst ein braver Bursche zu sein.»

«Darf ich Euch wohl um etwas bitten?»

«Es sind noch ein paar Kronen übrig», antwortete der Ritter, «soll ich sie dir schenken?»

«O nein», erwiderte der Bursche, «die wären mir zu nichts nütze. Es gibt nur eins, was mich freut, und dazu brauche ich kein Geld. Ich gehe von Dorf zu Dorf und von Hof zu Hof, und wo ich einen feinen Gockel sehe, stehle ich ihn und nehme ihn mit in den Wald und stecke ihn dort unter einen Korb, bis ich einen zweiten feinen Gockel erwische, und dann lasse ich die beiden miteinander kämpfen. Die Leute nennen mich einfältig und tun mir nichts zuleide und verlangen nie eine Arbeit von mir, nur dann und wann einen Botengang. Und weil ich einfältig bin, haben sie mich hergesandt, die Kronen zu holen, denn jeder andere würde sie stehlen. Und selber zurückzukommen, das wagen sie nicht, denn nun, da Ihr nicht mehr bei ihnen seid, fürchten sie sich vor den Walddieben. Habt Ihr davon gehört, daß bei der Taufe der Walddiebe die Wölfe Gevatter stehen und daß ihr rechter Arm überhaupt nicht getauft wird?»

«Wenn du diese paar Kronen nicht nehmen willst, guter Bursche, dann habe ich leider nichts für dich, es sei denn, du willst diese alte Rüstung, deren ich in Kürze nicht mehr bedarf.»

«Doch, etwas wollte ich, ja, jetzt fällt es mir ein», sagte der Bursche. «Ich möchte gern, daß Ihr mir sagt, warum Ihr um so geringe Sache gekämpft habt wie die Helden und Riesen in den alten Geschichten. Seid Ihr wirklich ein Mensch wie wir? Seid Ihr nicht am Ende ein alter Zauberer, der in diesen Bergen lebt, und wird sich nicht gleich ein Wind erheben und Euch wie Staub verwehen?»

«Ich will dir von mir berichten», antwortete der Ritter, «denn nun, da ich der letzte der Bruderschaft bin, darf ich den Mund auftun und Zeugnis ablegen für Gott. Sieh hier die Rose von Rubin auf meinem Helm und erblicke in ihr das Sinnbild meines Lebens und meines Hoffens!» Und dann erzählte er dem Burschen die folgende Geschichte, aber mit immer häufigeren Pausen, und während er sie erzählte, steckte der Bursche die Hahnenfedern vor sich in die Erde und bewegte sie hin und her wie Schauspieler in einem Stück.

«Meine Heimat ist fern von hier, und ich war einer von den Rittern des heiligen Johannes», sagte der alte Mann, «aber ich gehörte zu jenen im Orden, die sich nach immer größeren Mühen sehnten im Dienste der Wahrheit, die man nur mit dem Herzen begreifen kann. Schließlich kam ein Ritter aus Palästina zu uns, dem Gott selbst die Wahrheit aller Wahrheiten offenbart hatte. Eine große feurige Rose war ihm erschienen, und eine Stimme aus der Rose hatte ihm verkündet, daß die Menschen sich vom Licht in ihren eigenen Herzen abwenden und sich der äußeren Ordnung und Satzung beugen würden, daß dann das Licht erlösche und keiner dem Fluch entgehe als der reine Tor, der nicht denken kann, und der leidenschaftliche Bösewicht, der nicht denken will. Schon leuchte, so hatte die Stimme ihm gekündet, das Licht des Herzens in immer schwächerem Glanz, und indem es verblasse, breite sich Verderbnis wie eine Krankheit in der Welt aus, und keiner von denen, welche die Wahrheit klar erschaut haben, könne in das Reich Gottes im Herzen der Rose eingehen, wenn er willig in der verderbten Welt bleibe; darum müßten sie ihren Grimm gegen die Mächte der Verderbnis durch den Tod im Dienste der Rose beweisen. Während der Ritter aus Palästina uns dieses mitteilte, war die Luft von Rosenduft erfüllt, und daran erkannten wir, daß es die Stimme Gottes war, die durch den Ritter zu uns sprach, und wir baten ihn, uns in allen Dingen zu leiten und uns zu lehren, wie wir der Stimme gehorchen sollten. Darauf band er uns mit einem Eid und wies uns Zeichen und Worte, an welchen wir einander auch noch nach vielen Jahren erkennen sollten, und er bestimmte Orte der Zusammenkunft und sandte uns in kleinen Scharen in die Welt hinaus, gerechte Sache zu suchen und im Kampf für sie zu sterben. Anfangs meinten wir, daß wir williger stürben, wenn wir zu Ehren eines Heiligen bis an den Tod fasteten, aber er sagte uns, dies wäre übel getan, denn wir täten es um des Todes willen und nähmen auf diese Weise die Wahl des Zeitpunkts und der Umstände unseres Sterbens aus Gottes Händen und minderten durch solches Tun seine Macht; wir müßten unseren Dienst einzig um seiner Vortrefflichkeit willen wählen und es Gott anheimstellen, uns nach seinem Willen und seiner Weise zu belohnen. Hernach befahl er uns, stets zu zweien an einem Tisch zu essen und über einander zu wachen, damit wir nicht unrechtmäßig fasteten. Die Jahre vergingen, und meine Mitbrüder fielen einer nach dem anderen im Heiligen Land oder im Kampf gegen die sündigen Fürsten dieser Welt oder bei der Säuberung der Straßen von Wegelagerern und Räubern. Unter den Gefallenen war auch der Ritter aus Palästina, und zuletzt blieb nur ich allein übrig. Ich kämpfte im Dienst jeder Sache, wo wenige gegen viele stritten, und mein Haar wurde weiß, und die schreckliche Furcht überkam mich, daß ich in Gottes Ungnade gefallen sei. Doch als ich schließlich erfuhr, daß diese westliche Insel schlimmer als ein anderes Land von Krieg und Gewalttat heimgesucht sei, kam ich hierher und fand, was ich suchte, und siehe, ich bin voll großer Freude.»

Danach begann er lateinisch zu singen, und während er sang, wurde seine Stimme schwächer und schwächer. Dann schlossen sich seine Augen, und seine Unterlippe fiel herab, und der Bursche merkte, daß er tot war.

«Das war eine treffliche Geschichte, die er mir erzählt hat», sagte der Bursche, «denn es kamen

Kämpfe drin vor, aber ich habe nicht viel verstanden, und es ist schwer, eine so lange Geschichte im Gedächtnis zu behalten.»

Er nahm das Schwert des Ritters und begann im weichen Lehmboden ein Grab zu schaufeln. Er grub eifrig und war mit seiner Arbeit fast zu Ende, als unten im Tal ein Hahn krähte.

«Ei«, rief er und warf das Schwert weg, «den Vogel muß ich haben!» und lief den schmalen Pfad hinunter ins Tal.

GOTTFRIED KELLER

1819–1890

Dorotheas Blumenkörbchen

Aber sich so verlieren, ist mehr sich finden.
Franciscus Ludovicus Blosius,
«Geistlicher Unterricht», Kap. 12

Am südlichen Ufer des Pontus Euxinus, unweit der Mündung des Flusses Halys, lag im Lichte des hellsten Frühlingsmorgens ein römisches Landhaus. Von den Wassern des Pontus her trug ein Nordostwind erfrischende Kühle durch die Gärten, daß es den Heiden und den heimlichen Christen so wohlig zumute war wie den zitternden Blättern an den Bäumen.

In einer Laube am Meer stand abgeschieden von der übrigen Welt ein junges Paar, ein hübscher junger Mann gegenüber dem allerzartesten Mädchen. Dieses hielt eine große, schöngeschnittene Schale empor, aus durchscheinendem rötlichem Steine gemacht, um sie von dem Jüngling bewundern zu lassen, und die Morgensonne strahlte gar herrlich durch die Schale, deren roter Schein auf dem Gesichte des Mädchens dessen eigenes Erröten verbarg.

Es war die Patriziertochter Dorothea, um welche sich Fabricius, der Statthalter der Provinz

Kappadozien, heftig bewarb. Da er aber ein pedantischer Christenverfolger war und Dorotheas Eltern sich von der neuen Weltanschauung angezogen fühlten und dieselbe sich fleißig anzueignen suchten, so sträubten sie sich so gut als möglich gegen das Andrängen des mächtigen Inquisitoren. Nicht daß sie etwa ihre Kinder in geistliche Kämpfe hineinziehen und deren Herzen als Kaufschillinge des Glaubens verwerten wollten; hiezu waren sie zu edel und frei gesinnt. Allein sie dachten eben, ein religiöser Menschenquäler sei jederzeit auch ein schlechter Herzensbefriediger.

Diese Erwägung brauchte Dorothea selbst zwar nicht anzustellen, da sie ein anderes Schutzmittel gegen die Bewerbung des Statthalters besaß, nämlich die Neigung zu dessen Geheimschreiber Theophilus, der eben jetzt bei ihr stand und seltsam in die rötliche Schale blickte.

Theophilus war ein sehr wohlgebildeter und feiner Mensch von hellenischer Abkunft, der sich aus widrigen Schicksalen emporgeschwungen und bei jedermann eines guten Ansehens genoß. Aber von der Not seiner Jugend her war ihm ein etwas mißtrauisches und verschlossenes Wesen geblieben, und indem er sich mit dem, was er sich selbst verdankte, begnügte, glaubte er nicht leicht, daß ihm irgend jemand aus freien Stücken besonders zugetan sei. Er sah die junge Dorothea für sein Leben gern; aber schon der

Umstand, daß der vornehmste Mann in Kappadozien sich um sie bewarb, hielt ihn ab, etwas für sich zu hoffen, und um keinen Preis hätte er neben diesem Herrn eine lächerliche Figur machen mögen.

Nichtsdestoweniger suchte Dorothea ihre Wünsche zu einem guten Ziele zu führen und sich vorderhand so oft als möglich seiner Gegenwart zu versichern. Und da er fortwährend ruhig und gleichgültig schien, steigerte sich ihre Leidenschaft bis zu mißlichen kleinen Listen, und sie suchte ihn durch die Eifersucht in Bewegung zu bringen, indem sie sich mit dem Statthalter Fabricius zu schaffen zu machen und freundlicher gegen denselben zu werden schien. Aber der arme Theophil verstand dergleichen Spaß gar nicht, und wenn er ihn verstanden hätte, so wäre er viel zu stolz gewesen, sich eifersüchtig zu zeigen. Dennoch wurde er allmählich hingerissen und verwirrt, so daß er sich zuweilen verriet, aber sofort wieder zusammennahm und verschloß, und der zarten Verliebten blieb nichts anderes übrig, als etwas gewaltsam vorzugehen und bei Gelegenheit das Netz unversehens zuzuziehen.

Er hielt sich in Staatsgeschäften in der pontischen Landschaft auf, und Dorothea, dies wissend, war ihren Eltern aus Cäsarea für die angebrochenen Frühlingstage auf das Landgut gefolgt. So hatte sie ihn an diesem Morgen auf mühevoll ausgedachte und kluge Weise in die Laube zu bringen gewußt, halb wie aus Zufall, halb wie mit freundlicher Absicht, daß beides ihn, das gute Geschick und die erzeigte Freundlichkeit, heiter und zutraulich stimmen sollten und es auch taten.

Sie wollte ihm die Vase zeigen, die ihr ein wohlwollender Oheim zum Namensfest aus Trapezunt herübergesendet hatte. Ihr Gesicht strahlte in reiner Freude, den Geliebten so nah und einsam bei sich sehen und ihm etwas Schönes zeigen zu können, und auch ihm ward wirklich froh zumute; die Sonne ging endlich voll in ihm auf, so daß er nicht mehr hindern konnte, daß sein Mund gläubig lachte und seine Augen glänzten.

Aber die Alten haben vergessen, neben dem holden Eros die neidische Gottheit zu nennen, welche im entscheidenden Augenblicke, wenn das Glück dicht am nächsten steht, den Liebenden einen Schleier über die Augen wirft und ihnen das Wort im Munde verdreht.

Als sie ihm die Schale vertrauensvoll in die Hände gab und er fragte, wer sie geschenkt habe, da verleitete sie ein freudiger Übermut zu der Schalkheit, daß sie antwortete: «Fabricius!», und sie war dabei des sicheren Gefühles, daß er den Scherz nicht mißverstehen könne. Da sie jedoch unfähig war, ihrem froh erregten Lächeln jenen Zug von Spott über den genannten Abwesenden beizumischen, welcher den Scherz deutlich gemacht hätte, so glaubte Theophilus fest, ihre holde ehrliche Freude gelte nur dem Geschenk und dessen Geber und er sei arg in eine Falle gegangen, indem er einen Kreis übertreten, der schon geschlossen und ihm fremd sei. Stumm und beschämt schlug er die Augen nieder, fing an zu zittern und ließ das glänzende Schaustück zu Boden fallen, wo es in Stücke zersprang.

Im ersten Schreck vergaß Dorothea ihren Scherz gänzlich und auch ein wenig den Theophilus und bückte sich nur bekümmert nach den Scherben, indem sie rief: «Wie ungeschickt!», ohne ihn anzusehen, so daß sie jene Veränderung in seinem Gesichte nicht bemerkte und keine Ahnung von seinem Mißverständnisse hatte.

Als sie sich wieder aufrichtete und sich schnell fassend zu ihm wendete, hatte sich Theophilus schon stolz zusammengerafft. Finster und gleichgültig dreinschauend, blickte er sie an, bat sie beinahe spöttisch um Verzeihung, einen vollen Ersatz für das verunglückte Gefäß verheißend, grüßte und verließ den Garten.

Erblassend und traurig sah sie seiner schlanken Gestalt nach, welche die weiße Toga fest an sich zog und den schwarzen Krauskopf wie in fern abschweifenden Gedanken zur Seite neigte.

Die Wellen des silbernen Meeres schlugen sanft und langsam gegen die Marmorstufen des Ufers, stille war es sonst weit umher und Dorothea mit ihren kleinen Künsten zu Ende. Weinend schlich sie mit den zusammengelesenen Scherben der Schale nach ihrem Gemach, um sie dort zu verbergen.

Sie sahen sich jetzt manche Monate nicht mehr; Theophilus kehrte unverweilt nach der Hauptstadt zurück, und als auch Dorothea im Herbste wiederkam, vermied er sorgfältig jedes Zusammentreffen, da ihn schon die Möglichkeit, ihr zu begegnen, erschreckte und aufregte, und so war die ganze Herrlichkeit für einmal dahin.

Es begab sich nun auf natürliche Art, daß sie Trost suchte in dem neuen Glauben ihrer Eltern, und sobald diese es vermerkten, säumten sie nicht, ihr Kind darin zu bestärken und sie ganz in ihre Glaubens- und Ausdrucksweisen einzuführen.

Inzwischen hatten jene scheinbaren Freundlichkeiten Dorotheas auf den Statthalter ebenfalls ihre unglückliche Wirkung geübt, so daß Fabricius mit verdoppelter Heftigkeit seine Bewerbung erneuerte und sich hiezu für berechtigt hielt. Um so betroffener war auch er, als Dorothea ihn kaum mehr anzublicken vermochte und er ihr widerwärtiger geworden zu sein schien als das Unglück selbst. Allein er zog sich deshalb nicht zurück; vielmehr steigerte er seine Zudringlichkeit, indem er zugleich anfing, wegen ihres neuen Glaubens zu zanken und ihr Gewissen zu bedrängen, Schmeicheleien mit schlecht verhehlten Bedrohungen vermischend.

Dorothea jedoch bekannte sich offen und furchtlos zu ihrem Glauben und wendete sich von ihm weg wie von einem wesenlosen Schatten, den man nicht sieht.

Theophil hörte von all diesem und wie das gute Mädchen nicht die besten Tage hätte. Am meisten überraschte ihn die Kunde, daß sie von dem Prokonsul schlechterdings nichts wissen wolle. Obgleich er in Ansehung der Religion altweltlich oder gleichgültig gesinnt war, nahm er doch kein Ärgernis an dem neuen Glauben des Mädchens und begann voll Teilnahme sich wieder mehr zu nähern, um etwas besser zu sehen und zu hören, wie es ihr ergehe. Aber wo sie stand und ging, sprach sie jetzt nichts als in den zärtlichsten und sehnsüchtigsten Ausdrücken von einem himmlischen Bräutigam, den sie gefunden, der in unsterblicher Schönheit ihrer warte, um sie an seine leuchtende Brust zu nehmen und ihr die Rose des ewigen Lebens zu reichen und so weiter.

Diese Sprache verstand er ganz und gar nicht; sie ärgerte und kränkte ihn und erfüllte sein Herz mit einer seltsam peinlichen Eifersucht gegen den unbekannten Gott, welcher den Sinn des schwachen Weibes betöre. Denn er konnte die Ausdrucksweise der aufgeregten und verlassenen Dorothea auf keine andere als auf altmythologische Manier verstehen und erklären. Gegen einen Überirdischen aber eifersüchtig zu sein verletzte seinen Stolz nicht mehr, sowie auch das Mitleid für ein Weib verstummte, welches sich der Vereinigung mit Göttern rühmte. Und doch war es nur die fruchtlose Liebe zu ihm, welche ihr jene Reden in den Mund gab, sowie er selbst den Stachel der Leidenschaft fortwährend im Herzen behielt.

So zog sich der Zustand eine kleine Weile hin, als Fabricius unversehens denselben gewaltsam anpackte. Erneuerte kaiserliche Befehle zur Christenverfolgung zum Vorwand nehmend, ließ er Dorothea mit ihren Eltern gefangensetzen, die Tochter jedoch getrennt in einen Kerker werfen und um ihren Glauben peinlich verhören. Neugierig näherte er sich selbst und hörte, wie sie laut die alten Götter schmähte, sich zu Christo als dem alleinigen Herrn der Welt bekannte, dem sie als Braut anverlobt sei. Da befiel auch den Statthalter eine grimmige Eifersucht. Er beschloß ihre Vernichtung und befahl sie zu martern und, wenn sie beharre, zu töten. Dann ging er weg. Sie wurde auf einen eisernen Rost gelegt, unter welchem Kohlen in der Art entfacht waren, daß die Hitze nur langsam anstieg. Aber es tat dem zarten Körper doch weh. Sie schrie gedämpft einige Male, indem ihre an den Rost gefesselten Glieder sich bewegten und Tränen aus ihren Augen flossen. Unterdessen hatte Theophilus, der sich von jeder Beteiligung an solchen Verfolgungen fernzuhalten pflegte, von der Sache gehört und war voll Unruhe und Schrecken herbeigeeilt; die eigene Sicherheit vergessend, drängte er sich durch das gaffende Volk, und als er nun Dorothea selber leise klagen hörte, entriß er einem Soldaten das Schwert und stand mit einem Sprunge vor ihrem Marterbette.

«Tut es weh, Dorothea?» sagte er schmerzlich lächelnd, im Begriffe, ihre Bande zu durchschneiden. Aber sie antwortete, plötzlich wie von allem Schmerz verlassen und von größter Wonne erfüllt: «Wie sollte es weh tun, Theophilus? Das sind ja die Rosen meines vielgeliebten Bräutigams, auf denen ich liege! Siehe, heute ist meine Hochzeit!»

Gleich einem feinen und lieblichen Scherze schwebte es um ihre Lippen, während ihre Augen voll Seligkeit auf ihn blickten. Ein überirdischer Glanz schien sie samt ihrem Lager zu verklären, eine feierliche Stille verbreitete sich, Theophilus ließ das Schwert sinken, warf es weg und trat wiederum beschämt und betreten zurück wie an jenem Morgen in dem Garten am Meere.

Da brannte die Glut aufs neue, Dorothea seufzte auf und verlangte nach dem Tode. Der wurde ihr denn auch gewährt, so daß sie auf den Richtplatz hinausgeführt wurde, um dort enthauptet zu werden.

Leichten Schrittes ging sie einher, gefolgt von

dem gedankenlosen und lärmenden Volke. Sie sah den Theophilus am Wege stehen, der kein Auge von ihr wandte. Ihre Blicke begegneten sich, Dorothea stand einen Augenblick still und sagte anmutig zu ihm: «O Theophilus, wenn du wüßtest, wie schön und herrlich die Rosengärten meines Herren sind, in welchen ich nach wenigen Augenblicken wandeln werde, und wie gut seine süßen Äpfel schmecken, die dort wachsen, du würdest mit mir kommen!»

Da erwiderte Theophilus bitter lächelnd: «Weißt du was, Dorothea? Sende mir einige von deinen Rosen und Äpfeln, wenn du dort bist, zur Probe!»

Da nickte sie freundlich und zog ihres Weges weiter.

Theophilus blickte ihr nach, bis die von der Abendsonne vergoldete Staubwolke, welche den Zug begleitete, in der Ferne verschwand und die Straße leer und stille war. Dann ging er mit verhülltem Haupte nach seinem Hause und bestieg wankenden Schrittes dessen Zinne, von wo aus man nach dem Argäusgebirge hinschauen konnte, auf dessen Vorhügeln einem der Richtplatz gelegen war. Er konnte gar wohl ein dunkles Menschengewimmel dort erkennen und breitete sehnsüchtig seine Arme nach jener Gegend aus. Da glaubte er im Glanze der scheidenden Sonne das fallende Beil aufblitzen zu sehen und stürzte zusammen, mit dem Gesichte auf den Boden hingestreckt. Und in der Tat war Dorotheas Haupt um diese Zeit gefallen.

Aber nicht lange war er reglos so gelegen, als ein heller Glanz die Dämmerung erleuchtete und blendend unter Theophils Hände drang, auf denen sein Gesicht lag, und in seine verschlossenen Augen sich ergoß wie ein flüssiges Gold. Gleichzeitig erfüllte ein feiner Wohlgeruch die Luft. Wie von einem ungekannten neuen Leben erfüllt, richtete der junge Mann sich auf; ein wunderschöner Knabe stand vor ihm, mit goldenen Ringelhaaren, in ein sternenbesätes Gewand gekleidet und mit leuchtenden nackten Füßen, der in den ebenso leuchtenden Händen ein Körbchen trug. Das Körbchen war gefüllt mit den schönsten Rosen, dergleichen man nie gesehen, und in diesen Rosen lagen drei paradiesische Äpfel.

Mit einem unendlich treuherzigen und offenen Kindeslächeln und doch nicht ohne eine gewisse anmutige List sagte das Kind: «Dies schickt dir Dorothea!», gab ihm das Körbchen in die Hände, indem es noch fragte: «Hältst du's auch?», und verschwand.

Theophilus hielt das Körbchen, das nicht verschwunden war, wirklich in Händen; die drei Äpfel fand er leicht angebissen von zwei zierlichen Zähnen, wie es unter den Liebenden des Altertums gebräuchlich war. Er aß dieselben langsam auf, den entflammten Sternenhimmel über sich. Eine gewaltige Sehnsucht durchströmte ihn mit süßem Feuer, und das Körbchen an die Brust drückend, es mit dem Mantel verhüllend, eilte er vom Hausdache herunter, durch die Straßen und in den Palast des Statthalters, der beim Mahle saß und einen wilden Ärger, der ihn erfüllte, mit unvermischtem Kolcher Wein zu betäuben suchte.

Mit glänzenden Augen trat Theophilus vor ihn, ohne sein Körbchen zu enthüllen, und rief vor dem ganzen Hause: «Ich bekenne mich zu Dorotheas Glauben, die ihr soeben getötet habt, es ist der allein wahre!»

«So fahre der Hexe nach!» antwortete der Statthalter, der von jähem Zorne und von einem glühenden Neide gepeinigt aufsprang und den Geheimschreiber noch in derselben Stunde enthaupten ließ.

So war Theophilus noch am gleichen Tage für immer mit Dorothea vereinigt. Mit dem ruhigen Blicke der Seligen empfing sie ihn; wie zwei Tauben, die, vom Sturme getrennt, sich wiedergefunden und erst in weitem Kreise die Heimat umziehen, so schwebten die Vereinigten Hand in Hand, eilig, eilig und ohne Rasten an den äußersten Ringen des Himmels dahin, befreit von jeder Schwere und doch sie selber. Dann trennten sie sich spielend und verloren sich in weiter Unendlichkeit, während jedes wußte, wo das andere weile und was es denke, und zugleich mit ihm alle Kreatur und alles Dasein mit süßer Liebe umfaßte. Dann suchten sie sich wieder mit wachsendem Verlangen, das keinen Schmerz und keine Ungeduld kannte; sie fanden sich und wallten wieder vereinigt dahin oder ruhten im Anschaun ihrer selbst und schauten die Nähe und Ferne der unendlichen Welt. Aber einst gerieten sie in holdestem Vergessen zu nahe an das kristallene Haus der Heiligen Dreifaltigkeit und gingen hinein; dort verging ihnen das Bewußtsein, indem sie, gleich Zwillingen unter dem Herzen ihrer Mutter, entschliefen und wahrscheinlich noch schlafen, wenn sie inzwischen nicht wieder haben hinauskommen können.

RUBÉN DARÍO

1867–1916

Der Baum König Davids

I

König David war schon alt, als er einmal frühmorgens – die himmlische Brise hatte die goldenen Segel auf der Barke der Morgenröte im unendlichen Meer noch kaum gebläht – zwischen den Marmorlöwen seines Palastes würdevoll lächelnd die Treppenstufen hinabstieg; er stützte sich auf die rosige Schulter der blonden Abisag, der Sulamith, die in den beiden letzten Nächten das königliche Lager des erhabenen Dichters mit ihrer jungfräulichen Reinheit gewärmt hatte.

Der Priester Zadok, der auf dem Weg zum Tempel war, fragte sich: «Wohin mag der geliebte Herr gehen?»

Der ehrgeizige Adonia runzelte die Stirn, als er aus einem Wäldchen von weitem sah, daß der König und das Mädchen sich in der morgendlichen Kühle zu einem nahen Feld begaben, wo die Lilien und die Rosen in voller Pracht blühten.

Auch der Prophet Nathan erblickte sie, verneigte sich tief und breitete priesterlich die Arme aus, um Jehova zu loben.

Reihi, Semei und Benaja, Söhne des Jojada, warfen sich zu Boden und grüßten: «Ehre dem Gesalbten! Licht und Frieden dem heiligen Hirten!»

2

David und Abisag begaben sich zu einem baumbestandenen Grundstück – es mochte ein Garten gewesen sein –, wo aus dem dichten Laub das verliebte Gurren der Tauben zu vernehmen war.

Es war der Sieg des Frühlings. Die Erde und der Himmel verbanden sich zu süßer lichtvoller Einheit. Oben die herrliche, die strahlende Sonne; unten das Erwachen der Welt, das melodienreiche Gebüsch, die Düfte und Lobgesänge des Waldes, das ausgelassene Vogelgezwitscher, die alles umfassende Zweiheit der Natur.

Abisag schaute ihrem Herrn fest in die Augen. Dachte der allgewaltige Meister des Harfenspiels vielleicht über einen Psalm nach? Sie blieben stehen.

Dann verschwand David im dichten Wäldchen und kam mit einem Zweig in seiner Rechten wieder heraus.

«O meine Sulamith!» sagte er freudig. «Pflanzen wir heute unter den Augen des ewigen Gottes den Baum der unendlichen Güte – seine Blüte wird die mystische Rose der unsterblichen Liebe sein, dazu die Lilie der siegreichen himmlischen Kraft. Wir beide pflanzen sie: du, die

Figurspruch
Ich bin wie eine Rose im Tal,
eine Rose unter den Dornen.

unbefleckte Gattin des alten Propheten; ich, der Sieger über Goliath mit der Steinschleuder, über Saul mit meinem Gesang, über den Tod mit deiner Jugend.

3

Abisag hörte ihm wie in einem Traum zu, wie in mystisch liebender Verzückung – das Gold ihres jungfräulichen Haares verschmolz mit dem Silber seines dichten, langen weißen Bartes.

Sie pflanzten den Zweig ein, und er wuchs zu einem dichtbelaubten hundertjährigen Baum heran.

Viele Menschenalter später, zur Zeit des Herodes, ging der Zimmermann Joseph, der Sohn Jakobs, des Sohnes von Matthan, des Sohnes von Eleasar, des Sohnes von Elihud, des Sohnes von Achim hinaus und schnitt für den Tempel vom Baum des heiligen Königs und Sängers den blühenden Zweig zu seiner Verlobung mit Maria, Stern und Perle Gottes, der Mutter Jesu Christi.

ANONYM, 17. JAHRHUNDERT
deutsch

Die mystische Wurzel

Von Jesse kommt ein Wurzel zart,
Daraus ein Zweig von Wunderart,
Der Zweig ein schönes Röslein bringt,
Das wunderlich vom Zweig entspringt.

Die Wurzel der Stamm Davids ist,
Maria, du das Zweiglein bist,
Dein Sohn, die Blum, die schöne Ros,
Ist Gott und Mensch in deinem Schoß.

Der Heilig Geist von dir allein
Erschaffen hat das Kindlein fein,
Gleichwie die Sonn durch ihre Kraft
Allein von Zweiglein Rosen schafft.

O Wunderwerk! auf einem Stiel
Stehn Röslein und auch Blätter viel;
O Wunderwerk! in Gottes Sohn
Sind zwei Naturen in Person.

Rot ist die Ros, grün ist das Blatt,
Ein Zweiglein gleichwohl beide hat,
Also man zwei Naturen findt
Und ein Person in diesem Kind.

O Zweig! dich ziert die schöne Blum,
Die Ros dir bringt Lob, Ehr und Ruhm,
Die Ros das Zweiglein nicht verstellt,
Dein Jungfrauschaft dein Kind erhält.

ANONYM, 17. JAHRHUNDERT

deutsch

Maria durch ein Dornwald ging,
Kyrieleison!
Maria durch ein Dornwald ging,
Der hatt in sieben Jahr kein Laub
getragen.
Jesus und Maria!

Was trug Maria unter ihrem Herzen?
Kyrieleison!
Ein kleines Kindlein ohne Schmerzen,
Das trug Maria unter ihrem Herzen.
Jesus und Maria!

Da haben die Dornen Rosen getragen,
Kyrieleison!
Als das Kindlein durch den Wald getragen,
Da haben die Dornen Rosen getragen.
Jesus und Maria!

SELMA LAGERLÖF

1858–1940

Die Legende von der Christrose

Die Räubermutter, die in der Räuberhöhle im Göinger Walde hauste, hatte sich eines Tages auf einem Bettelzug in das Flachland hinunterbegeben. Der Räubervater war ein friedloser Mann und durfte den Wald nicht verlassen. Er mußte sich damit begnügen, den Wegfahrenden aufzulauern, die sich in den Wald wagten; doch zu der Zeit, als der Räubervater und die Räubermutter sich in dem Göinger Wald aufhielten, gab es im nördlichen Schonen nicht allzuviel Reisende. Wenn es sich also begab, daß der Räubervater ein paar Wochen lang kein Glück gehabt hatte, dann machte sich die Räubermutter auf die Wanderschaft. Sie nahm ihre fünf Kinder mit; und jedes der Kleinen hatte zerfetzte Fellkleider und Holzschuhe und trug auf dem Rücken einen Sack, der gerade so lang war wie es selbst. Wenn die Räubermutter zu einer Haustüre hereinkam, wagte niemand, ihr zu verweigern, was sie verlangte, denn sie überlegte manchmal nicht lange, sondern kehrte in der nächsten Nacht zurück und zündete das Haus an, in dem man sie nicht freundlich aufgenommen hatte. Die Räubermutter und ihre Nachkommenschaft waren ärger als die Wolfsbrut, und gar mancher hätte ihnen gern seinen guten Speer nachgeworfen, wenn nicht der Mann dort oben im Walde gewesen wäre und sich zu rächen gewußt hätte, wenn den Kindern oder der Alten etwas zuleide getan worden wäre.

Wie nun die Räubermutter bettelnd von Hof zu Hof zog, kam sie eines schönen Tages nach Öved, das zu jener Zeit ein Kloster war. Sie läutete an der Klosterpforte und verlangte etwas zu essen. Der Türhüter ließ ein kleines Schiebfensterchen herab und reichte ihr sechs runde Brote, eines für sie und eines für jedes Kind.

Während die Räubermutter still vor der Klosterpforte stand, liefen ihre Kinder umher. Dann kam eines von ihnen heran und zupfte die Mutter am Rocke, zum Zeichen, daß es etwas gefunden hätte, was sie sich ansehen sollte. Die Räubermutter ging auch gleich mit.

Das ganze Kloster war von einer hohen, starken Mauer umgeben, aber der kleine Junge hatte ein kleines angelehntes Hintertürchen gefunden. Die Räubermutter stieß sogleich das Pförtchen auf und trat, ohne erst viel zu fragen, ein, wie es eben bei ihr der Brauch war.

Das Kloster Öved wurde zu jener Zeit von Abt Johannes regiert, der ein gar pflanzenkundiger Mann war. Er hatte sich hinter der Klostermauer einen kleinen Lustgarten angelegt, und in diesen drang sie nun ein.

Im ersten Augenblick war sie so erstaunt, daß

sie regungslos stehenblieb. Es war Hochsommerzeit, und der Garten des Abtes Johannes stand so voll Blumen, daß es blau und rot und gelb vor den Augen flimmerte, wenn man hinsah. Aber bald zeigte sich ein vergnügtes Lächeln auf dem Gesicht der Räubermutter. Sie begann, einen schmalen Gang zwischen vielen kleinen Blumenbeeten hinunterzugehen.

Im Garten stand ein Laienbruder, der Gärtnergehilfe war, und jätete das Unkraut aus. Er hatte die Tür in der Mauer halb offen gelassen, um Queckengras und Melde auf den Kehrichthaufen vor der Mauer werfen zu können. Als er die Räubermutter mit ihren fünf Bälgern in den Lustgarten treten sah, stürzte er ihnen sogleich entgegen und befahl ihnen, sich zu trollen. Die alte Bettlerin ging weiter, als sei nichts geschehen. Sie ließ die Blicke hinauf und hinab wandern, sah bald die starren weißen Lilien an, die sich auf einem Beet ausbreiteten, und bald den Efeu, der die Klosterwand hoch emporkletterte, und bekümmerte sich nicht im geringsten um den Laienbruder.

Der Laienbruder dachte, sie hätte ihn nicht verstanden, und wollte sie am Arm nehmen, um sie nach dem Ausgang umzudrehen, aber die Räubermutter warf ihm einen Blick zu, vor dem er zurückprallte. Sie war unter ihrem Bettelsack mit gebeugtem Rücken gegangen, aber jetzt richtete sie sich zur vollen Höhe auf.

«Ich bin die Räubermutter aus dem Göinger Wald», sagte sie. «Rühr mich nur an, wenn du es wagst.» Und es sah aus, als ob sie nach diesen Worten ebenso sicher wäre, in Frieden von dannen ziehen zu können, als hätte sie verkündet, daß sie die Königin von Dänemark sei.

Aber der Laienbruder wagte dennoch, sie zu stören, obgleich er jetzt, wo er wußte, wer sie war, recht sanftmütig zu ihr sprach.

«Du mußt wissen, Räubermutter», sagte er, «daß dies ein Mönchskloster ist und daß es keiner Frau im Lande gestattet ist, hinter diese Mauer zu treten. Wenn du nun nicht deiner Wege gehst, werden die Mönche mir zürnen, weil ich vergessen habe, das Tor zu schließen; sie werden mich vielleicht von Kloster und Garten verjagen.»

Doch solche Bitten waren an die Räubermutter verschwendet. Sie ging weiter durch die Rosenbeete und sah sich den Ysop an, der mit lilafarbenen Blüten bedeckt war, und das Kaprifolium, das voll rotgelber Blumentrauben hing.

Da wußte sich der Laienbruder keinen anderen Rat, als in das Kloster zu laufen und um Hilfe zu rufen. Er kam mit zwei handfesten Mönchen zurück, und die Räubermutter sah sogleich, daß es nun ernst wurde. Sie stellte sich breitbeinig auf den Weg und begann mit gellender Stimme herauszuschreien, welche furchtbare Rache sie an dem Kloster nehmen würde, wenn sie nicht im

Lustgarten bleiben dürfte, so lange sie wollte. Aber die Mönche fürchteten sie nicht und schickten sich an, sie zu vertreiben. Da stieß die Räubermutter schrille Schreie aus, stürzte sich auf die Mönche, kratzte und biß, und alle ihre Sprößlinge machten es ebenso. Den drei Männern blieb nichts anderes übrig, als in das Kloster zu gehen und Verstärkung zu holen.

Als sie über den Pfad liefen, der in das Kloster führte, begegneten sie dem Abt Johannes, der herbeigeeilt war, um zu sehen, wer da im Lustgarten so lärmte. Da mußten sie gestehen, daß die Räubermutter aus dem Göinger Walde in das Kloster eingedrungen war. Abt Johannes tadelte sie, daß sie Gewalt angewendet hatten, und verbot, um Hilfe zu rufen. Er schickte die beiden Mönche zu ihrer Arbeit zurück, und obgleich er ein alter, gebrechlicher Mann war, nahm er nur den Laienbruder mit in den Garten.

Als Abt Johannes dort anlangte, ging die Räubermutter wie zuvor zwischen den Beeten umher. Er konnte sich nicht genug über sie wundern. Er war ganz sicher, daß die Räubermutter nie zuvor in ihrem Leben einen Lustgarten erblickt hatte. Aber wie dem auch sein mochte – sie ging zwischen allen den kleinen Beeten mit den fremden und seltsamen Blumen umher und betrachtete sie, als wären es alte Bekannte. Es sah aus, als hätte sie schon öfters Immergrün und Salbei und Rosmarin gesehen. Einigen Blumen lächelte sie zu, und über andere wieder schüttelte sie den Kopf.

Abt Johannes liebte seinen Garten mehr als alle anderen irdischen und vergänglichen Dinge. So wild und grimmig die Räubermutter auch aussah, so konnte er es doch nicht lassen, Gefallen daran zu finden, daß sie mit drei Mönchen gekämpft hatte, um die Blumen in Ruhe betrachten zu können. Er ging auf sie zu und fragte sie freundlich, ob ihr der Garten gefalle.

Die Räubermutter wendete sich heftig gegen Abt Johannes, denn sie war nur auf Hinterhalt und Überfall gefaßt, aber als sie seine weißen Haare und seinen gebeugten Rücken sah, antwortete sie ganz freundlich: «Als ich ihn erblickte, schien es mir, als ob ich nie etwas Schöneres gesehen hätte, aber jetzt merke ich, daß er sich mit einem anderen Garten nicht messen kann, den ich kenne.»

Abt Johannes hatte sicherlich eine andere Antwort erwartet. Als er hörte, daß die Räubermutter einen Lustgarten kenne, der schöner wäre als der seine, bedeckten sich seine runzeligen Wangen mit einer schwachen Röte.

Der Gärtnergehilfe, der danebenstand, begann auch gleich die Räubermutter zurechtzuweisen.

«Dies ist Abt Johannes, Räubermutter», sagte er, «der selber mit großem Fleiß und viel Mühe von fern und nah die Blumen für seinen Garten gesammelt hat. Wir wissen alle, daß es im ganzen schonischen Land keinen reicheren Lustgarten gibt, und es steht dir, die du das ganze liebe Jahr im wilden Walde hausest, wahrlich übel an, sein Werk zu tadeln.»

«Ich will niemand tadeln, weder ihn noch dich», sagte die Räubermutter, «ich sage nur, wenn ihr den Lustgarten sehen könntet, an den ich denke, dann würdet ihr jegliche Blume, die hier steht, ausraufen und sie als Unkraut fortwerfen.»

Aber der Gärtnergehilfe war kaum weniger stolz auf die Blumen als Abt Johannes selbst, und als er diese Worte hörte, begann er höhnisch zu lachen.

«Ich kann mir wohl denken, daß du nur so schwätzest, Räubermutter, um uns zu reizen», sagte er; «das wird mir ein schöner Garten sein, den du dir unter Tannen und Wacholderbüschen im Göinger Wald eingerichtet hast! Ich wollte meine Seele verschwören, daß du überhaupt noch nie hinter einer Gartenmauer gewesen bist.»

Die Räubermutter wurde rot vor Ärger, daß man ihr mißtraute, und rief: «Es mag wohl sein, daß ich niemals zuvor hinter einer Gartenmauer gestanden habe, aber ihr Mönche, die ihr heilige Männer seid, solltet wohl wissen, daß der große Göinger Wald sich in jeder Weihnachtsnacht in einen Lustgarten verwandelt, um die Geburtsstunde unseres Herrn und Heilands zu feiern.

Georgette de Montenay
Ex malo bonum.
Die Rose blüht aus Dornen.

Wir, die wir im Wald leben, sehen dies jedes Jahr. In diesem Lustgarten habe ich so herrliche Blumen geschaut, daß ich es nicht wagte, die Hand zu erheben, um sie zu brechen.»

Da lachte der Laienbruder noch lauter und stärker: «Es ist gar leicht für dich, dazustehen und mit Dingen zu prahlen, die kein Mensch sehen kann. Ich kann nicht glauben, daß der Wald Christi Geburtsstunde feiert, wenn so unheilige Leute darin wohnen wie du und der Räubervater.»

«Und das, was ich sage, ist doch ebenso wahr», entgegnete die Räubermutter, «wie daß du es nicht wagen würdest, in einer Weihnachtsnacht in den Wald zu kommen, um es zu sehen.»

Der Laienbruder wollte ihr von neuem antworten, aber Abt Johannes bedeutete ihm durch ein Zeichen, stillzuschweigen. Abt Johannes hatte schon in seiner Kindheit erzählen hören, daß der Wald sich in der Weihnachtsnacht in ein Feierkleid hülle. Er hatte sich oft danach gesehnt, es zu sehen, aber es war ihm niemals gelungen. Nun begann er die Räubermutter zu bitten, sie möge ihn um die Weihnachtszeit in die Räuberhöhle kommen lassen. Wenn sie nur eins ihrer Kinder schickte, ihm den Weg zu zeigen, dann wollte er allein hinaufreiten und sie nie und nimmer verraten, sondern sie reich belohnen, wie es nur in seiner Macht stünde.

Die Räubermutter weigerte sich zuerst. Sie

dachte an den Räubervater und an die Gefahr, der sie ihn preisgab, wenn sie Abt Johannes in ihre Höhle kommen ließe, aber dann wurde doch der Wunsch in ihr übermächtig, dem Abt zu zeigen, daß der Lustgarten, den sie kannte, schöner war als der seinige, und sie gab nach.

«Aber mehr als einen Begleiter darfst du nicht mitnehmen», sagte sie. «Und du darfst uns keinen Hinterhalt legen, so gewiß du ein heiliger Mann bist.»

Dies versprach Abt Johannes, und damit ging die Räubermutter.

Abt Johannes befahl dem Laienbruder, niemand zu verraten, was vereinbart worden war. Er fürchtete, daß die Mönche, wenn sie von seinem Vorhaben etwas erführen, einem alten Mann, wie er es war, nicht gestatten würden, hinauf in die Räuberhöhle zu ziehen. Auch er selbst wollte den Plan keiner Menschenseele verraten. Aber da begab es sich, daß der Erzbischof Absalon aus Lund gereist kam und eine Nacht in Öved verbrachte. Als nun Abt Johannes ihm seinen Garten zeigte, fiel ihm der Besuch der Räubermutter ein; und der Laienbruder, der dort umherging und arbeitete, hörte, wie der Abt dem Bischof von dem Räubervater erzählte, der nun seit vielen Jahren vogelfrei im Walde hauste, und um einen Freibrief für ihn bat, damit er wieder ein ehrliches Leben unter anderen Menschen beginnen könnte.

«Wie es jetzt geht», sagte Abt Johannes, «wachsen seine Kinder zu ärgeren Missetätern heran, als er selbst einer ist, und wir werden es bald mit einer ganzen Räuberbande zu tun bekommen.»

Doch Erzbischof Absalon erwiderte, daß er den bösen Räuber nicht auf die ehrlichen Leute im Lande loslassen wolle. Es sei für alle am besten, wenn er dort oben in seinem Walde bliebe.

Da wurde Abt Johannes eifrig und begann dem Bischof vom Göinger Wald zu erzählen, der sich jedes Jahr rings um die Räuberhöhle weihnachtlich schmücke. «Wenn diese Räuber nicht zu schlimm sind, Gottes Herrlichkeit zu sehen», sagte er, «so können sie wohl auch nicht zu schlecht sein, um die Gnade der Menschen zu erfahren.»

Aber der Erzbischof wußte dem Abt zu antworten.

«Soviel kann ich dir versprechen, Abt Johannes», sagte er und lächelte, «an welchem Tage immer du mir eine Blume aus dem Weihnachtsgarten des Göinger Waldes schickst, will ich dir einen Freibrief für alle Friedlosen geben, für die du bitten magst.»

Der Laienbruder sah, daß Bischof Absalon ebensowenig wie er selbst an die Geschichte der Räubermutter glaubte, aber Abt Johannes merkte nichts davon, sondern dankte Absalon für sein gütiges Versprechen und sagte, die Blume wolle er ihm schon schicken.

Abt Johannes setzte seinen Willen durch, und am nächsten Weihnachtsabend saß er nicht daheim in Öved, sondern war auf dem Wege nach Göinge. Einer der wilden Jungen der Räubermutter lief vor ihm her. Der Knecht, der im Lustgarten mit der Räubermutter gesprochen hatte, begleitete ihn. Abt Johannes hatte sich den ganzen Herbst schon sehr nach dieser Reise gesehnt und freute sich nun, daß sie zustande gekommen war. Ganz anders stand es mit dem Laienbruder, der ihm folgte. Er hatte Abt Johannes von Herzen lieb und würde es nicht gern einem anderen überlassen haben, ihn zu begleiten und über ihn zu wachen, aber er glaubte keineswegs, daß sie einen Weihnachtsgarten zu Gesicht bekommen würden. Er dachte, daß die Räubermutter Abt Johannes hereingelegt hatte, damit er ihrem Mann in die Hände falle.

Während Abt Johannes nordwärts zum Wald ritt, sah er, wie überall Anstalten getroffen wurden, das Weihnachtsfest zu feiern. In jedem Bauernhof machte man Feuer in der Badehütte; aus den Vorratskammern wurden große Mengen von Fleisch und Brot in die Wohnungen getragen, und aus den Tennen kamen die Burschen mit großen Strohgarben, die über den Boden gestreut werden sollten.

Als der Abt an dem kleinen Dorfkirchlein vorüberritt, sah er, wie der Priester und seine Küster damit beschäftigt waren, sie mit den besten Geweben zu schmücken, die sie nur hatten auftreiben können; und als er zu dem Wege kam, der nach dem Kloster Bosjö führte, sah er die Armen mit großen Brotlaiben und langen Kerzen daherwandern, die sie an der Klosterpforte geschenkt bekommen hatten.

Als Abt Johannes alle diese Weihnachtszurüstungen sah, spornte er zur Eile an. Er dachte daran, daß seiner das größte Fest harrte.

Doch der Knecht jammerte und klagte, als er sah, wie sie sich auch in der kleinsten Hütte anschickten, das Weihnachtsfest zu feiern. Er wurde immer ängstlicher und bat und beschwor Abt Johannes, umzukehren und sich nicht freiwillig in die Hände der Räuber zu geben.

Aber Abt Johannes ritt weiter, ohne sich um die Klagen zu kümmern. Er hatte bald das Flachland hinter sich und kam nun hinauf in die einsamen, wilden Wälder. Hier wurde der Weg schlechter. Er war eigentlich nur noch ein steiniger, nadelbestreuter Pfad; nicht Brücke und Steg führten über die Flüsse und Bäche. Je länger sie ritten, desto kälter wurde es, und tief drinnen im Walde war der Boden mit Schnee bedeckt.

Es war ein langer und beschwerlicher Ritt. Sie zogen auf steilen und schlüpfrigen Pfaden über Moor und Sumpf, drangen durch Windbrüche und Dickicht. Gerade als der Tag zur Neige ging, führte der Räuberjunge sie über eine Waldwiese, die von nackten Laubbäumen und grünen Nadelbäumen umgeben war. Hinter der Wiese erhob sich eine Felswand, und in der Felswand war eine Tür aus rohen Planken. Abt Johannes stieg vom Pferde. Das Kind öffnete die schwere Tür, und er sah eine ärmliche Berggrotte mit nackten Steinwänden. Die Räubermutter saß an einem Blockfeuer, das mitten auf dem Boden brannte; an den Wänden waren Lagerstätten aus Tannenreisig und Moos, und auf einer von ihnen lag der Räubervater und schlief.

«Kommt herein, ihr dort draußen!» rief die Räubermutter, ohne aufzusehen. «Und bringt die Pferde mit, damit sie nicht in der Nachtkälte zugrunde gehen!»

Abt Johannes trat nun kühnlich in die Grotte, und der Laienbruder folgte ihm. Da sah es ganz ärmlich und dürftig und gar nicht weihnachtlich aus. Die Räubermutter hatte weder gebraut noch gebacken; sie hatte weder gefegt noch gescheuert. Ihre Kinder lagen auf der Erde rings um einen Kessel, in dem nur dünne Wassergrütze war.

Doch die Räubermutter war ebenso stolz und selbstbewußt wie nur irgendeine wohlbestallte Bauersfrau.

«Setze dich nur hier ans Feuer, Abt Johannes, und wärme dich», sagte sie, «und wenn du Wegzehrung mitgebracht hast, so iß, denn was wir hier im Walde kochen, wird dir wohl nicht munden. Und wenn du vom Ritt müde bist, kannst du dich auf einer dieser Lagerstätten ausstrecken. Du brauchst keine Angst zu haben, daß du verschlafen könntest. Ich sitze hier am Feuer und wache, ich werde dich schon wecken, damit du zu sehen bekommst, wonach du geritten bist.»

Abt Johannes gehorchte der Räubermutter in allen Stücken und nahm seinen Schnappsack hervor. Aber er war nach dem Ritt so müde, daß er kaum zu essen vermochte; und sowie er sich auf dem Lager ausgestreckt hatte, schlummerte er ein.

Dem Laienbruder ward auch eine Ruhestatt angewiesen, aber er wagte nicht zu schlafen. Er wollte ein wachsames Auge auf den Räubervater haben, damit dieser nicht aufstünde und Abt Johannes fesselte. Allmählich jedoch erlangte die Müdigkeit auch über ihn solche Gewalt, daß er einschlummerte. Als er erwachte, sah er, daß Abt Johannes sein Lager verlassen hatte, am Feuer saß und mit der Räubermutter Zwiegespräch pflog. Der Räubervater saß daneben. Er war ein hochaufgeschossener magerer Mann und sah schwerfällig und trübsinnig aus. Er kehrte Abt Johannes den Rücken, und es sah aus, als wolle er nicht zeigen, daß er dem Gespräch lauschte. Abt Johannes erzählte der Räubermutter von den Weihnachtsvorbereitungen, die er unterwegs gesehen hatte. Er erinnerte sie an die Weihnachtsfeste und die fröhlichen Weihnachtsspiele, die wohl auch sie in ihrer Jugend mitgemacht hatte, als sie noch nicht geächtet war, sondern in Frieden unter den Menschen lebte.

«Es ist ein Jammer, daß eure Kinder nie auf der Dorfstraße umhertollen oder im Weihnachtsstroh spielen dürfen», sagte Abt Johannes. Die Räubermutter hatte ihm kurz und barsch geantwortet, aber so allmählich wurde sie kleinlauter und lauschte eifrig. Plötzlich wendete sich der Räubervater gegen den Abt Johannes und hielt ihm die geballte Faust vor das Gesicht.

«Du elender Mönch, bist du hierhergekommen, um Weib und Kinder von mir fortzulokken? Weißt du nicht, daß ich ein friedloser Mann bin und diesen Wald nicht verlassen darf?»

Abt Johannes sah ihm unerschrocken und gerade in die Augen.

«Mein Wille ist es, dir einen Freibrief vom Erzbischof zu verschaffen», sagte er. Kaum hatte er dies gesagt, als der Räubervater und die Räubermutter ein schallendes Gelächter anschlugen. Sie wußten nur zu wohl, welche Gnade ein Waldräuber vom Bischof Absalon zu erwarten hatte.

«Ja, wenn ich einen Freibrief von Absalon bekomme», sagte der Räubervater, «dann gelobe ich dir, nie mehr auch nur eine Gans zu stehlen.»

Den Gärtnergehilfen verdroß es sehr, daß das

Räuberpack sich vermaß, Abt Johannes auszulachen, aber dieser selbst schien es ganz zufrieden zu sein. Der Knecht hatte ihn kaum je friedvoller und milder unter seinen Mönchen auf Öved sitzen sehen, als er ihn jetzt unter den wilden Räuberleuten sah.

Plötzlich sprang die Räubermutter auf.

«Du sitzest hier und plauderst, Abt Johannes», sagte sie, «und wir vergessen ganz, nach dem Wald zu sehen. Jetzt höre ich bis in unsere Höhle, wie die Weihnachtsglocken läuten.»

Kaum war dies gesagt, als alle aufsprangen und hinausliefen; aber im Wald war noch dunkle Nacht und grimmiger Winter. Das einzige, was man vernahm, war ferner Glockenklang, der von einem leisen Südwind hergetragen wurde.

«Wie soll dieser Glockenklang den toten Wald wecken können?» dachte Abt Johannes. Denn jetzt, wo er mitten im Waldesdunkel stand, schien es ihm viel unmöglicher als zuvor, daß hier ein Lustgarten erstehen könnte.

Aber als die Glocke ein paar Augenblicke geläutet hatte, zuckte plötzlich ein Lichtstrahl durch den Wald. Gleich darauf wurde es wieder dunkel, aber dann kam das Licht wieder. Es kämpfte sich wie ein leuchtender Nebel durch die dunklen Bäume. Langsam ging die Dunkelheit in schwache Morgendämmerung über.

Da sah Abt Johannes den Schnee vom Boden verschwinden, als hätte jemand einen Teppich fortgezogen; und die Erde begann zu grünen. Das Farnkraut streckte seine Triebe hervor. Die Erika, die auf der Steinhalde wuchs, und der Porsch, der im Moor wurzelte, kleideten sich rasch in frisches Grün. Die Mooshügelchen schwollen und hoben sich; und die Frühlingsblumen schossen mit schwellenden Knospen auf und hatten schon einen Schimmer von Farbe.

Abt Johannes klopfte das Herz heftig, als er die ersten Zeichen sah, daß der Wald erwachen wollte. «Soll nun ich alter Mann ein solches Wunder schauen?» dachte er. Und die Tränen wollten ihm in die Augen treten.

Nun wurde es wieder so dämmrig, daß er fürchtete, die nächtliche Finsternis könnte aufs neue Macht erlangen. Aber sogleich flutete eine neue Lichtwelle herein. Die brachte Bachgemurmel und das Rauschen eisbefreiter Bergströme mit. Da schlugen die Blätter der Laubbäume so rasch aus, als hätten sich grüne Schmetterlinge auf den Zweigen niedergelassen. Und nicht nur die Bäume und Pflanzen erwachten. Die Kreuzschnäbel begannen über die Zweige zu hüpfen. Die Spechte hämmerten an die Stämme, daß die Holzsplitter nur so flogen. Ein Zug Stare ließ sich in einem Tannenwipfel nieder, um auszuruhen. Es waren prächtige Stare. Die Spitze jedes kleinen Federchens leuchtete glänzend rot. Wenn die Vögel sich bewegten, glitzerten sie wie Edelsteine. Wieder wurde es für ein Weilchen still, aber bald begann es von neuem. Ein starker, warmer Südwind blies und säte über die Waldwiese Samen aus südlichen Ländern, die von Vögeln und Schiffen und Winden in das Land gebracht worden waren. Sie schlugen Wurzeln und schossen Triebe in dem Augenblick, da sie den Boden berührten.

Als die nächste Welle kam, fingen Blaubeeren und Preiselbeeren zu blühen an. Wildgänse und Kraniche riefen hoch oben in der Luft; die Buchfinken bauten ihr Nest; Eichhörnchen spielten in den Baumzweigen.

Alles ging nun so rasch, daß Abt Johannes gar nicht mehr überlegen konnte; er konnte nur Augen und Ohren weit aufmachen. Die nächste Welle, die herangebraust kam, brachte den Duft frisch gepflügter Felder. Aus weiter Ferne hörte man Hirtinnen die Kühe locken und die Glöckchen der Lämmer klingeln. Tannen und Fichten bekleideten sich so dicht mit kleinen roten Zapfen, daß die Bäume wie Seide leuchteten. Der Wacholder trug Beeren, die jeden Augenblick die Farbe wechselten. Und die Waldblumen bedeckten den Boden, daß er ganz weiß und blau und gelb war. Abt Johannes beugte sich zur Erde und brach eine Erdbeerblüte. Und während er sich aufrichtete, reifte die Beere. Die Füchsin kam mit einer großen Schar schwarzbeiniger Jungen aus ihrer Höhle. Sie ging auf die Räubermutter zu und rieb sich an ihrem Rock. Die

Räubermutter beugte sich zu ihr hinunter und lobte ihre Jungen. Der Uhu, der eben seine nächtliche Jagd begonnen hatte, kehrte ganz erstaunt über das Licht wieder nach Hause zurück, suchte seine Schlucht auf und legte sich schlafen. Der Kuckuck rief; und das Kuckucksweibchen umkreiste mit einem Ei im Schnabel die Nester der Singvögel.

Die Kinder der Räubermutter stießen zwitschernde Freudenschreie aus. Sie aßen sich an den Waldbeeren satt, die groß wie Tannenzapfen an den Sträuchern hingen. Eines spielte mit einer Schar junger Hasen, ein anderes lief mit den jungen Krähen um die Wette, die aus dem Nest gehüpft waren, das dritte hob die Natter vom Boden und wickelte sie sich um den Hals und Arm. Der Räubervater stand draußen auf dem Moor und aß Brombeeren. Als er aufsah, stand ein großes schwarzes Tier neben ihm. Da brach der Räubervater einen Weidenzweig und schlug dem Bären auf die Schnauze.

«Bleib du, wo du hingehörst», sagte er. «Das ist mein Platz.» Da machte der Bär kehrt und trabte davon.

Immer wieder kamen neue Wellen von Wärme und Licht. Entengeschnatter klang vom Waldmoor herüber. Gelber Blütenstaub von den Feldern schwebte in der Luft. Schmetterlinge kamen, so groß, daß sie wie fliegende Lilien aussahen. Das Nest der Bienen in einer hohlen

Eiche war schon so voll Honig, daß er am Stamm heruntertropfte. Jetzt begannen auch die Blumen sich zu entfalten, deren Samen aus fremden Ländern gekommen waren. Die Rosenbüsche kletterten um die Wette mit den Brombeeren die Felswand hinan, und oben auf der Waldwiese sprossen Blumen, so groß wie ein Menschengesicht. Abt Johannes dachte an die Blume, die er für Bischof Absalon pflücken wollte, aber eine Blume wuchs herrlicher heran als die andere, und er wollte die allerschönste wählen.

Welle um Welle kam, und jetzt war die Luft so von Licht durchtränkt, daß sie glitzerte. Und alle Lust und aller Glanz und alles Glück des Sommers lächelten rings um Abt Johannes. Es war ihm, als könnte die Erde keine größere Freude bringen. Aber das Licht strömte noch immer, und Abt Johannes fühlte, daß überirdische Luft ihn umwehte. Zitternd erwartete er des Himmels Herrlichkeit. Abt Johannes merkte, daß alles still wurde: die Vögel verstummten, die jungen Füchslein spielten nicht mehr, und die Blumen hörten auf zu wachsen. Eine Seligkeit nahte, die das Herz stillstehen ließ; das Auge weinte, ohne daß es darum wußte, die Seele sehnte sich, in die Ewigkeit hinüberzufliegen. Aus weiter, weiter Ferne hörte man leise Harfentöne und überirdischen Gesang. Abt Johannes faltete die Hände und sank in die Knie. Sein Gesicht strahlte von Seligkeit. Nie hatte er erwartet, daß es ihm beschieden sein würde, schon in diesem Leben des Himmels Wonne zu kosten und die Engel Weihnachtslieder singen zu hören.

Aber neben Abt Johannes stand der Gärtnergehilfe, der ihn begleitet hatte. Er sah den Räuberwald voll Grün und Blumen, und er wurde zornig in seinem Herzen, weil er erkannte, daß er einen solchen Lustgarten nie und nimmer schaffen konnte, so sehr er sich auch mit Hacke und Spaten mühen mochte. Er vermochte nicht zu begreifen, warum Gott solche Herrlichkeit an das Räubergesindel verschwende, das seine Gebote mißachtete.

Finstere Gedanken zogen durch seinen Kopf. «Das kann kein rechtes Wunder sein», dachte er, «das sich bösen Missetätern zeigt. Das kann nicht von Gott stammen; das ist aus Zauberei entsprungen. Die Macht des bösen Feindes hat uns verhext und zwingt uns, das zu sehen, was nicht vorhanden ist.»

In der Ferne hörte man Engelharfen klingen und Engelgesang ertönen, aber der Laienbruder glaubte, daß es die böse Macht des Teufels sei. «Sie wollen uns locken und verführen», seufzte er; «nie kommen wir mit heiler Haut davon; wir werden betört und der Hölle verkauft.»

Jetzt waren die Engelscharen so nahe, daß Abt Johannes ihre Lichtgestalten zwischen den Stämmen des Waldes schimmern sah. Und der Laienbruder sah dasselbe wie er, aber er hielt es für Arglist der bösen Geister und war empört, daß sie ihre Künste gerade in der Nacht trieben, in welcher der Heiland geboren war. Dies geschah ja nur, um die Christen um so sicherer ins Verderben zu stürzen.

Vögel umschwärmten das Haupt des Abtes, und er nahm sie in seine Hände. Aber vor dem Laienbruder fürchteten sich die Tiere; kein Vogel setzte sich auf seine Schulter, und auch keine Schlange spielte zu seinen Füßen. Nun war da eine kleine Waldtaube. Als sie merkte, daß die Engel nahe waren, nahm sie ihren ganzen Mut zusammen und flog dem Laienbruder auf die Schulter und schmiegte das Köpfchen an seine Wange. Da vermeinte er, daß ihm der Zauber endgültig auf den Leib rückte. Er wollte sich aber nicht in Versuchung führen und verderben lassen; er schlug mit der Hand nach der Waldtaube und rief mit lauter Stimme, daß es durch den Wald hallte:

«Zeuch zur Hölle, von wannen du kommen bist!» In diesem Augenblick waren die Engel so nahe, daß Abt Johannes den Hauch ihrer mächtigen Fittiche fühlte. Er hatte sich zur Erde geneigt, sie zu grüßen, aber als die Worte des Laienbruders ertönten, verstummte urplötzlich der Gesang, und die heiligen Gäste wandten sich zur Flucht. Ebenso flohen das Licht und die milde Wärme vor Schreck über die Kälte und

Finsternis in einem Menschenherzen. Die Dunkelheit sank wieder auf die Erde herab; die Kälte kam, die Pflanzen verwelkten; die Tiere enteilten; das Rauschen der Wasserfälle verstummte; das Laub fiel von den Bäumen.

Abt Johannes fühlte, wie sein Herz, das eben vor Seligkeit gezittert hatte, sich jetzt in unsäglichem Schmerz zusammenkrampfte. «Niemals kann ich dies überleben», dachte er, «daß die Engel des Himmels mir so nahe waren und vertrieben wurden, daß sie mir Weihnachtslieder singen wollten und in die Flucht gejagt wurden.»

In demselben Augenblick erinnerte er sich an die Blume, die er Bischof Absalon versprochen hatte, und er beugte sich zur Erde und tastete unter dem Moos und Laub, um noch etwas zu finden. Aber er fühlte, wie die Erde unter seinen Fingern gefror. Da ward sein Herzeleid noch größer. Er konnte sich nicht erheben, sondern mußte auf dem Boden liegenbleiben.

Als die Räuberleute und der Laienbruder sich in der tiefen Dunkelheit zur Räuberhöhle zurückgetappt hatten, da vermißten sie Abt Johannes. Sie nahmen glühende Scheite aus dem Feuer und zogen aus, ihn zu suchen; und sie fanden ihn tot auf der Schneedecke liegen.

Und der Laienbruder hub an, zu weinen und zu klagen, denn er erkannte, daß er es war, der Abt Johannes getötet hatte, weil er ihm den Freudenbecher entrissen, nach dem er gelechzt hatte.

Als Abt Johannes nach Öved hinuntergebracht worden war, sahen die Totenpfleger, daß er seine rechte Hand hart um etwas geschlossen hielt. Er mußte es in seiner Todesstunde umklammert haben. Und als sie die Hand endlich öffnen konnten, fanden sie ein paar weiße Wurzelknollen. Als der Laienbruder, der Abt Johannes geleitet hatte, diese Wurzel sah, nahm er sie und pflanzte sie in des Abtes Garten.

Er pflegte sie und wartete das ganze Jahr, daß eine Blume daraus erblühe, doch er wartete vergebens den ganzen Frühling und Sommer und Herbst. Als endlich der Winter anbrach und alle Blätter und Blumen tot waren, hörte er auf zu warten. Als aber der Weihnachtsabend kam, wurde die Erinnerung an Abt Johannes so mächtig, daß er in den Lustgarten hinausging, seiner zu gedenken. Und siehe, als er an die Stelle kam, wo er die Wurzelknollen eingepflanzt hatte, da sah er üppige grüne Stengel, die schöne Blumen mit silberweißen Blüten trugen. Da rief er alle Mönche von Öved zusammen; und als sie sahen, daß diese Pflanze am Weihnachtsabend blühte, wo alle anderen Blumen tot waren, wußten sie, daß es wirklich die Pflanze war, die Abt Johannes im Weihnachtslustgarten des Göinger Waldes gepflückt hatte.

Der Laienbruder bat die Mönche, da ein so großes Wunder geschehen sei, einige von den Blumen dem Bischof Absalon zu schicken. Als der Laienbruder vor Bischof Absalon hintrat, reichte er ihm die Blumen und sagte: «Dies schickt dir Abt Johannes. Es sind die Blumen, die er dir aus dem Weihnachtslustgarten im Göinger Walde versprach.»

Als Bischof Absalon die Blumen sah, die in dunkler Winternacht der Erde entsprossen waren, und als er die Worte hörte, wurde er so bleich, als wäre er einem Toten begegnet. Eine Weile saß er schweigend da, dann sagte er: «Abt Johannes hat sein Wort gehalten; so will auch ich das meine halten.» Und er ließ einen Freibrief für den wilden Räuber ausstellen, der von Jugend an friedlos im Walde gelebt hatte.

Er übergab dem Laienbruder den Brief, und dieser zog damit von dannen, hinauf in den Wald und zur Räuberhöhle. Er trat am Weihnachtstage dort ein, doch der Räuber eilte ihm mit erhobener Axt entgegen.

«Ich will euch Mönche niederschlagen, soviel euer auch sind!» rief er.

«Sicherlich hat sich um euretwillen der Göinger Wald nicht in sein Weihnachtskleid gehüllt.»

«Es ist einzig und allein meine Schuld», sagte der Laienbruder, «und ich will gerne dafür sterben. Aber zuerst muß ich dir eine Botschaft von Abt Johannes bringen.» Und er zog den Brief des Bischofs heraus und verkündete dem Räuber, daß er nicht mehr vogelfrei sei, und zeigte ihm das Siegel Absalons, das an dem Pergamente hing.

«Fortab sollst du mit deinen Kindern im Weihnachtsstroh spielen und das Christfest unter den Menschen feiern, wie es der Wunsch von Abt Johannes war», sagte er.

Da blieb der Räubervater stumm und bleich stehen, aber die Räubermutter sagte in seinem Namen: «Abt Johannes hat sein Wort getreulich gehalten, so wird auch der Räubervater das seine halten.»

Doch als der Räubervater und die Räubermutter aus der Räuberhöhle fortzogen, da zog der Laienbruder ein, hauste einsam im Walde und verbrachte seine Zeit in unablässigem Gebet, damit ihm seine Hartherzigkeit verziehen werde.

Und niemand darf ein strenges Wort über einen sagen, der bereut und sich bekehrt hat, wohl aber kann man wünschen, daß die bösen Worte des Laienbruders ungesagt geblieben wären, denn nie mehr hat der Göinger Wald die Geburtsstunde des Heilands gefeiert, und von seiner Herrlichkeit lebt nur noch die Pflanze, die Abt Johannes dereinst gepflückt hat.

Man hat sie Christrose genannt; und jedes Jahr läßt sie ihre weißen Blüten und ihre grünen Stengel um die Weihnachtszeit aus dem Erdreich sprießen, als könnte sie nie und nimmer vergessen, daß sie einmal in dem großen Weihnachtslustgarten gestanden hat.

IWAN ALEKSEJEWITSCH BUNIN

1870–1953

Die Rose von Jericho

Als Zeichen des Glaubens an das ewige Leben, an die Auferstehung von den Toten hat man im Orient vor Zeiten den Verstorbenen eine Rose von Jericho in den Sarg, ins Grab gelegt.

Seltsam die Bezeichnung Rose, zudem noch Rose von Jericho, für dieses – unserer Kollerdistel ähnliche – Knäuel vertrockneter, stachliger Stengel, dieses struppige Wüstengewächs, das nur auf dem steinigen Sandboden südlich des Toten Meeres, in den unbewohnten Ausläufern des Sinai vorkommt. Aber der Überlieferung nach hat der heilige Sabbas selbst es so genannt, der für sein Kloster das schreckliche Tal des Feuers gewählt hat, eine kahle tote Schlucht in der Wüste von Judäa. Das Symbol der Auferstehung in Gestalt einer wilden Distel hat er mit der schönsten ihm bekannten irdischen Metapher geschmückt.

Denn sie, diese Distel, ist wahrhaftig ein Wunder. Von einem Fremden abgepflückt und mitgenommen, kann sie, Tausende Werst von ihrer Heimat entfernt, jahrelang daliegen – verdorrt, grau, tot. Aber in Wasser gelegt, beginnt sie gleich wieder aufzuleben, kleine Blättchen und rötlichweiße Blüten zu treiben. Und das arme Menschenherz empfindet Freude und Trost: nichts auf der Welt stirbt, nichts vergeht, was einmal war, was einst mein Leben ausgemacht hat! Es gibt keinen Abschied und keinen Verlust, solange meine Seele lebendig ist, meine Liebe, die Erinnerung!

So tröste auch ich mich, indem ich in mir jene lichtvollen alten Länder auferstehen lasse, die einst auch mein Fuß betreten hat, jene gesegneten Tage, da die Sonne meines Lebens im Zenit stand, da ich in der Blüte meiner Kräfte und Hoffnungen Hand in Hand mit meiner mir von Gott bis zum Grabe anvertrauten Gefährtin meine erste weite Reise unternahm, die Hochzeitsreise, die zugleich eine Wallfahrt in das heilige Land unseres Herrn Jesus Christus war. Stumm und erhaben in Jahrhunderte währender Stille und Vergessenheit lag vor uns sein Palästina – die Täler von Galiläa, die Hügel von Judäa, die fünf Städte, gestraft mit Salz und Schwefel. Aber es war Frühling, und auf all unseren Wegen blühten fröhlich und friedlich immer noch die gleichen Anemonen und Mohnblumen wie zur Zeit Rahels, prangten die gleichen Lilien auf dem Felde und sangen die gleichen Vögel unter dem Himmel, deren selige Sorglosigkeit das Gleichnis des Evangeliums lehrte …

Rose von Jericho. In das lebendige Wasser des Herzens, in den reinen Born der Liebe, der

Gabriel Rollenhagen

Florebo, prospeciente Deo.

Ich werde blühen unter Gottes Blick.

Trauer und der Zärtlichkeit senke ich die Wurzeln und die Stiele meiner Vergangenheit, und siehe da – wieder erblüht, o Wunder, mein heilig gehütetes Steppengras. Bleib fern von mir, du unabwendbare Stunde, da dieser Born versiegen, das Herz welken und verdorren und der Staub des Vergessens die Rose meines Jerichos für immer zudecken wird.

JORGE LUIS BORGES

1899–1986

Die Rose des Paracelsus

De Quincey, «Writings» XIII, 345

In seiner Werkstatt, die die beiden Kellerzimmer umfaßte, bat Paracelsus seinen Gott, seinen unbestimmten Gott, irgendeinen Gott, daß er ihm einen Schüler schicke. Es wurde Abend. Das spärliche Feuer im Kamin warf unregelmäßige Schatten. Aufzustehen, um die Eisenlampe anzuzünden, war zuviel Mühe. Geistesabwesend vor Müdigkeit, vergaß Paracelsus sein Bittgebet. Die Nacht hatte die staubigen Alembiks und den Athanor ausgelöscht, als es an die Tür klopfte. Schläfrig erhob sich der Mann, stieg die kurze Wendeltreppe empor und öffnete einen Türflügel. Ein Unbekannter trat ein. Auch er war sehr müde. Paracelsus wies ihn zu einer Bank; der andere setzte sich und wartete. Eine Zeitlang wechselten sie kein Wort.

Der Meister sprach als erster.

«Ich erinnere mich an Gesichter des Okzidents und an Gesichter des Orients», sagte er nicht ohne eine gewisse Feierlichkeit. «An deins erinnere ich mich nicht. Wer bist du, und was willst du von mir?»

«Mein Name tut nichts zur Sache», erwiderte der andere. «Drei Tage und drei Nächte bin ich gewandert, um in dein Haus zu gelangen. Ich möchte dein Schüler sein. Ich habe dir all meinen Besitz mitgebracht.»

Er holte einen Leinenbeutel hervor und entleerte ihn auf den Tisch. Es waren viele Münzen, und sie waren aus Gold. Er tat es mit der rechten Hand. Paracelsus hatte ihm den Rücken gekehrt, um die Lampe anzuzünden. Als er sich umwandte, bemerkte er, daß die Linke eine Rose hielt. Die Rose beunruhigte ihn.

Er lehnte sich zurück, legte die Fingerspitzen aneinander und sagte: «Du glaubst, ich sei imstande, den Stein zu schaffen, der alle Elemente in Gold verwandelt, und du bietest mir Gold. Es ist nicht Gold, was ich suche, und wenn dir an Gold gelegen ist, wirst du niemals mein Schüler sein.»

«Mir liegt nichts am Gold», entgegnete der andere. «Diese Münzen sind nichts weiter als ein Beweis meines Arbeitswillens. Ich möchte, daß du mich die Kunst lehrst. Ich möchte an deiner Seite den Weg gehen, der zum Stein führt.»

Paracelsus sagte langsam: «Der Weg ist der Stein. Der Ausgangspunkt ist der Stein. Wenn du diese Worte nicht begreifst, hast du noch gar nicht angefangen zu begreifen. Jeder Schritt, den du gehst, ist das Ziel.»

Der andere sah ihn mißtrauisch an. Er sagte mit klarer Stimme: «Aber es gibt doch ein Ziel?»

Paracelsus lachte.

«Diejenigen, die mich schmähen und die ebenso zahlreich wie dumm sind, sagen nein und nennen mich einen Hochstapler. Ich gebe ihnen nicht recht, doch es ist nicht ausgeschlossen, daß das ein Irrtum ist. Ich weiß, es gibt einen Weg.»

Sie schwiegen, dann sagte der andere: «Ich bin bereit, ihn mit dir zu gehen, und sollte er viele Jahre in Anspruch nehmen. Laß mich durch die Wüste wandern. Laß mich wenigstens von fern das Land der Verheißung erblicken, obwohl die Gestirne mir den Eintritt verwehren. Ich begehre einen Beweis, ehe ich mich auf den Weg mache.»

«Wann?» fragte Paracelsus beunruhigt.

«Jetzt sofort», sagte der Schüler mit jäher Bestimmtheit.

Zunächst hatten sie lateinisch gesprochen; jetzt deutsch.

Der junge Mann hob die Rose hoch.

«Man sagt», sprach er, «du könntest eine Rose verbrennen und sie mit Hilfe deiner Kunst aus der Asche wieder auferstehen lassen. Laß mich Zeuge dieses Wunders sein. Darum bitte ich dich, und danach gehört mein ganzes Leben dir.»

«Du bist sehr leichtgläubig», sagte der Meister: «Leichtgläubigkeit habe ich nicht nötig; ich verlange Glauben.»

Der andere gab nicht nach.

«Eben weil ich nicht leichtgläubig bin, möchte ich mit eigenen Augen die Vernichtung und Auferstehung der Rose sehen.»

Paracelsus hatte sie ihm abgenommen und spielte mit ihr, während er sprach.

«Du bist leichtgläubig», sagte er. «Du sagst, ich bin imstande, sie zu vernichten?»

«Niemand ist außerstande, sie zu vernichten», sagte der Schüler.

«Du täuschst dich. Glaubst du vielleicht, es könne irgend etwas dem Nichts überantwortet werden? Glaubst du, Adam im Paradies hätte eine einzige Blume oder einen Grashalm vernichten können?»

«Wir sind nicht im Paradies», sagte der junge Mann starrköpfig. «Unter der Sonne hier ist alles sterblich.»

Paracelsus war aufgestanden.

«Wo sonst wären wir denn? Glaubst du, daß die Gottheit einen Ort schaffen kann, der nicht das Paradies ist? Glaubst du, daß der Sündenfall etwas anderes ist als nicht zu wissen, daß wir im Paradies sind?»

«Eine Rose kann verbrennen», sagte der Schüler herausfordernd.

«Es ist noch Feuer im Kamin», sagte Paracelsus. «Wenn du diese Rose auf die Glut wirfst, wirst du glauben, daß sie verglüht und daß die Asche wirklich ist. Ich sage dir, daß die Rose ewig ist und daß nur ihre Erscheinung sich ändern kann. Es bedarf einzig eines Wortes von mir, damit du sie von neuem siehst.»

«Eines Wortes?» sagte der Schüler verwundert. «Der Athanor ist erloschen, und die Alembiks sind voll von Staub. Was tust du, um sie wiederauferstehen zu lassen?»

Paracelsus sah ihn traurig an.

«Der Athanor ist erloschen», wiederholte er, «und die Alembiks sind voll von Staub. Auf dieser Strecke meiner langen Reise gebrauche ich andere Instrumente.»

«Ich wage nicht zu fragen, welche das sind», sagte der andere verschlagen oder demütig.

«Ich spreche von dem, was die Gottheit gebrauchte, um Himmel und Erde zu schaffen und das unsichtbare Paradies, in dem wir uns befinden und das uns durch die Erbsünde verborgen ist. Ich spreche von dem Wort, das uns die Wissenschaft der Kabbala lehrt.»

Der Schüler sagte kalt: «Bitte sei so gnädig, mir das Verschwinden und Wiedererscheinen der Rose zu zeigen. Es ist mir gleichgültig, ob du Brennkolben benutzt oder das Wort.»

Paracelsus überlegte. Schließlich sagte er: «Wenn ich es täte, würdest du sagen, daß es sich um eine

Erscheinung handelt, die dir deine Augen vorzaubern. Das Wunder gibt dir nicht den Glauben, den du suchst. Laß also die Rose.»

Der junge Mann sah ihn noch immer mißtrauisch an. Der Meister erhob die Stimme und sagte: «Außerdem, wer bist du denn, ins Haus eines Meisters einzudringen und von ihm ein Wunder zu verlangen? Was hast du geleistet, um eine solche Gabe zu verdienen?»

Der andere antwortete unsicher: «Ich weiß schon, daß ich nichts geleistet habe. Ich bitte dich im Namen der vielen Jahre, die ich lernend in deinem Schatten verbringen werde, daß du mir die Asche und danach die Rose zeigst. Um weiteres bitte ich dich nicht. Ich glaube dem, was meine Augen mir bezeugen.»

Jäh nahm er die rote Rose, die Paracelsus auf dem Pult hatte liegen lassen, und warf sie in die Flammen. Die Farbe verlosch, und übrig blieb nur ein wenig Asche. Einen unendlichen Augenblick lang hoffte er auf die Worte und das Mirakel.

Paracelsus war gelassen geblieben. Mit sonderbarer Schlichtheit sagte er: «Alle Ärzte und alle Apotheker Basels behaupten, daß ich ein Schwindler bin. Vielleicht haben sie recht. Dort ist die Asche, die die Rose gewesen ist und sie nicht wieder sein wird.»

Der junge Mann empfand Scham. Paracelsus war ein Scharlatan oder ein bloßer Phantast, und er, der Eindringling, war in sein Haus gekommen und hatte ihn nunmehr genötigt zuzugeben, daß seine berühmten magischen Künste ohne Wirkung waren.

Er kniete nieder und sagte: «Ich habe unverzeihlich gehandelt. Es fehlte mir der Glaube, den der Herr von den Gläubigen verlangt hat. Laß mich weiter die Asche sehen. Ich kehre zurück, wenn ich stärker bin, und dann werde ich dein Schüler sein und am Ende des Wegs die Rose sehen.»

Er sprach mit wahrer Leidenschaft, doch diese Leidenschaft war das Mitleid, das ihm der alte, so verehrte, so umworbene, so illustre und darum so hohle Meister einflößte. Wer war er, Johannes Grisebach, mit frevelhafter Hand zu entdecken, daß hinter der Maske niemand war?

Ihm die Münzen dazulassen wäre ein Almosen gewesen. Beim Hinausgehen nahm er sie wieder an sich. Paracelsus begleitete ihn zum Fuß der Treppe und sagte, daß er in diesem Fall jederzeit willkommen wäre. Beide wußten, daß sie sich nicht wiedersehen würden.

Paracelsus blieb allein. Bevor er die Lampe löschte und sich ermattet in den Sessel niederließ, nahm er das feine Häufchen Asche in die hohle Hand und sagte mit leiser Stimme ein Wort. Die Rose erstand aufs neue.

PETROS CHARIS

geb. 1902

Um einen Rosenstrauch

Auch an jenem Abend wartete ganz Athen.

Und es sprach seine Klagen aus, versank in Berechnungen, die weder Anfang noch Ende hatten, und bereitete sich für den Kampf vor, den es gewohnt war, zweimal in der Woche durchzustehen.

In den Hauptstraßen reiften langsam die Überlegungen, die zu dem großen Wagnis führen sollten, zu einem der technischen Werke, die die meisten bei einem so armen und von Schicksalsschlägen geprüften Lande für undurchführbar hielten. In den Volksvierteln aber sah man keine Schwierigkeit. Dort ging man von einem Gedanken aus, den die Sehnsucht nach dem früheren Leben unerschütterlich wie einen Aberglauben machte, und bildete in jedem Hof, vor jeder Schwelle, vor jedem Fenster eine Ratsversammlung. Es war in der Zeit, in der das Wasser in Athen nicht einmal für die Hälfte seiner Einwohner reichte. Und die Dürstenden suchten nach dem Verantwortlichen.

Man dürstete also, und auf dem Bürgersteig des kleinen Vorstadtcafés, das nur den Stammgästen ein zweites Glas Wasser gewährte, schwitzte man an dem schwülen Juliabend, den keine Brise zu kühlen gedachte – das Stadtviertel erstreckte sich unterhalb des Philopappos und verlebte alle Sommer mit den Brisen von Phaliron –, und ratschlagte miteinander.

«Das Wasser ist knapp», urteilte ein alter Kutscher, der zu seinem eigenen Durst auch den seiner Pferde fühlte. «Aber hat Athen jemals mehr gehabt? In manchen Vierteln kommt das Wasser nicht nur mittwochs und samstags, sondern auch montags, und in anderen Stadtteilen hat es der Wasserwächter nicht so eilig, die Leitung abzudrehen.»

«Du hast unrecht», korrigierte ihn der Tabakhändler der Nachbarschaft. «Die großen Herren essen mehr als wir, aber sie dürsten genau wie wir. Ich kann dir sogar sagen, daß die mehr Durst haben, denn bei dem guten Essen wird das Verlangen nach Wasser größer.»

«Du bist im Irrtum, mein Freund», widersetzte sich der Trinker der Tischrunde. «Der gut ißt, löscht seinen Durst nicht mit klarem Wasser, mein Lieber. Er hat alle Sorten Wein und trinkt, trinkt ganze Bassins leer. Das klare Wasser läßt er für dich, für mich, für den anderen, für die leeren Mägen.»

Aber der Kreis hatte auch seinen Techniker – die Beschäftigung bei der Klempnerei an der Ecke gab ihm ein Anrecht, sich so zu nennen –, und der war anderer Meinung. «Schlechte Einteilung. Man verschwendet eben. Man verschüttet Wasser in manchen Stadtvierteln, die weniger brauchen, in Kasernen, in Gärten. Sonst würde es ausreichen, und niemand brauchte zu dürsten.»

Und er begann mit seinen Berechnungen, maß das Wasser des Reservoirs, zählte Kubikmeter der Verteilungsverluste auf, erteilte geradezu Unterricht in angewandter Wasserleitungskunde, aber auch ihm blieb zuletzt der Mund trocken, da das zweite Glas Wasser schon geleert war.

In der Tiefe der Straße, an der Ecke, war die Wasserleitung. Eine niedrige Steinsäule und ein Eisenrohr, das die Zeit und die Benutzung aus seiner Form gebracht hatten – ein so kleiner Mund, den man nur zu sehen brauchte, um den Durst des Stadtviertels zu begreifen.

Und ringsherum unzählige Wasserkrüge und Blechkanister, zwei, drei Stunden bevor es dunkel wurde hingestellt, damit sie sich ihren Platz in der Schlange sicherten und an das Wasser herankamen, wenn es dann langsam und gemessen aus dem kleinen Munde fließen würde. Sie glichen den Kolonnen des Schlachtplanes für einen Nahkampf, diese Blechkanister, wie sie sich zusammendrängten, sich bemühten, näher an die Wasserleitung zu kommen, und wie sie kämpften, um ihre Position zu halten. Und dieser Plan wurde aus Türen und Fenstern von Männern, Frauen und Kindern bewacht, die alle achtgaben, daß er in nichts geändert wurde, eine

Diego de Saavedra Fajardo
Ferendum et sperandum.
Geduld bringt Rosen.

ganze Menschenmenge, die dürstete und ihre Wasserkrüge füllen wollte, um ihre Kehle erfrischen zu können in den warmen Sommertagen und vor allem in den Nächten, die nicht enden wollten, wenn sich zu der Hitze der Durst gesellte.

Wie ein eiserner Ring umschnürte den entlegenen Stadtteil die Arbeitslosigkeit, die im Sommer zunimmt und allein und ohne Abhilfe in der Stadt bleibt, während alle, die es können, auf die Berge und an den Meeresstrand fahren. Aber auch der Durst umschnürte ihn wie ein zweiter Eisenring. Und dieser Ring war tyrannischer und stärker sichtbar da, wo viele Menschen dürsteten, und neben ihnen noch ein Kanarienvogel in seinem Käfig, eine Katze in ihrem warmen Pelz, eine Wurzel in der trockenen Erde nach frischem Wasser lechzten. Für Familien mit mehreren Kindern war jener Sommer schwer, bleiern und erstickend.

Aber in den drei, vier größeren, langgestreckten einstöckigen Hofhäusern, in denen vier bis fünf Familien unter niedrigen Dächern lebten, sprang immer wieder da und dort ein Funken auf und suchte in einen Gedanken hineinzuhuschen, in einen Blick, in ein Wort, und Zündstoff zu werden, Zorn auf den Lippen der Menschen aus dem Volk und Feuer in ihren Gesichtern. Anlässe zu Mißverständnissen ergaben sich jeden Augenblick, die alten Zwistigkeiten begannen von neuem und warfen Schatten auf die Gesichter, die Grüße und die Späße wurden seltener, die Menschen wachten jeden Morgen verändert, einander fast fremd auf. Die trockene Erde wurde zum Schießpulver; es genügte, daß eine harte Schuhsohle oder ein Holzschuh es etwas fester rieb, daß es Feuer fing.

Aber man lebte sogar schlechter in einem oder zwei anderen Häusern, und die könntest du gleich finden, ohne zu fragen und ohne dich zu erkundigen. Nur zu horchen brauchtest du. Wo die Zungen nicht wie Räder gingen, dort war die größte Not. Und das Schweigen hatte sich seit Tagen dort ausgebreitet, dicht und unerschütterlich, in dem Hof mit dem hohen Pfefferbaum, der seine Zweige über die Hofmauer und auf die Straße herunterhängen ließ, als wolle er zuerst die Neuigkeiten von draußen empfangen und auf das Gute und das Schlimme vorbereiten. Die Arbeitsmöglichkeiten hatten sich verringert wie jedes Jahr, wenn der Juni kam. Aber dort blieben gleich nach dem 1. Mai die Männer ohne Tagelohn. Und die Sorgen begannen auf der harten Erde des Hofes schwere Fußstapfen abzuzeichnen, alle von Männertritten, die demselben Wegweiser folgten und zur Haustür führten, auf die Straße hinaus, auf die Suche in das Unbekannte, zur Erniedrigung, manchmal sogar bis zu Almosen. Die Männer gingen. Und die Frauen blieben zurück mit ihrem Kummer. Aber auch der Kummer um eine andere Not bedrückte sie. Diese Not hatte sich ans Ende des Hofes zurückgezogen und wartete hilflos und geduldig, hoffte auf die Güte der Menschen, aber viel mehr noch auf das Erbarmen des Himmels, hatte ihre Augen auf ihn gerichtet und bat ihn Tag und Nacht, sich ihrer zu erbarmen, ihr zu helfen, auch diesen schweren Sommer zu überstehen.

Es war der kleine Garten des Hofes, der jedes Jahr in den Sommermonaten um sein Leben kämpfte, aber in diesem Sommer mit dem knappen Wasser und bei der großen Verzweiflung der Menschen seine Wurzeln betrachtete wie die letzten Bewohner eines Ortes oder die letzten eines Geschlechtes, das mit ihnen aussterben wird. Die Freunde und die Beschützer fehlten ihm nicht. Aber die Krüge und die Blechkanister kehrten nicht alle voll von der Wasserstelle zurück, und die Hoffnungen blieben abgezählt wie Tropfen, nur so viele, wie die dürstenden Lippen, der Küchenverbrauch und die Hausarbeiten übriglassen würden. Und über all dem die Juni- und dann die Julisonne, fähig, einen ganzen See aufzusaugen, ihn trockenzulegen und wieder ihre Bohrer auszusenden, ob sie vielleicht im Boden noch Wasser fände.

Er war ein bitterer Kummer im Hof, dieser kleine Garten, ein großer und unheilbarer Kummer, der das Schweigen noch schwerer machte.

Zwei Welten lebten dort drinnen nebeneinander, Tag und Nacht. Die eine hatte begonnen, zu hungern und zu dürsten wie ganz Athen; die andere dürstete nur. Und die Qual ist größer, wenn der Durst alles andere beiseite schiebt und die Alleinherrschaft bekommt. Sie dürstete also und senkte die Stimme, flüsterte und verging fast. Zuerst verloren die Basilikumsträucher ihre Farbe, wurden hellgrün wie verschossen, wie verstaubt. Dann verloren sie ihre Blätter. Ihre Nerven erschlafften, fielen wie müde Arme herunter. Und es folgten ihnen die Sammetblumen, das Geißblatt, die Geranien. Das Gärtchen war nicht ganz trocken geblieben. Aber welche Wurzel sollte zuerst trinken, welche sollte sich halten mit ihren Säften und ihrer Kraft? Bald wurden die besonderen Neigungen des Hofes sichtbar. Jede Blume, die welkte, ging mit einem heimlichen Schmerz aus dieser Welt, mit einem stillen Neid. Sie hatte klar gesehen, daß man sie weniger liebte als ihre Nachbarin, der man mehr Wasser gab und die noch etwas länger leben durfte, etwas länger.

Diese Sterbefälle wurden häufiger in der Woche, in der das Wasser nur noch einmal kam. In drei Tagen welkten auch die Knospen und die aufgegangenen Blüten und die Blätter! Und in dem kleinen Garten kämpften nur noch zwei Wurzeln ums Überleben, eine Geranie und ein Rosenstrauch.

Die Geranie forderte die Sonne heraus mit ihren feurigen Blüten. Der Rosenstrauch aber hielt seine Knospen geschlossen, ängstlich, mißtrauisch, geduldig. Bis wann aber? Die neuen Welten, die in ihre Seide eingehüllt waren, drängten, schrien, wölbten sich auf, wollten hinaus ans Licht, in die Luft und die Sonne, um sie unverwandt anzuschauen und mit ihrer Schönheit zu bezaubern. Es vergingen zwei weitere Tage, und der Widerstandskampf schien noch lange zu dauern. Der Rosenstrauch hielt seine Knospen immer noch geschlossen – eine, zwei kleine Spalten nur hie und da. Aber die Geranie war feuriger, angriffslustiger bis in die tiefe Mitternacht, bis zur Morgendämmerung des dritten Tages. Doch dann, bei den ersten Strahlen der Sonne, sank sie nieder, als habe ein Beil sie an der Wurzel getroffen. Und sie blieb am Stengel hängen wie der Kamm am geschlachteten Hahn. Sie hatte alle ihre Kräfte gesammelt, um die schwere letzte Nacht herumzubringen.

Der Rosenstrauch führte nun den Kampf ganz allein zwischen den zwei Eisenringen, die den Hof einschnürten. Die Fußstapfen der Männer folgten immer demselben Wegweiser. Und neben ihnen, zwischen ihnen, auf ihnen, gleichgültig, rücksichtslos, unachtsam die Spur eines schweren Fußtritts. Er fiel da und dort auf große Männertritte oder auf die kleinen, zaghaften der Frauen, grob herausfordernd, fremd und feindlich zwischen den anderen Spuren. Ein Fremder, ein Einzelgänger neben so vielen anderen, die ihr Lieben und ihre Leiden in den dürstenden Hof eingebracht hatten und es dennoch vermochten, in diesem Gedränge zu leben, ohne daß der eine auf den anderen stieß und trat. Eine breite Fußspur. Und über ihr ein schwerer Schatten und eine dunkle Mär, die in der Neugier und in der Not der einfachen Menschen größer wurde. Es war der Junggeselle, der hinten im Hof wohnte. Alle wußten, daß er morgens früh, bevor es tagte, zum Schlachthof ging und den ganzen Tag wegblieb, in das Blut und das Stöhnen der Tiere getaucht, die er schlachtete und abzog. Aber hatte ihn überhaupt jemand gesehen und gesprochen? War er blond, dunkel? Jung, mittleren Alters, ein Greis? Er hatte niemanden um etwas gebeten, und niemand kannte seine Stimme. Ein Schatten, der jede Nacht durch den Hof strich, und ein Schreckgespenst, das Tag und Nacht blieb, um die kleinen Bewohner des Hofes in einer gewissen Zucht zu halten.

Eines Abends hielt er den Schritt an, als er an der hellerleuchteten Jalousie vorbeiging und zwischen dem Weinen eines Kindes die Stimme seiner Mutter hörte: «Sei still! Der Schlächter kommt!» Und das Kind hörte auf. Und eines Nachts merkte er, daß man einen Jungen nicht in den Hof hinaus zur gemeinsamen Toilette gehen ließ, bevor er vorbeigegangen war. «So, lauf jetzt!» hörte er sie zu dem Kinde sagen, als er in der Tiefe des Hofes angelangt war. «Schlag ein Kreuz und lauf!» Er wandte sich nicht um, um das Kind zu sehen, wie es sich bekreuzigte, aber er wandte sich auch sonst nicht um, um niemand anderen im Hof zu sehen, weder am Tage noch in der Nacht. Einzelgänger in allem – aber mit allen vereint im Durst! Seine Lippen waren trokken wie die Lippen aller Menschen im Hof – aber sein Herz schien nicht für den Rosenstrauch zu schlagen. Die zarte Blume, die nun ihren Ruf im ganzen Viertel hatte, führte einen Kampf, bei dem alle ihr Beistand leisteten. Nur er schien abseits zu stehen. Klein und groß würde schwören, daß er von dem großen Drama des Gartens im Hof keine Ahnung hatte. Und wie sie ihn von ihren Freuden und Lieben fernhielten, konnten sie ihn auch nicht an ihrem Kummer teilnehmen lassen.

Ob er aus einem anderen, einem gesegneten Geschlechte stammte, dieser Rosenstrauch, der noch kämpfte? Ob er seine Geheimnisse hatte? Kannte er besser als die anderen Blumen die Erde des Gartens, und hatte er vielleicht seine Wurzeln dahin getrieben, wo es am richtigsten war?

Die Fußstapfen des Schlächters, die immer schwer und ungerührt auf die der anderen fielen, besagten, daß ihm solche Sorgen fernlagen und daß er gleichgültig blieb bei dem heißen Atem der durstigen Erde.

Endlich ging auch an diesem Tage die Sonne unter, aber die Nacht mußte weit über Mitternacht fortschreiten, um sich von ihrem Dampfen zu befreien. Wo man die Hand hinlegte, waren offene Poren, die laue Dämpfe aufsteigen ließen – ob es Eisen oder Marmor oder Holz oder die Stirn eines müden oder eines wachen Menschen war. Auf ihren Bettlaken wälzten sich die Athener hin und her und schwitzten schlimmer als bei einer Wanderung in der Sonne. Und in jedem Fenster stand der Wasserkrug aus Ägina, der das knappe Wasser enthielt, mit kühlen Dunsttropfen beschlagen, der Gefährte der sommerlichen Nacht.

Auch unser Hof hatte seine Wasserkrüge. Und kein Morgen fand sie gefüllt. Jeder von ihnen wurde zu einer bestimmten, immer derselben Stunde leer, mit demselben Geräusch, demselben Atemzug, als hätte der Durst seinen mit strenger Pünktlichkeit festgelegten Fahrplan, jede Nacht den gleichen. Und nach derselben Ordnung füllte und leerte sich der Hof mit Schatten und weißen, gespenstischen Erscheinungen. Sie kamen und gingen, zur selben Stunde, jede Nacht, traten aus denselben Türen, gingen zu derselben Stelle, machten dieselben Bewegungen. Der Hof lebte auch in der Nacht. Und sein großer Kummer wuchs, allein und schlaflos über die Leidenschaften des Tages hinaus, die für einige Stunden Waffenstillstand mit dem Leben schlossen und sich zur Ruhe legten, hier auf einer harten Matratze und dort auf dem Boden, in der Frische, die alle suchten, fern von den Stellen, die die Gewohnheit warm hielt und der Atem eines anderen Körpers unerträglich machte.

Als erste jede Nacht bekam ein dickes Mädchen Durst, das den ganzen Tag fremde Aussteuern stickte und sich früh zu Bett legte. In ihrem langen Nachthemd und mit einem Glas in der Hand trat sie in den Hof hinaus und ging geradeaus zu ihrem Wasserkrug. Sie fand ihn feuchtgeschwitzt, noch mehr, als ihr eigener, schwerer Körper es war, trank mit kleinen Schlucken und kurzen Atemzügen und ließ immer zwei Finger hoch Wasser im Glas. Dann machte sie ein paar Schritte, näherte sich dem Rosenstrauch, bückte sich über seine Wurzel und begoß sie. Sie atmete wieder tief und kehrte in ihre Kammer zurück, nun mit weniger Durst und geringerer Sorge um die Blume, die mit dem Tode rang. Sie entspannte in ruhigerem Schlaf ihre Hände, die am nächsten Tage viel zu arbeiten hatten.

Es folgte der Großvater des Hofes. Er stand zweimal jede Nacht auf, und beide Male erhielt der Rosenstrauch seinen Anteil. Dann bekam seine Schwiegertochter Durst und gleich danach sein Sohn, und zur bestimmten Stunde, mit dem abgemessenen Wasser in ihrem Glas, löschten alle dürstenden Lippen im Hof ihren Durst. Der

Rosenstrauch wußte es und wartete. Und niemand leerte sein Glas bis auf den Grund.

Indessen wurde das Wasser noch weniger in jenem Sommer in Athen. Und die Not wurde größer bis zum Oktober, bis die Arbeit wieder anlief. In den Volksvierteln gab es weniger Lieder in jenen Sommernächten und mehr Falten auf der Stirn der Menschen jeden Morgen. Und die trockene Erde war wie Schießpulver, das sehr leicht Feuer fängt. Aber die Menschen des Hofes waren gütiger geworden. Der alte Mann, der zweimal aufstand, hatte eines Nachts einen Traum. Er sprach zu niemandem darüber. Und er wartete auch die nächste Nacht ab. Es war jedoch wieder derselbe Traum, und noch klarer und schöner noch. Der Schlächter mit dem schweren Schatten, der mit keinem ein Wort wechselte, trat wieder aus seinem kleinen Zimmer, zaghaft, machte seine Tritte leicht, ging weiter wie verschämt, wie unentschlossen, näherte sich dem Rosenstrauch, bückte sich und goß etwas darauf. Der Alte wollte wieder nicht daran glauben, wagte aber auch nicht näher zu kommen. Er ließ den Schlächter erst wieder zu seinem Schlaflager zurückkehren, wartete ein bißchen, ging hinaus, lief zu dem Rosenstrauch, zündete ein Streichholz an und sah. Wasser war es, genug Wasser, das die Erde noch nicht getrunken hatte! Am Morgen hielt er eine Versammlung im Hofe ab und erzählte von dem Wunder. Und abends wartete er auf den Schlächter in der Haustür, grüßte ihn und lud ihn ein, mit ihm ein Glas Wein zu trinken. Der Schlächter merkte nichts, sah nicht die Menschen, die hinter Türen und Fenstern lauerten. Wenn ein anderer ihm den Vorschlag gemacht hätte, hätte es sein können, daß er schwerfällig ohne Antwort weitergegangen wäre. Aber mehr als die Worte des Alten hatte sein weißes Haar gesprochen. Und er blieb stehen.

Im Hof sah man und glaubte es kaum. Und man fühlte an jenem Abend den Duft des Rosenstrauchs noch stärker, noch mehr als sein eigen.

SARAH ORNE JEWETT

1849–1909

Die einzige Rose

I

Wo das Dorf unvermittelt aufhörte und die grün wogenden Wiesen begannen, stand Mrs. Bickfords Haus. Mit all seinen Fenstern blickte es die Straße entlang, und auf dem Dach spitzten zwei kecke Schornsteine die Ohren. Die Giebelwand lag an der Straße, die Front war gen Süden gerichtet; vom Gartentor konnte man auf dem geraden Fußweg an der Haustür vorbeigehen und entdeckte dann Mrs. Bickford, die am allerletzten Fenster in ihrer Küche saß, falls sie nicht gar zu lange den gestrengen Pflichten nachging, die ihr kleiner Haushalt ihr auferlegte.

Eines Tages im Frühsommer, als fast jede Hausfrau in Fairfield ihre Zimmerpflanzen ins Freie getragen hatte, standen auf Mrs. Bickfords Küchenfensterbrett noch immer drei Blumentöpfe. Sie vergeudete nicht viel Zeit für ihre Rose und ihr Geranium und ihr Myrtenbäumchen, obwohl alle drei im Laufe eines langen Zusammenlebens eine gewisse Persönlichkeit entwickelt hatten. Sie entschlossen sich selten zum Blühen, hatten sich aber trotz der nicht gerade liebevollen, aber gewissenhaften Pflege ihrer Herrin sehr tapfer am Leben erhalten. Im Hochsommer würde sie die drei Pflanzen dann wieder ins Freie tragen und, bis der Frost einsetzte, im Schatten eines großen Apfelbaums stehenlassen, wo sie nach Belieben ihren Vorteil aus der schönen Jahreszeit ziehen mochten.

Die Nachmittagssonne strömte in die Küche, und das Myrtenbäumchen verlor vor lauter Hitze ein paar Blätter, als sich eine Nachbarin, Miss Pendexter, vom übernächsten Haus aufmachte, um einen kleinen Freundschaftsbesuch abzustatten. Während sie an der guten Stube mit den heruntergelassenen Sonnenstoren und am Wohnzimmer vorbeikam, das ebenso sorgfältig gegen das Licht abgedichtet war, wünschte sie – wie schon so manches Mal –, daß noch jemand außer der Eigentümerin die Freude haben dürfte, in einem so guten und schönen Haus zu wohnen. Mrs. Bickford beklagte sich stets, daß es ihr zuviel Arbeit mache, obwohl sie sich selber das Recht zusprach, mit einem der schönsten Häuser Fairfields zu tun, was ihr beliebte. Miss Pendexter war ein heiteres, sogar fröhliches Persönchen, und ihr Besuch versprach stets eine sehr erwünschte freudige Aufregung, denn meistens hatte sie auch irgendeine kleine Neuigkeit zu erzählen oder über die Weiterentwicklung bedeutsamer Ereignisse zu berichten.

Mrs. Bickford lächelte, als sie aufblickte und

ihre muntere Nachbarin kommen sah. Sie konnte sich nicht gut mit sich allein beschäftigen und war immer froh, wenn ihr jemand gewissermaßen die Mühe abnahm und für ihre Unterhaltung sorgte.

Miss Pendexter erwiderte das Lächeln, als wüßte sie schon, was von ihr erwartet wurde.

«Wie geht's Ihnen heute?» erkundigte sie sich freundlich, als sie in die Küche trat. «Oh, was für ein schöner Anblick, all die Blumen, Mrs. Bickford! Was wollen Sie damit machen?»

Mrs. Bickford legte das Gesicht in ernste Falten und blickte sie über die Brille hinweg an. «Mein Schwestersohn hat sie mir gebracht», antwortete sie. «Sie wissen ja, meine Schwester Parsons hat so eine glückliche Hand mit ihren Blumen, und der Junge schlägt ihr nach. Er hat gesagt, der Garten bei ihnen hätte noch nie so schön geblüht und seine Mutter hätte mir die hier gepflückt. Sie schickten gerade ein Gespann nach Westbury, weil sie Kunstdünger für ihr Land brauchten, und da ist der Junge mitgefahren mit den Knechten und bei mir zum Mittagessen geblieben. Er wächst so schnell und sieht ganz spitzig aus. Sicher hat Schwester Liza gedacht, an so einem schönen Tag würde ihm die Fahrt guttun. Liza hat mir ausrichten lassen, ich sollte nächste Woche zu ihnen kommen und ein paar Tage bleiben, aber ich kann ja hier nicht weg!»

«Ach was, 's ist die schönste Zeit, um 'ne kleine Besuchsreise zu machen!» redete ihr die Nachbarin gut zu.

«Ich hab' im Wohnzimmer noch nicht den Teppich aufgenommen», seufzte Mrs. Bickford. «Und ich muß es wirklich tun. Eigentlich wollt' ich ihn heute klopfen, aber da wurde nichts draus, als ich Tommy kommen sah. 's ist ein lieber Junge, und er hat sein Essen so genossen! Zum Glück hatte ich was Gutes im Haus! Ich weiß nicht wieso, aber er ist von der ganzen Familie mein Bester. Und als er wieder weg war, da hab' ich hier so herumgesessen und über ihn nachgedacht und sinniert, anstatt mich an mein Frühlingsgroßreinemachen zu begeben! So spät war ich noch nie dran!»

«Daran ist das Wetter schuld!» erklärte Miss Pendexter. «Dies Jahr ist keiner von uns so fix gewesen wie sonst, nicht mal die Faulen, die schon immer am ersten März ein Zimmer gründlich putzen und sich damit brüsten und die andern beschämen – aber wann sie dann den Rest machen, das sagen sie nicht!»

Die beiden Frauen lachten vergnügt und nickten. Mrs. Bickford hatte die Einlegeplatte ihres großen Tisches zwischen den beiden Fenstern ausgezogen und die Blumen ausgebreitet. Sie sortierte sie in aller Ruhe und verteilte sie auf drei Häufchen.

«Nein, aber so was!» rief Miss Pendexter. «Sie

Jacob Cats
Tibi mors, mihi vita.
Des einen Freud, des andern Leid.

haben ja selber eine Rose zum Blühen gebracht!» Dabei war sie schon vor Wochen auf die Knospe aufmerksam gemacht worden, und auch die weitere Entwicklung war regelmäßig besprochen worden. «Ist's nicht eine reizende Rose! Nein, Mrs. Bickford, so etwas!»

«Ja, 's ist heute aufgeblüht, das Röschen», sagte Mrs. Bickford mit etwas klagender Stimme. «Ich freu' mich, daß Sie heute gekommen sind und es betrachten können.»

Die strahlende Blüte glich einem Gesicht, und in dem unschönen Raum wirkte ihre lebendige Schönheit so, wie wenn zum Beispiel plötzlich ein fröhliches kleines Kind auf der Türschwelle erschienen wäre. Miss Pendexter vergaß beim Anblick der roten Rose sich selbst, ihre Freundin und den ganzen Tisch voller Gartenblumen, ja sie vergaß sogar, daß es eigentlich zu ihren Pflichten gehörte, das Gespräch weiterzuspinnen. Mrs. Bickford war ganz unvorhersehbaren Anfällen von Schweigsamkeit unterworfen, woraufhin ihre Freundin sich jedesmal den Kopf zerbrach, um einen neuen Gesprächsstoff zu finden. Doch wer sie jetzt vor ihren Blumen sah, konnte sogleich bemerken, daß es ihr nicht an neuen Gedanken fehlte, sondern daß eine schwere Last unaussprechlicher Gefühle sie hatte verstummen lassen.

«Machen Sie lauter Sträuße aus Ihren Blumen? Die kurzstieligen finde ich immer in einer kleinen flachen Schüssel sehr hübsch», schlug Miss Pendexter mitleidig vor.

«Ich hab' gedacht, ich wollte drei Sträuße draus machen – wenn's nur nicht gar so viele wären! Schwester Eliza ist so freigebig mit ihren Blumen und schenkt und schenkt – sie ist eine sehr liebe Schwester!» sagte Mrs. Bickford versonnen. Es war sonst gar nicht ihre Art, so gefühlvoll zu sprechen, und als ihre Nachbarin sie schärfer ins Auge faßte, entdeckte sie Anzeichen ganz ungewöhnlicher Erregung. Sie begriff plötzlich, daß Mrs. Bickford bei den drei Sträußen an ihre drei verstorbenen Männer denken mußte, und Miss Pendexters leicht entflammte Neugierde beruhigte sich etwas, als es ihr einleuchtete, daß ihre Freundin einen Besuch auf dem Friedhof vorhatte. Es war auch gerade die Jahreszeit, in der sie meistens einen ganzen Nachmittag dort verbrachte, und manchmal waren sie sogar gemeinsam hinausgewandert. Miss Pendexter vermutete, daß sie bald dazu aufgefordert würde, doch Mrs. Bickford verharrte noch immer im Schweigen, daher betrachtete ihr Gast wieder die schöne Rose.

Schweigend hantierte Mrs. Bickford mit den Fliederdolden und den rosa Mandelblütenzweigen herum, zog sie aus der duftenden Fülle heraus und legte sie wieder hin. Sie blickte aus dem Fenster, und schließlich warf sie Miss Pendexter einen sprechenden Blick zu.

«Sicher wollen Sie die Sträuße auf den Friedhof tragen?» fragte die Nachbarin voller Anteilnahme.

«Ja», bestätigte Mrs. Bickford, die nun einen Anfang vor sich sah. Mit ihrer alltäglichen Stimme fuhr sie fort: «Ich wollte nämlich morgen zu meinen Brüdern nach Süd-Fairfield gehen, denn sie haben versprochen, mir ihr bestes Kutschwägelchen zu schicken. Sie müssen einen Ackerwagen zum Schmied bringen, und da könnt' ich dann behaglich in der kleinen Kutsche zurückfahren. Sie wissen ja, wie sehr ich mich vor der Morgensonne in acht nehmen muß!»

Miss Pendexter mußte innerlich lachen. Sie konnte nicht länger auf ihrem Stuhl in der prallen Sonne am Fenster sitzen bleiben, da die Gardinen und Vorhänge beiseite gezogen waren, die von Mrs. Bickford stets vor der Sonne geschont wurden. So lag also die Küche in Sonne gebadet da. Und was die Sonntagskutsche betraf, so war es allgemein bekannt, daß Mrs. Bickfords verheiratete Brüder und Schwestern genau wußten, wen sie da verwöhnten: eine wohlhabende Frau, die kein Kind und keine Nachkommen hatte.

«Darum hab' ich gedacht, es wär' eine gute Gelegenheit, gleich mal nachzusehen, ob die Gräber schön in Ordnung sind – im Frühling hat ja der Frost Mr. Wallis' Grabstein gespalten –, und da könnt' ich auch die Sträuße mitnehmen!» Sie seufzte. «Ich kann ja leider keine Blumen im

Zimmer vertragen, sie machen mir immer Kopfweh. Ich kann mich so an ihnen freuen, aber ich weiß nie, wohin damit! Wenn ich die Morgensonne vertragen könnte wie die meisten Leute, und Blumen im Haus, dann würde ich mir bestimmt auch einen schönen Garten halten!» Und sie seufzte wieder.

«Ein Garten macht furchtbar viel Arbeit, aber mir wird's nicht zuviel. Nur muß ich leider sparsam mit Blumen umgehen, damit ich genug Platz für meine Stangenbohnen habe», erklärte Miss Pendexter vergnügt. Sie hatte nur einen sehr schmalen Streifen Gartenland hinter ihrem Haus, doch immer fand sie etwas zum Verschenken und verwandelte ihre Armut in Reichtümer. «Wenig Blumen können mich genauso erfreuen wie eine Unmenge», fuhr sie fort, «und wenn man bloß zwei, drei Stöcke hat, dann lernt man sie viel besser kennen. Meine wohlriechenden Wicken kenn' ich, als wären's meine Kinder!»

«Mr. Bickford hatte wohlriechende Wicken am allerliebsten!» erzählte Mrs. Bickford. «Um andre Blumen hat er sich überhaupt nicht gekümmert! Wenn wir Eliza besuchten, dann ist er gleich durch ihren Garten gewandert und hat rein gar nichts gesagt, bis er davorstand und genickt hat: ‹Das sind mir doch die Schönsten!› Ich hör' ihn jetzt noch!»

«Dann sollten Sie ihm ein paar in seinen Strauß stecken!» schlug Miss Pendexter vor.

«Ja, das hab' ich auch getan», sagte ihre Freundin.

Daraufhin betrachtete Miss Pendexter die drei Sträuße ganz genau und entdeckte, daß sie so gleich waren, wie sie nur sehr sorgfältige Hände binden konnten. Mrs. Bickford bemühte sich offenbar um äußerste Gerechtigkeit.

«Wahrscheinlich finden Sie's ganz unvernünftig von mir, daß ich die Sträuße schon heute nachmittag binde», sagte sie, während sie eine starke Schnur um den ersten Strauß wickelte. «Aber ich hab' mir gedacht, ich könnt' sie draußen im Schuppen, wo ein kühles Lüftchen weht, in einen Eimer voll Wasser stellen, und dann hab' ich morgen früh reichlich Zeit. Ich hab' immer soviel zu tun, ehe ich weggehe. Mittwochs fege ich das Wohnzimmer und den Hausflur. Und wenn ich den ganzen Tag über fort bin, möcht' ich gern alles ordentlich haben. Und darum wollt' ich die Blumen nicht länger unter den Füßen haben. Ach je, 's ist wohl schon beinah halb fünf, scheint mir? Aber die Rose, die schneide ich erst morgen früh ab, dann ist sie noch voller aufgeblüht!»

«Die Rose?» rief Miss Pendexter. «Wollen Sie denn auch die Rose nehmen?»

«Ja, doch. Ich hab's nicht gern, wenn sie mir am Zweig verwelken. Aber das ist ja nun gerade mein Kummer», sagte sie und warf einen langen, flehenden Blick auf ihre Freundin. «Ich weiß einfach nicht, wem ich die Rose geben soll! Jeder hatte seine guten Seiten, ganz besonders Mr. Bickford, und Respekt hatt' ich vor allen. Mir scheint's beinah, daß ich von jedem gleichviel halte!»

«Jemine, das ist wirklich schwierig für Sie», nickte Miss Pendexter verständnisvoll. «Und ich weiß auch gar nicht, was ich Ihnen da raten soll!»

«Nein, das können Sie wohl nicht», antwortete die Freundin langsam, und eine große Enttäuschung stahl sich in ihr Gesicht. «Wenn Sie's wüßten, Abby, dann würden Sie's mir gewiß raten!»

Beide Frauen sahen so aus, als sähen sie sich hilflos der schlimmsten Notlage ausgeliefert.

«Eins kann man jedenfalls sagen: sie sind jetzt alle in einer besseren Welt», meinte Miss Pendexter mit scheuer und gedämpfter Stimme. «So kleine Sachen können sie nicht mehr bemerken, nicht so wie wir, und auch Kränkungen gehn ihnen nicht so nahe wie uns.»

«Ja, das wird wohl stimmen, 's ist sicher bloß meine eigene Gerechtigkeitsliebe», antwortete Mrs. Bickford. «Wenn ich mich hier umsehe und denke, wie gut er für mich gesorgt hat, dann fühl' ich mich meinem letzten Mann am meisten verpflichtet. Der arme Mr. Wallis hatte seine großen Pläne und Projekte, und wenn er länger gelebt hätte, dann wär' er vielleicht ein großer Erfinder geworden. Aber als er starb, da war alles mißglückt und aus, weil er unser Geld in den Patent-Maisschäler gesteckt hatte, und in den folgenden paar Jahren mußte ich mich so behelfen, daß ich oft weder ein noch aus wußte. Für Mr. Wallis war das Leben voller Enttäuschungen, aber er hat's gut gemeint, und er war immer so freundlich und nett im Umgang, bis seine Laune sich so geändert hat, weil all seine Hoffnungen ihm fehlschlugen. Er hatte sehr feine Manieren, und er hat sich so schön gekleidet, als ich ihm zuerst begegnet bin. Sie haben Mr. Wallis wohl nie gesehn, als es ihm noch gut ging?»

«Er ist im gleichen Jahr gestorben, in dem ich aus Nord-Denfield hierhergezogen bin», erklärte Miss Pendexter voller Anteilnahme. «Ich kannte ihn nur vom Sehen, aber ich bin zu seiner Beerdigung gegangen. Da wohnten Sie nämlich noch im Wells-Haus, wie wir's damals nannten, und deshalb fand ich's nicht aufdringlich, weil wir ja so nahe Nachbarn waren. Kurz davor war ich zum ersten Mal bei Ihnen, als er krank wurde und Mary Becca Wade und ich fragen wollten, ob wir Ihnen irgendwie helfen könnten.»

«Die Leute sagten immer von Mr. Wallis, er führe dauernd hin und her wie 'ne Postkutsche und brächte nie was zustande», erzählte Mrs. Bickford, jedoch ohne bitter zu werden. «Er hatte eben Pech, daß er in so einer kleinen Gemeinde wie der hier leben mußte. Er hatte nämlich sehr gute Ideen, nur hatte er nie was Rechtes über Maschinen und Technik gelernt, und deshalb wollte ja keins von den Modellen, die er sich ausgedacht hat, richtig funktionieren. 's war sehr kurzsichtig von mir, nicht auf ihn zu hören, als er davon sprach, nach Lowell oder 'ner andern Stadt zu ziehen. Ich wollt' mich um keinen Preis von meiner Familie trennen, aber jetzt seh' ich ein, wie unrecht ich an ihm gehandelt hab'. Denn seine Ideen waren gut! Ich erinnere mich noch, wie er mal Schöffe war: in der Nähe vom Gericht mußte er in einem Gasthof wohnen, wo auch ein Handelsreisender war – er reiste für 'ne Firma in Lowell. Mit dem ließ er sich in ein Gespräch ein, und dabei erzählte er ihm so allerhand von seinen Erfindungen und Maschinchen, und der Mann, der Handelsreisende, hat doch wahrhaftig kaum noch weitergegessen, so genau hat er zugehört, und dann hat er ihm versprochen, er wolle sich in Lowell nach 'ner feinen Stelle für ihn umsehn. Es hat sich alles so schön angehört, daß ich schon beinah selber dachte, vielleicht könnt' man ja doch hinziehn. Mr. Wallis hat gemeint, daß wir dann einfach unser Haus hier zumachen und über Winter erst mal in 'ner Pension in Lowell wohnen. Aber er hat nie ein Wort von dem Handelsreisenden gehört, und das war 'ne Enttäuschung für ihn, die er nie verwunden hat. Jetzt hab' ich selber 'ne unterschiedliche Meinung von ihm und denk' da nicht mehr so drüber wie früher. Aber früher, da war ich oft gar nicht einverstanden mit Mr. Wallis, vor allem, weil er immer seine großen Pläne so ausposaunt hat! Denn was glauben Sie, erzählt mir doch mal jemand, daß ein Mann mit dem gleichen Namen wie der Handelsreisende in dem Gasthof damals sich hat Patente auf genau die Maschinen geben lassen, an denen Mr. Wallis immer rumgebastelt hat. Hab's aber erst nach seinem Tod gehört, und ich weiß auch nicht, ob er das überhaupt gekonnt hätte: seine Maschinchen so weit zu bringen, daß andre Leute begriffen, wie wertvoll seine Ideen waren. Immer waren die Maschinchen 'n bißchen wackelig, und trotzdem kamen die Leute von weit her, um sie sich vorführen zu lassen. Es waren eben kuriose Sachen, wenn sie auch sonst nichts weiter waren, und er wurde richtig bekannt dadurch.

Mrs. Bickford unterbrach sich ein Weilchen und spielte gedankenverloren mit ein paar Geranienblättern in ihrer Hand. Man sah es ihr förmlich an, wie gern sie noch viel offener als bisher gesprochen hätte.

«Er war eben ein Phantasierer, der Mann!» sagte sie schließlich mit resignierter Stimme, als sei die Bemerkung nur ein armseliger Ersatz für das, was sie verschwieg. «Ich kann mich noch gut erinnern», fuhr sie dann fort, «wie er mal den ganzen Winteranfang an meinem Butterfaß gebastelt hat, und dann war's so weit, daß es 'ne Dreiviertelstunde ganz von alleine lief, wenn man's vorher aufzog, und ob Sie's glauben oder nicht, die ganze Zeit hat er bloß da dran vergeudet, und dabei stand unsre Kuh trocken, und mit Mühe und Not konnt' ich mir bei den Nachbarn 'n Töpfchen Milch borgen, damit wir von einem Tag auf den andern was zu leben hatten.» Mrs. Bickford wurde noch nachträglich rot, so unangenehm war ihr die Erinnerung daran, und blickte auf ihre Freundin. «Was halten Sie wohl von so 'nem Mann, Miss Pendexter?»

«Ach, ich weiß nicht, vielleicht wär's eine ganz praktische Erfindung geworden», antwortete Miss Pendexter schüchtern; aber Mrs. Bickford ließ sich nicht überzeugen und schien ihr kaum zuzuhören.

«Und an einem Tag im Frühling, da hing's mir aber zum Halse raus mit dem Buttern, immer in einem fremden Butterfaß, das ich mir hab' borgen müssen, und die Butter wollte und wollte mir da nicht drin kirnen, und ich frag' ihn, wo unser schönes Butterfaß wäre: da hatte er's doch ganz und gar auseinandergenommen und hat aus den einzelnen Stücken irgend 'n andres unnützes Maschinchen gebastelt! Nein, er war kein Geschäftsmann, war Mr. Wallis, aber er war gutmütig, und immer hat er was zu erzählen gehabt. Die Leute saßen gern mit ihm zusammen. Ich versteh's jetzt – er hat hier nie weiterkommen können! Ja, mir hat er immer leid getan», schloß sie – die jetzt die Witwe Bickford war.

«Ja, Sie haben immer gut von ihm gesprochen», bestätigte Miss Pendexter. «'s war schon ein Jammer, daß er nicht 'n paar gute Geschäftsleute hinter sich hatte, die ihm seine Erfindungen zu Geld machen konnten und auch sonst alles Geschäftliche besorgten!»

«Und die nächsten paar Jahre war ich dann ganz arm und ganz schlimm dran», erzählte Mrs. Bickford trübselig weiter. «Dabei hat er nie den Mut sinken lassen und hat bis zuletzt noch gesagt, bei seinem Tod, da hätten wir gut fünfzigtausend Dollar! Ich weiß heut nicht mehr, wie ich die Jahre nach seinem Tod hab' weitermachen können, aber ich hab' mir immer 'n Schweinchen füttern können, und Schwester Eliza hat mir die Kartoffeln geschenkt, und so ging's dann. Im Frühling hab' ich mir genug Gemüse ausgraben können und hatte Salat, und dann kam die Erdbeerzeit und nachher andre Beeren. Ich war immer noch anständig angezogen, wenn ich in die Kirche wollte – bis aufs letzte halbe Jahr –, und dann bin ich bei schlechtem Wetter gegangen, wenn's den Leuten nicht so aufgefallen ist, und weil's ein verregneter Sommer war, hab' ich 'ne schöne Menge Predigten gehört. Ja, an 'nem Regensonntag haben meine Kleider noch sehr ordentlich ausgesehn. Ich denk' noch oft an die armseligen Tage zurück, wo's mir jetzt wegen Mr. Bickford so gut geht!»

«Ja, dem können Sie gar nicht dankbar genug sein», nickte Miss Pendexter, die selber viel ärmer war als ihre Freundin in ihrer schlimmsten Zeit, und nicht im Traum konnte sie dran denken, sich je zur Gesellschaft und Ernährung ein Schweinchen zu halten. «Mr. Bickford war ein sehr stattlicher Mann», bemerkte sie dann noch rasch, denn es war alles so interessant und neu, was ihr Mrs. Bickford da anvertraute.

«Ja, das war er», bestätigte Mrs. Bickford. «Er hatte so was Gewisses an sich, das einem gleich auffiel. Wenn er in die Kirche ging, fragten die Fremden immer, wer das wohl wäre. Und seine Worte galten was! Er sprach bloß, wenn er mußte. Zuerst war's mir wie 'ne Erleichterung, nach Mr. Wallis und seinem Gerede. Aber an den langen Winterabenden: da war Mr. Wallis doch so unterhaltsam gewesen, eh' man sich's versah, war's schon acht Uhr! Ich hab' mir nicht immer alles angehört, was er gesagt hat, doch er wußte so viel. Dagegen Mr. Bickford, der war furchtbar würdevoll, und zuerst hab' ich mich nicht getraut, auch nur einen Mucks zu ihm zu sagen, aus lauter Angst, ich könnt's falsch machen, aber dann hab' ich gemerkt, daß es nicht nötig war, er war immer so, 's war einfach seine Natur: alles nach der Regel. Er war nicht so guter Laune wie meine beiden andern Männer, aber immer sah er so würdig aus. Und abends hat er fast immer geschlafen, mein' ich.»

«Das sind aber bestimmt wunderschöne Sträuße geworden!» rief Miss Pendexter. «Die gleichen sich ja wie ein Ei dem andern, und wie gut sich die Blumen darin ausnehmen, nicht wahr?»

Mrs. Bickford bestätigte es mit einem Kopfnicken, und dann zuckte sie in jähem Erinnern zusammen und warf einen raschen Blick auf die Rose am Fenster.

«Ihren ersten Mann, Mr. Fraley, vergess' ich immer wieder!» half ihr nun Miss Pendexter weiter. «Hab' zwar oft gehört, wie Sie mir von ihm erzählt haben – aber er war ja schon viele Jahre tot, als ich Sie kennengelernt habe!»

«Ach, er war das reinste Kind», erwiderte Mrs. Bickford. «Und als er starb, dacht' ich, nun ist alles aus und vorbei für mich! Ich mußt' jedoch seither noch oft denken, daß es ein Segen für ihn war. Er stammte aus einer sehr schwermütigen Familie, und seine Brüder und Schwestern waren samt und sonders nicht sehr gesund. Die Leute sagen, wir wären das schönste junge Paar gewesen, das seit langem in die Kirche ging, denn wir waren beide dunkel, mit schwarzen Augen und sehr frischer Farbe – ja, wenn Sie mich heut ansehn, werden Sie's kaum glauben. Albert war so einer, der seinen Kopf ganz stolz trug und als gehörte ihm die halbe Stadt, und für jeden hatte er ein gutes Wort. Doch man weiß ja nicht, wie er mit den Jahren geworden wäre.»

Nun entstand eine lange Pause. Mrs. Bickford bückte sich, um einen dickköpfigen Schneeball aufzuheben, der kopfüber auf den Fußboden gefallen war.

«Wir brannten beide lichterloh, wie man so sagt», fuhr sie mit veränderter Stimme fort, «er noch der reinste Knabe, und ich nichts als ein junges Ding von einem Mädchen, und beide furchtbar glücklich. Seine Angehörigen gefielen ihm nicht so – sie hatten alle Haar ohne richtige Farbe, wie Heu, und ausgeblichene Gesichter, nur seine Mutter nicht –, und alle waren gleich und sahen sich ähnlich und hielten große Stücke voneinander. Und er war ein Bursch von der Sorte, die munter und herzhaft vorgehn, wenn sie sich mal entflammt haben. Wir hatten uns grade hübsch eingerichtet auf unserer kleinen Farm, und er hätte es zu was gebracht, wenn ihm Zeit geblieben wäre. Aber so hinterließ er Schulden. Er hatte eine hitzige Natur, das war seine Schwäche, und eine schöne Stimme: die Leute sagten, in unsrer ganzen Gegend hätt's keine so schöne Tenorstimme gegeben. Ich konnt' ihn immer hören, wie er sich eins sang, wenn er draußen auf dem Feld war und pflügte oder eggte, und meistens wußte er's gar nicht, sang einfach, wie ein Vogel singt. Ich weiß nicht, ob mir's klar war, was für 'ne herrliche Stimme er hatte, doch jedenfalls klang mir nichts andres so lieblich ins Ohr. Ich bin ja nicht sehr fürs Gefühlvolle, aber daß Alberts Stimme schön war, das weiß ich und vergess' es nie.»

Mrs. Bickfords Stimme schwankte ein wenig, als sie nun auch den dritten Strauß fertig gebunden hatte und ihn prüfend in die Höhe hielt. «Ich muß ihn schnell einstellen», sagte sie ganz sachlich. Die kleine Miss Pendexter hatte ihr so ruhig zugehört, daß sie beim Erzählen gar nicht verlegen geworden war – genausowenig, als hätte sie ein Selbstgespräch gehalten.

«Ja, sie lassen schon ein bißchen die Köpfe hängen! 's ist ihnen ein bißchen zu warm hier in der Sonne!» sagte Miss Pendexter. «Doch sie werden sich rasch erholen, wenn Sie ihnen tüchtig zu trinken geben, glauben Sie's nur! Morgen sehn sie dann wunderhübsch aus, und die Leute werden sich schon von weitem den Hals nach ihnen verrenken, wenn sie erst mal auf dem Friedhof stehn. Sie haben sie sehr geschmackvoll geordnet, Mrs. Bickford!»

«Sie sehn wahrhaftig sehr hübsch aus, nicht wahr?» Mrs. Bickford musterte sie der Reihe nach. «Ich möcht' sie alle drei gleich schön haben. Vielleicht finden Sie's sonderbar, Abby?»

«Nein, nein», beteuerte der Besuch in aller Aufrichtigkeit. Es war allerdings etwas überraschend, daß Mrs. Bickford gar so feierlich dabei tat. «Ich weiß doch, wie's bei Freunden ist: hat man eine Freundin, dann hindert das einen nicht, noch 'ne andere zu haben. 's ist genauso, wie wenn man was zu essen hat und auch noch trinken möchte. Sicher hat jedes Ding seinen bestimmten Platz!»

Mrs. Bickford interessierte sich jedoch nicht für den Vergleich, sondern blickte immer noch unsicher und besorgt drein, während sie die abgeschnittenen Stiele und die welken Blätter in ihre große blaue Schürze hineinzuwischen begann. «Solange sie am Leben waren, hab' ich mein möglichstes getan», sagte sie, «und hab' um sie getrauert, als sie mir gestorben sind, und jetzt, wo's alles vorbei ist, bin ich dankbar, daß ich ohne Sorge leben kann. Es kommt Ihnen vielleicht dumm vor, aber ich weiß noch immer nicht, wem ich die Rose gebe, Abby!»

«Vielleicht wissen Sie's genau, wenn Sie morgen früh aufwachen», meinte Miss Pendexter freundlich. «'s ist eine Frage, in der ich Ihnen keinen Rat geben sollte, weil ich nicht recht geeignet bin, Mrs. Bickford, denn ich bin selbst nie verheiratet gewesen. Ich konnte den nicht bekommen, den ich gern hatte.»

«Dann lebt er wohl nicht mehr? Ach, Abby, ich hab' gar nicht geahnt, daß Sie so eine Enttäuschung hinter sich haben!» rief Mrs. Bickford sogleich. Keine von allen Nachbarinnen hätte der kleinen Miss Pendexter eine romantische Liebesgeschichte zugetraut.

«Doch, er lebt noch!» erwiderte Miss Pendexter bescheiden. «Ich hab' nie gehört, daß er gestorben wäre.»

«Das möcht' ich wohl wissen», rief die in Ehefragen so erfahrene Mrs. Bickford. «Aber eins kann ich Ihnen sagen, Abby: vielleicht waren Sie traurig über Ihr Schicksal und haben sich einsam und unglücklich gefühlt, doch sie haben allesamt ihre Fehler, einer wie der andre, und eine unverheiratete Frau hat wenigstens ihre Freiheit, wenn sie sonst kein Glück weiter hat!»

«Ich hab's mir aber nie gewünscht, allein zu leben», wandte Abby noch bescheidener ein. «Trotzdem bin ich dankbar für das, was ich habe. Und Sie sind immer so eine liebe Nachbarin gewesen, Mrs. Bickford!»

«Warum wollen Sie nicht zum Abendbrot bleiben?» fragte die ältere Frau mit ungewöhnlicher Herzlichkeit. Doch Miss Pendexter erinnerte sich, von ihrer Freundin oft gehört zu haben, wie sehr sie unerwarteten Besuch verabscheute, daher stand sie auf und verabschiedete sich rasch, und als sie draußen am Fenster vorbeiging, warf sie einen Blick zu der leuchtenden Rose empor. Am meisten schien sie Albert zu gehören, doch das hatte sie nicht sagen wollen. Die Sonne stand schon tief. Im Süden erstreckten sich die grünen Hänge bis in neblige Fernen.

2

Am nächsten Morgen schien es Mrs. Bickford, als blicke das Haus ihr nach, bis sie außer Sicht war. Sie hatte alle Freude an ihrem Vorhaben verloren. Vielleicht war es die ungewohnte Aufregung, die sie gestern nachmittag bei den Erinnerungen überfallen hatte, oder vielleicht war es einfach nur die helle Mondnacht, die sie bis zum Morgengrauen wach gehalten hatte: all ihre Gedanken kreisten um die Vergangenheit, und die Rose machte ihr immer mehr Sorge. Mittlerweile war sie nicht länger eine Blume, sondern sie war zu einem eindeutigen Symbol geworden, das ihre persönliche Zuneigung bestätigte. Sie fand es sehr schwierig, sich zu entscheiden. Mr. Bickford hatte sie so viel von ihrem jetzigen Wohlstand und Behagen zu verdanken, doch Mr. Wallis war der Unglücklichste von den dreien gewesen, dem sie am wenigsten Gerechtigkeit hatte widerfahren lassen. Wenn sie Mr. Bickford Dank schuldete, dann war sie Mr. Wallis bestimmt eine Wiedergutmachung schuldig. Wenn sie ihm die Rose gab, würde es eine liebevolle Entschuldigung und Abbitte sein. Und dann war noch Albert da, dem sie weder zu Dank noch zu Abbitte verpflichtet war. Trotzdem konnte sie die schreckliche Unschlüssigkeit nicht loswerden.

Das Wetter für eine Ausfahrt war herrlich,

doch mußte Mrs. Bickford eine Zeitlang auf das Kutschwägelchen warten. Ihr Neffe, der sie fahren sollte, hatte in der Schmiede nette Bekanntschaften gemacht, so daß es nach zehn Uhr war, als sie endlich mit ihren drei großen, einseitigen Sträußen abfuhr, die sie zum Schutz gegen die Sonne mit einer Zeitung bedeckt hatte. Die zarten Mandelblütenblättchen fielen schon ab, und kleine Wasserrinnsale drangen unter der Zeitung hervor und tröpfelten über ihr Sonntagskleid und hinunter auf den Boden des Wagens. Sogar jetzt hatte sie sich noch nicht entschieden; sie hatte es aufgegeben, sich noch länger mit einer so launischen Sache wie einem Entschluß herumzuschlagen, und lehnte sich an, um sich etwas auszuruhen.

«Was für 'ne alte Närrin bin ich nur!» tadelte sie sich von Zeit zu Zeit und flüsterte es manchmal so laut, daß ihr Kutscher ein respektvolles «Ja, bitte?» wagte. Er war erstaunt, daß keine Antwort kam. John war ein schmucker junger Bursche, doch für Mrs. Bickford war er noch immer ein Knabe. Von den jüngeren Kindern in Elizas Familie war er immer ihr Liebling gewesen, und jetzt erwiderte er ihre liebevolle Einstellung zu ihm, da er seiner prosaischen Tante und ihrer Aufrichtigkeit unwillkürlich Vertrauen entgegenbrachte.

Während sie so dahinfuhren, wirkte die Schönheit des Sommertags zuerst allzu grell und teilnahmslos. Nach dem Schatten und Schutz ihres Heims litt Mrs. Bickford im Freien um so mehr unter einem Gefühl, als würde sie bedrängt und bestürmt. Selbst die Bäume längs der Landstraße hatten etwas merkwürdig Bedrohliches und Schicksalhaftes an sich, als ständen sie aufgereiht da, um sie zu beobachten, während sie in ihrer qualvoll heftigen Unentschlossenheit an ihnen vorbeifuhr, und sie ärgerte sich und erschrak über einen Vogel, der im letzten Augenblick von dem Gefährt aufgescheucht wurde und davonstob. Sogar das eilige Weiterrollen der Kutsche erregte einen seltsamen Widerwillen in ihr, als würde sie gegen ihren Willen weiterbefördert; doch die Begleitung ihres Neffen erwies sich mit jedem Augenblick als immer tröstlicher. Es war sehr angenehm, neben ihm zu sitzen, obwohl er nicht sprach. Er sah so männlich und heiter aus, und sie fühlte sich in seinem Schutz wohler.

«Tante Bickford», begann er plötzlich, «ich kann's dir ebensogut schon jetzt verraten! Ich muß dir eine Neuigkeit erzählen, wenn du es niemand weitersagst! Du wirst wohl lachen – aber du weißt ja, daß ich schon von klein auf nur Augen für Mary Lizzie Gifford gehabt habe. Ja, und jetzt ist es soweit!»

«Ist es soweit?» wiederholte Mrs. Bickford und geriet sofort in eine so wohltuende Erregung, daß sie darüber ihren Kummer vergaß.

«Das freut mich aber, John! Da bekommst du eine gute und gescheite Frau, John. Werden sie sich nicht alle freuen, ihre und deine Verwandten?»

«Ja, bestimmt», antwortete John ernst und mit einem glücklichen, verantwortungsbewußten Ausdruck, der ihm gut stand.

«Ich glaube, daß ich dir unter die Arme greifen kann, wenn's erst mal nötig ist», sagte Tante Bickford, nachdem sie einen Augenblick nachgedacht hatte. «Ich hab's am eigenen Leibe erfahren, was es bedeutet, wenn man einen neuen Ehestand mit lauter Hoffnungen anfängt. Du hast doch wohl nicht im Sinn, schon vor dem Herbst zu heiraten?»

«Irgendwann im Herbst», sagte John bedauernd. «Wenn's nach mir ginge, könnten wir schon jetzt im Sommer zusammenziehen! Ich hab' nicht viel Geld, aber ich kann arbeiten wie so leicht kein zweiter, und jetzt kann ich's vor Ungeduld nicht mehr erwarten!»

«Sie ist ein nettes, bescheidenes, hübsches Mädchen! Ich hab' schon immer gedacht, daß sie dich gern hat, John!» sagte die alte Tante. «Als ich 's letzte Mal bei euch war, hab' ich sie gesehen. Da wirst du wohl sehr glücklich sein!»

«Bestimmt», sagte John und wandte sich ihr liebevoll zu. Er war selbst überrascht, daß sie so offen und ohne Verlegenheit miteinander sprechen konnten. «Danke, Tante!» sagte er schlicht.

«Du bist wirklich wie ein guter Kamerad zu mir!» Und hastig blickte er wieder weg, während eine feine Röte über sein sonnengebräuntes Gesicht zog. «Sie kommt heute zu uns, um den Tag mit den Mädchen zu verbringen!» schloß er. «Es war Mutters Einfall. Weil du nicht sehr oft zu uns kommst!»

Mrs. Bickford lächelte zufrieden. Johns Mutter wollte zweifellos ihr kluges Urteil hören, aber es war sehr nett von John, daß er ihr selbst von seinen Plänen erzählt hatte, und noch dazu auf so reizende Art.

«Lieber Himmel!» rief John plötzlich. «Jetzt wären wir beinah am Friedhof vorbeigefahren! Ich hab' ganz vergessen, daß wir ja halten wollten!»

Auch Mrs. Bickford hatte, so seltsam es scheinen mag, in ihrer Freude und Erregung den Friedhof nicht bemerkt. Jetzt war sie wieder bekümmert und ihrer Verantwortung bewußt – ihr Gesicht verriet es deutlich. Der junge Mann sprang leichtfüßig ab und streckte ihr die Hände entgegen.

«Gib mir die Blumen», sagte er freundlich, «ich bringe sie schnell hin. Es ist heute heiß in der Sonne, und es würde dir schwerfallen, bergan zu gehen. Wenn ich dich heute abend heimbringe und es kühler ist, halte ich wieder, dann kannst du gemächlich den Hügel hinaufgehen und so lange oben bleiben, wie du möchtest.

Jetzt kommst du mir ein bißchen müde vor, Tante!»

«Ach, ich weiß nicht, ob ich sie dir geben soll», antwortete Mrs. Bickford zaudernd.

Die Entscheidung mit der Rose dem Schicksal zu überlassen erschien ihr feige und schwächlich, doch für Überlegungen war es jetzt zu spät. John war ein lächelndes Schicksal, und sein Vorschlag bedeutete eine große Erleichterung. Als sie ihm nachblickte, zitterte sie innerlich, und aller Stolz verließ sie. Sie hatte die Blumen so fest in ihren Händen gehalten, daß sich ihre Finger jetzt kraftlos und taub anfühlten, und sie lehnte sich an, schloß die Augen und traute sich nicht, sie wieder zu öffnen, denn es könnte ja sein, daß sie die Sträuße noch aus der Entfernung unterschied und Anweisungen gab, die sie hinterher bereute. Ein- oder zweimal rief sie in jähem Eifer Johns Namen, aber ihre Stimme klang dünn und piepsend, und wahrscheinlich drang das Zirpen der besinnlichen ersten Grillen im frischen Sommergras lauter an Johns Ohr. Das grelle Licht auf den weißen Grabsteinen blendete Mrs. Bickford, und dann plötzlich war ihr so leicht ums Herz, und der Himmel schien sich immer höher und weiter über die Erde zu erheben, und sie seufzte befriedigt, als sie John den Fußweg zurückkommen sah. «Ich weiß genau, wem ich die Rose wünsche!» dachte sie bei sich. «Aber ach, was reg' ich mich bloß so auf? Warum mußt' ich die dumme Rose überhaupt abpflücken?»

«Hör mal, Tantchen, sie sehen wahrhaftig sehr schön aus», verkündete Johns kräftige Stimme, als er näher kam. «Ich hab' sie so eingestellt, wie du's mir gesagt hast. Die hier ist herausgefallen, und ich hab' sie für mich behalten. Es macht dir doch nichts aus? Ich könnte sie Lizzie mitbringen!»

Er warf ihr einen strahlenden, knabenhaften Blick zu. In seinem Knopfloch leuchtete etwas Fröhliches – es war die rote Rose!

Tante Bickford errötete wie ein junges Mädchen. «Du kannst deine Wahl schnell treffen», stammelte sie, und als er sie ob des rätselhaften Ausspruchs erstaunt ansah, mußte sie schallend lachen, obwohl sie vor dem Friedhof standen. «Komm, steig nur auf, liebes Kind! Die Rose ist sicher für dich aufgeblüht, John! Sie macht sich sehr fein auf deiner Jacke!»

Sie dachte an Albert, und die Tränen traten ihr in die alten Augen. Auch John war ein verliebter junger Mann.

«Mein erster Mann war genauso ein großer, schlanker junger Mensch wie du», sagte sie, als sie weiterfuhren. «Und die erste Blume, die er mir geschenkt hat, war eine Rose!»

JOHANN WOLFGANG GOETHE

1749–1832

Heidenröslein

Sah ein Knab ein Röslein stehn,
Röslein auf der Heiden,
War so jung und morgenschön,
Lief er schnell, es nah zu sehn,
Sahs mit vielen Freuden.
Röslein, Röslein, Röslein rot,
Röslein auf der Heiden.

Knabe sprach: Ich breche dich,
Röslein auf der Heiden!
Röslein sprach: Ich steche dich,
Daß du ewig denkst an mich,
Und ich wills nicht leiden.
Röslein, Röslein, Röslein rot,
Röslein auf der Heiden.

Und der wilde Knabe brach
's Röslein auf der Heiden;
Röslein wehrte sich und stach,
Half ihm doch kein Weh und Ach,
Mußt es eben leiden.
Röslein, Röslein, Röslein rot,
Röslein auf der Heiden.

EDUARDO MALLEA

1903–1982

Die Rose von Cernobbio

I

Soviel stand fest: er wußte nicht, ob sein Urgroßvater oder sein Großvater das Haus gekauft hatte. Jedesmal, wenn sie darauf zu sprechen kamen, erlebte es Berta, wie ihr Vater bald das eine, bald das andere beteuerte und sich in schlimme Wutanfälle hineinsteigerte. Weder gefiel ihm das Thema, noch strengte er sich an, Licht in jenen Vorgang zu bringen, der in seinem Leben zu einer unaufhörlichen Quelle von Haß, Ärger und Elend geworden war. Wäre der Blumenladen nie gekauft worden, dann hätte er sein Lebensschiff in eine kleine, zukunftsreiche Industrie gesteuert oder sich mit Geschäften befaßt wie seine Freunde, die nun mit einem ruhigen Lebensabend rechneten. Gabriel betrieb ein Autoreifengeschäft, Estardo genoß den Nutzen vorteilhafter Kommissionen.

Berta verbrachte ihre Kindheit unter diesen bitteren, die Vergangenheit aufwühlenden Vorwürfen. Wenn ihr Vater, ein rundlicher Fünfziger mit Vollbart, schimpfte, roch er stets kräftig nach Kognak.

Der Blumenladen, um den sich der Streit drehte, lag zwischen alten Häusern eingekeilt. Er bestand aus einer Wohnung, dem Verkaufsraum und dem eigentlichen Unternehmen, einer Mischung von Gewächshaus und Keller. Dort vermoderten seit undenklichen Zeiten, von Feuchtigkeit überzogen, die typischen Gegenstände einer vergangenen Epoche. Inmitten verwahrloster Pflanzenbeete eine italienische Konsole, auf der einstmals die bestellten Blumen zum Abholen gelegen hatten; ein Kronos mit krummem Finger, der nicht mehr das Jahr ankündigen konnte, weil auf dem Kalender an seiner Seite die Zettel fehlten; ein übertrieben großes Bild der Loggia dei Lanzi, von dessen Herkunft weder Vater noch Tochter eine Ahnung hatten; ein bemaltes Photo des Herzogs der Abruzzen und, neben all den verrosteten Scheren und sonstigen Gerätschaften des Gärtnerberufes, eine Menge verblichener Postkarten. In Fächerform waren sie über einem Glasperlenvorhang angebracht. Ein verschossenes Stück Stoff trennte das Gewächshaus von den inneren Räumen.

Mit sieben Jahren lernte Berta Rosen und Nelken verkaufen, mit zehn Hortensien und Kallas, mit elf die teuren Orchideen, die sie für einen Blumenhändler der Innenstadt weiterveräußerten. Vom Zentrum der Hauptstadt bis zum Blumengeschäft des Nicolas Cusa war es eine halbe

Autostunde. Doch das war nur eine theoretische Zeitangabe; in Wirklichkeit wurde nie ein Auto benutzt.

Vater Cusa besaß ein altmodisches Grammophon. Die einzige gravierte Walze dazu hatte er von seinem Vater geerbt; er hätte sie nie selber gekauft.

An zwei Ereignisse erinnerte sich Berta genau, die zu einer einzigen Erinnerung aus ihrer frühsten Jugend zusammenflossen: als ihr Vater zum ersten Mal betrunken nach Hause gekommen war und er die abgespielte Walze zum ersten Male hatte ablaufen lassen. Töne konnte sie nicht unterscheiden; alles ertrank in einem riesigen, monströsen Lärm. Jedesmal war seitdem ihr Vater, wenn er berauscht, hastig zum Grammophon gelaufen und hatte die kratzende Nadel auf die schwärzliche Fläche gesetzt; sogleich erfüllte ohrenbetäubendes Getöse das ganze Haus.

Berta fing an zu weinen. Angsterfüllt verbarg sie ihren Kopf in den Kissen. Sie hatte ihre Mutter nie gekannt; nun diente ihr das Kissen als behütender, tröstender Ersatz. Während das Haus von dem lauten Gedröhn widerhallte, legte sich der Vater schimpfend zu Bett. Wütend beklagte er sein Hundeleben und drohte, das sinnlose Geschäft bei nächster Gelegenheit einzuäschern.

Der Blumenladen lag hundert Meter von einer Eisenbahnbrücke entfernt. Diese, ein

Gerüst gewaltiger Bogen, schwang sich über zwei Straßenkreuzungen hinweg. Zu Füßen der Brücke, im Café und in der Zuckerbäckerei, spielte sich, wenn man vom Schalterraum des Stationsvorstehers absieht, das graue, gesellschaftliche Leben des Stadtteils ab, eines der trostlosesten Viertel und vom Stadtkern am weitesten entfernt. Dürftig, dank der Sparsamkeit ihrer Besitzer, beleuchtete ein gelber Halbmond am Abend die Lokale, und tagsüber war es dort dämmerig, der zu kleinen Fenster wegen.

Mit acht Jahren nahm der Vater Berta aus der Schule, wo sie an einigen Stücken aus «Genoveva von Brabant» lesen gelernt hatte, und stellte sie hinter den Verkaufstisch, weil sie ihm dort von größerem Nutzen sein konnte als in der Schule. Die Tischplatte, von Messerschnitten durchfurcht, zeigte ein kapriziöses Muster von Linien. Sie war von einer Masse überzogen, die nichts mehr mit der ursprünglichen Farbe gemein hatte.

Nachdenklich von Charakter und zu Selbstgesprächen neigend, vertraute sich die Kleine den Blumen ringsherum an. Ihr war das Sprechen mit den Menschen, zu dem ihre Stellung sie zwang, ein Greuel. Sie hatte Freundschaft mit den Begonien geschlossen, den Levkojen und den Tulpen – den zum Verkauf und zum Tode Verurteilten.

Eine merkwürdige Sprache gebrauchte Berta

in ihrem Umgang mit den Blumen. Dann zwinkerte der Vater seinen Freunden zu, die, ohne Kunden zu sein, täglich den Ladentisch umstanden, mit scharfen Worten einen politischen Mißgriff erläuterten oder eine internationale Spannung voraussagten. Diese groben, gehässigen Arbeiter blickten, durch Vater Cusa aufmerksam gemacht, auf die Kleine im Gewächshaus, wie sie mit scheuen Bewegungen auf die steifen Stengel des Ambers einsprach.

Der beste Freund ihres Vaters war ein italienischer Priester, der die Soutane abgelegt hatte. Dieser beharrliche Einzelgänger, ständiger Leser von Giordano Bruno, geriet durch eine kräftige Mischung von Rum und holländischem Gin in lyrische Ekstasen. Der Abtrünnige pflegte Cusa aufzusuchen, und die beiden verlegten dann den Ort ihrer Beredsamkeit in partibus infidelium, in das Café am Fuße der gewaltigen Brücke. Halb verrückt vor Angst, sie könne sich verrechnen oder beim Geldwechseln irren, hütete Berta unterdessen den Blumenladen. Erst in der Dämmerung wich dieser Dämon, und sie faßte sich wieder. Dabei war kaum einer in den Laden gekommen, aus dem der scharfe Geruch der Fresien auf die Straße drang, höchstens ein Käufer billiger Margueriten oder jemand, der bei den billigsten Rosen gefeilscht hatte.

Ständig bespritzte Berta die Rosen mit Wasser; trotzdem sorgte sie sich, die Erfrischung werde den edlen Rosen nicht genug sein. Nur bei den Hortensien war sie sicher, nichts werde ihre Ruhe und ihr stolzes Vertrauen erschüttern.

Der Vater führte barsche Reden mit seiner Tochter und sagte nicht mehr, als nötig war. Mitunter klang aus seinen Worten ein beleidigender Zynismus oder die unklar gefühlte Furcht, die Atemnot, die ihn des Nachts oft befiel, sei der Vorbote einer ernsten Krankheit. Während des Essens beklagte er sich regelmäßig über das Schicksal, das ihn dazu gebracht hatte, mit zwanzig Jahren eine kränkelnde Frau zu heiraten, mit dem einzigen Ergebnis, sich jetzt um eine Tochter kümmern zu müssen. Sonst hätte er längst das verteufelte Geschäft abgestoßen.

Berta erschreckten solche Äußerungen. Es schien ihr undenkbar, daß es ein Leben gäbe, anders als das, welches sie beide in der Blumenhandlung führten, mit jeder Pflanze und jeder Blume an ihrem Platz. Wie hätte es anders sein können? Dabei ertrug sie es kaum, die täglichen Klagen mitanzuhören und das angeschlagene, bunt zusammengewürfelte Geschirr in der Wanne abzuspülen. Wenn der Vater einmal abends zu Hause blieb, konnte Berta ihn durch den Glasvorhang beobachten, wie er im Laden die unbegreiflichsten Szenen aufführte, dank einer Flasche und einem Glas. Er erhob sich, wiederholte mit ausladenden Gesten endlose hochtrabende und leidenschaftliche Reden, in

Joachim Camerarius
Aliter coelestia durant.
Unvergängliche Schönheit der Rose im Himmel.

denen er die Freunde aus dem Café beschwor, als wolle er jetzt für sich allein nachholen, was er ihnen am Nachmittag nicht gesagt. Berta hatte, als sie noch zur Schule ging, sagen hören, daß man am Abend bete. Da sie aber keine Gebete kannte, dachte sie sich in ihrem dunklen Zimmer ernsthafte und geheime Bitten an diese oder jene Blume aus, von der sie wußte, sie werde sich bald öffnen oder verblühen. Manchmal entsann sie sich auch dieses oder jenes Herrn oder irgendeiner Dame, die sie beeindruckt hatten, als sie in den Laden traten und einen Strauß der teuersten Blumen verlangten. Sie nahm diese seltenen Aufträge mit weit geöffneten, zufriedenen Augen entgegen und mit einer Art von höflicher Verbeugung.

So verlief das Dasein dieser beiden Menschen, die völlig verschieden und durch die seltsamen Fäden des Lebens zufällig als Verwandte verbunden waren.

II

Je mehr Berta heranwuchs, desto deutlicher konnte sie das Seltsame in ihren Erinnerungen unterscheiden. Sie begann nachträglich zu verstehen, warum ihr Vater die immer wieder verschobene Ankunft der Rosen von Cernobbio den schlimmsten Schlag nannte, der sein Haus je heimgesucht hatte. Allmählich ging es Berta auf, daß Nicolas Cusas Vater ein Stück Land besessen, geerbt wiederum von seinem Vater. Es war ein sehr kleines Stück Acker in der Provinz Como, drüben in Italien, seit langer Zeit kultiviert. Sein Wert bestand darin, daß es einmal einem Gärtner jener Gegend geglückt war, eine neue, prachtvolle Rosensorte darauf zu züchten. Jener alte Gärtner, der die ersten Veredlungen gemacht, habe schon Rosen, so wollte es die Überlieferung, an Goethe verkauft, als dieser Italien besuchte. Der Gärtner starb, ohne sein Geheimnis zu verraten. Er hinterließ nur jenes Stück Land, von dem die Cusas einen kleinen Teil erwarben. Man hoffte, unter denen, die jenes Land kauften, wäre jemand fähig, die außergewöhnliche Züchtung zu wiederholen. Der erste Cusa, der nach Argentinien auswanderte, hielt immer an der Idee fest, daß man hier, wenn nicht mehr er, so ein Nachkomme, eine Blumenhandlung führen müsse, um die Ankunft dieser Wunderblumen zu erwarten, deren Seltenheit und Wert ein großes Vermögen versprachen. Als er dann die Blumenhandlung besaß, nannte er sie mit einem Namen, der den Vorübergehenden oft ein Erstaunen entlockte: «Erwartung». Aber die Jahre vergingen, ohne daß je ein Exemplar der Rose von Cernobbio eingetroffen wäre.

Unter den ständigen Klagen, die Berta zu hören bekam, herrschte diese vor: «Wenn doch die verdammte Rose von Cernobbio endlich ankäme! Diese Teufelspflanze, diese verfluchte! Sie hat sich ja niemals wieder gezeigt!...»

Berta, als sie fast erwachsen war, begann sich Gedanken darüber zu machen, wie diese Blume wohl aussähe. Auf ihre Fragen antwortete der Vater mit Gebrumm, dadurch nur schlecht das Unbestimmte seiner Auskunft verbergend: «Blüten, halb lila, halb grau, halb violett, mit hellgoldenen Streifen und großen, großen...»

Auf diese Angaben mochte sich wer wollte einen Reim machen. Mitunter lag die Bedeutung im Rand des Blumenkelches, dann wieder gebührte der Ruhm seiner Größe, oder man wußte nicht, was mehr wert war: die Sorte, die Farbe oder die Zartheit... Berta verlor sich in Gedanken. Und das Bild der unbekannten Blume blieb in ihrer kindlichen Vorstellung haften als ein dunkles Blendwerk aus Verdammnis und Unglück. Warum wohl nie wieder ein Exemplar der Rose von Cernobbio geblüht hatte? «Bah», hatte einmal der Vater gesagt, und wieder roch er nach Kognak, «ich glaube, daß einmal zwei Dutzend und ein anderes Jahr drei Dutzend von ihr erschienen sind. Aber auf unserm Stück Land niemals...!»

Und Berta grübelte weiter, wie wohl die Rosen von Cernobbio aussehen möchten.

Wer weiß, durch welche mysteriöse, langsame Entwicklung ihrer Seele die Gegenwart des Bildes in ihrer Vorstellung einen vagen und unheilvollen Charakter annahm. Das unerfüllte Versprechen hatte sich nun einmal wie ein Alpdruck über dieses einsame Haus gelegt, und ihre eigene melancholische Veranlagung tauchte alles in besonders dunkle Farben.

Als Berta zur Jungfrau herangewachsen war, wurden die Gespräche mit den alten Kameradinnen, den Blumen, immer seltener. Andere Stimmen wurden in ihr laut; und diese Stimmen hatten es nicht mehr so nötig, sich fremden Ohren mitzuteilen, als laut zu werden in einer neuen und aufschlußreichen Bedeutung für sie selbst.

Manchmal blieb sie seltsam beeindruckt, ohne tagelang den Eindruck loszuwerden, durch die Stimme, den Blick, das Gesicht irgendeines jungen Mannes, dem sie bei dieser und jener Gelegenheit mit den Augen gefolgt war, angezogen von seinem männlichen Schritt. Sie wußte nicht genau zu bestimmen, wo, wann und bei welcher Gelegenheit dies geschehen war, ob in der Blumenhandlung, wenn sie jemanden nachlässig, die Ellbogen auf dem Ladentisch, bediente oder wenn sie an sommerlichen Abenden in der Tür lehnte. Nur ab und zu in der Woche wechselte sie über Kleider oder andere weibliche Themen ein paar Worte in der Zuckerbäckerei mit den Zwillingstöchtern des Konditors, die sich, einsilbig und stolz, viel auf die Fülle ihrer kastanienbraunen Zöpfe einbildeten.

Vor allem erinnerte sich Berta an einen jungen Mann in Blau – die Farbe des Anzuges blieb ihr besonders lange auf der Netzhaut haften. Er hatte ungewöhnlich dunkle Ringe unter den Augen, eine sehr breite Stirn und war sehr mager. Er kam, um Jasmin zu kaufen. Von ihm hätte sie sich gerne beschützen lassen. Dieser Gedanke schon weckte in ihr eine unbeschreibliche Verwirrung, ließ sie wie betäubt Hals über Kopf ins Schlafzimmer stürzen, um sich vor dem Spiegel zu betrachten, töricht beklommen, innerlich zerrissen und aufgewühlt.

«Wenn doch wenigstens eine ordentliche Sendung der Rosen von Cernobbio angekommen wäre!» sagte der verbitterte Vater, als ihm das wieder einmal einfiel. «Vielleicht wäre es mir gelungen, sie zu züchten. Dann...»

Alles, was ihm in seinem Leben nicht geglückt war, entschuldigte er leicht mit dieser nachträglichen Rechtfertigung. Mit der regelmäßigen Wiederkehr dieser Vorstellung verdoppelte sich sein bacchantischer Rausch, und das Haus dröhnte wider, als ob ein Irrsinniger immer und immer wieder auf dem alten Grammophon die übriggebliebenen Mißtöne der «Aufforderung zum Tanz» spielte. Berta seufzte jedesmal. Ihr Vater endete schnarchend in Hemdsärmeln auf seinem Bett, und die Kleine saß in Tränen aufgelöst zu seinen Füßen. Einmal hatte Cusa alles vorbereitet, um das Geschäft an einen reichen griechischen Kaufmann zu verkaufen. Nur die Ankunft der ersten Sendung Rosen aus Cernobbio fehlte noch, jener Sorte, die den Ruf des Hauses begründen sollte. Durch die unberechtigte Prahlsucht des gereizten Besitzers abgeschreckt, verschwand der Grieche eines Tages, ohne eine Spur zu hinterlassen. Cusa verbrachte einen Monat in unaufhörlicher Wut. Er schwur zornentbrannt, alles stehen- und liegenzulassen und fortzugehen. Der abtrünnige Priester hörte nicht auf, über diese Ausbrüche zu lachen, die Zigarre im Mundwinkel und mit einer Stimme, die plötzlich beruhigend und philosophisch wurde. Wenn er die andern wütend sah, wurde er ruhig, und umgekehrt. Er war eben ein Raubtier Gottes.

Neben dem Besonderen jeder Blume lernte Berta nach und nach auch das Eigentümliche jener kleinen Welt zwischen der nahen, hohen Brücke und der Türschwelle ihrer Blumenhandlung kennen. Sehr selten ging sie mit dem Vater ins Zentrum der Stadt, um nach Neuem in den großen Blumengeschäften Ausschau zu halten. Jedesmal kam die Kleine geblendet, fast krank zurück von dem Zusammenprall ihres scheuen Wesens mit jenen schwindelerregenden Tumulten. Auf dem Rückweg machten sie unweigerlich bei dem Schokoladengeschäft von Asteniel halt, wo Nicolas Cusa mit dem Besitzer eine aufgeregte Unterhaltung führte. Aber zwischen diesen Besuchen verflossen Wochen, zuweilen Monate.

Berta unterhielt sich mit den Mädchen der Zuckerbäckerei über Kleider, Schleier und Organdi. Einmal erzählten sie ihr ganz im geheimen von den Beziehungen eines der Mädchen zu ihrem augenblicklichen Verlobten, einem Seekadetten in Uniform. Berta schwebte nach solchen Vertraulichkeiten tagelang in Wolken, und nur die Kallas und Rhododendren zerstreuten sie. Der Vater schalt sie wegen ihrer Bummelei bei den Aufträgen.

In der Einsamkeit ihres Zimmers beneidete sie ohne Bitternis das Schicksal der Zwillingsschwestern, denen das Glück so freundlich zu lächeln begann. In diesem Zimmer hatte sie mit Bleistift vorsichtig die prächtigen Kelche verschiedener Tulpen abgezeichnet und diese Bildchen mit Heftzwecken, die wie Gold schimmerten, an die Wand geheftet. In den langen nächtlichen Grübeleien, während sie auf die Rückkehr des Vaters wartete, unterbrachen die Stille ihres Zimmers regelmäßig die über die Brücke fahrenden Schnellzüge. Berta sah sich schon zu ewiger Einsamkeit verdammt und seufzte von Zeit zu Zeit bei diesem Gedanken. Eines Nachts, als sie, die Ellbogen auf den Tisch gestützt, noch auf war und im Lampenlicht in einem alten Buch über Gartenkunst blätterte, murmelte sie vor sich hin: «Am Tag, an dem die Rose von Cernobbio ankommt, werde ich fortgehen. Sie kommt mich abholen!»

Sie richtete sich auf, während sie das dachte, erschrocken und überrascht. Dann senkte sie den Kopf und blätterte weiter in ihrem Buch, tief beunruhigt.

Seit dieser Nacht dachte sie an die Rose von Cernobbio wie an einen letzten Boten, geheimnisvoll und tröstend, schrecklich und herrlich zugleich.

Wenn an anderen Tagen der Vater mit dem abtrünnigen Priester über Sozialismus und die Herrschaft der Mittelmäßigen diskutierte und sie den Kaffee tranken, den die Tochter hatte zubereiten müssen, kam sie, die Angst hatte, allein zu sein, in den schon geschlossenen Laden.

Ihre kleine Brust hob sich beim Gedanken an die majestätische Schönheit der Rose von Cernobbio.

Der Vater ertränkte immer häufiger seinen Kummer in holländischem Gin und den ergänzenden Gesprächen mit seinem Freund, dem Abtrünnigen. Die Kleine erlebte eine Jungmädchenzeit ohne Freude, schweigsam, voller Grübeleien. Illusionen sind wie Früchte. Wenn der Baum kein Wasser bekommt, vertrocknet er qualvoll. Nur vom Hörensagen kannte sie die Welt der Pracht, der Musik, der Versprechungen. Sie lernte die verhängnisvolle Unwahrheit kennen, mit der sich die Menschen bewegten, sah die hübschen Mädchen ihres Alters zum Tanz gehen, nahm teil an den dunklen Bewegungen ihres Blutes, dachte nach über das idyllische Spiel auf der Leinwand der Kinos, betrachtete sich allein im Spiegel, um ihren Körper zu verdammen in makabrer Bescheidenheit. Sie horchte, wenn die Nachbarinnen Klavier spielten, um den dunklen Zauber Mozarts herbeizurufen, die Ohnmacht Chopins und die reiche Herbe eines Brahms. Sie versuchte ihre Geheimnisse in sehr langsam geschriebene Briefe zu bannen ohne Adressaten, an denen sie bis Mitternacht kritzelte und die sie am Morgen wieder zerriß, um neue zu entwerfen. Sie lernte von den Zwillingen, große seidene Lampenschirme anzufertigen und andere Gegenstände, mit denen man das Heim schmückt. Sie bestaunte in den Zeitschriften den Glanz des Geldes auf den Bällen der großen Welt, den Hochmut der reichen Erbinnen, die Üppigkeit der langen Kleider, die an vielen Abenden hergestellt worden waren, um nur in einer Nacht zu leuchten; sie bewunderte die triumphierende Seligkeit der eben Verlobten.

An einem Julinachmittag sah sie ihren Vater hereinkommen, unglaublich aufgeräumt und in der Hand einen Brief schwenkend: «Sie kommen!» rief er. Berta legte gerade Seidenpapier in eine Schachtel, um drei Dutzend Rosen für ein Fest einzupacken. Ihre Finger zögerten. Fragend richtete sie die Augen auf den Vater. Hastig erklärte ihr dieser, der Brief aus Italien melde das unmittelbar bevorstehende Aufblühen der fast schon mythischen Rose.

Berta erbebte. Ihre Hände fuhren mechanisch fort, die duftende Schachtel fertigzumachen, und ihr Zittern ließ das Packpapier rascheln. Im Bett später war sie nachdenklich und abwesend.

An jenem Abend war der Tee kalt, den der Vater trank. Er war zu vergnügt, um es zu bemerken. Um zehn Uhr schloß er den Laden und ging in die Zuckerbäckerei, um den Abtrünnigen zu suchen, ihm den Inhalt des Briefes aus Italien mitzuteilen. Berta hatte Angst. Sie erhob sich zweimal, zündete das Licht im Laden an, ging bis zum Treibhaus, wo sie mit Trauer die Blumen betrachtete, die schlaflos waren in der toten Härte der Nacht. Sie hatte ja keine Ahnung, was sterben heißt. Sie schien so viele Dinge nicht zu kennen. «Nun», sagte der Vater am nächsten Morgen beim Frühstück, während er lächelnd Butter auf ein Stück Toast strich, «so rasch werden sie natürlich nicht kommen. Erst werden sie uns ein Exemplar als Muster senden mit dem Preis. Gleich morgen spreche ich in der Gärtnerei von Schoenbacker vor.»

Nicolas Cusa konnte sich die Melancholie seiner Tochter nicht erklären, ihr wachsendes Schweigen, ihre Appetitlosigkeit, ihre Unlust auszugehen, ihre Seufzer. Etwas meinte er zu ahnen und legte es dem verderblichen Einfluß der Konditortöchter zur Last. Die größere hatte gerade in diesen Tagen den Verlobten vieler Monate verabschiedet. Mit ernsten Worten verbot er Berta, mit ihnen weiter zu verkehren. Sie nahm das Verbot gleichgültig hin. «Zum Teufel mit dem Mädchen!» brummte Nicolas Cusa.

Zwischen zwei Glas Bier, zu dem er Rettich aß, riet ihm der Abtrünnige, seine Tochter zu überwachen. «Ein schlimmes Alter, natürlich, ein schlimmes Alter!» Der Abtrünnige zwinkerte boshaft, die Augen vom Biertrinken gerötet. Nicolas Cusa war bestürzt. Wie sollte man diese harmlose Gefangene überwachen?

«Zuweilen pflegen gerade solche schweigsamen Naturen eine besondere Anlage zu Dummheiten zu haben», versicherte der Abtrünnige. «Wo man's am wenigsten erwartet, springt der Hase auf.»

Der Blumenhändler bewachte mit Unruhe und Mißbehagen seine Tochter. Bald zuckte er die Achseln über dies barsche Wesen, das so menschenscheu und zurückhaltend und zuweilen so unheimlich in seinem Benehmen war. Sie war in einer Art abwesend, als fordere sie Achtung, als empfinge sie aus einem unsichtbaren Reiche wunderbare Versprechungen. Tief im Herzen dachte Berta, daß jede Art von Tod – und um so mehr, wenn er ihr auf so seltsame Weise angezeigt worden war – ihre Seele bessern werde. Mit Bedacht tat sie das, was sie sonst nie getan hätte, und wenn sie aufhörte, daran zu arbeiten, versteckte sie eifersüchtig in ihrem Schrank das fast hochzeitliche weiße Kleid, das mit Bändern verziert war, die im Laden zum Schmücken der Orchideen verwahrt wurden. Wenn das Kleid fertig war, was hatte sie dann noch zu tun? Sie wartete, still für sich. Wartete fast glücklich. Ihr junges Herz wurde leicht bei dem Gedanken, abzureisen. Der Zustand des Wartens schien sie verschönt zu haben. Die wächserne Blässe stand ihr gut. Es vergingen einige Wochen, Monate. Die erwarteten Blumen blieben aus. Statt ihrer traf ein Brief ein: in Cernobbio habe es zu unrechter Zeit einen Frost gegeben.

III

Dieser Rückschlag stieß den Blumenhändler für lange Zeit in die bitteren Verliese des Zorns. Zu Berta sprach er nur in tyrannischem Geschimpfe. Hingegen begrüßte er die seltenen Kunden mit süß-saurer, scheinheiliger Miene. Das Mädchen schwieg, erfüllte seine Pflicht ohne Klage, ordnete die Sträuße, besorgte die Bestellungen und ging nachmittags vor die Tür. In der Straße hatte ein Fabrikant von Haarfärbemitteln sein Geschäft, ein alter Gaskogner ohne Frau und mit einem undurchsichtigen Leben in seinen vier Wänden. Bertas Blick ruhte auf dem blonden, hellbraunen und schwarzen Haar der drei Wachsköpfe im Schaufenster gegenüber. Mitunter erschien vor dem Hause des Gaskogners ein üppig aufgeputztes Weibsbild in einem Privatauto. Die Klingeltür schloß sich nach heftigem Gebimmel. Bertas Lieblingsbeschäftigung bestand darin, sich ein Meer von Möglichkeiten auszumalen über das, was in dem Haus gegenüber wohl geschähe. Sie lächelte vor sich hin bei ihren Vermutungen, als der schwächliche und heisere Färber heraustrat, um die Blendladen zu schließen. Schweigend grüßte er sie, ängstlich und mißtrauisch.

Bertas Jugend zerrann ohne besondere Bewegungen, genährt von den bescheidenen Erregungen der kleinen Bühne im Inneren des Blumenladens mit den verschiedenen duftenden Figuren: die einen Prinzessinnen, die anderen Volk; sie alle spielten ihre dunklen, seltsamen Rollen.

Aber für jede Saat kommt einmal die Erntezeit. Eines frühen Morgens, im Anfang des milden, vorzeitigen Frühlings, hörte Berta aus dem andern Zimmer einen Schrei, der in einem Röcheln endete. Sie rannte an das Bett ihres Vaters und legte ihre Hand auf seine Stirne über die Augen, die aus dem schrecklichen Alpdrükken zurückzukehren schienen. «Was ist das?» fragte sich der Vater. «Was ist das?» Und er erklärte seiner Tochter mühsam, als wäre die

Zunge ihm nach unerklärlichem Ersticken festgebunden, Atemnot habe ihn überfallen, und im oberen linken Arm mache sich ein heftiger Schmerz breit. Noch immer schlug der Puls äußerst schnell, und das Herz klopfte aufgeregt. Berta kochte bestürzt etwas Kaffee. Die Hyazinthen verbreiteten im Inneren des Ladens einen betäubend starken Geruch.

Der große, dunkle Vogel der Krankheit begann über dem Haus Cusas zu kreisen. Zum Schweigen verurteilt von ihrem Vater, dessen Todesfurcht sich in Haß gegen alle Welt und immerwährender schlechter Laune kundtat, dachte Berta an ihre Befreiung. Am Tage, wo die Rosen von Cernobbio ankämen, wäre sie frei von aller Bedrückung des Lebens. Welches Glücksgefühl löste dieser Gedanke aus! Sie fühlte deutlich den kommenden Übergang, den Übergang von einer großen Sorge in eine große, weite Seligkeit. Und wenn der Vater von der Straße zurückkam, voll von unaufhaltsamem Ärger, verbittert durch das Verbot, Kaffee und Alkohol zu trinken, deutete er sich das freundliche Lächeln auf den Lippen des einsamen Mädchens falsch. Ohne sie damit aus der Fassung bringen zu können, überschüttete er sie mit dem Zorn des vom Tode Gezeichneten.

Was geschieht eines Tages? Wer ist jener junge Mann, der bescheiden lächelnd eines Nachmittags einen Strauß einfacher Rosen kauft – und, nachdem er sie bezahlt hat, darauf besteht, sich mit ihr zu unterhalten und ihr, der Stummen, ein paar Bemerkungen über das nahende Neujahrsfest zu entlocken? Im Ausdruck seines liebenswerten Gesichts, in dem Glanz seiner frohen Augen liegt das, was sie so folgsam werden läßt und ihr so außerordentlich gefällt. Wie taktvoll er sie endlich um die Erlaubnis bittet, wiederkommen zu dürfen und mit ihr einige Worte zu wechseln. «Denn, es versteht sich, man kann nicht immer ein kleines Gehalt für Blumen ausgeben, wo das Leben von Tag zu Tag schwieriger wird. Dann und wann ja; aber selbst wenn ich nichts kaufen kann, darf ich doch hereinkommen, um mit Ihnen einige Worte zu wechseln?»

In der Nacht vertraute Berta den aufmerksamen Kallas die Neuigkeit ihres Herzens an. (Es waren vierundzwanzig herrliche Blumen vom Tigre, und sie schienen für ihr intimstes Fest erblüht zu sein.) Die Welt begann sich zu weiten: Und wie eine Blume öffnete Berta sich endlich der Welt. Sie fühlte, wie alle Dinge sich ihr lieblich zuneigten. Und ihre junge Seele erwachte aus der Erstarrung zur Fülle des Lebens.

Der junge angehende Kassier des gerade gegründeten Konsignationshauses, Ismael Gamarrera, kaufte in der nächsten Woche haufenweise Blumen. Und eine Stunde später, nachdem er sich von ihr verabschiedet hatte, nach scheuen Worten, gemeinsamem Lachen, unbedeutenden Bemerkungen über irgend etwas, empfing Berta den gleichen Strauß wieder, ihr zugedacht.

Sie errötete, als sei es ein Verbrechen, geschenkt zu erhalten, was man gerade selbst verkauft hat. Aber am nächsten Tage zerstörte der angehende Kassier ihre beunruhigenden Zweifel durch eine komische, feierliche Geste. Zuweilen schien er ihr wirklich ein großer Herr zu sein. Sie hatten vereinbart, daß er in aller Form am 23. Februar mit Nicolas Cusa sprechen sollte. Es fehlten, als sie dies abmachten, noch zwei Wochen. Wie würde er, der sich mehr und mehr in seinen Ärger verbiß, das aufnehmen? Berta zitterte davor. Ismael Gamarrera war optimistisch. «Kaum dürfte er gesellschaftlich und persönlich einen Einwand gegen mich erheben! Ich möchte ihn kennenlernen. Und wenn nicht, schließlich, zum Teufel, werde ich Sie eben entführen...» Berta lächelte vage.

Am 21. Februar lag jener Körper voll schlechter Laune, der Körper von Nicolas Cusa, erstarrt auf dem Bett. Berta lief entsetzt aus dem Haus und suchte Hilfe. Die Nachbarn kamen aufgestört, der Zuckerbäcker, der geheimnisvolle Mann von gegenüber. Und als sich Ismael am Nachmittag einstellte, fand er das Haus in eine Gruft verwandelt, voll von fremden Leuten mit unbekannten Gesichtern, mit rücksichtslosen

Stimmen, lauten Vorbereitungen für die Beerdigung, Beamten, Angestellten, und in ihrer Mitte ein seufzendes Wesen.

IV

Berta verbrachte drei Tage zurückgezogen, beobachtete mitunter die eiserne Bogenbrücke aus den halb geschlossenen Fenstern des Blumenladens.

Nach vier Tagen empfing sie Ismael Gamarrera, der ihr an jenem schrecklichen Tage soviel geholfen hatte. Sie lächelte, als er sie umarmte und küßte; ein verhaltener, keuscher Zauber lag über ihr. Niemals hatte sie an so etwas gedacht. Ismael beharrte darauf, den Laden aufzugeben und in ein Haus in der Nähe seines Büros zu ziehen, in ein Haus, das so angenehm und hübsch wie nur möglich werden sollte. Berta bestand darauf, es möge beim alten bleiben. Ismael verstärkte sein Bitten: «Ein neues, fröhlicheres Heim...» Er würde einen guten Teil seines Gehaltes für diesen Zweck verwenden. Berta hingegen flehte ihn an, niemals das Blumengeschäft zu verkaufen; denn sie hoffte, genug Blumen loszuwerden, um ihm vorübergehend mit einem kleinen Verdienst beizustehen. «Nein, nein», weigerte er sich. Schließlich gab er nach.

Die nächsten Monate ließen sie verstreichen, ohne etwas anderes zu tun, als die Brücke zu überqueren und einige Straßenzüge weit spazierenzugehen. Im trüben Lichte dieses Stadtteils erzählte sie ihm lachend die Geschichte der Rose.

Sie setzten den 30. März als Hochzeitstag fest. Es war der Namenstag ihrer Mutter, und sie wählten ihn auch, weil es zu dieser Zeit am leichtesten war, Urlaub im Konsignationsgeschäft zu bekommen. Der junge Gamarrera hatte keine Angehörigen, und sie beschlossen, niemanden einzuladen. Sie teilten die bevorstehende Hochzeit nur einigen mündlich mit: einem nahen Freund von Ismael namens Janero, dem italienischen Geistlichen und dem Gaskogner von gegenüber, der seine bittere Miene nicht aufgab, auch nicht, als er einen flüchtigen Glückwunsch in den Bart brummte. Der Abtrünnige betonte, wobei er sich den Hinterkopf kratzte, daß von den sozialen Übeln die Ehe das allernötigste sei.

Der Hochzeitstag brach an mit strahlend klarem Wetter wie ein ungenützter Schöpfungstag. Die Zwillinge aus der Zuckerbäckerei, die sie bei der Anfertigung des Hochzeitskleides beraten hatten, erschienen früh, um ihr beim Ankleiden zu helfen. Hierbei ließen sie deutlich merken, wie unumgänglich nötig ihr Besuch und wie wertvoll ihre Hilfe war. Sie fragten nicht viel, frisierten sie, wie sie es für schön hielten. Berta war glücklich und willig, und über ihren Mund huschte ein flüchtiges Lächeln. Gamarrera erschien in einem ganz neuen Anzug, den er nur am Sonntag vorher angezogen hatte, um ihn ihr zu zeigen. Es war ein blauer Anzug, der durch seinen vollendeten Schnitt überraschte. Berta war, wie der Bräutigam sagte, reizend in ihrem feinen Seidenkleid und dem duftigen Tüll. «Es sieht aus, als ob du einen Lichthof wie die Sonne ausstrahltest.» Sein Freund Janero stimmte ihm bei; er hatte gerade dasselbe sagen wollen.

Sie begaben sich zur Kirche, wo der Vater der Zwillinge und eine von ihnen als Trauzeugen auftraten. Das Kirchenschiff war eng, und auf dem Altar brannten einige Kerzen. Die Flämmchen flackerten so still, schienen unbeweglich, wie von einer göttlichen Hand angehalten. Berta war ängstlich bewegt. Es kam ihr vor, als ob vom Altar, neben dem Kruzifix, ihr Vater sie ansähe, so bleich und gebrechlich wie an seinem letzten Tag. Hinterher lachten beide. Zitternd vor Freude nahmen sie die Glückwünsche entgegen. Der Konditor drängte zur Eile, weil sie seine Torte probieren sollten, die ihrer im Blumenladen wartete.

Dorthin fuhren sie jetzt in zwei Autos, trotzdem es nur ein paar Straßenzüge weit war. Hier hatte sich das andere der Zwillingsmädchen, das nicht Trauzeugin gewesen war, eine Überraschung ausgedacht. Sie hatte Girlanden aus Blumen gewunden und damit aufs reizvollste den

Eingang zu den hinteren Zimmern geschmückt. Es war eine Ehrenpforte aus kleinen Jasminsträußchen und großen weißen Rosen, eine wahre Geduldsarbeit.

Die Hochzeitstorte, das Geschenk des Zuckerbäckers, verzehrten sie mit großem Vergnügen. Der Tag machte sie so glücklich; er hätte ein ganzes Leben dauern können. Um acht Uhr verabschiedeten sich die Eingeladenen unter Scherzen und vielerlei Wünschen, die man nicht hätte steigern können. Zu einem sonderbar lustigen ersten Ausflug der Jungverheirateten holten Berta und Ismael in einem Mietsauto die Koffer mit seinen Habseligkeiten aus der Wohnung des jungen Ehemanns. Ismael trug sie selbst herunter und trat dann, mit dem rechten Fuß zuerst, in den Blumenladen ein, wobei er den Schlüssel benutzte, den ihm Berta für immer aushändigte. Berta blickte ihn lachend an, verliebt und unvorstellbar glücklich. Später gingen sie in eins der Restaurants im Zentrum essen, dort, wo unzählige Lichter erglänzten in prachtvollen Leuchtern und wo die Leute in einer Welt dauernder Lust und Begeisterung zu leben schienen.

Es geschah dann etwas Erstaunliches: es war, als ob das Leben eine schöne Frau sei, empfindsam und anpassungsfähig, die man plötzlich getroffen habe, nachdem man so furchterregenden Respekt vor ihr gehabt hatte.

Beim Öffnen der Tür des Blumenladens am

Morgen – während der Flitterwochen ein wenig später als sonst – atmete Berta mit halbgeöffnetem Mund die Luft des frühen Herbstes ein. Sie fühlte, wie sich ihr Glück ihrem Blute mitteilte. Sie sprang und spielte und sang, während sie die Blumen in den alten Tonvasen, die am Fuß ein Siegel aus Bologna trugen, ordnete. Sie richtete Ismaels Kleidung her, der sich von ihr nach dem Frühstück auf dem Bürgersteig verabschiedete, wobei sie ihm noch eine Nelke ins Knopfloch steckte. Zuweilen nahm er die Blume mit seinen dunklen Händen heraus und ging, sie in der Luft schwenkend, weg. Berta sah ihm die Straße hinunter nach, bis er verschwunden war. Dann wartete sie auf seine Rückkehr.

Selten verkaufte sie etwas. Aber was machte es schon, wenn die ganze Stadt Vergnügen atmete… Die Zwillinge pflegten jeden Mittag aufzutauchen. Argwöhnisch und absichtsvoll fragten sie dann und lachten gezwungen. Berta lächelte nur. Sie antwortete nicht, zeigte ihnen die Blumen, die ein Landmann aus der Provinz ihr täglich mit seinem kleinen, ratternden Wagen brachte. Sie vertraute ihnen zuweilen etwas an. Doch was kann man schon an wirklich Intimem erzählen? Wenn die Freundinnen zu sehr in sie drangen, blickte sie sie mit ernstem Staunen an, aufrichtig überrascht und leicht betroffen. Und jene lachten wieder, seltsam und unsicher.

Ismael liebte Pasteten aus Cardo* und Reis. Berta machte sie ihm zweimal in der Woche und tat es mit der gleichen Sorgfalt, wie sie Magnolien in die unmodernen Glasvasen ordnete. Während der Mahlzeiten erzählte Ismael aus dem Büro, und sie ihrerseits erwähnte mit leiser Stimme die Bestellungen oder beschrieb mit leichtem Spott das Aussehen einiger zufälliger Kunden. Am meisten verkaufte sie die einfachen Margueriten als Tischschmuck. Aber da diese sie treuer als andere Blumen durch ihre Kindheit begleitet hatten, band sie sie mit genausoviel Liebe wie die Orchideen bei den seltenen Aufträgen. «In manchen Jahren wachsen die Margueriten so hoch, als ob sie Sonnenblumen wären.» Und sie lachte über die Übertreibung, wie auch er lachte, wenn er aufschnitt und mit echtem Sarkasmus die Nase des umständlichen, beklagenswerten Kassiers, seines Chefs, beschrieb.

Nach einem Jahr täglicher Freude überfiel Berta eines Tages ganz plötzlich die Angst. Sie war gerade dabei, im Schaufenster einige verwelkte Narzissen gegen eine Handvoll Lilien auszuwechseln. Sie konnte sich kaum erholen. Bis zur Nacht dauerte die unerklärliche Erschöpfung, diese dunkle und fast schmerzhafte Mattigkeit. Vergebens suchte sie darüber zu lachen und

* Eine Distelart, von der man die gekochten Stiele ißt.

mit Ismael den Genuß der Pasteten zu teilen, die sie diesmal kalt aßen. Berta erzählte ihrem Mann von dem plötzlichen Angstgefühl. Dann bemühten sie sich beide, es zu vergessen. Sie schlossen die Türen des Ladens und gingen in den winterlichen Abend, in ein kleines Kino, ein paar Schritte von der Brücke entfernt.

Sie vergassen beide den Vorfall. Zufrieden verbrachten sie die Monate bis zum Ende des Winters. Während Ismael im Büro war, ging sie zuweilen über die enge Straße zu dem schlechtgelaunten Gaskogner, um mit ihm zu plaudern. Da er immer widersprach, konnte man ihn nicht anhören, ohne auch zu widersprechen.

In einer Dezembernacht, während Ismael in tiefem Schlaf lag, wachte sie plötzlich auf mit einem sonderbaren Schwindelgefühl. Sie dachte an ihren Vater, blickte in die klare Mondnacht durch die Fransen über der Außentür des Blumenladens. Sie konnte das, weil die Tür von ihrem Zimmer zum Laden immer offenstand. Sie lag einen Augenblick lang unbeweglich in ihrem Bett, verängstigt, voller Unruhe.

Dann drehte sich sich um, blieb aber wach und nachdenklich. «Lieber Gott», sagte sie leise, ohne zu wissen, weswegen sie klagte. «Lieber Gott!»

Am nächsten Tag, beim Frühstück, erzählte sie Ismael nichts davon. Sie war aber so bleich, unruhig und verstört, daß er sie fragte, ob ihr nicht wohl sei. Sie lachte und füllte die Kaffeetasse des jungen Ehemanns.

Als er gegangen war, öffnete sie die Fenster, empfing den blumenbringenden Landmann und ordnete die angekommenen Blumen. Ihre innere Unruhe wurde sie jedoch nicht los. Bis zum Abend dauerte diese seltsame, unbezwingbare Erregung. Ihre Lippen waren wie versiegelt. «Lieber Gott», dachte sie. Sie fragte sich, was wohl geschehen werde, und blickte auf die feuchten Narzissen. Niemals vorher hatte sie ein solch unerklärliches Gefühl gehabt.

Ihr Antlitz war so bleich wie die weißesten Blumen. Sie betrachtete sich im großen Spiegel mit dem goldenen Rahmen und fand, sie gliche erbarmenswert jenen Blumen. Tagsüber brauchte sie nichts vorzutäuschen, nur beim Mittagessen. Am Abend aber, wenn er sie aufforderte, Domino mit ihm zu spielen, fühlte sich Berta unfähig, ihre Aufmerksamkeit auf die Steine zu konzentrieren. Sie fühlte sich zerschlagen, traurig und schlechter Laune.

Als Ismael zu seiner Arbeit gegangen und Berta allein zurückgeblieben war, ergriff die Unruhe sie mit neuer Gewalt. Es war ein Drängen, eine schreckliche Eile, ohne Grund und Ursache noch Richtung.

Die Ruhe schwand völlig aus ihrem Gemüt; sie war ständig auf der Suche nach einer Aufgabe; nach einem Augenblick ließ sie die Sache liegen und flüchtete sich in eine andere. Dabei fand sie in keiner wirkliche Zuflucht. Sie ließ die Ladentür angelehnt, bat den Gaskogner, das Geschäft zu überwachen, lief zum Haus der Zwillingsschwestern, nur um sie reden zu hören, doch ohne ihren Worten folgen zu können. Sie stimmte dem bei, was sie über Kleider sagten; aber in Wirklichkeit dachte sie an etwas ganz anderes. Was das eigentlich war, wußte sie nicht. Sie wußte nur, daß es ein trauriger, dunkler Anruf war. Wohin er tatsächlich zielte, konnte sie nicht unterscheiden.

Eines Morgens, beim Frühstück, beichtete sie Ismael ihre Not, der entsetzt war, als sie bitter sagte: «Wir müssen fort, Ismael, irgendwohin. Bald. Wir müssen fort, müssen fort...»

Berta wiederholte die gleichen Worte zwei-, dreimal mit weißem, verwirrtem Gesicht.

«Wie?» fragte er, ohne ganz den Umfang ihrer Bitte zu erfassen. Er blieb in Sorge, prüfte seine Geldmittel und überlegte, ob seine Chefs, diese Hunde im Konsignationsbüro, ihm wohl Ferien geben würden. Er war überzeugt, sie müsse wegreisen, und sei es auch nur für einige Tage, damit sie sich erhole und das Übel loswerde. Ismael murmelte drei, vier neue Verwünschungen gegen den Kassier, seinen Chef, der sich allem widersetzte, und gegen den Prokuristen, der ein Magengeschwür hatte und die üble, hartnäckige Natur des Sklavenhändlers.

Ismael beruhigte seine Frau, versicherte ihr, sie würden reisen. Wohin? Sie würden schon sehen. Und Berta war getröstet, wenn auch weiter gequält in ihrem tiefsten Inneren. Frühzeitig teilte sie den Zwillingen mit, sagte es jedermann, daß sie weggehen würden. Sie wüßten noch nicht, wohin; aber sie würden gehen. Ismael habe von einem Ort gesprochen, der Monte Solo heiße oder vielleicht – sie dachte genauer nach – Colonia. Vielleicht würden sie auch woandershin gehen, bestimmt aber in den nächsten Tagen!

An jenem Abend brachte er einige Zeitungsausschnitte mit nach Hause, in denen man Sonderpreise für Touristen mit beschränkten Mitteln anzeigte. Der Prokurist habe ihm noch nicht freigegeben; aber es würde nicht mehr lange dauern, bis er einwillige; er müsse nur einmal mit seinem Geschwür richtig schlafen können, dann werde er schon nachgiebiger werden.

Am nächsten Morgen begann Berta mit vorbildlichem Eifer ihre Sachen zu ordnen. Sie dachte, ihr Fleiß werde die Abreise beschleunigen. Sie lüftete den großen Fiberkoffer, den Nicolas Cusa in seiner Jugend gekauft hatte. Der Koffer roch nach Schimmel und hatte kleine weiße Flecken wie klebrige Baumwolle. Berta legte bereits ihre Kleider hinein, packte ihre Schuhe, ihre Kämme, ihren Mantel, den Spiegel hinzu und ein Buch mit einem vertrockneten Strauß Orangenblüten zwischen den ungeöffneten Blättern. Als Ismael nach Hause kam, konnte er noch nichts wegen des Urlaubs sagen und las seine Zeitung mit äußerster Aufmerksamkeit.

In der Nacht war Berta viel verstörter als vorher. Sie erwartete künftig ihren Mann mit unendlicher Ungeduld. Wenn sie ihn kommen sah, stürzte sie ihm mit der Frage entgegen, ob alles geordnet sei. Er sagte: «Vielleicht morgen.»

Dann seufzte sie und meinte, sie müßten aber fort und sie sähe schon, sie reisten nie, und das wäre schrecklich. Ismael beruhigte sie zärtlich, und wenn sie auch weiterseufzte, so hoffte sie im Inneren wieder.

Doch bald durchdrang sie von neuem der schreckliche Schmerz, dieser nagende, unbezähmbare Kummer. Ihre Niedergeschlagenheit kehrte zurück. Alles tat ihr weh: die Worte, die Sonne, die eigene Hast. Sie lief in der Dämmerung zur Straßentür, blieb dort lange versunken stehen und sah die Zeit vergehen und die Gestalten, die in der Straße auftauchten und wieder verschwanden. Die Straße nur verharrte an ihrer Stelle, in einer Art von grauem Schwebezustand, ohne Raum noch Stunde.

Die Nachbarn in der Zuckerbäckerei sagten ihr nichts. Der Stadtteil sagte ihr nichts – und nichts das Leben, das jenseits der Straße lag. Es war deutlich, nichts existierte mehr für sie als jenes mysteriöse Warten. Manchmal ordnete sie aufschluchzend die Blumen in eine Vase neben dem Glasvorhang. Die Blumen rochen schwach nach Wasser, die Vase nach Schlamm. Aus Angst, Ismael möchte nicht mit dem endgültigen Bescheid zurückkommen, mit dem festen Datum der Abreise, vermied sie es, ihm entgegenzugehen. Sie wartete drinnen auf ihn, den Rücken ihm zugewandt, mit irgendeiner Aufgabe beschäftigt, voll Furcht, sich umzudrehen und einem Munde ohne Trost zu begegnen.

Einmal, nach dem Abendessen, saßen sie sich stumm gegenüber: er, um zu lesen, sie, weil sie nichts zu tun hatte und nichts zu denken.

«Ich möchte so gern irgendwohin, wo es Himmel gibt, Land, Tiere, Mühlen», seufzte Berta. «Wann fahren wir? Mein Gott! Ist es so schwierig, von hier fortzukommen?»

Ein bißchen Geduld», sagte er, ohne selber geduldig zu sein.

Berta nahm eine Seite der Zeitung, betrachtete abwesend die Zeichnungen und blickte ihn an: «Nachher werden wir uns an alles, was wir gesehen haben, erinnern: das Land mit den Tieren, Mühlen, den Klee und die Margueriten. Was Concepción am meisten auf dem Lande gefallen hatte, waren die Casuarinas. Ich habe niemals welche gesehen. Du?»

Er antwortete ihr, ohne mit Lesen aufzuhören: «Nein, aber es sind Bäume mit großen Blättern, die wie Federn aussehen, und der Wind ruft in ihren Zweigen eine Art Musik hervor.»

Berta hörte ihm zu und sah ihn an. Sie griffen ihr ans Herz, mild, wie die Wellen an die Küste schlagen, diese grünen Gebilde, die die ländliche Welt bevölkern.

Wie unbeweglich empfand sie die Zeit!

Er ahnte, daß sie eine ganze Nacht mit offenen Augen verbracht hatte, mit verhaltenem Atem, unbeweglich wie eine Tote oder wie die Zeit.

«Wie wird das noch werden?» fragte sich der junge Ehemann. «Wie wird das noch werden?» Und seine Unfähigkeit, zu helfen, schmerzte ihn.

Berta eilte durch das Haus seit dem frühen Morgen, ohne zu sprechen.

«Wir müssen fort, verstehst du, wir müssen fort, weißt du.» Sie sprach schwerfällig diese Bitte aus, verlor die Fassung, wimmerte. Sie war am Ende ihrer Kräfte, aufs neue abgemagert. Ein Tag hätte genügt, sie auszulöschen.

In der Nacht beunruhigte er sich sehr. Er schlief fast gar nicht, um Berta nicht allein wachen zu lassen. Am nächsten Morgen stand er früher denn je auf, um die Vorbereitungen für eine sofortige Abreise zu treffen.

Neue Schwierigkeiten zeigten sich; aber sie drängte. Jeden Augenblick ging sie zum offenen, bereitstehenden Koffer, setzte sich neben ihn. Sie war müde, so gehetzt zu werden und doch nicht reisen zu können.

Sie wurde immer verzweifelter. Sie wußte nicht mehr, wohin vor lauter Seufzen; sie war ganz erfüllt davon. Warum begriff er bloß nicht, daß sie fortreisen mußte, sogleich, so schnell wie möglich, ohne auf irgend etwas zu warten? Warum begriff er nicht, wie eilig die Reise war? Warum begriff er nicht, daß diese Reise nicht wie irgendeine andere Reise war? Daß sie diesmal unverzüglich fort mußte?

Sie fragte sich immer wieder das gleiche. Sie antwortete kaum mehr den Zwillingsschwestern, vernachlässigte die Blumen, und manchmal mußte der Gaskogner kommen und ihr helfen, weil sonst die Berge weißer Blumen ungeordnet auf dem Ladentisch herumgelegen hätten.

Aber endlich kam der Tag. Sie verließen das Haus um sechs Uhr nachmittags. Nach dem Büro hatte Ismael die Billette gekauft, so konnten sie den Zug an der Brücke nehmen, ohne erst zum Hauptbahnhof fahren zu müssen. Er fragte sie vergnügt, ob sie nicht endlich wieder froh sei und dankbar. Sie dankte ihm jedoch kaum, als sie ihn anblickte. Sie hatte keine Zeit zu verlieren. Endlich hatte sie die Koffer schließen können. Von dem leichten Mittagessen hatte sie keinen Bissen gegessen und während der ganzen Siesta dagesessen, den Hut in der Hand. Schweigend hatte sie auf die Uhr geblickt, während Ismael in Ruhe seine Sachen in seinen Koffer packte und die Zettel mit Namen und Adresse aufklebte.

Sie verschlossen die Türen des Blumenladens.

In der Eile schleifte er sie fast fort, wobei das Gewicht der Koffer ihre Arme herunterzog. Sie überquerten die Straßenkreuzung, gelangten an den Fuß der gewaltigen Brücke und stiegen die eiserne Treppe hinauf, Berta voraus, ohne zu sprechen. Es war zwanzig Minuten vor sechs. Der Himmel begann sich zu bewölken, bleifarben. Sie setzten sich auf eine Bank, beschirmt von einem Dach wie ein eisernes Zelt, das sich starr über den Bahnsteig streckte.

Er fühlte sich glücklich über die Reise und sagte es ihr. Sie stimmte ihm bei, und doch war sie bleich und unglaublich still.

Ein Geruch von Kohlenstaub erfüllte die Luft des Bahnsteigs. Raum, Zeit, der Bahnhof waren grau. Es schien niemand zu reisen. Es war die Stunde, wo sie sonst täglich den Blumenladen schloß, auf die Straße trat, umherschaute. Und nun saßen sie da und warteten. Von weitem schienen sie unbeweglich zu sein wie Statuen, geduldig, raumfüllend, ewig. Aber bald, im Augenblick, als sie zu sprechen anfing: «Wenn dieser Zug endlich käme...», mußte sie mitten im Satz einhalten, getroffen von einem plötzlichen Schlag. Sie sprang auf, verwundet, todmatt. Sie faßte sich mit ihrer bleichen Hand an die Kehle. Ihre Augen traten aus den Höhlen. «Ismael», rief sie, «Ismael!...»

In ihrer Stimme war nichts Übertriebenes; im Gegenteil, sie war so schwach, der Ausdruck solchen Schreckens, daß er sich mit einem Sprung aufrichtete und, aufs äußerste bewegt, ihr half, sich wieder hinzusetzen, ihr den Federhut abnahm, seine Hand auf ihre kleine, feuchte Stirn legte: «Der Zug kommt schon, Berta! Wir fahren ja schon, wir werden schon bald fahren!»

Und um ihr neuen Mut einzuflößen, tätschelte er ihr die Hand, eilig, unbeholfen.

Berta stotterte eine Frage, eine erstickte Frage aus Schreck und Verwirrung. Sie wollte wissen, was es sei. Dann ließ sie den Kopf nach hinten fallen, die Augen starr und offen, die Stirne kalt und feucht.

Der Bahnsteig war leer, das Büro des Stationsvorstehers fern, am anderen Ende. Da erinnerte sich Ismael in einer plötzlichen Erleuchtung der Flasche holländischen Gins, die im Haus stand, in der Anrichte. Der alte Cusa hatte vor seinen frechen Ausfällen davon getrunken. Ismael ließ seine Frau allein und rannte die Eisentreppe hinunter.

Es dauerte fast drei Minuten, bis er die Tür des Blumenladens mit zitternder Hand geöffnet hatte. Er eilte ins Hinterzimmer. Aufgeregt suchte er die Flasche. Wo hatte Berta sie nur hingestellt? Er riß einen anderen Schrank auf. Da fand er die Flasche.

Er lief zum Bahnhof zurück. Auf dem Wege stieß er gegen ein Paket, das ein kleiner Junge, ein uniformierter Bote, trug.

«Was gibt's? Laß mich vorbei!» rief er in Eile dem Kleinen zu. Der winkte, in der einen Hand einen Schein, in der anderen ein Paket haltend, das größer war als er selbst. Die Verpackung ließ den Inhalt sehen. Da wußte Ismael, daß er zu spät kam. Entsetzt erkannte er: es war, sorgfältig verpackt, die edel gewachsene, strahlende, trotz der langen Reise frisch gebliebene, erstaunlich lebendige gold-violette Krone der Rose von Cernobbio!

IWAN TURGENJEW

1818–1883

Die Rose

Es war in den letzten Tagen des August... Der Herbst hatte bereits seinen Einzug gehalten.

Die Sonne ging unter. In plötzlichen, heftigen Güssen, doch ohne Donner und Blitz war eben ein starker Regenschauer über unsere weite Ebene hinweggezogen. Der Garten vor dem Hause glühte und dampfte, ganz überflutet vom flammenden Abendrot und dem Naß des Regens.

Sie saß am Tisch im Wohnzimmer und blickte in starrem Nachdenken durch die halboffene Tür in den Garten hinaus.

Ich wußte, was damals in ihrer Seele vorging; wußte, daß sie nach einem kurzen, aber schmerzlichen Ringen sich in diesem Augenblick einem Gefühle ergab, das sie nicht länger zu bemeistern imstande war.

Plötzlich erhob sie sich, ging schnell in den Garten hinaus und verschwand.

Es verstrich eine Stunde... und noch eine Stunde: sie kam nicht wieder.

Da stand ich auf, trat aus dem Haus und wandte mich nach der Allee, durch welche – wie ich bestimmt voraussetzte – auch sie gegangen war.

Rings war alles in Dunkel gehüllt; die Nacht war schon hereingebrochen. Trotzdem war auf dem feuchten Kieswege, selbst durch den dichten Schleier der Finsternis hindurch noch rötlich schimmernd, ein rundlicher Gegenstand erkennbar.

Ich beugte mich herab. Es war eine junge, kaum aufgeblühte Rose. Noch vor zwei Stunden hatte ich dieselbe Rose an ihrem Busen gesehen.

Behutsam hob ich die in den Schmutz gefallene Blume auf, kehrte zum Wohnzimmer zurück und legte sie vor ihren Stuhl auf den Tisch.

Endlich kam auch sie zurück – durchmaß mit leichten Schritten das Zimmer und setzte sich an den Tisch. Ihr Antlitz war jetzt blasser, aber auch belebter; unstet, mit einem Anflug lächelnder Befangenheit, irrten ihre gesenkten, scheinbar verkleinerten Augen umher. Da bemerkte sie die Rose, ergriff sie, betrachtete ihre zerdrückten, beschmutzten Blätter, blickte dann auf mich – und nun, plötzlich innehaltend, erglänzten ihre Augen in Tränen.

«Warum weinen Sie?» fragte ich.

«Um diese Rose da. Sehen Sie doch, was aus ihr geworden ist.»

Da versuchte ich es mit einer verborgenen Anspielung. «Ihre Tränen werden diese Flecken abwaschen», bemerkte ich mit vielsagender Betonung.

«Tränen waschen nicht ab, Tränen versengen», entgegnete sie, wandte sich zum Kamin und warf die Blume in die ersterbende Flamme.

«Feuer versengt noch besser als Tränen», rief sie mit einer gewissen Entschlossenheit – und ihre schönen Augen, in denen die Tränen noch schimmerten, strahlten in mutvollem und beglücktem Lächeln. Da wußte ich, daß auch sie versengt war.

EDUARD MÖRIKE

1804–1875

Agnes

Rosenzeit! wie schnell vorbei,
Schnell vorbei
Bist du doch gegangen!
Wär mein Lieb nur blieben treu,
Blieben treu,
Sollte mir nicht bangen.

Um die Ernte wohlgemut,
Wohlgemut
Schnitterinnen singen.
Aber, ach! mir kranken Blut,
Mir kranken Blut
Will nichts mehr gelingen.

Schleiche so durchs Wiesental,
So durchs Tal,
Als im Traum verloren,
Nach dem Berg, da tausendmal,
Tausendmal
Er mir Treu geschworen.

Oben auf des Hügels Rand,
    Abgewandt,
Wein ich bei der Linde;

An dem Hut mein Rosenband,
    Von seiner Hand,
Spielet in dem Winde.

BEN JONSON

1573–1637

To Celia

Drink to me only with thine eyes,
And I will pledge with mine;
Or leave a kiss but in the cup,
And I'll not look for wine.
The thirst that from the soul doth rise
Doth ask a drink divine;
But might I of Jove's nectar sup,
I would not change for thine.

I sent thee late a rosy wreath,
Not so much honouring thee
As giving it a hope that there
It could not withered be.
But thou thereon didst only breathe,
And send'st it back to me;
Since when it grows, and smells, I swear,
Not of itself, but thee.

BEN JONSON

1573–1637

An Celia

Trinkt mir dein Auge nur Bescheid,
Meins dir, nenn ich dich mein;
Im Glas noch deines Kusses Hauch
Trink lieber ich als Wein.
Der Durst, der aus der Seele schreit,
Muß überirdisch sein;
Doch böte man mir Nektar auch,
Ich tauscht ihn niemals ein.

Ich sandt dir einen Rosenkranz,
Nicht so zu ehren dich,
Als vielmehr einer Hoffnung froh,
Daß er dort nie verblich.
Du hauchtest nur darauf – o Glanz! –
Und sandtest ihn an mich:
Wenn er nun wächst und duftet, so
Verdankt er's dir, nicht sich.

PIERRE DE RONSARD

1524–1585

À Marie

Comme on voit sur la branche au mois de mai
la rose,
En sa belle jeunesse, en sa première fleur,
Rendre le ciel jaloux de sa vive couleur,
Quand l'Aube de ses pleurs au point du jour
l'arrose;

La grâce dans sa feuille, et l'amour se repose,
Embaumant les jardins et les arbres d'odeur;
Mais battue ou de pluie, ou d'excessive ardeur,
Languissante elle meurt, feuille à feuille déclose.

Ainsi en ta première et jeune nouveauté,
Quand la Terre et le Ciel honoraient ta beauté,
La Parque t'a tuée, et cendre tu reposes.

Pour obsèques reçois mes larmes et mes pleurs,
Ce vase plein de lait, ce panier plein de fleurs,
Afin que vif et mort ton corps ne soit que roses.

PIERRE DE RONSARD

1524–1585

An Marie

Wie Maienros am Zweige zärtlich leuchtet
In Jugendschöne und in erster Pracht,
Mit Farbenglut den Himmel neidisch macht,
Wenn Frührot sie mit seinen Tränen feuchtet –

Anmut und Liebe haben sie erkoren
Zur Ruhestatt in Baum- und Gartenduft.
Gepeitscht von Schauern oder glühnder Luft,
Stirbt sie verschmachtend, Blatt um Blatt verloren.

So gab in deiner Jugend erstem Prangen,
Als Erd und Himmel deine Schönheit sangen,
Die Parze dir den Tod, die Gnadenlose.

Als letzte Gaben bring ich Tränen dir,
Voll Milch die Schale, Blumen im Korbe hier,
Denn noch im Tode sei du nichts als Rose.

MIQUEL LLOR

1894–1966

Ein Tintenfleck

Ein plötzlicher Windstoß, der unvorbereitet Fenster und Türen auf- und zuschlug, veranlaßte ihn, die Augen aufzureißen. Es waren die Anzeichen des Herbstes. Die großen, weichen Septemberwolken zogen vorbei und bedeckten das sonnige, von keinem Kaminrauch beschmutzte Barcelona mit schattigen Flecken. Ein schläfriger Sonntag hüllte die Stadt ein. Im Osten drohte Regen. Der Eukalyptusbaum am Zaun zitterte.

Er trat ans Fenster. Hinter den Haselnußsträuchern hörte man Kinder lachen. Er sah, wie Laieta mit vorsichtigen Schritten aus dem Haus ging. «Sollte es die Eile einer Verliebten sein?» fragte er sich boshaft. Wo sie doch noch fast ein Kind war...! Gestern, um es in einer geläufigen Redewendung zu sagen, vergnügte sie sich noch mit Seilspringen. Gewiß, sie war ein Mädchen, das gut aussah, das Abbild ihrer Mutter. Nur hatte Margarida einen ausgereifteren Charakter. In der Tochter wiederholten sich einige Züge ihres Vaters Josep: die Erziehung machte aus ihr ein Mädchen, das viel lachte, bei der Wahl ihrer Freundschaften keine großen Ansprüche stellte und der Mode des Tages nachlief.

Er fuhr damit fort, die Papiere in Ordnung zu bringen, die der Wind endgültig durcheinandergeworfen hatte. Diese kurzen Pausen von wenigen Minuten waren für ihn eine Erholung. Sie gaben ihm den Frieden hier drinnen zurück, mit den auf den Regalen schlafenden Büchern und den vielen hübschen Kleinigkeiten, die seinen Blick beschäftigten, eingehüllt in das Schweigen, welches das Ticken der Uhr noch verstärkte.

Und die alte Frage stellte sich wieder ein: Warum hatte er Margarida gehen lassen? Warum hatte er erlaubt, daß Josep sie ihm wegnahm und daß die Neigung der ersten Tage auf seinen Freund gelenkt wurde? Offensichtlich aus Feigheit.

Jetzt, nach reichlich zwanzig Jahren, wo der brennende Schmerz erloschen war, verstand er, daß er gut daran getan hatte, sie nicht zu halten. Er hätte sich dazu zwingen müssen, seinen Hang zum Vagabundieren, zum Herumbummeln abzuwürgen, um sich die Last einer Familie aufzuhalsen. So hingegen war er in seiner durch nichts zu ersetzenden Klausur reif geworden.

Er konnte sich über die im Laufe der Jahre geleistete und zu außergewöhnlichen Zeiten verrichtete Arbeit nicht beklagen: die Pfeife, die kostbaren Tropfen Cognac, das Herumstreunen der Katze, das mitten in der Nacht entfachte Feuer und die Rückendeckung durch die Unterstützung von Eltern und Geschwistern, die ihn mit heimlichem Stolz aushielten. Und das Erstaunen, wenn an jedem Winterabend Barcelona Lichtreflexe auf die Wolken warf, und die Sommernächte, so still mit den wie unbeweglichen, wie versteinerten Sternen, ohne einen Lufthauch, der sie weicher gemacht hätte. Es waren Träumereien, die das wichtige Getue Joseps unmöglich gemacht hätte. Bei all diesen Ablenkungen gab es keinen Tadel und keine Bitterkeit, wie sie eine mit den Jahren nicht selten streitsüchtig gewordene Frau mit sich bringt. Gewiß, es waren die Ausflüchte eines egoistischen Junggesellen, der vieler anderer sicherer Wonnen, wie sie die verheirateten Freunde kannten, beraubt war.

Schön und gut. Er lehnte sich in den weichen Sessel zurück und stopfte die Pfeife wie jedesmal mit dem Gefühl einer unbekannten Freude, wenn er sie anzündete.

Margarida vor allem hatte es sich sehr wohl überlegt, als sie Josep heiratete, der eine unternehmungslustige Natur war, frei von störenden Gedanken, ein treuer Gatte, ein Vater, wie er im Buch steht.

Aber damals war sie gekommen, und indem sie sich mit den Ellbogen auf den Stapel von Wörterbüchern gestützt hatte, veranlaßte sie ihn, die Geschichte der in Sternen und Sternbildern dargestellten Gottheiten zu erzählen und zu wiederholen, mochte sie ihn auch wegen der

Zurückgezogenheit, in die er sich einschloß, kritisieren.

«Hier drinnen wirst du am Ende ein Junggeselle», hatte sie ihm mit einer kleinen verärgerten Falte um den Mund gesagt. Aber sie wiederholte es nach jenem Nachmittag nicht mehr, an dem sie gekommen war, um einer Freundin Glückwünsche zu schreiben, und ihm den... Baudelaire?... befleckt hatte. Nein, den hätte sie kaum verstanden. Der Ronsard der Jubiläumsausgabe war es, den er aus Angst, er könne seinen Glanz verlieren, nicht zu benutzen wagte. Sicher hatte er ihn noch mit den anderen Autoren aus dem 16. Jahrhundert, lauter liebenswürdigen Leuten, die zu leben wußten, auf dem oberen Bücherbord stehen.

Ohne noch länger zu zögern, trat er an das Bücherfach. Er mußte sich ein wenig strecken und seinen Arm anstrengen, um das obere Bord zu erreichen. Bei der heutigen Kühle spürte er seine Gelenke wieder. Auf die Entfernung konnte er die Titel nicht gut unterscheiden, und er mußte einen Stapel Bücher herunterholen.

Da war der Band. Vielleicht war es schon fünf Jahre her, seitdem er ihn zum letzten Mal aufgeschlagen hatte. Eine einwandfreie Ausgabe. Erstklassiges Papier. Er strich mit der Hand zärtlich darüber. Manchmal kam Margarida, um bei Licht ein paar Strophen zu lesen. Die Helligkeit bildete einen goldenen Glanz um ihr Haar. Die dicken, samtigen Nachtschmetterlinge stießen gegen den Lampenschirm, waren für einen Augenblick betäubt, fielen auf das Buch.

Er drehte Blatt für Blatt die Seiten um, und der Fleck erschien, ein großer Tintenfleck am Anfang der Frühlingskanzone*. Und er erinnerte sich an die ganze Szene, als wäre es gestern gewesen. Margarida, über den Tisch gebeugt, weiß gekleidet und hastig schreibend. In einer ungeduldigen Bewegung schwang sie die Feder über die Seite. Margarida sah ihn danach mit einem derart kindlichen Zittern in den Augen an – es waren veilchenblaue Augen –, daß er zu lachen begann.

Sein Lachen steckte sie an, und die Unterhaltung ging so lange weiter, bis sie zu ihm mit einer Andeutung von Unausgesprochenem sagte: «Ich versichere dir, daß du hier am Ende Junggeselle wirst.»

«Das heißt?»

Bei diesen Worten drückte er in einer leidenschaftlichen Anwandlung ihren bloßen und kühlen Arm, während seine Gedanken stillstanden und der Herzschlag so stark wurde, daß ihm der Puls weh tat. Die Unschicklichkeit der Geste seiner glühenden Hand veranlaßte sie, ihren Arm zurückzuziehen. Der Schrecken ließ das Lächeln erstarren.

---

* Siehe Pierre de Ronsard, Seite 319

Jacob Cats
Vita rosa est.
Vergänglichkeit der Schönheit.

Als wäre weiter nichts geschehen, fuhr Margarida mit kränkender Gleichgültigkeit in der Unterhaltung fort: «Doch, glaub mir, du bist mit all dem hier zu sehr verwöhnt, und einer Frau wird es schwerfallen, diese Manie unter Kontrolle zu bekommen. Wenn sie dagegen ankämpfen soll, wird ihr diese Entscheidung sehr schwer gemacht.»

«Bist du sicher?» verteidigte er sich mit stokkender Stimme und einem Gefühl von Kälte in der Brust.

Die Situation ist bekannt. Es handelt sich um eine Art Mann, den du hast und doch nicht hast, er sperrt sich ein, und du darfst nicht jammern. Du bist in seiner Nähe, aber das muß auch schon genug sein! Und niemand gibt der Frau recht, die sich nachher beklagt.

Aber es schien ihm, daß sie es im Grunde bereute, so grausam zu sein. Wäre er weniger vorsichtig oder weniger feig gewesen und direkter vorgegangen, so hätte er vielleicht jenes Mißtrauen, jene Vorahnung späterer Eifersucht unterdrücken können. Er hätte sie allerdings dazu zwingen müssen. Sie sah den Konflikt voraus, es war die Angst der Frau, die fürchtete, sie werde den Sperrkreis nicht durchbrechen können, von dem er selbst nicht wußte, worin er bestand. Sie forderte klares Verhalten und Verantwortungsbewußtsein. Sie wollte einen Mann, der Sicherheiten bot.

Sie hatte sich an das Fenster gelehnt und wußte nicht, was sie noch sagen und wie sie reagieren sollte; ihre Miene war abwartend, sie glättete eine Falte des Vorhangs. Ohne die Folge dessen, was er sagen würde, zu überblicken, ohne die späteren Qualen, wenn es einmal zu spät sein würde, vorauszusehen, überzeugt, daß er für das Wohl beider arbeitete, während er nichts anderes tat, als sich den gekränkten Stolz zu verhehlen, sagte er mit dumpfer Stimme: «Du hast vollkommen recht. Ich werde am Ende ein Junggeselle.» Und er klappte den Ronsard zu, da der Tintenfleck bereits trocken war.

Margaridas Hand ließ den Vorhang los. Sie nahm den zur Hälfte geschriebenen Brief, und da ihre Mutter sie auf der Gartentreppe ihres Hauses rief, sagte er an der Tür: «Gute Nacht.»

Nach ein oder zwei Monaten fing sie an, mit Josep auszugehen; bevor ein Jahr um war, heirateten sie. Und seit der ganzen Angelegenheit waren vierundzwanzig Jahre vergangen. Was sich seitdem alles verändert hatte: der Tod der Eltern, der Krieg, zunehmende Unruhe. Die Kinder des Bruders waren Jungen geworden, die sich bereits wie Männer aufspielten. Das Meer suchte Barcelona wie immer von einem Ende zum anderen, es hatte wie jeden Herbst den malvenfarbigen Ton. Die Sonne an Wintermittagen, die einen milden Sommer vortäuschte, brachte das Grün der Agaven am Bach zum Glänzen und färbte die Gartenzäune rot; jedes Frühjahr war geschmückt mit Fliederzweigen, mit zögernden kleinen Regenschauern und perlmutternem Himmel. Die Bücher hatten sich an den Wänden hochgerankt wie die Bougainvillea, die bereits das halbe Haus bedeckte, was ihm jenes geheimnisvolle Aussehen gab, als wäre es der gespenstische Bilddruck einer Ruine in einer Gewitternacht. Die Neffen gingen zelten, nahmen Sonnenbäder, hinterließen die Spuren ihrer genagelten Schuhe im Sand des Gartens und brachten neue, unvorstellbare Lebensauffassungen mit. Und die Großen mußten, ohne dies zu merken, im Geschmack und im Lebensstil der Zeit stekkengeblieben sein, als Margarida vier Verse in seinem Ronsard las. Aus ihr war eine immer noch gutaussehende Frau geworden, wie das Bild über dem Kanapee zeigte – es hatte den ersten Preis auf der Ausstellung erhalten. Sie war darauf in Samt gekleidet, hatte eine Perlenkette um den Hals und einen Fächer aus Perlmutter. Wenn sie Klavier spielte, blätterte Josep mit Hingabe die Seiten um. Gegen Ende des Studienjahres konnte sie vor Sorge nicht schlafen, aus Angst, ihre Söhne könnten auf der Universität Schiffbruch erleiden, eine bis jetzt unbegründete Sorge.

Sie waren nach wie vor Freunde. Sie verbrachten den Sommer immer noch als Nachbarn. Sie mußte die Erinnerung an jenen vagen Wunsch des Junggesellen in der Nachbarschaft vergessen haben. Aber er konnte sich nicht erinnern, sie jemals wieder in der Bibliothek gesehen zu haben.

Der Tintenfleck in der Mitte der Frühlingskanzone war nicht verschwunden. Er ließ den Blick über die eine oder andere Lieblingsstrophe gleiten. Er stellte fest, daß das Papier allmählich seine Makellosigkeit verlor. Hier und dort erschienen gelbe Flecken. Das Zeichen der Jahre... Waren sie gut verwandt worden...? Waren sie schlecht verwandt worden...? Wer könnte es sagen?

Er ließ das Buch auf dem Tisch und schloß das Fenster. Die Luft war so bewegt, daß die schwärmerischen Posen des Eukalyptusbaums melodramatisch wurden. Über dem Meer erhellte ein Bündel dunkelblauer Blitze eine Wolke, als wolle ein Unsterblicher sich einen Spaß daraus machen, den Menschen en passant eine Vorstellung von seiner furchtbaren Göttlichkeit zu vermitteln.

Während er die Fensterflügel festhakte, sah er bei den Haselnußsträuchern wieder Laieta mit fliegendem Haar, wehendem Rock, dieses Mal ohne Eile, Hand in Hand mit Blai, dem jüngsten Sohn seines Bruders, seinem Patenkind, mit dem überschwenglichen, dem aufrichtigen, dem zuversichtlichen Blai. Sie sahen sich beim Gehen an, als hätten sie das Glück entdeckt. Er unterließ es, den Fensterkeil anzubringen. Die Tochter Margaridas mit dem kleinen Blai? Es waren Kinder, die jeden Sinn für Konventionen verloren hatten...! Er mußte die Eltern informieren. Es handelte sich um einen unerträglichen Vorausgriff, eine Gefahr für beide. Ein Junge, der gerade eben halbwüchsig war...! Was für eine Waghalsigkeit! Sie hatten keine Ahnung, daß sie entdeckt waren. Er würde sie schon bremsen. Er würde... Was würde er? Er begann zu zweifeln. Wozu nahm er sich vor, sich als Richter, als Eiferer aufzuspielen? Er war doch der Onkel, der in den Wolken lebte, die Zuflucht der Neffen, wenn es darum ging, die Wirkungen der Verbote und des Biedersinns der Eltern zu vermindern (das Donnerstagkino der einen und die Leckereien, welche dem Kleinen den Appetit beim Essen nahmen, die schöne Krawatte des Onkels, an welcher der Große seine Freude hatte, die Möglichkeit unvorhergesehener Dinge für alle und von Verstößen gegen die familiären Normen).

Er sollte den Gesetzesfanatiker spielen?

Er fing an zu lachen. Sie waren schon nicht mehr im Garten. Sie mußten ins Haus getreten sein, um sich vor den Großen – *den anderen* zu verstecken, vor all jenen, die das Wunder, das sie eben erst entdeckt hatten, die eigene und nur für sie geschaffene Welt, die es vor und nach ihnen nicht gab, nicht verstehen würden.

Was das Schicksal doch für ein Spiel war...! Und er war an seinen Beobachtungsposten gebannt, blätterte neben jenen lebensfrohen Gestalten in allen möglichen Ronsards... Jemand ging auf dem Gang und trällerte eine Melodie. Es war Blai, der nach oben kam. Er trat vor die Tür.

«Wohin so schnell, Junge?»

«Ich will andere Schuhe anziehen!» Und er sah ihn mit jener Naivität an, die nie etwas zu verbergen hatte.

«Ich habe nicht den Eindruck, daß sie schmutzig sind.»

Der Neffe guckte seine Füße an. Er meinte ein wenig schüchtern: «Die da sind nicht ordentlich genug. Wir haben nämlich Gäste unten.»

«Ah...!»

Beide warteten einen Augenblick lauernd ab, bis der Onkel plötzlich vorschlug: «Kannst du hereinkommen, wenn es dir nichts ausmacht? Nur auf einen Augenblick.»

«Gerne... Pate.»

Er kam folgsam herein, mit der ungezwungenen Miene und den roten Backen eines Jungen, der sich seit kurzem rasiert, den strähnigen, windzerzausten, in die Höhe stehenden sonnenverbrannten Haaren, den hellen Augen, mit einem Gewimmel winziger Fische auf dem Grund.

«Es sieht aus, als hättest du Eile...»

«Der Grund ist… daß wir weggehen.»
«Ihr geht weg?» fragte der Onkel nochmals.
«Ja, wir gehen weg.» Und darauf sagte er nichts mehr.

Es war das erste Mal, daß er ihn bei einer geistigen Regung beobachtete, die nur den Gedanken vorbehalten war. Blai merkte, daß er ihn durchschaute. Eine entzückende Verlegenheit brachte ihn zum Erröten. Er, der so viele unüberlegte, leichtfertige Streiche verheimlichte, hatte das Lügen noch nicht gelernt. Aber das Geheimnis war zu gut verborgen. Es enthielt den Anfang seines Lebens als Mann. Er bestand die Probe, nicht ohne Unruhe, aber er bestand sie. Der Onkel öffnete die Tischschublade: «Setz dich!» Und er zeigte auf den anderen Sessel. «Ich habe dich nur hereingerufen, um… Willst du eine Zigarette rauchen?» Und er zog aus der Schublade die glänzende Schachtel mit den Festtagszigaretten. «Bediene dich!»

Er hatte ihn noch nie in dieser Art eingeladen, als handle es sich um einen Freund. Denn es war nicht das gleiche, ob es sich nach einem Namenstagsessen um einen Scherz zwischen lärmenden Verwandten handelte oder wie heute um die Einladung eines Mannes mit persönlichen Geheimnissen, die nicht preisgegeben werden durften, der das Geheimnis seiner Liebe vor Indiskretionen schützte. Und nun war es eben dieser nämliche Junge, der bis vor kurzem neben ihm hergelaufen war, alle möglichen Fragen an ihn gerichtet hatte, viele, auf die sich nur schlecht antworten ließ (er würde es bald nicht mehr nötig haben, welche an ihn zu richten), der ihm seine jugendlichen Zerstreuungen anvertraute.

Er sah ihn klar vor sich, schon so groß und doch so klein, mit den Händen auf den Tisch gestützt; es waren Hände, die Faustschläge austeilen konnten, aber in diesem Augenblick schüchtern wirkten, als wisse er nicht, was er damit anfangen solle.

«Du rauchst», beharrte der Onkel, «wir brauchen es nicht zu verheimlichen.» Und er streckte ihm die Schachtel hin. Aber Blai wagte nicht zuzugreifen.

Verängstigt, wehrlos, mit leidender Miene sagte er: «Nein, Pate ...» Die Röte erreichte auch die Stirn und die Ohren.

«Warum? Die Zeit, als du heimlich rauchen mußtest, ist vorbei.»

Die unsichere Hand griff nach der Zigarette. Dann folgten das Klicken und das Flämmchen des Feuerzeugs. Der Rauch stieg auf, brachte den Jungen zum Husten, vielleicht auch seine Augen zum Tränen. Mit der anderen Hand schob er den Ronsard ungesehen zur Seite, da er den Zugang zum Aschenbecher verhinderte, und ließ ihn am anderen Ende des Tisches liegen.

«Gut, nicht wahr?» fragte der Onkel aus seiner berauschenden bläulichen Wolke heraus.

«Besser als erstklassig.» Und ein gemeinsames, unmotiviertes, sinnloses Lächeln bekräftigte das neue Einvernehmen.

Eine Menge Stimmen riefen im Garten Blais Namen. Vor allen bei einer – sie war heller und kräftig – riß er die Augen weiter auf. Er sah den Onkel an, ängstlich, bloßgestellt, aber gleichzeitig, als wünsche er ihn wie immer zum Komplizen bei den Streichen der Kinder des Hauses.

«Schau her. Ich wollte dich nur ein paar Minuten hier haben, da ich dich nicht mehr so oft sehe wie vorher.»

«Wie vorher?»

«Ja, bevor wir... zusammen rauchten.»

Er war bereits an der Tür. Er drehte sich um. «Ich wollte dir noch sagen...», fing er mit dumpfer Stimme an.

«Noch nicht. Das hat Zeit. Schau, laß nicht länger auf dich warten.»

«Bis dann, Pate!»

«Vergiß nicht, daß ich einen Cognac habe, den du nicht überall findest. Ein paar Tropfen wirken Wunder.»

Er hörte, wie sich die langen, hoffnungsvollen Schritte entfernten. Es verging sicher nicht mehr viel Zeit, und dieses junge Volk würde tun, was ihm behagte. Sie würden neuen Rechten zur Geltung verhelfen, sie würden sie von der Seite, aus der Ferne mit Nachsicht betrachten. Margarida würde die der Situation angemessene Miene aufsetzen, die Miene einer umsichtigen Mutter, sie, die mit jeder beliebigen Entschuldigung in das Arbeitszimmer kam, sich an den Tisch setzte und dort den Ronsard liegenließ, den Blai gerade wie ein Hindernis in die Ecke geschoben hatte.

Er machte das Fenster zu, zog aber die Vorhänge ganz auf, damit sie den Rest des Tags nicht minderten, aber mit dem Bedauern, ihn jetzt für immer zu verlieren. Es war richtig, daß nun sie den Kampf aufnahmen, mit dem Blick auf das wunderbare künftige Leben. Aber was für eine Freude war vergleichbar mit der, welche er vorgezogen hatte: sich in die Behaglichkeit zu flüchten, hier oben in seinem egoistischen Wachtturm mit seinen Büchern in Reichweite, mit so vielen Bildern, so vielen Akzenten, so vielen Ideen, daß er sich nun durch Jahre und Wochen, an heißen Mittagen und nebelfeuchten Abenden einem jener Jungen zur Verfügung stellte, die im Geheimnis des Gartens seufzten, wenn sie Lust dazu hatten, und die ausrufen mußten: «Schau, was die damals schon alles wußten!»

Bestimmt hatte er gut daran getan, Margarida laufenzulassen, war sie auch damals einen Augenblick vor der Tür stehengeblieben, als bringe sie es nicht über sich, ganz wegzugehen, freilich ohne den Kopf zu drehen. Denn nur wenn sie den Kopf umgewandt und ihn mit ihren veilchenblauen Augen angeschaut hätte, dann hätte sie ihren Entschluß geändert. Gewiß wäre es ein Unglück für beide gewesen, wegen seiner Unsicherheit und seinen Grillen. Sie hatte sich für die Sicherheiten entschieden, für die gut verwaltete Familie, für das Bild über dem Kanapee, für die Perlen und für den wie durch Nachlässigkeit halb geöffneten Fächer; er für den Schluck Cognac, für das Schweigen. Nur sah es manchmal so aus, als hätte sich Margarida nie von der Türschwelle wegbewegt, als hätte sie immer noch einen goldenen Schimmer auf der Stirn, als sei sie in Weiß gekleidet, blicke auf das Gartentor hinaus und helfe ihm bei der Arbeit.

Er klappte den Ronsard endgültig zu und stellte ihn auf das obere Bücherbord zurück. Er wollte das Licht anknipsen, zog es dann aber doch vor, noch ein Weilchen die restliche Helle des unvergleichlichen Barcelonaer Sonntags zu genießen. Er holte die Cognacflasche aus dem Schrank – es handelte sich um die Sorte, von der ein paar Tropfen Wunder wirken – und setzte sich mit dem Glas in der Hand, damit ihn die Wärme etwas weicher machte. Er konnte sich über sein Schicksal nicht beklagen. Der kleine Blai würde die Rose brechen, die sie aus den Händen fallen ließen.

NIKOLAUS LENAU

1802–1850

Welke Rose

In einem Buche blätternd, fand
Ich eine Rose welk, zerdrückt,
Und weiß auch nicht mehr, wessen Hand
Sie einst für mich gepflückt.

Ach, mehr und mehr im Abendhauch
Verweht Erinnrung; bald zerstiebt
Mein Erdenlos, dann weiß ich auch
Nicht mehr, wer mich geliebt.

EUGENIO MONTALE

1896–1981

Die gelben Rosen

«Stellen Sie sich vor, Sie seien mein Sekretär», sagte Gerda zu Filippo und betrachtete ihn dabei durch ihre *loupe.* «Nehmen Sie an, wir seien uns nicht zufällig vor zwei Stunden in dieser Pension begegnet, sondern Sie hätten auf eine Kleinanzeige geantwortet und ich müßte Sie jetzt auf die Probe stellen. Nein, nein, ich habe kein Examen vor, ich will ganz einfach, nachdem ich Sie reden gehört habe, einen Versuch mit Ihnen machen. Es ist vier Uhr oder kurz danach; um acht muß ich per Luftpost eine kurze Erzählung, eine typische Frauengeschichte, wegschicken, die gleichzeitig in fünfundzwanzig amerikanischen *magazines* erscheinen wird. Neunhundert, höchstens tausend Wörter. Leider besitze ich nicht sehr viel Sinn für Frauliches», und sie warf voller Hochmut eine mohrenhirsefarbene Haarsträhne zurück, «und deshalb muß ich in solchen Fällen immer einen Mann beiziehen. Sie scheinen mir der Geeignete zu sein. Bitte? Sie verstehen nichts von Literatur, haben sich nie darin versucht? Um so besser, das ist genau das, was ich brauche. Suchen Sie in sich den Stoff für eine hübsche italienische Geschichte. Sehen Sie hier in diesem Zimmer oder draußen vor dem Fenster nichts, was in Ihnen starke Erinnerungen wachruft, frische oder alte, unangenehme oder erfreuliche? Überlegen Sie nicht, denken Sie nicht nach. Wenn Sie eine Erinnerung haben, muß Sie Ihnen ganz spontan einfallen.»

«Ich habe eine», sagte Filippo und zeigte auf einen Strauß schöner Rosen in einer Vase. «Es ist zwar nur etwas Belangloses. Diese roten Rosenknospen erinnern mich an andere, an gelbe Rosen, die ich nicht nach Hause bringen durfte, da ich sonst Argwohn oder Eifersucht erregt hätte.»

«Gelbe Rosen», nickte Gerda, die Augen zukneifend. «Da haben wir's ja schon. Sie sagten, es sei eine Belanglosigkeit, der Sie keine besondere Bedeutung zumessen. Von wem haben Sie denn die Rosen bekommen?»

«Von einer sehr bedauernswerten, hüftlahmen Frau, auf dem Domplatz von M. Ich werde Ihnen alles erzählen.»

«Ohne bestimmte Reihenfolge, bitte. Reden Sie einfach drauflos.»

«Meine Frau und ich befinden oder besser gesagt befanden uns auf dem Hauptplatz von M. Es ist sehr neblig. Wir warten auf unsere Beherrscherin, das unschuldige Opfer, die Tyrannin, die bis kurz vor den großen Verwüstungen bei uns gewohnt hat. Wir sind eigens wegen ihr hergekommen, wenn auch unter einem Vorwand, um sie zu sehen, und haben uns, kaum eingetroffen, telefonisch mit ihr verabredet. Wird sie kommen? Sie muß Geschirr spülen und deshalb einen Vorwand suchen, um das Haus zu verlassen. Sie gehört nicht zu den ‹Kantineangestellten› mit Häubchen. Sie kommt nie von zu Hause weg. Warum also mußten wir uns ausgerechnet um halb drei nachmittags auf einem großen, nebligen Platz mit ihr verabreden? Teodora (nehmen wir an, meine Frau heiße so) will nicht hier stehen und auf sie warten, auf gar keinen Fall. Sie schlägt vor, Palmina, die jetzt in San Clemente, vier Kilometer vom Zentrum entfernt wohnt, an der Haltestelle des Trams abzuholen. Aber ist es klug, sich zu entfernen? Diskussion, kurzer Disput. (Ich weiß nicht, ob der Disput wirklich stattgefunden hat.)»

«Wir sind in Italien, sparen Sie nicht an Disputen», sagte Gerda. «Erzählen Sie weiter.»

«Dann schließen wir einen Kompromiß. Ich sehe mich auf dem Platz hinter der Apsis der Kirche um, Teodora bleibt hier und wartet. Sie verspricht, sich nicht von der Stelle zu rühren. Schatten, Makler und Händler, die sich im Nebel abzeichnen. Ich gehe unter den Arkaden um die Kirche herum. Kurzer Einschub: Beschreibung der Unruhe, die mich beim Gedanken an das Wiedersehen mit Palmina befällt. Und wenn sie nicht käme? ‹Im Liebeskampf gewinnt der Fliehende...› Und selbst wenn es hier nicht um

Liebe geht, ist sie vielleicht doch schlau genug, den Sinnspruch des Dichters auf ihren Fall anzuwenden. Womöglich weiß sie, daß sie uns während meiner Krankheit sehr gefehlt hat. Doch das Zusammenleben war unerträglich geworden; es war die Hölle, für alle, für Teodora, für den Lieferanten, für den Hausmeister. Sie zankte sich ständig mit allen, obwohl sie keine ordinäre Frau ist. Wenn Teodora außer Haus war, sang sie lauthals ‹Kein roter Heller für ein Brot, kein roter Heller für ein Bett, bleibt nur noch...› Verfluchte Erinnerung! Allein gewisse mißgebildete, verkrüppelte Kreaturen können einen mit ihrer Stimme derart betören. Dann bekam sie Bronchitis, sie schien geheilt, doch der Arzt war anderer Meinung. Sie stellte uns kategorisch vor die Wahl: keine Erholung auf unsere Kosten; entweder konnte sie aus dem Krankenhaus wieder zu uns kommen, oder sie würde nach Hause zurückkehren. Die Engländer waren vor der Stadt, es gab andauernd Bombenangriffe. Und dann stand sie unerwartet vor der Tür, mit ihren Siebensachen und völlig erschöpft. Es kam augenblicklich zu einem Disput, es gelang mir nicht, zu schlichten, und ich ließ sie gehen. Für uns, die Zurückgebliebenen, begann die schwarze Zeit der sogenannten Befreiung. Hunger, Krankheiten, alle möglichen Katastrophen. Vielleicht war es für Palmina ein Glück gewesen, sich rechtzeitig über die Grüne Linie geflüchtet zu haben. Nach einem Jahr meldete sie sich. Sie war tatsächlich zwei Stunden nach dem Streit in einem Lastwagen weggefahren, den später eine Bombe auf dem Apennin zertrümmert hatte. Als sie zu Hause ankam, besaß sie gerade noch das Hemd auf dem Leib. Mit den ersten Lebenszeichen begann zwischen ihr und mir, zwischen ihr und Teodora ein halb-heimlicher Briefwechsel, bedrohlich und herzlich zugleich. Wird sie zu uns zurückkehren oder nicht? Jedenfalls sind die Fäden nicht mehr abgebrochen; und hier könnte das Intermezzo, die Vorgeschichte enden.

Ich gehe vergeblich um den Dom herum, komme zurück, sehe Teodoras Pelzjacke neben einem Polizisten (sicher erkundigt sie sich nach dem Tram aus San Clemente), dann tritt eine kleine Gestalt aus dem Nebel, und die beiden Schatten verschmelzen in einer langen Umarmung. Sie ist es, Palmina, und sie streckt mir eine dicke Kartonrolle hin, die in einem Strauß gelber Rosen endet. Die beiden Frauen entfernen sich, ich folge ihnen, die geheimnisvolle Röhre in der Hand. Wir machen uns auf die Suche nach einem Café. Palmina kommt nie in die Stadt und kennt keine Cafés, doch endlich finden wir eins: einen großen, menschenleeren Raum, an den einige Billardsäle anschließen. Die beiden Frauen reden, geraten in Zwist, umarmen sich, schließen wieder Frieden. Ich bemerke unter dem Rosenstrauß eine Flasche für mich, die

Rosen sind für Teodora. Prickelnder Rotwein aus Sorbara. Ich bedanke mich verwirrt. Teodora beschließt, ein paar Besorgungen zu machen, Palmina will sie begleiten, ich kann in diesem dichten Nebel nicht mit einer Flasche und einem Strauß herumgehen und beschließe, im Café auf die beiden Frauen zu warten. Ich warte eine Stunde, allein, in einer Ecke voller Sägemehl und Schatten der Spieler. Palmina scheint gesund zu sein. Sie hat eine angenehme Röte auf den Wangen (Puder, meint Teodora), ihr lahmender Gang, bei dem sie Volten beschreibt, wirkt noch immer anmutig auf mich. Wer weiß, was sich die beiden Frauen zu sagen haben. Im Grunde ist es gut, daß sie mich hier zurückließen. Frauen sind besonders ungeeignet für die Suche nach der verlorenen Zeit. Alleine kann ich dieses Versinken in ein für immer zu Ende geglaubtes Leben besser genießen. Wird es neu beginnen? Nichts wird neu beginnen. Palmina war sehr schlau, sie setzte immer und immer wieder darauf, daß ich mich innerlich im Unrecht glaubte. Obwohl sie uns bis zum Wahnwitz beherrschte, sprach sie dauernd von ‹uns armen Dienstmädchen›, und ich dachte, sie werde wirklich schlecht behandelt. Eigentlich war sie bloß eine mißgestaltete Kreatur, allerdings mit einer unglaublich berückenden Lebenskraft. Eine Eidechse, deren Schwanz immer wieder nachwächst, sooft man ihn ihr abschneidet. Sie hatte aber die Gabe, selbst Menschen, die überhaupt nicht trübsinnig waren, mit ihrem schwärzesten Trübsinn anzustecken, so daß sie sich noch schlechter fühlten als sie. Nur Dummköpfe, Neureiche und Gouvernanten mit Zungen-R konnten erstaunt sein, daß wir sie behielten. Doch sie war der Schreck des ganzen Hauses. Ich schaue auf die Uhr; gerade noch zwanzig Minuten bis zur Abfahrt des Fernschnellzuges. Wir werden ihn verpassen, und ich werde bis Mitternacht hier in M. bleiben müssen, mit einer Flasche und einem Strauß Rosen in der Hand. Nein, keine Angst, da sind sie wieder, halb verärgert, halb umarmt. Es reicht noch; wir verlassen rasch das Café. Palmina besteigt mit uns ein überfülltes Tram. Sie begleitet uns bis zum Bahnhof. Ich schaue auf die Uhr. Ein Wunder, wenn wir den Zug noch erreichen. (Was um Teufels willen haben die beiden Frauen ausgeheckt? Ich hoffe und fürchte zugleich, daß Palmina bald zu uns zurückkehrt. Ich werde im Zug fragen, jetzt habe ich keine Zeit.) Wir kommen zum Bahnhof, ich kaufe im Vorbeigehen eine Bahnsteigkarte für Palmina, wir betreten die Halle und sehen den Fernschnellzug einfahren. Verwirrung, Umarmungen, auch ich umarme sie, zum ersten Mal, dann winken wir ihr zu, während sich der Zug in Bewegung setzt. Wir stehen am Fenster, ein Ruck, und die Flasche aus Sorbara entgleitet mir, sie rollt enthauptet über den Boden. Ein scharfer, süßlicher Geruch breitet sich im Gang aus, alle blicken verärgert zu mir hin und ziehen die Füße vor dem Strahl zurück, der sich gegen das Gepäckabteil ergießt. Der Zug fährt sehr schnell, es ist dunkel und kalt. Teodora hat einen Platz gefunden und stellt fest, daß die Flaschen dieser Verrückten auch früher schon zerbrochen sind. So vergehen anderthalb Stunden, der Fernschnellzug nähert sich unserer Stadt. ‹Glaub ja nicht, daß wir die Rosen mit nach Hause nehmen›, sagt Teodora, ‹sonst läßt uns auch noch unsere letzte Küchenhilfe augenblicklich sitzen, wenn sie Verdacht schöpft, daß wir in M. die kleine Giftschlange wiedergesehen haben. Kein Wort. Schenk den Strauß Professor Ceramelli dort hinten; sag, er sei für seine Frau, sie wird die Aufmerksamkeit zu schätzen wissen. Aber blamier dich nicht, sag ihm nicht, weshalb wir den Strauß nicht nach Hause mitnehmen können.› Der Professor – ein distinguierter Herr, den ich vor zehn Jahren zum letzten Mal gesehen habe, wundert sich über das ungewöhnliche Geschenk. Er weiß nicht, wofür es sein soll, zögert, ich muß ein paar Gründe für meine Dankbarkeit erfinden, die ihn aber nicht sehr zu überzeugen scheinen; schließlich nimmt er das Geschenk an, auch weil er nicht mit Koffern beladen ist. Der Zug kommt an, der Nebel ist verschwunden, der Professor verabschiedet sich und geht mit den Blumen weg. Ein paar Augenblicke lang verfolge ich noch den blauen Widerschein einer Neoninschrift auf dem blassen Fleisch der gelben Rosen; eine ist geknickt, sie läßt den Kopf hängen. Dann, im leichten Nebel... Vielleicht genügt Ihnen das; ein wenig geordnet, würde ich meinen, daß...»

«Nein, etwas weniger geordnet», sagte Gerda und schaute auf die Uhr. «Schade, daß ich mein Diktaphon nicht bei mir habe. In etwa zwei Stunden beginne ich meine erste ‹italienische Erzählung›. ‹Die gelben Rosen›, das ist der passende Titel. Danke.»

Jacob Cats
«Venus im Rosenhag»

EMILY DICKINSON

1830–1886

A sepal, petal, and a thorn
Upon a common summer's morn –
A flask of Dew – A Bee or two –
A Breeze – a caper in the trees –
And I'm a Rose!

EMILY DICKINSON

1830–1886

Ein Kelch, ein Blütenblatt und ein Dorn
An irgendeinem Sommermorgen –
Eine Schale Tau – eine Biene oder zwei –
Ein Morgenwind – Flattern in den Bäumen –
Und ich bin eine Rose!

O. HENRY

1862–1910

Rosen, Ränke und Romanzen

Ravenel – Ravenel, der Weitgereiste, der Künstler und Poet, schmiß seine Zeitschrift zu Boden.

Sammy Brown, der Börsengehilfe, zuckte zusammen. «Was ist los, Ravvy?» fragte er. «Reißen die Kritiker deine Aktien herunter?»

«Die Romanze ist tot», sagte Ravenel beiläufig.

Wenn Ravenel etwas beiläufig sagte, war es meist ernst. Er hob die Zeitschrift auf und blätterte sie durch.

«Selbst ein Philister wie du, Sammy», sagte Ravenel ernst (ein Tonfall, der versicherte, daß es beiläufig gemeint war), «sollte das verstehen. Sieh, hier ist eine Zeitschrift, die früher Edgar Allan Poe und Lowell und Whitman abgedruckt hat und Bret Harte und Du Maurier und Lanier, und nun ... Das sollte dir schon einen ersten Eindruck geben. Die neuste Ausgabe setzt uns folgendes literarisches Festmahl vor: einen Artikel über die Heizer und Kohlenbunker auf Schlachtschiffen, eine Abhandlung über Methoden der Leberwurstherstellung, eine Fortsetzungsgeschichte über einen Handelsabschluß der ‹Vorzugsqualität-Backpulvergesellschaft International› an der Wall Street, ein Gedicht auf den Bären, der dem Präsidenten der Vereinigten Staaten entkam, eine weitere Geschichte von einer jungen Frau, die als Werkspionin eine Woche lang Overalls auf der East Side fertigte, noch eine ‹fiktive› Geschichte, die nach Werkstatt und einer ganz bestimmten Automobilmarke stinkt. Natürlich enthält der Titel die Worte ‹Amor› und ‹Chauffeur› – einen Artikel über Marinestrategie, illustriert mit Stichen der Armada und der neuen Staten-Island-Fährschiffe; noch eine Geschichte über einen Parteiboß, der die Liebe einer Fifth-Avenue-Schönen gewann, indem er ihr ein blaues Auge versetzte und sich weigerte, für eine ungerechte Verordnung zu stimmen (nicht erwähnt ist, ob im Straßenreinigungsamt oder im Kongreß), und neunzehn Seiten, auf denen die Herausgeber mit den Auflageziffern prahlen. Sammy, die ganze Sache ist ein Nachruf auf die Romanze.»

Sammy Brown saß gemütlich in dem Ledersessel am offenen Fenster. Sein Anzug war von einem vehementen Braun, mit leicht zu erkennenden Karos, deren Farbton genau zu den vier Zigarrenenden paßte, die von seiner Westentasche nur unzureichend verdeckt wurden. Seine Schuhe waren hellbraun, die Socken grau, himmelblau das, was vom Hemd zu sehen war, schneeweiß und hochgeschlossen und unerbittlich der Kragen, auf dem sich ein schwarzer

Schmetterling niedergelassen und seine Flügel ausgebreitet hatte. Sammys Gesicht – nebenbei bemerkt – war rund und angenehm und rötlich, und in seinen Augen ließ sich kein sicherer Hafen finden für die Romanze auf der Flucht.

Dieses Fenster in Ravenels Apartment lag nach einem alten Garten mit uralten Bäumen und Sträuchern. Auf der einen Seite türmte sich der Wohnblock, eine hohe Backsteinmauer verteidigte ihn zur Straße hin; gegenüber von Ravenels Fenster stand ein sehr altes Herrenhaus, halb versteckt im Schatten des sommerlichen Laubes. Das Haus war eine belagerte Burg. Die Stadt heulte und grollte und kreischte und hämmerte gegen seine doppelten Tore, hißte weiße, wehende Fahnen über die Mauer und bot Bedingungen zu seiner Kapitulation an. Der graue Staub ließ sich auf den Bäumen nieder; die Belagerung wurde heftiger, aber die Zugbrücke wurde nicht hinuntergelassen. Weiter versagt die Sprache der ritterlichen Romanze ihren Dienst. Im Haus wohnte ein alter Herr, der sein Heim liebte und es nicht verkaufen wollte. Das ist die ganze Romanze der belagerten Burg.

Drei- oder viermal die Woche kam Sammy Brown in Ravenels Apartment vorbei. Er gehörte dem «Klub der Dichter» an, in dem frühere Browns bekannte Namen gewesen waren, obwohl Sammy durch das Geschäftsleben verdorben worden war. Er vergoß keine Tränen über verflossene Romanzen. Die Melodie des Börsentelegraphen war es, der sein Herz berührte, und wenn es um Pferde oder Baseballergebnisse ging, war er auf dem laufenden. Er saß gerne in dem Ledersessel an Ravenels Fenster. Und Ravenel hatte nichts dagegen. Sammy schien eine Plauderei zu mögen; und außerdem war der Börsengehilfe eine solch perfekte Verkörperung des Modernen und der neuen, schäbigen Sachlichkeit, daß Ravenel ihn ganz gerne als Sündenbock benutzte.

«Ich kann dir sagen, was mit dir los ist», sagte Sammy, mit einem Scharfsinn, den er sich im Geschäftsleben angeeignet hatte, «die Zeitschrift hat einige deiner dichterischen Glanzstücke abgelehnt. Deswegen bist du so verärgert über sie.»

«Das wäre vielleicht an der Wall Street oder im Wahlkampf für die Präsidentschaft eines Frauenklubs richtig geraten», sagte Ravenel ruhig. «Nun, es gibt ein Gedicht – falls ich es so nennen darf – von mir in dieser Nummer der Zeitschrift.»

«Lies es mir vor», sagte Sammy und schaute einer Wolke Pfeifenrauch hinterher, die er gerade aus dem Fenster geblasen hatte.

Ravenel war auch nicht größer als Achill. Niemand ist es. Es gibt immer einen wunden Punkt. Dingsda muß uns doch irgendwo festhalten, wenn sie uns in den Dingsbums taucht, der uns unverletzlich macht. Er las seine Verse in der Zeitschrift laut vor:

Die vier Rosen

Eine Rose steckt' ich dir ins Haar –
(Eine weiße, die von deiner Tugend);
Und eine stecktest du an deine Brust –
(Eine rote, die der Liebe und der Jugend);
Du pflücktest eine noch von ihrem Stiel –
(Eine Teerose, die bedeutet ‹ja›);
Und eine gabst du mir, die trug für mich –
die Dornen der Erinnerung.

«Das ist ein richtiger Knaller», sagte Sammy bewundernd.

«Es gibt noch fünf weitere Strophen», sagte Ravenel verächtlich. «Man macht natürlicherweise nach jeder Strophe eine Pause. Selbstverständlich...»

«Ach, alter Junge, laß uns den Rest hören», rief Sammy zerknirscht, «ich wollte dir nicht das Wort abschneiden. Ich bin kein großer Fachmann, was Gedichte angeht. Ich habe noch nie ein Gedicht gesehen, das nicht so aussah, als müßte es am Ende jeder Strophe zu Ende sein. Spul den Rest runter.»

Ravenel seufzte und legte die Zeitschrift hin.

«In Ordnung», sagte Sammy aufgeräumt, «dann eben nächstes Mal. Ich muß jetzt gehen. Hab' eine Verabredung um fünf Uhr.» Er warf noch einen letzten Blick auf den beschatteten grünen Garten und ging, eine unmelodische kleine Melodie aus einer Boulevardkomödie vor sich her pfeifend.

Am nächsten Nachmittag saß Ravenel zurückgelehnt an dem Fenster, das den belagerten Garten des unbestechlichen Edelmanns überblickte, und polierte die unfertige Zeile eines neuen Sonetts. Plötzlich fuhr er auf, wobei er zwei Reime und ein bis zwei Silben verschüttete.

Durch die Bäume konnte man ein Fenster des alten Herrenhauses gut sehen. Dort, in fließendes Weiß gehüllt, lehnte der Engel all seiner Träume von Romanze und Poesie. Jung, frisch wie ein Tautropfen, graziös wie eine Klematisranke, gab sie dem durch den dröhnenden Verkehr umzingelten Garten den Anschein einer Prinzessinnenlaube. Schön wie eine jede Blume, die je von Dichtern besungen wurde – so sah Ravenel sie zum ersten Mal. Sie verweilte einen Augenblick, und dann verschwand sie im Inneren, und sie ließ ein paar Noten eines zwitschernden, plätschernden Liedes zurück, die durch das Rattern der Taxen und das Knurren der elektrischen Straßenbahnen zu seinen verzauberten Ohren drangen.

Als wollte dieser Anblick des Dichters Anprangern der Romanze herausfordern und ihn für seine Abtrünnigkeit von dem unsterblichen Geist der Jugend und der Schönheit strafen, ließ er Ravenel erbeben und klagte ihn an. Und so metabolisch war seine Macht, daß sich die Atome in Ravenels ganzer Welt in einem einzigen Augenblick neu ordneten. Die beladenen Rollwagen, die an dem Haus vorbeifuhren, in dem sie lebte, ratterten im tiefsten Baß im Takt der Liebe. Die Rufe der Zeitungsjungen waren die Töne singender Vögel, der Garten war der Lustgarten der Capulets; der Wächter war ein Ungeheuer; er selbst ein Ritter, der bereit stand mit Schwert, Lanze oder Laute.

So gibt sich die Romanze inmitten von Wäldern aus Ziegel und Stein zu erkennen, wenn sie sich in die Stadt verliert, und es muß Alarm geschlagen werden, um sie wiederzufinden.

Um vier Uhr nachmittags sah Ravenel in den Garten hinüber. In dem Fenster seiner Hoffnungen waren vier kleine Vasen aufgestellt, jede mit einer großen, aufgeblühten Rose – rot und weiß. Und als er hinüberschaute, beugte sie sich über sie und übertraf sie in ihrer Lieblichkeit und schien ihren Blick in Gedanken seinem eigenen Fenster zuzuwenden. Und dann, als ob sie seinen respektvollen und doch glühenden Blick auf sich spürte, schmolz sie hinweg und ließ die duftenden Sinnbilder auf der Fensterbank zurück.

Jawohl, Sinnbilder! Er wäre nichtswürdig, wenn er sie nicht verstanden hätte. Sie hatte sein Gedicht «Die vier Rosen» gelesen; es hatte ihr Herz berührt; und dies war die romantische Ant-

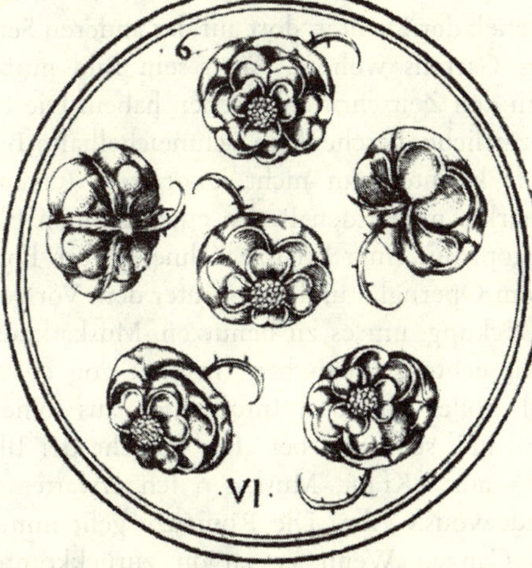

Meister PW von Bologna
Rosen-Sechs

wort. Selbstverständlich mußte sie wissen, daß Ravenel, der Dichter, dort auf der anderen Seite ihres Gartens wohnte. Auch sein Bild mußte sie in den Zeitschriften gesehen haben. Die feine, zärtliche, bescheidene, schmeichelhafte Botschaft konnte man nicht ignorieren. Ravenel bemerkte neben den Rosen einen kleinen Blumentopf mit einer Pflanze. Ohne Zögern holte er sein Opernglas und ging hinter dem Vorhang in Deckung, um es zu benutzen. Muskatkraut!

Mit echtem poetischem Instinkt zog er ein Buch voller nutzloser Information aus seinem Regal und schlug es bei «Die Sprache der Blumen» auf: «Kraut, Muskat = Ich erwarte ein Rendezvous.» Aha! Die Romanze geht immer aufs Ganze. «Wenn sie zu dir zurückkommt, bringt sie Geschenke und ihr Strickzeug, und wenn du sie läßt, setzt sie sich in deine Kaminecke.»

Und nun lächelte Ravenel. Der Liebhaber lächelt, wenn er glaubt, daß er gewonnen hat. Die Frau, die liebt, lächelt beim Sieg dagegen nicht mehr. Er beendet seine Schlacht, sie beginnt die ihre. Was für eine hübsche Idee, die vier Rosen in ihr Fenster zu stellen, damit er sie sehen konnte! Sie mußte eine reizende, poetische Seele haben. Und nun ging er gedanklich daran, ein Stelldichein zu arrangieren.

Ein Pfeifen und Türeschlagen ging der Ankunft Sammy Browns voraus.

Ravenel lächelte noch einmal. Selbst Sammy Brown war in das weitreichende Licht dieser Wiedergeburt getaucht. Sammy mit seiner ausgefallenen Kleidung, seiner hufeisenförmigen Krawattennadel, seinem rundlichen Gesicht, seinem trivialen Slang, seiner verständnislosen Bewunderung für Ravenel – der Börsengehilfe gab einen exzellenten Hintergrund ab für den neuen, hellen, unsichtbaren Gast in der düsteren Wohnung des Dichters.

Sammy setzte sich in seinen gewohnten Sessel am Fenster und sah hinaus über das staubige Laub des Gartens. Dann blickte er auf seine Uhr und stand hastig auf. «Mein Gott!» rief er. «Zwanzig nach vier! Ich kann nicht länger bleiben, alter Junge; ich hab' um halb fünf eine Verabredung.»

«Warum bist du denn überhaupt erst gekommen», fragte Ravenel mit sarkastischer Scherzhaftigkeit, «wenn du um die Zeit eine Verabredung hattest? Ich dachte, daß ihr Geschäftsmänner etwas besser auf eure Minuten und Sekunden achtgeben würdet.»

Sammy zögerte in der Tür und färbte sich noch etwas röter.

«Tatsache ist, Ravvy», erklärte er, wie bei einem Kunden, dessen Kredit ausgeschöpft ist, «ich wußte es gar nicht, bevor ich kam. Ich werd' es dir erklären, alter Junge – in dem alten Haus gegenüber wohnt ein großartiges Mädchen, nach dem ich ziemlich verrückt bin. Um es genau zu sagen... wir sind verlobt. Der Alte sagt zwar ‹nein›, aber das kommt nicht in Frage. Er läßt sie nicht von seiner Seite. Ich kann Ediths Fenster von hier aus sehen. Sie gibt mir einen Hinweis, wann sie einkaufen geht, und ich treffe sie dann. Heute ist es um halb fünf. Vielleicht hätte ich es dir früher erklären sollen, aber ich weiß, daß es dir nichts ausmacht. Nun denn, bis bald!»

«Wie bekommst du deinen sogenannten ‹Hinweis›?» fragte Ravenel, dessen Lächeln etwas an Spontaneität verloren hatte.

«Rosen», sagte Sammy kurz. «Heute sind es vier. Das bedeutet vier Uhr an der Ecke Broadway und Twenty-third-Street.»

«Aber das Muskatkraut?» insistierte Ravenel, der sich noch an der Schleppe der flüchtenden Romanze festklammerte.

«Das bedeutet halb», rief Sammy vom Flur aus. «Bis morgen.»

DAVID HERBERT LAWRENCE

1885–1930

Der Schatten im Rosengarten

Ein ziemlich kleiner junger Mann saß am Fenster eines hübschen Häuschens am Meer und versuchte, sich auf seine Zeitung zu konzentrieren. Es war etwa halb neun am Morgen. Draußen hingen die Prachtrosen wie hochgekippte kleine Feuerschalen im Morgensonnenschein. Der junge Mann blickte auf den Tisch, dann auf die Wanduhr, dann auf die eigene große Silberuhr. Ein Ausdruck starrer Duldung trat in seine Züge. Dann stand er auf und besah sich die Ölgemälde, die an den Zimmerwänden hingen, wobei «Der gestellte Hirsch» sein besonderes, wiewohl gar nicht freundliches Interesse fand. Er zog am Klavierdeckel, fand ihn aber verschlossen. Er erblickte sein Gesicht in einem kleinen Spiegel, zupfte an seinem braunen Schnurrbart. Seine Augen wurden plötzlich sehr lebhaft. Er sah gar nicht schlecht aus. Er zwirbelte seinen Schnurrbart. Seine Gestalt war eher klein, doch lebhaft und kräftig. Als er sich vom Spiegel abwandte, mischte sich Selbstmitleid in die Zufriedenheit über sein Äußeres.

In einem Zustand der Niedergedrücktheit ging er hinaus in den Garten. Seine Jacke indes hatte nichts Trübseliges an sich. Sie war neu und strahlte, auf einem kräftigen Körper sitzend, Eleganz und Selbstsicherheit aus. Er betrachtete den Götterbaum, der am Rand des Rasens blühte, und schlenderte dann weiter. Ein krummgewachsener Apfelbaum mit seinen rotbraunen Früchten versprach schon mehr. Er blickte sich um, pflückte einen Apfel ab und biß, mit dem Rücken zum Haus, voll und herzhaft hinein. Zu seiner Überraschung war die Frucht süß. Er biß noch einmal hinein. Dann drehte er sich wieder um und musterte die Reihe der Schlafzimmerfenster, die zum Garten hin lagen. Er zuckte zusammen, als er die Gestalt einer Frau entdeckte; es war aber nur seine Gattin. Sie schaute aufs Meer hinaus, offenbar ohne ihn zu bemerken.

Einen Augenblick lang sah er beobachtend zu ihr hin. Sie war eine gutaussehende Frau, schien älter als er, ziemlich blaß, doch gesund, mit sehnsuchtsvollem Gesicht. Ihr volles kastanienbraunes Haar lag hochgetürmt auf ihrer Stirn. Sie hielt den Blick von ihm und seiner Welt abgewandt, immerfort aufs Meer hinausstarrend. Es verdroß ihren Gatten, daß sie so teilnahmslos dastand und ihn nicht wahrnahm; er zupfte einige Mohnkapseln ab und warf sie gegen ihr Fenster. Sie zuckte zusammen, blickte mit einem verwirrten Lächeln zu ihm hin, schaute dann wieder weg. Direkt danach trat sie vom Fenster zurück. Er ging zu ihr ins Haus. Sie hatte eine feine, sehr stolze Art und trug ein Kleid aus weichem weißem Musselin.

«Ich habe lange genug gewartet», sagte er.

«Auf mich oder auf das Frühstück?» erwiderte sie leichthin. «Du weißt, daß neun Uhr ausgemacht war. Ich dachte, die Reise würde deinem Schlaf guttun.»

«Du weißt doch, daß ich um fünf auf bin, und nach sechs halte ich es im Bett überhaupt nicht mehr aus. An einem Morgen wie diesem im Bett – da kann man gleich in die Grube.»

«Ich hätte nicht gedacht, daß dir ausgerechnet hier die Grube in den Sinn kommt.»

Sie ging im Zimmer umher, sah sich um und blieb vor den eingeglasten Zierstücken stehen. Er, auf den Kaminvorleger gepflanzt, sah ihr ziemlich mißmutig zu, ließ sie aber gewähren. Sie wandte sich mit einem Achselzucken vom Zimmer ab.

«Komm», sagte sie und ergriff seinen Arm, «laß uns in den Garten gehen, bis Mrs. Coates das Tablett bringt.»

«Ich hoffe, sie kommt bald», sagte er und zog dabei an seinem Schnurrbart. Sie lachte kurz auf und stützte sich dann beim Weggehen auf seinen Arm. Er hatte sich inzwischen eine Pfeife angezündet.

Als sie die Treppe hinuntergingen, trat Mrs. Coates in den Raum. Die entzückende, kerzengerade alte Dame eilte ans Fenster, um eine gute Sicht auf ihre Besucher zu haben. Ihre kobaltblauen Augen glänzten, als sie das junge Paar den Weg hinuntergehen sah, er mit leichtem, sicherem Schritt, die Gattin am Arm. Die Hausherrin begann mit einem weichen Yorkshire-Akzent vor sich hin zu reden.

«Eine Größe, die beiden. Sie hätt' bestimmt auch keinen Kleineren genommen, obwohl er ihr ansonsten ja nicht das Wasser reichen kann.» Hier nun kam ihre Enkelin herein und stellte ein Tablett auf den Tisch. Das Mädchen trat an die Seite der Alten.

«Er hat von den Äpfeln gegessen, Großmama», sagte sie.

«Ah ja, mein Schatz? Nun, wenn's ihn freut, warum nicht?»

Draußen vernahm der gutaussehende junge Mann mit Ungeduld das Klappern der Teetassen. Schließlich trat das Paar mit einem Seufzer der Erleichterung ein, um zu frühstücken. Nachdem er einige Zeit vor sich hin gekaut hatte, hielt er inne und sagte: «Findest du's hier schöner als in Bridlington?»

«Sicher», sagte sie, «viel schöner! Außerdem bin ich hier zu Hause… es ist mehr als nur irgendein Seeort für mich.»

«Wie lange hast du hier gelebt?»

«Zwei Jahre.»

Er aß nachdenklich weiter.

«Hätte eher gedacht, daß dir mal was anderes lieber wäre», sagte er schließlich.

Sie saß ganz still und streckte dann, zaghaft, einen Fühler aus.

«Warum?» sagte sie. «Glaubst du, ich werde mich nicht amüsieren?»

Er lachte behaglich und strich sich die Marmelade dick aufs Brot.

«Ich hoffe doch», sagte er.

Sie nahm erneut keine Notiz von ihm.

«Erzähle aber ja im Dorf nichts davon, Frank», sagte sie beiläufig. «Erzähle ja keinem, wer ich bin oder daß ich einmal hier gelebt habe. Ich will hier eigentlich gar keinem begegnen. Wir würden uns nie wieder frei fühlen, wenn man mich hier wiedererkennen würde.»

«Warum bist du dann hergekommen?»

«‹Warum?› Kannst du denn nicht verstehen, warum?»

«Nicht, wenn du niemand sehen willst.»

«Ich bin hergekommen, um den Ort zu sehen, nicht die Leute.»

Er verstummte.

«Frauen», sagte sie, «sind anders als Männer. Ich weiß eigentlich nicht, weshalb ich herkommen wollte … ich wollte einfach.»

Sie verhalf ihm, eifrig besorgt, zu einer weiteren Tasse Kaffee.

«Bloß», fuhr sie fort, «rede im Dorf nicht über mich.» Sie lachte unsicher. «Ich will nicht, daß meine Vergangenheit hochgespielt wird, verstehst du.» Und sie schob mit der Fingerspitze die Krümel auf dem Tischtuch hin und her.

Er sah sie an, während er seinen Kaffee trank; er sog an seinem Schnurrbart und sagte, während er die Tasse absetzte, in trägem Ton: «Ich wette, daß es da eine ganze Menge Vergangenheit gibt.»

Ein wenig schuldbewußt – was ihm schmeichelte – senkte sie den Blick auf das Tischtuch.

«Nun», sagte sie gewinnend, «du verrätst also nichts, wer ich bin und so, ja?»

«Nein», sagte er begütigend, lachend, «ich verrate nichts.»

Er war zufrieden.

Sie schwieg. Nach ein paar Augenblicken hob sie den Kopf und sagte: «Ich habe mit Mrs. Coates noch einiges zu besprechen und auch sonst noch verschiedenes zu tun. Du gehst also heute morgen am besten allein aus – wir treffen uns dann hier um eins zum Mittagessen.»

«Aber du hast doch nicht den ganzen Morgen mit Mrs. Coates zu tun», sagte er.

Na ja... ich muß dann noch einige Briefe schreiben, und einen Fleck aus meinem Kleid entfernen muß ich auch. Viele Kleinigkeiten eben. Du gehst am besten allein.»

Er begriff, daß sie ihn los sein wollte. Als sie nach oben ging, nahm er daher seinen Hut und machte, seinen Ärger unterdrückend, einen Spaziergang hinaus auf die Klippen.

Augenblicklich verließ auch sie das Haus. Sie trug einen Hut mit Rosen und ein langes, spitzenbesetztes Tuch, das sie über ihr weißes Kleid geworfen hatte. Ziemlich nervös öffnete sie ihren Sonnenschirm, so daß ihr Gesicht in dessen farbigem Schatten halb verborgen war. Sie ging den schmalen Weg entlang, dessen Pflastersteine von den Füßen der Fischer ausgetreten waren. Sie schien ihre Umgebung meiden zu wollen, so als bliebe sie geschützt im leichten Dunkel ihres Sonnenschirms.

Sie ging an der Kirche vorbei und die Gasse hinunter, bis sie zu einer hohen Mauer am Wegrand kam. Hier ging sie langsamer und blieb schließlich vor einem offenen Durchgang stehen, der wie ein Lichtgemälde in der Mauer leuchtete. Da, im Zauber dahinter, lagen Schattenmuster auf dem sonnigen Hof, auf den blauen und weißen Kieseln, mit denen er bedeckt war, während dahinter ein grüner Rasen leuchtete und ein Lorbeerbaum an den Rändern glitzerte. Sie trat aufgeregt und auf Zehenspitzen in den Hof und warf einen Blick auf das im Schatten liegende Haus. Die vorhanglosen Fenster sahen schwarz und seelenlos aus, die Küchentür stand offen. Unentschlossen ging sie einen Schritt vorwärts, dann noch einen und noch einen, den ganzen Körper sehnsuchtsvoll zum dahinterliegenden Garten gereckt.

Sie hatte fast die Hausecke erreicht, als sich

durch die Bäume schwere Schritte näherten. Ein Gärtner tauchte vor ihr auf. Er hielt ein Weidentablett in der Hand, auf dem große, dunkelrote Stachelbeeren hin und her rollten. Er bewegte sich langsam.

«Der Garten ist heute nicht geöffnet», wandte er sich in ruhigem Ton an die reizende Dame, die bereits zum Rückzug angesetzt hatte.

Einen Augenblick lang wußte sie vor Überraschung nichts zu sagen. Wie konnte er denn überhaupt öffentlich zugänglich sein?

«Wann ist er denn geöffnet?» fragte sie geistesgegenwärtig.

«Der Pastor läßt freitags und dienstags Besucher herein.»

Sie stand reglos, nachdenklich. Welch sonderbarer Gedanke, daß der Pastor seinen Garten öffentlich zugänglich macht!

«Aber es sind doch alle in der Kirche», sagte sie halb beschwörend zu dem Mann. «Es ist ja jetzt niemand hier, oder?»

Er machte eine Bewegung, und die Stachelbeeren kamen ins Rollen. «Der Pastor wohnt im neuen Pfarrhaus», sagte er.

Beide verharrten reglos. Er mochte sie nicht wegschicken. Schließlich wandte sie sich ihm mit gewinnendem Lächeln zu.

«Dürfte ich vielleicht einen einzigen Blick auf die Rosen werfen?» bat sie mit charmantem Drängen.

Jacob Cats

Quod latet, id paestat.

Amors verwelkte Blumen duften noch.

«Ich denke, das geht schon», sagte er und trat beiseite; «Sie bleiben ja nicht lange...»

Sie ging weiter, den Gärtner hatte sie bereits vergessen. Ihr Gesicht war nun angespannt, ihre Bewegungen waren lebhaft. Als sie sich umblickte, stellte sie fest, daß alle Fenster, die zum Rasen hin lagen, vorhanglos und dunkel waren. Das Haus hatte etwas Totes an sich, so als wäre es noch immer benutzt, doch nicht bewohnt. Ein Schatten schien über sie zu kommen. Sie ging über den Rasen auf den Garten zu, durch einen Bogen blutroter Kletterrosen, ein einziges Farbtor. Da hinten lag die weiche blaue See in der Bucht, noch immer im Morgennebel, und ganz hinten drängte sich die letzte Landzunge mit ihrem dunklen Gestein schwach zwischen das Blau des Himmels und das Blau des Wassers. Ihr Gesicht begann zu leuchten, von Schmerz und Freude verklärt. Zu ihren Füßen fiel der Garten steil ab, ein einziges Blumenwirrwarr, und weit drunten bedeckte das Dunkel der Baumspitzen den Bach.

Sie wandte sich dem Garten zu, dessen besonnte Blumen um sie herum leuchteten. Sie kannte die kleine Ecke mit der Bank unter der Eibe. Dann die Terrasse, auf der Blumen in riesigen Massen leuchteten. Von da führten zwei Wege hinunter, auf jeder Gartenseite einer. Sie schloß ihren Sonnenschirm und ging langsam zwischen den vielen Blumen umher. Überall standen Rosenbüsche, große Rosenbeete, Rosen, die von Säulen herunterhingen und -baumelten, Rosen, die auf hochstämmigen Stauden sich wiegten. Unten, am Erdboden, gab es noch viele andere Blumen. Wenn sie den Kopf hob, ragten drüben die See auf und das Kap.

Langsam, immer wieder verweilend, ging sie den Weg hinunter wie jemand, der in die Vergangenheit zurückgekehrt ist. Plötzlich berührte sie einige der schweren, blutroten Rosen, die so weich wie Samt waren, berührte sie ganz gedankenverloren wie eine Mutter, die nebenbei zärtlich die Hand ihres Kindes streichelt. Sie beugte sich etwas nach vorne, um den Duft einzufangen. Dann ging sie in Gedanken versunken weiter. Gelegentlich bannte eine flammenrote, duftlose Rose ihren Schritt. Sie starrte sie an, als könne sie es gar nicht begreifen. Und die gleiche zarte Vertrautheit überkam sie, als sie vor einem wirren Haufen rosaroter Blütenblätter stand. Dann bestaunte sie die weiße Rose, die in der Mitte grünlich war wie Eis. So streifte sie langsam, wie ein weißer, hin und her gerissener Schmetterling, den Weg hinunter, bis sie schließlich an einer winzigen Terrasse voller Rosen ankam. Sie schienen alles auszufüllen, ein sonniges, farbenprächtiges Dickicht. Sie wagte gar nicht, näher zu treten, so viele waren es und so sehr leuchteten sie. Sie schienen miteinander zu plaudern und zu lachen. Sie fühlte sich in eigenartiger Gesellschaft. Es beflügelte sie, trug sie davon. Ihre Wangen röteten sich vor Erregung. Die Luft war voller Duft.

Hastig ging sie zu einer kleinen Bank unter den weißen Rosen und setzte sich. Ihr scharlachroter Sonnenschirm malte einen scharfen Farbklecks. Sie saß ganz still, im Gefühl, ihr ganzes Wesen löse sich auf. Sie war nichts weiter als eine Rose, eine Rose, die nicht ganz zur Blüte kommen konnte, deren Knospen geschlossen blieben. Eine kleine Fliege setzte sich auf ihr Knie, auf ihr weißes Kleid. Sie beobachtete sie, als wäre sie auf eine Rose gefallen. Sie war nicht sie selbst.

Sie fuhr erschreckt auf, als ein Schatten sie streifte und eine Gestalt in ihr Blickfeld trat. Es war ein Mann in Slippern, der sich lautlos genähert hatte. Er trug einen Leinenmantel. Der Morgen war zerstört, der Bann verflogen. Sie hatte nur Angst, zur Rede gestellt zu werden. Er kam auf sie zu. Sie stand auf. Als sie ihn dann von nahem sah, verließen sie die Kräfte, und sie sank auf die Bank zurück.

Er war ein junger Mann, militärisch gekleidet, mit einem Ansatz zur Korpulenz. Sein schwarzes gebürstetes Haar lag glatt und glänzend, sein Schnurrbart war gewichst. Sein Gang aber hatte etwas Unfestes. Sie blickte auf, bleich bis in die Haarspitzen, und sah seine Augen. Sie waren schwarz, starr, blicklos. Es waren nicht die Augen eines Menschen. Er ging auf sie zu.

Er starrte sie unverwandt an, verlor eine Grußgeste und nahm neben ihr auf der Bank Platz. Er korrigierte seine Sitzhaltung, rückte die Füße zurecht und sagte in feinem, militärischem Tonfall: «Ich störe Sie doch nicht etwa?»

Sie war unfähig zu sprechen und hilflos. Er war makellos angezogen, dunkle Kleidung und Leinenmantel. Sie vermochte sich nicht zu rühren. Als sie seine Hände mit dem so wohlbekannten Ring am kleinen Finger sah, fühlte sie sich ganz benommen. Alles war in Verwirrung. Sie saß da, zu nichts fähig. Denn seine Hände, ihre Symbole leidenschaftlicher Liebe, erfüllten sie mit Schrecken, wie sie nun auf seinen starken Oberschenkeln lagen.

«Darf ich rauchen?» fragte er vertraulich, fast heimlich, während seine Hand in die Tasche fuhr.

Sie vermochte nicht zu antworten, doch das spielte keine Rolle, er war in einer anderen Welt. Sie fragte sich verzweifelt, ob er sie erkannte – ob er sie denn erkennen konnte. Sie saß da, bleich vor Seelenpein. Doch sie mußte es durchstehen.

«Ich habe ja gar keinen Tabak mehr», sagte er nachdenklich.

Doch sie achtete nicht auf seine Worte, sie achtete nur auf ihn. Konnte er sie erkennen, oder war alles vorbei? Sie saß reglos in einer Art eisiger Spannung.

«Ich rauche ‹John Cotton›», sagte er, «und muß sparsam damit umgehen, er ist teuer. Wissen Sie, man hat's nicht leicht, solange man diese Prozesse am Hals hat.»

«Nein», sagte sie. Ihr Herz war kalt, ihre Seele blieb starr.

Er regte sich, machte eine kleine Grußbewegung, erhob sich und ging davon. Sie saß reglos. Sie konnte seine Gestalt sehen, die Gestalt, die sie so innig geliebt hatte: seinen markanten Soldatenkopf, seine gute, nun erschlaffte Figur. Aber es war nicht er. Es erfüllte sie nur mit einem unsäglichen Entsetzen.

Plötzlich kam er zurück, die Hand in der Rocktasche. «Macht es Ihnen etwas aus, wenn ich rauche?» sagte er. «Vielleicht sehe ich die Dinge dann etwas klarer.»

Er ließ sich neben ihr nieder und stopfte eine Pfeife. Sie beobachtete seine Hände mit den schönen kräftigen Fingern. Sie hatten immer eine Tendenz zu leichtem Zittern gehabt. Das hatte sie, schon ganz zu Anfang, überrascht bei einem so gesunden Mann. Nun waren die Bewegungen fahrig, und der Tabak hing fransig aus der Pfeife.

«Ich muß mich um meine Rechtsangelegenheiten kümmern. Prozesse sind immer so unsicher. Ich sage meinem Anwalt ja genau und detailliert, worauf es mir ankommt, aber ich komme einfach nicht durch damit.»

Sie saß da und hörte ihn erzählen. Aber es war nicht er. Und doch waren das die Hände, die sie geküßt hatte, und auch die glänzenden schwarzen Augen, die sie so geliebt hatte. Und dennoch war es nicht er. Sie saß reglos vor Entsetzen, schweigend. Sein Tabakbeutel fiel ihm aus der Hand, und er tastete auf dem Boden suchend nach ihm. Doch sie mußte bleiben, um zu sehen, ob er sie nicht doch noch erkennen würde. Warum nur konnte sie nicht gehen! Plötzlich stand er auf.

«Ich muß sofort los», sagte er. «Die Eule kommt gleich.» Dann fügte er vertrauenheischend hinzu: «Er heißt natürlich nicht wirklich Eule, aber ich nenne ihn so. Ich muß los, um zu sehen, ob er schon da ist.»

Sie stand ebenfalls auf. Er stand vor ihr, unsicher. Er war ein stattlicher Mann, soldatisch aussehend, und ein Irrer. Ihre Augen forschten und forschten. Würde er sie nicht doch erkennen? Konnte sie ihn nicht doch entdecken?

«Sie kennen mich nicht?» fragte sie, aus der Not ihrer Seele, einsam dastehend.

Er sah sie seltsam an. Sie mußte seinem Blick standhalten. Seine Augen funkelten sie an, doch ohne Verstand. Er trat näher an sie heran.

«Doch, ich kenne Sie», sagte er fest, bestimmt, doch wie ein Irrer, und näherte sich mit seinem Gesicht dem ihren. Ihr Entsetzen war zu groß. Der mächtige Irre kam ihr allzu nahe.

Ein Mann näherte sich eilig. «Der Garten ist heute morgen nicht geöffnet», sagte er.

Der Verrückte hielt inne und sah ihn an. Der Aufseher ging zu der Bank und hob den Tabaksbeutel auf, der dort liegengeblieben war.

«Lassen Sie Ihren Tabak nicht liegen, Sir», sagte er und übergab ihn dem feinen Herrn im Leinenmantel.

«Ich wollte die Dame hier gerade bitten, zum Mittagessen zu bleiben», sagte dieser höflich. «Sie ist eine Bekannte von mir.»

Die Frau machte kehrt und verließ den Garten eiligen Schrittes, ohne etwas zu sehen, zwischen den sonnigen Rosen hindurch, vorbei am Haus mit den leeren, dunklen Fenstern, durch den kieselbestreuten Hof hinaus auf die Straße. In blinder Hast ging sie weiter, ohne zu zögern, ohne zu wissen wohin. Als sie zurück war, ging sie schnurstracks nach oben, nahm ihren Hut ab und setzte sich auf das Bett. Es war, als ob eine innere Membran entzweigerissen worden wäre, so daß sie kein denkendes und fühlendes Wesen mehr war. Sie saß und starrte zum Fenster, wo ein Efeuzweig im Seewind langsam auf und nieder schwang. Es lag etwas von der unheimlichen Helligkeit der sonnenbeschienenen See in der Luft. Sie saß vollkommen still, ohne jedes Leben. Sie fühlte sich nur noch krank, als ob das Blut in ihren zerrissenen Eingeweiden tobte. Sie saß vollkommen still und teilnahmslos da.

Nach einiger Zeit hörte sie unten den harten Schritt ihres Gatten, und ohne sich zu regen, registrierte sie innerlich, was er tat. Sie hörte, wie sich seine ziemlich lustlosen Schritte wieder nach draußen entfernten, wie er sprach, antwortete, munterer wurde und wie sein fester Schritt dann näher kam.

Er trat ein, rotbackig, ziemlich guter Laune, eine gewisse Selbstzufriedenheit umgab seine muntere, kräftige Gestalt. Sie bewegte sich steif. Er stockte im Näherkommen.

«Was ist los», fragte er, wobei eine leichte Ungeduld in seiner Stimme schwang. «Fühlst du dich nicht gut?»

Es war die reine Qual für sie.

«Doch, ziemlich», erwiderte sie.

Seine braunen Augen verrieten Verwirrung und Ärger.

«Was ist los?» sagte er.

«Nichts.»

Er machte ein paar Schritte, blieb dann wie angewurzelt stehen und sah zum Fenster hinaus.

«Hast du jemand getroffen?» fragte er.

«Keinen, der mich kennt», sagte sie.

Seine Hände begannen zu zucken. Es ärgerte ihn, daß sie so wenig Notiz von ihm nahm, als wäre er gar nicht vorhanden. Nicht anders könnend, drehte er sich schließlich zu ihr um und fragte: «Etwas hat dich aus der Fassung gebracht, nicht wahr?»

«Nein, warum?» sagte sie gleichgültig. Er existierte nicht für sie, war ihr nur lästig.

Sein Ärger wuchs. An seinem Hals traten die Adern hervor.

«Es sieht aber ganz danach aus», sagte er, bemüht, seinen Ärger zu unterdrücken, weil er keinen Grund zu nennen vermochte. Er ging hinaus und nach unten. Sie saß still auf dem Bett. Sie verabscheute ihn, mit dem Wenigen an Gefühl, das sie noch in sich hatte, weil er sie quälte. Die Zeit verstrich. Sie roch den Duft des Mittagessens, das unten serviert wurde, roch vom Garten her den Pfeifenrauch aus der Pfeife des Gatten. Doch sie vermochte sich nicht zu regen. Sie hatte kein Leben. Eine Glocke läutete. Sie hörte ihn hereinkommen. Und dann stieg er erneut die Stufen empor. Bei jedem Schritt zog sich ihr Herz zusammen. Er öffnete die Tür.

«Das Essen steht auf dem Tisch», sagte er.

Es fiel ihr schwer, seine Gegenwart zu ertragen, weil er sie störte. Sie vermochte es nicht, wieder Leben zu gewinnen. Steif stand sie auf und ging nach unten. Sie konnte während der Mahlzeit weder essen noch sprechen. Sie saß abwesend da, zerrissen, ohne eigenes Leben. Er bemühte sich, so zu tun, als ob nichts wäre. Schließlich aber schwieg er vor Wut. Sobald sie konnte, ging sie wieder nach oben und verschloß die Schlafzimmertür. Sie mußte allein sein. Er ging, seine Pfeife rauchend, in den Garten. Der ganze aufgestaute Ärger über sie, die sich ihm gegenüber als etwas Besseres wähnte, erfüllte und verdunkelte sein Innerstes. Er hatte es zwar nicht gewußt, doch er hatte sie nie wirklich gewonnen, sie hatte ihn nie geliebt. Sie hatte ihn genommen, weil sie litt. Das hatte er nicht erkannt. Er war nur ein einfacher Grubenelektriker, sie etwas Besseres. Er hatte immer nachgegeben. Die ganze Zeit aber hatten Kränkung und Schmach an seiner Seele genagt, weil sie ihn nicht ernst nahm. Und nun stieg all seine Wut gegen sie in ihm auf.

Er machte kehrt und ging ins Haus. Zum dritten Mal hörte sie ihn die Treppe heraufkommen. Das Herz stand ihr still. Er bewegte die Klinke und wollte eintreten – die Tür war verschlossen. Er versuchte es noch einmal, fester. Ihr Herz stand still.

«Hast du die Tür abgeschlossen?» fragte er ruhig, um bei der Hausherrin keine Aufmerksamkeit zu erregen.

«Ja. Warte einen Augenblick.»

Sie erhob sich und schob den Riegel zurück, in der Angst, er würde hereinstürmen. Sie fühlte Haß gegen ihn, weil er ihr ihre Freiheit nicht ließ. Er trat ein, die Pfeife zwischen den Zähnen, und sie nahm wieder ihre alte Position auf dem Bett ein. Er schloß die Tür und blieb mit dem Rücken zu dieser stehen.

«Was ist los?» fragte er entschlossen.

Er war ihr unerträglich. Sie vermochte ihn nicht anzusehen. «Kannst du mich denn nicht in Ruhe lassen?» erwiderte sie, ihr Gesicht abdrehend.

Er sah rasch und voll zu ihr hin, Beschämung in den Gesichtszügen. Dann schien er einen Moment zu überlegen.

«Irgend etwas ist doch los mit dir, stimmt's nicht?» sagte er fest.

«Ja», sagte sie, «aber das ist kein Grund, mich zu quälen.»

«Ich quäle dich nicht. Was ist los?»

«Was geht dich das an!» rief sie haßerfüllt und verzweifelt.

Etwas knackte. Er fuhr zusammen und konnte gerade noch die aus dem Mund fallende Pfeife auffangen. Dann schob er das abgebissene Mundstück nach vorne, nahm es von den Lippen und betrachtete es. Dann machte er die Pfeife aus und wischte sich die Asche von der Weste. Danach hob er den Kopf.

«Ich will es wissen», sagte er. Sein Gesicht war gräulich blaß und hatte einen häßlichen Ausdruck angenommen.

Keiner schaute den anderen an. Sie wußte, daß es nun in ihm loderte. Sein Herz pochte heftig. Sie haßte ihn, doch sie konnte ihm nicht widerstehen. Plötzlich hob sie den Kopf und drehte sich zu ihm um.

«Mit welchem Recht willst du das wissen?» fragte sie.

Er sah sie an. Ein Stich des Erstaunens durchzuckte sie, als sie seinen leidenden Blick und sein starres Gesicht wahrnahm. Doch ihr Herz wurde rasch wieder hart. Sie hatte ihn nie geliebt. Sie liebte ihn auch jetzt nicht.

Plötzlich aber hob sie erneut rasch den Kopf, wie etwas, das freizukommen versucht. Sie wollte es loswerden. Es war nicht so sehr er, sondern es, etwas, das sie sich selbst auferlegt hatte, das sie so schrecklich band. Und da sie es sich selbst auferlegt hatte, war es um so schwerer wegzunehmen. Jetzt aber haßte sie alles und empfand Zerstörungswut. Er stand mit dem Rücken zur Tür, als ob er sie auf ewig bekämpfen wollte, bis sie ausgelöscht wäre. Sie sah ihn an. Ihre Augen waren kalt und feindselig. Seine Arbeiterhände spreizten sich auf den Feldern der Tür hinter ihm.

«Du weißt, daß ich früher hier gelebt habe?» begann sie mit harter Stimme, als ob sie ihn absichtlich verletzen wollte. Er straffte sich und nickte.

«Nun, ich war die Gesellschafterin von Miss Birch von Torill Hall – sie und der Pastor waren befreundet, und Archie war der Sohn des Pastors.» Es entstand eine Pause. Er hörte zu, ohne zu wissen, was geschah. Er starrte auf seine Frau. Sie saß in ihrem weißen Kleid auf das Bett gekauert und faltete behutsam den Saum ihres Rocks. Ihre Stimme war voller Feindseligkeit.

«Er war Offizier... Oberleutnant... bekam dann aber Streit mit seinem Vorgesetzten und verließ die Armee. Jedenfalls» – sie zupfte am Rocksaum, der Gatte stand reglos, ihre Bewegungen verfolgend, was ihm das Blut in den Adern kochen ließ – «hat er mich wahnsinnig gemocht, und ich ihn auch... wahnsinnig.»

«Wie alt war er?» fragte der Gatte.

«Wann, als ich ihn kennenlernte? Oder als er wegging?»

«Als du ihn kennenlerntest.»

«Als ich ihn kennenlernte, war er sechsundzwanzig... er ist einunddreißig... fast einunddreißig – weil ich neunundzwanzig bin, und er ist fast drei Jahre älter...»

Sie hob den Kopf und blickte auf die gegenüberliegende Wand.

«Und was dann?» fragte der Gatte.

Sie verhärtete sich und sagte gefühllos: «Wir waren ein Jahr lang so gut wie verlobt, wenn auch niemand davon wußte – zumindest sprach man davon... aber... offiziell war es nicht. Dann ging er weg...»

«Er hat dich also sitzenlassen?» sagte der Gatte mit aller Brutalität, in der Hoffnung, vielleicht auf diese Weise an sie heranzukommen. Ihr Herz füllte sich mit wilder Wut. «Ja», sagte sie dann, um ihn zu ärgern. Er trat von einem Fuß auf den anderen und gab ein wütendes «Pah!» von sich. Eine Zeitlang war es still.

«Dann», fuhr sie fort, wobei ihr Schmerz ihre Worte etwas spöttisch klingen ließ, «ging er plötzlich fort, um in Afrika zu kämpfen, und fast am selben Tag, als ich dich zum ersten Mal sah, erfuhr ich von Miss Birch, daß er einen Sonnenstich erlitten habe... und zwei Monate später, daß er tot sei...»

«Das war also, bevor du mit mir angefangen hast?» sagte der Gatte.

Es kam keine Antwort. Eine Zeitlang sagte keiner etwas. Er hatte nicht verstanden. Seine Augen waren böse zusammengezogen.

«Du hast also deine alten Liebesplätze besucht!» sagte er. «Das war es also, weshalb du heute morgen allein ausgehen wolltest.»

Noch immer gab sie ihm keinerlei Antwort. Er ging von der Tür weg zum Fenster. Er stand mit den Händen auf dem Rücken, diesen ihr zugekehrt. Sie sah in an. Seine Hände erschienen ihr derb, sein Hinterkopf armselig.

Schließlich, fast gegen seinen Willen, drehte er sich um und fragte: «Wie lange ging das so mit ihm?»

«Was willst du damit sagen?» erwiderte sie kalt.

«Ich meine, wie lange hast du mit ihm herumgemacht?»

Sie hob den Kopf, das Gesicht von ihm abgekehrt. Sie weigerte sich, darauf zu antworten. Dann sagte sie: «Ich weiß nicht, was du mit ‹herumgemacht› meinst. Ich liebte ihn vom ersten Augenblick an, als ich ihn sah… zwei Monate war ich zu der Zeit bei Miss Birch.»

«Und du meinst, er liebte dich auch?» sagte er höhnisch.

«Ich weiß, daß er mich liebte.»

«Was macht dich denn da so sicher, wenn er nichts mehr mit dir zu tun haben wollte?»

Es entstand eine lange Pause, erfüllt von Haß und Schmerz.

«Und wie weit ging es zwischen euch beiden?» fragte er schließlich mit ängstlicher, steifer Stimme.

«Ich hasse deine unoffenen Fragen», rief sie, außer sich ob seiner Quälerei. «Wir liebten einander, und wir *waren* zusammen… ja, wir waren's. Es ist mir egal, was du denkst… was hast du überhaupt damit zu tun? Wir waren ein Paar, bevor ich dich kannte…»

«Paar… Paar», sagte er, weiß vor Wut. «Du meinst wohl, du hast dich mit diesem Armeekerl kräftig ausgetobt, und ich durfte dich dann heiraten, als es genug war…»

Sie saß und schluckte ihre Bitternis hinunter. Es trat eine lange Pause ein.

«Willst du damit sagen, daß du… bis zum Letzten gegangen bist?» fragte er, noch immer nicht begreifend.

«Warum, was denn sonst?» sagte sie brutal.

Er wich zurück und wurde ganz bleich, seelenlos. Es entstand ein langes, lähmendes Schweigen. Er schien kleiner geworden zu sein.

«Du hast also nie daran gedacht, mir das alles zu sagen, bevor ich dich heiratete», sagte er schließlich mit bitterer Ironie.

«Du hast mich nie danach gefragt», erwiderte sie.

«Ich habe das nie für nötig gehalten.»

«Nun, hättest du aber sollen.»

Er stand mit ausdruckslosem, fast kindlichem Gesicht da. Viele Gedanken schwirrten ihm durch den Kopf, während der Schmerz in seinem Herzen tobte.

Plötzlich setzte sie hinzu:

«Und ich habe ihn heute gesehen. Er ist nicht tot, er ist verrückt.»

«Verrückt!» wiederholte er unwillkürlich.

«Ein Irrer», sagte sie. Es kostete sie fast den Verstand, das Wort auszusprechen. Eine Pause trat ein.

«Hat er dich erkannt?» fragte der Gatte mit kleiner Stimme.

«Nein», sagte sie.

Er stand und sah sie an. Endlich hatte er begriffen, welch große Kluft zwischen ihnen lag. Sie saß noch immer auf das Bett gekauert. Er vermochte sich ihr nicht zu nähern. Jetzt miteinander in Berührung gebracht zu werden hieße beiden Gewalt antun. Die Sache brauchte Zeit.

Sie waren beide so sehr erschüttert, daß alles Persönliche abgefallen war und sie einander nicht mehr haßten. Nach ein paar Minuten verließ er sie und ging hinaus.

EDITH SÖDERGRAN

1892–1923

Die Rose

Ich bin schön, denn ich bin im Garten meines
Geliebten gewachsen.
Ich stand im Frühlingsregen und trank Sehn-
sucht,
ich stand in der Sonne und bekam Glut –
nun stehe ich offen und warte.

CARL SPITTELER

1845–1924

Die Ameisen im Rosengarten

Das ist auch wieder so eines von den gerühmten «nützlichen» Tieren! Wenn ich es nicht mit eigenen Augen beobachtet hätte, nun schon das zweite Jahr immer und immer wieder beobachtet hätte, so würde ich mich nicht unterfangen, es im Widerspruch mit den Fachmännern zu behaupten: Sie fressen sie, sie sägen sie mitten entzwei, schöne, große, wohlgebildete Knospen, welche sich schon röten, die gehätschelten Lieblinge der Lehrbücher, die fleißigen Ameisen! Denunziere ich nun dies Gebaren den Gärtnern, so wird mir nach manchem Zweifeln und Munkeln zwar die Möglichkeit des Tatbestandes eingeräumt, dagegen zur Entschuldigung entgegengehalten, die Ameisen würden sich bloß an solchen Knospen vergreifen, die ohnehin schon mit einer Wunde behaftet wären. Eine triftige Entschuldigung! Das ist, als ob man den Wolf damit entschuldigen wollte, daß er bloß solche Schafe auffräße, die sich an einem Dorn geritzt hätten. Übrigens verträgt sich die Behauptung, auf welche sich die Entschuldigung gründen möchte, nicht einmal mit der Wirklichkeit. In Wirklichkeit geht es vielmehr folgendermaßen zu.

Jacobus à Bruck

Usu diverso.

Aus Rosen saugen Bienen Honig, Spinnen Gift.

Vom frühen Morgen bis zum späten Abend strolchen die Ameisen in den Rosenbäumchen umher. Was haben die dort zu suchen? Die Theorie antwortet: Sie stellen dem Ungeziefer nach, den Blattläusen und dem schädlichen Rosengewürm, das sie vertilgen. Ich bitte die Theorie um Verzeihung, daß ich ihr die Natur entgegenhalte: Noch nie habe ich einen der vielen schädlichen Rosenwürmer von einer Ameise angegriffen gesehen, obschon die Würmer dick und fett auf den Blättern lagen wie auf einem Servierteller und die Ameisen wie besessen in der Nähe herumliefen; vielmehr habe ich die Ameisen gleichgültig daran vorbeispazieren sehen, als ginge sie's nichts an. Ich habe ebensowenig jemals eine Ameise eine Blattlaus fressen sehen, obschon ich ganze Kolonien von Blattläusen mit unzähligen Tirailleuren von Ameisen täglich nebeneinander erblicke. Selbst das berühmte Melken der Blattläuse durch die Ameisen gewahre ich auf den Rosen nur sehr selten, ganz ausnahmsweise, während ich es auf Unkräutern massenhaft beobachtete. Übrigens wäre auch das Melken von fraglichem Nutzen, weil doch die gemolkenen Blattkühe nun mit um so lebhafterem Appetit weiterfressen würden, um sich für den Verlust zu entschädigen.

Nein, nicht dem Ungeziefer, sondern den Knospen stellen sie nach, ob sie ihnen nicht irgendwo beikommen könnten. Insbesondere suchen sie von oben in die jungen Knospen einzudringen. Wehe der Knospe, die nicht unzugänglich geschlossen emporkeimt oder die sich zu früh erschließt. Dann schlüpfen die Ameisen hinein, erst eine, hernach zwei, endlich ein ganzes Dutzend, so viele ihrer überhaupt Platz finden, und fressen das Herz der Knospe, die innern zarten grünen Blumenblätter, die sich noch nicht gefärbt haben, einfach weg; radikal weg fressen sie's, bis kein saftiges Zipfelchen mehr übrigbleibt. Wie mit dem Löffel ausgehöhlt, wie mit dem Messer durchsägt sieht so eine arme Knospe aus, nachdem man sie von den darauf klebenden Ameisen befreit hat. Hingegen vermögen sie den äußersten, bereits gefärbten Blumenblättern nicht beizukommen, so daß wir schließen müssen, daß die Farbe für die Rose zugleich ein Schutzmittel bedeutet. Nun erklärt es sich, warum die Rosenknospen so krampfhaft bemüht sind, sich fest verschlossen zu halten, bis sie sich ausgereift haben, so krampfhaft, daß sie zuweilen ganze Blätter in den Knospenzipfel hineinklemmen. In vorliegendem Falle also hat die Entschuldigung, es handle sich bloß um verwundete Exemplare, nicht einmal einen tatsächlichen Untergrund. Es waren schöne, große, wohlgebildete Knospen, die ich auf diese Weise durch die Ameisen verlor, Knospen, die den einzigen Fehler hatten, oben nicht scharf zu schließen, mit andern Worten, den Fehler, den räuberischen Ameisen einen Spalt als Zugang zu gewähren. Daß die Ameisen nicht die Kraft und die Waffen besitzen, die Knospen seitwärts durch das Deckblatt anzunagen, ist nicht ihr Verdienst; denn am Willen fehlt es ihnen nicht. Sie machen sich denn auch jedes zufällige Pförtchen schleunigst zu Nutzen. Wo ein Wurm eine Knospe angebohrt hat, da fährt die Ameise vollends hinein, tief und gründlich, bis die Vernarbung der Wunde durch Verholzung ihr Halt gebietet. Ob die Blume dabei völlig zugrunde gehe oder verkrüppelt aufblüht, hängt davon ab, wer schneller arbeitet, die Vernarbung oder das Trüppchen Ameisen. Der Rose mächtigster Schutz gegen ihre zahllosen Feinde ist eben ihre gewaltige Wüchsigkeit, ihr edler Saft; sie wehrt sich, indem sie zuvorkommt, indem sie durch ihre Lebenskraft die vielen Mörder überflügelt.

Gestützt auf diese Beobachtungen erlaube ich mir daher, bei aller Ehrerbietung vor dem überlegenen Wissen der Kenner, die Ameisen im Rosengarten als schädliche Tiere zu bezeichnen, die man nach Kräften vernichten soll; darum, weil sie das Ungeziefer verschonen, aber die Knospen fressen, wann und wie sie nur können. Wenn sie's nicht können, dann tun sie's nicht; das will ich gerne zugeben.

Joachim Camerarius

Neglecta virescunt.

Wachstum trotz allem.

ROBERT FROST

1874–1963

The Rose Family

The rose is a rose,
And was always a rose.
But the theory now goes
That the apple's a rose,
And the pear is, and so's
The plum, I suppose.
The dear only knows
What will next prove a rose.
You, of course, are a rose –
But were always a rose.

ROBERT FROST

1874–1963

Die Familie der Rosen

Die Rose bleibt Rose,
War immer die Rose,
Der Lehrsatz erbost mich,
Der Apfel* sei Rose,
Die Birne, die große,
Die Aprikose –
Dein Liebster erlost sich
Die wahrhafte Rose:
Dich selber, du Rose
Gebliebene Rose.

---

* Die Rose, aber auch Apfel, Birne und Aprikose gehören zur Familie der Rosengewächse (Rosazeen).

WALTER DE LA MARE

1873–1956

Nachbarn

Miss Guthries mühseliger Arbeitstag mündete in vollständige Erschöpfung. Körper und Geist gleichermaßen gaben sich nach ungemeiner Anstrengung nun gänzlich der Entspannung hin. Tatsächlich war es bislang stets Miss Pugh gewesen, die schöpferisch den Kurs bestimmt hatte: während es ihr, Miss Guthrie, nur dank unablässigen und äußersten Bemühens gelungen war, ihrer Rivalin den Triumph vorzuenthalten, indem sie unverzüglich und mit gleicher Waffe den forsch geführten Angriff zu parieren suchte. Der heutige Tag indessen war in der fiebrigen Hoffnung zugebracht worden, daß ihre eigene, wenngleich vielleicht etwas prosaische Emsigkeit zu guter Letzt nun doch einmal die Oberhand gewinnen könnte über die wundersam gelassene und aus sich selbst genährte Genialität, die ihrer Nachbarin nicht abzusprechen war.

Schon lange vor der Stunde, zu der es sich gewöhnlich erst geziemt, außer Haus zu gehen, hatte sie in einem entfernten Viertel einen Blumenladen aufgesucht, um, samt Wurzeln, den absolut neuesten Edelrosenstock nach Hause zu tragen. Der ganze Vormittag wurde dann darauf verwendet, so genaue wie geheime Vorbereitungen zu treffen. Und am Nachmittag schließlich hatte sie sich, in der wohlbegründeten Annahme, daß Miss Pugh ein Ruhestündchen einlegen und daher nicht in Sichtweite der beiden Gärten sein würde, ihre alten, der Arbeit im Garten dienenden Lederhandschuhe übergestreift, hatte das Loch gegraben, die Lehmerde über den Wurzeln festgetreten, und schon war das so unscheinbare wie hoffnungsvolle Etwas kerzengerade an seinem Platze eingepflanzt. Von dort aus, wagte sie zu hoffen, würde es zur Reifezeit so unvermutet vorpreschen und so jäh den Sieg an sich reißen, daß an Gegenwehr nicht mehr zu denken wäre.

Und nun also saß sie todmüde, in Unterrock und Hausschuhen, den «Schocker» aufgeschlagen zwar, doch unbeachtet unter der Leselampe, lustlos und bar jeden Interesses herum. Der Kampf war vorläufig zumindest vorbei; sie war nun nicht mehr aufs äußerste, ja nahezu über alle Maßen gefordert, und sie starrte fast wie in Panik durch die Brillengläser hindurch in eine Zukunft trostlos und leer. Hatte das Leben, um Sinn und Zweck zu haben, denn nicht stets der nachbarlichen Feindseligkeit bedurft?

«Darauf lief es wohl hinaus», dachte sie und stellte sich für einen Augenblick vor, welch vernichtende Übermacht Miss Pugh allein dadurch bewies, daß sie die Herausforderung ganz einfach ignorierte. Der Kampf war zur dümmlichen

Farce geworden, schäbig und nutzlos. Um wieviel besser wäre es gewesen, hätte sie selber sich nur aus allem herausgehalten, ja nicht einmal die Existenz einer Fehde zur Kenntnis genommen! Um wieviel einfacher hätte ihr Leben seitdem doch sein können, wäre sie nur, zermalmende Überlegenheit demonstrierend, der nachbarlichen Kampfansage mit ausgesuchter Höflichkeit entgegengetreten. Ihre Arbeit in Kirche und Pfarrgemeinde, ihre kleine Gesellschaftsrunde – all dies hätte dann nicht im mindesten Schaden zu nehmen brauchen. Wie oft wäre ihr eine schlaflose Nacht, wie oft die durch den Stachel des Grolls erzeugte Pein erspart geblieben! Wieviel würdevoller, um wieviel reicher auch hätte ihr Leben doch sein können, wäre sie nur, unerträglich strafend, ihrer Widersacherin mit souveräner Indifferenz begegnet, gerade soweit Notiz von ihr nehmend, als dies nötig gewesen wäre, um ihre erbärmliche Winzigkeit nur um so deutlicher zu unterstreichen.

Doch dazu war es nun längst zu spät. Der Ärger nahm kein Ende; der Pastor war zu einer jener unerreichbaren Früchte im Garten der Hesperiden geworden, deren sich ein dritter und sinnlicherer Widersacher bemächtigen würde. Selbst die vorzüglichsten unter ihren Bekannten, die entfernten Verwandten, Freunde, ihre Schwester: sie alle waren nun ganz Banner und Schlachtruf. Sie hörte sich wieder, wie sie sie im

Gespräch mit Besuchern regelrecht aufmarschieren ließ – Worte, die ja auch gehört werden sollten. Der Garten, einst ihr ganzer Trost und Inbegriff wärmender Erinnerung – was war aus ihm geworden? Eine reine Nachahmung des angrenzenden, eine ideenlose, kraftlose Dreistigkeit.

«Gärten!» dachte sie mit plötzlichem Abscheu – wo doch keine der Damen sich öfter als einmal wöchentlich die Dienste des jeweils selben, reihum gehenden Aushilfsgärtners leisten konnte; und wo jede doch auf den allereinfachsten Luxus verzichten mußte, nur um all die teuren, scheußlichen und wirkungslosen Wundermittel zur Schädlingsbekämpfung erstehen zu können, die der Blumenzüchter gerade zu verordnen beliebte. Ein einziger Traumtanz der Eitelkeit: so kam ihrem ermatteten Geist das Leben vor. «Ein wenig Frieden nur!» jammerte sie immer wieder in sich hinein. «Nur einmal nicht an dieses Weib denken!» – das mit solch erhabener Leichtigkeit nahezu unerträgliche Schläge austeilte.

«Was wird von diesem Geschöpf wohl als nächstes zu gewärtigen sein?» fragte sie sich bang; doch bei diesem Gedanken fiel ihr wieder ihr eigener, hinterhältig inszenierter, geheimer Triumph ein. Sie stand auf und zog den Vorhang beiseite, um einen Blick auf eben jene neueste, ungeheure Vergeltungswaffe werfen zu können. Am hinteren Ende des angrenzenden Gartens entdeckte sie Miss Pugh persönlich – im Mondschein, mit fiebrigem Eifer Pflanzen setzend.

Beobachten war nicht nötig. Ein Schlangenzahn hätte nicht giftiger sein können als ihre Phantasie, so daß sie sofort erkannte, worauf das Unternehmen hinauslief. Königsrose für Königsrose, Busch für Busch würde aufblühen, einer wie der andere, und jede einzelne Blüte trüge nichts anderes stolz zur Schau als ihre nur vermeintliche Einmaligkeit. Wie du mir, so ich dir! Ein Roland für einen Oliver! – das Gleichgewicht der feindlichen Kräfte war wiederhergestellt; die gewaltige Anstrengung hatte sich als vergeblich erwiesen.

Die ältliche Dame ließ den Zipfel des Vorhangs fallen. Mit Tränen in den Augen wandte sie sich ab, das Herz erfüllt von glühendem Zorn und Enttäuschung. So mächtig und voller Zerstörungswut war die Zornanwandlung, daß ihre Wangen feuerrot erglühten, als ihr ein Gedanke durch den Kopf schoß: «Wenn nur dieser Störenfried nicht wäre!» Hitzig erregt maß sie ihr Ebenbild im Spiegel: Kain, unverkennbar Kain, selbst im Bildnis.

Am folgenden Morgen dann war sie gefaßteren Gemüts. Es lag auf der Hand, daß dieser letzten Anstrengung eine kurze Ruhepause folgen mußte. Zwar war sie im ersten Moment versucht, ihren Rosenstock auf der Stelle wieder

Jacob Cats
Turpe senilis amor.
Bienen fliehen die welke Rose.

aus der Erde zu reißen, doch dann besann sie sich eines weiseren Vorgehens – so zu tun, als schenkte sie ihm keinerlei Beachtung, in der Hoffnung, daß er so, stärker vielleicht als erhofft, zu üppiger und farbenfroher Blütenpracht sich entwickeln würde. Sonst allerdings wäre eine Rückkehr zu alter, hündischer Wachsamkeit wohl unumgänglich, zur immerwährenden Bereitschaft also, ohne jede Verzögerung zu Gegenmaßnahmen zu schreiten, ganz gleich, welche Taktik, welches neue Manöver ihre unermüdliche und unbeirrbare Widersacherin auch aushecken mochte.

Sie mußte, wie gewöhnlich, schon kräftig zupacken, um einigermaßen Schritt halten zu können. Unkraut jäten, auspflanzen, beschneiden, zurückbinden, spritzen, abdecken, düngen – um nur einige ihrer mühevollen Pflichten zu benennen. Die Pfarrgemeinde, das Pfarrhaus, die Bruderschaften, die Teekränzchen, die Missionen: dies alles bedeutete ebenfalls ständige Pflichterfüllung. Welches Ausmaß an Langeweile und Überdruß damit verbunden war, vermochte allein sie zu sagen.

Alles war in eine Flut von Licht getaucht, als die beiden Rivalinnen erneut einander gegenüberstanden. Während beide gebückt ihrer Arbeit frönten, traf es sich, daß sie sich plötzlich gemeinsam aufrichteten und einander über den trennenden Zaun hinweg von Angesicht zu

Angesicht erblickten: Miss Pugh etwas verdeckt im Schatten eines dunklen Baumes, doch die Brillengläser silberweiß funkelnd; Miss Guthrie schmächtig, grau, schlampig und unscheinbar – nun in den blendenden Lichtschein der schrägstehenden Sonne getaucht. Beide verneigten sich gegeneinander, höflich und abweisend, eine Wand des Schweigens zwischen sich, beredt nur der hochmütige Zug, der die Lippen umspielte. Um sie herum jedoch, Zeugnis ihres Trachtens oder vielmehr der allgewaltigen Natur, schäumten die kleinen irdischen Paradiese über vor lauter Leben und Glück – Duft, Farbe, Sonnenschein, Schatten; ein scheinbar verzückter, vibrierender Zusammenklang zweier Fluchtinseln.

Unwillkürlich fast wandten sich die beiden Damen voneinander ab und machten sich schon bald danach an Stellen zu schaffen, die, gemessen an ihren eingezäunten Domänen, keinesfalls weiter hätten auseinanderliegen können.

Ein Ereignis allerdings stand immer noch aus, und auf dessen erschöpfenden Genuß blieb Miss Guthries Aufmerksamkeit nun gerichtet. Zu ihrem Erstaunen, ja Erschrecken machte sie die Entdeckung, daß beim Vergleich der beiden seltensten aller Rosenstöcke der ihre ganz gewiß besser gedieh und einen frischeren und kraftvolleren Eindruck hinterließ. Die drängende Lebenskraft schien sich selbst noch in den Dornen zu zeigen, was dem Gegenstück keineswegs attestiert werden konnte. Siechtum, nun ja, darum handelte es sich vielleicht noch nicht ganz, aber daß sich ein Wachstumsstopp abzuzeichnen begann, das war mehr als wahrscheinlich.

Miss Pugh verharrte dort und erschauerte inmitten solch üppiger Fruchtbarkeit. An Knospen bestand kein Mangel, doch waren sie welk und kamen auf den durch Schädlingsbefall geschwächten und immerfort schwankenden Stengeln kaum je zur Ruhe. War es denn Schädlingsbefall? Oder eine organische Schwäche? Oder war Miss Pugh ein Schnitzer unterlaufen?

Miss Guthries Augenlider verengten sich im Gefühl höhnischer und schadenfroher Erwartung, aber auch in ratloser Verwirrung. Miss Pugh war nämlich überhaupt noch nie etwas mißglückt. Was für eine Art Triumph mochte also dieser scheinbare Fehlschlag wohl wieder in sich bergen? Angesichts dieses ganz unfreiwillig gezollten Tributs an die Fähigkeit der Rivalin fühlte sie von neuem Haß in sich aufsteigen.

Miss Guthrie ließ natürlich nicht nach darin, den nachbarlichen Garten zu beobachten, etwa von ihrem Badezimmerfenster aus auf ihn hinunterzuspähen, und alsbald boten sich ihrem vielgeübten Auge allenthalben und in zunehmendem Maße kaum faßliche Symptome – alles Anzeichen kurzfristiger Pflichtversäumnis; Warnungen, wie sie schon Isaac Watts' legendärer

Faulpelz in den Wind geschlagen hatte. Bislang handelte es sich, höchst subtil, um nichts weiter als darum, daß die allgegenwärtige penible Exaktheit um eine Nuance weniger perfekt war, Zeichen eben einer Natur, die sich künstlicher Fesseln zu entledigen sucht. Sie streifte ihre steifen und schmutzigen Handschuhe ab und faltete sie zusammen. Eine heiße Welle boshafter Schadenfreude durchflutete ihren Körper, und dies wieder war der Grund, weshalb sie sich mit einem Mal auch der Empfindung nicht erwehren konnte, daß ein rauher Wind durch den Garten blies – ein absolut unparteiischer, absolut indifferenter Wind.

Sie warf einen raschen und neugierigen Blick auf Miss Pughs Fenster; irgendwie gefiel es ihr nicht, so allein zu sein. Was sind Blumen denn schon, wenn ihre Schönheit verwelkt und ihr Zauber dahin ist? «Ihr etwas sagen, das schadet nur allem, ihrer Zeit und mir...» Mit einem angeekelten Schulterzucken wandte sie sich von all der Hinfälligkeit, der unnützen Schönheit, dem sinnlosen Gepränge ab. Sicher, sie hatte sich nie durch Verstand ausgezeichnet, war nie sonderlich klug gewesen. Sie konnte der Lösung eben einfach nicht auf die Spur kommen, und es gelang ihr auch nicht, sich dahingehend Klarheit zu verschaffen, welche Dinge in ihrem Leben Gewähr bieten könnten, wirkliche und dauerhafte Zufriedenheit zu erzeugen. Wenn es ihr doch wenigstens gelänge, einen einzigen außergewöhnlichen und unvergleichlichen Gegenstand ausfindig zu machen und ihn jeder spitzfindigen Krittelei und jeden Vorwurfs zu entheben, so daß selbst Miss Pugh einräumen müßte, ehrenhaft besiegt worden zu sein. Dann – was wäre dann? Nun, dann – ihr Herz erwärmte sich bei dem Gedanken daran, welch freundlicher Mensch zu sein ihr dadurch erlaubt sein würde; wie wohltuend und leicht es wäre, Lob und Komplimente zu verteilen; wohingegen ehedem jeder ihrer Gedanken von Bitterkeit und von Verstellung gezeichnet war.

Doch so ein Talisman ließ sich von einer abgestumpften und ideenlosen Person nicht entdecken. Folglich sprang, wie gewöhnlich, die Betriebsamkeit ein, und das metallische Geräusch ihres Zwergrasenmähers übertönte das Gezwitscher des Vogels.

Am folgenden Tag holte Miss Pugh wieder auf. Die große, stark gebaute Frau arbeitete ohne einen Seufzer vom Morgengrauen bis in die Nacht hinein. Und dann war es getan: wieder einmal befand sich die Natur, so von ihr überhaupt die Rede sein konnte, in der Verbannung. Doch eine Sache überstieg alles Begreifen; sonderbarerweise, und ganz so, als ob sie damit wieder eine neue überwältigende Strategie verfolgte, schenkte sie ihrem neuesten, zuletzt eingepflanzten Rosenstock keinerlei Beachtung –

der deutlich im Eingehen begriffen war. Sie zeigte, als sie an ihm vorbeiging, ein breites, boshaftes Lächeln, hörbar fast, selbst für Miss Guthrie, die wieder einmal hinter dem Vorhang hervorlugte und hinunterspähte. Sie legte auch weiter keine Pause ein, gab das Letzte, war tatkräftig wie ein Mann, leichthändig und geschickt wie eine Frau, und am Ende kehrte sie durch den Hintereingang ins Haus zurück, mit unendlicher Schwerfälligkeit ihren Blumenstrauß tragend, die Belohnung für alle Mühen, und der strahlende Glanz der Blüten spielte dabei auf ihrer geröteten, feuchten Stirn.

Danach schwanden die Tage wie im Nu. Das leuchtende Gras in Miss Pughs Garten wuchs und gedieh; ihre Blumen welkten dahin (gepriesen sei es!) und schossen herrlich in Samen. Raupen und Schnecken konnten sich ungehindert an der Pflanzenpracht laben. Das Grün des Blattwerks wich nach und nach dem Grün der Blattlausschwärme, ganzen Generationen davon, mit verheerender Wirkung für die Rosen. Und als dann endlich Miss Guthries Königsrose ihre Knospen öffnete und sich in zauberhafter Pracht der Sonne entgegenreckte, da war aus dem Gegenstück im nachbarlichen Garten wieder ein knospenloses Skelett mit verschrumpelten und lappenden Blättern geworden.

Doch Miss Guthrie stellte fest, daß, wie sie in jenem luziden Augenblick bereits vorhergesehen hatte, in unbemerktem und unverbuchtem Triumph nichts als Verderben lag. Ihr Garten war ihr zur Last geworden; der neue Pastor war einsilbiger als je zuvor, da keine mißgünstige Rivalin zur Stelle war, die seine umgängliche Freundlichkeit gebührend herausgekehrt hätte. Und zu dem allen kam noch hinzu, daß ein sonderbares und ungewohntes Mißbehagen von ihr Besitz ergriff.

Ihr ganzes Denken erschien ihr zusammenhanglos und abgehackt; sowenig Ordnung der eine Gedanke zu enthalten schien, so ungeordnet und unreif war auch der nächstfolgende. Sie verrichtete ihre Alltagsgeschäfte wie jemand, der einen allerliebsten Gegenstand verloren hat und nun fortwährend an nichts anderes zu denken vermag, als ihn wiederzufinden. Über Tage führte ihre Aufwartefrau unwidersprochen das große Wort. Sie wünschte, sonderbar in Sorge, von ihrer Nachbarin zu «hören». An welcher Krankheit litt sie denn eigentlich, und wann war wieder mit ihr zu rechnen? Immer noch war es nämlich diese Widersacherin, war es Miss Pugh, die als einzig klar umrissener Orientierungspunkt aus einem Nebelmeer herausragte, das aus Zweifeln und Befürchtungen bestand. Ihr Kopf schmerzte nahezu unaufhörlich, und es kam vor, daß ihr Gedächtnis sie gerade dann plötzlich im Stich ließ, wenn sie es am dringendsten benötigte. Sie sehnte sich beinahe gar danach, auch krank zu sein; einfach deshalb, um einen Grund zu haben, aufgeben zu können, die Waffen zu strecken, ein anderes, neues Leben zu beginnen. Und dennoch, sonderbarer noch, war es nur der Garten, besser gesagt Miss Pughs Garten, der ihr in ihrem Kummer etwas Trost bedeutete.

Dort nämlich konnte sie die bezaubernde, fast übermütige Unbeschwertheit der Natur bewundern, die in ungehemmter Entwicklung ihrer Wege ging. Wie zwanglos unregelmäßig die Blüten sich doch zu Büscheln formten, wo der Wind des Nachts eingekehrt war; hier, wo des Hänflings Gesang schon genug war, um mit der Vergänglichkeit zu versöhnen. Alle Mißgunst war nun entschwunden, alle Boshaftigkeit vorbei. Wenn Miss Pugh nicht da war, schien sich nichts zu lohnen, schien nichts bedeutend und sinnvoll genug, um an Wettstreit auch nur zu denken. Verwunderlich war es schon, überlegte Miss Guthrie düster, auf welch schwachen Beinen ihre Feindseligkeit die ganze Zeit über einherstolziert war; wie jämmerlich bedeutungslos nahm sie sich nun aus, verglichen mit dem kalten Hauch der Einsamkeit und dem verblassenden Ruhm. Sie bedeckte ihre Augen mit der Hand, als ihr wieder zu Bewußtsein kam, wie finster und grotesk verzerrt das eigene, so wohlvertraute Antlitz ihr aus dem Spiegel entgegengeblickt hatte.

Einer plötzlichen Regung des Abscheus folgend, beraubte sie ihre Königsrose nahezu aller Blüten und hastete ins Haus, um ihrer Nachbarin, die auf derlei Freuden ja so lange hatte verzichten müssen, daraus einen Strauß zu binden. Aber als dieser dann fertig und die dazugehörige, kindlich anmutende Grußadresse beigefügt war, wurde sie von dem Gedanken bedrängt, daß jene schweigsame, herrische Seele vielleicht selbst in der Krankheit ihre Gabe zurückweisen könnte.

«Aber na und, was machte das schon aus», überlegte sie mit leuchtenden Augen, wenn ihr tatsächlich nichts als Verhöhnung und Zurückweisung widerfahren würde, denn immerhin hätte sie so den Versuch gewagt. Allerdings wäre es denkbar, daß ausgerechnet diese Blumen den Groll mit seiner qualvollen Pein – ein Miss Guthrie selbst nicht gänzlich unbekanntes Gefühl – heraufbeschwören könnten; also besann sie sich eines Beßren, steckte die Rosen in ein Gefäß und öffnete, barhäuptig und die Handschuhe in der Hand, die Haustüre, um den Blumenhändler aufzusuchen, der doch wenigstens wohl eine Blume würde anbieten können, welche in keinem der beiden Gärten zu finden war – vielleicht eine Sorte, die weitab vom Meer des Todes und weitab von aller Unversöhnlichkeit gedieh. Sie trat ins Freie, schloß die Türe und verharrte einen Augenblick am Gartentor, während ihr Blick zurückwanderte und sich verständnislos und kalt an die Fenster der Nachbarin heftete. Konnte es denn bei so wenigen Fenstern so viele Jalousien geben? Alle heruntergelassen, jede einzelne, alles, alles zu. Und Miss Pugh dann also tot!

Sie begab sich zurück zum Haus und stieg mit trockenen, bebenden Lippen die Stufen hinauf. Sie starrte auf die Geldbörse, mit der sie gerade zum Blumenhändler wollte. Unter dem überdachten Eingang verhielt sie den Schritt im Gefühl jämmerlicher Verlassenheit und Unschlüssigkeit. «Den Friedhof? Das Grab? Nein!» sagte sie sich. Wenn ihre abgeschiedene Nachbarin ihre Absicht kennen würde, dann zöge sie es jetzt vor – und zwar ohne die geringste Bitterkeit und Schärfe –, allein gelassen zu werden. Eines Tages dann vielleicht würde sie ihr, und auch nur um ihrer selbst willen, ein paar wilde Blumen überbringen aus ihrem eigenen, nun verlassenen Garten.

SIDONIE-GABRIELLE COLETTE

1873–1954

Rose

Gewiß, sie ist nicht die erste Blume des Jahres. Vor ihr weckt unser ewig fröstelnder Himmel Veilchen, Schlüsselblumen und Narzissen und auch die Blutwurz mit den Erdbeerblüten, das Leberblümchen und die gelbe Iris am Wasserrand. Sind wir denn von Sinnen, und wähnen wir uns in den Tropen oder in der übermütigen Provence, daß wir dennoch hoffen, die Rose möchte bei uns schon im Januar erblühen?

Ach, ihr Zauber ist so groß, daß ich sie allen Bedenken zum Trotz an den Anfang meiner Betrachtungen stellen will. Die Erinnerung an den letzten Krieg mag diesen Vorrang rechtfertigen, denn damals war ihr Wert ins Unermeßliche gestiegen und konnte wie die Kalbsleber, die Ananas und andere köstliche Dinge kaum mehr mit Gold aufgewogen werden. «Was kostet diese Rose?» fragte schüchtern eine Dame, die den Kopf in den Blumenladen steckte. Aber noch ehe ihr eine Antwort zuteil wurde, verschloß sie beide Ohren mit den Händen – «nein, nein, ich will es ja gar nicht wissen» – und eilte schnell davon. Kein Wunder, im Laden standen Rosen, die von weither im Flugzeug gereist waren und darum stolz und ein wenig verächtlich auf hohen Stengeln prangten. Sie waren mehr als gewöhnliche Rosen: sie hatten Lippen, Wangen, Brüste, einen Nabel. Ihr kühles Fleisch erzitterte im Hauch eines unbeschreiblichen Reifs, und sie dufteten nach Pfirsich, nach Tee und sogar ein wenig nach Rosen... Ferne, unerreichbare Rosen. Wo aber, Rose, finden dich deine alten Getreuen? Wie alle vergessenen oder entthronten Liebhaber müssen sie sich damit begnügen, dich zu besingen. Sie betrachten dich durch die Scheiben. Sie seufzen und wissen dich begierig zu beschreiben. Sie kennen deine Gestalt und die herbe Geschlossenheit deiner überzüchteten Blüte. Und doch ist mir, sie gedächten wie ich mit Wehmut der gesegneten Zeit deiner Unvollkommenheit. Wir kauften dich so, wie der liebe Gott dich erschaffen hatte, hier ein wenig rostig, dort ein wenig angefressen, mit einem Goldkäfer, der sich in der Muschel deiner Ohren verlor, und wir konnten dich dann immer noch selbst zurichten, wenn wir dich nicht lieber rostig und angefressen behielten. Du hattest viel zuviel Blätter, Knöpfe wie Radieschen, eine kleine Schnecke am Stengel und Dornen wie ein wehrbares Jungfräulein. Jetzt entlaust dich der Blumenhändler, mit der Pinzette reißt er die überflüssigen Dornen und Blättchen weg, Marienkäfer, Ameisen, alles muß weichen, bis auf zwei oder drei äußere Reihen von Blütenblättern.

Schöne ohne Fehl und Tadel, du bist mir lieber im Rosengarten von La Bagatelle oder in L'Hay-les-Roses. An einem warmen und doch frischen Junitag will ich zu dir gehen, wenn der Wind in Wirbeln in dir rauft und uns noch an deinen unerschöpflichen Reichtum glauben läßt. Dort werde ich wie immer vergeblich deine Namen entziffern, die ich, Gott sei Dank, stets wieder vergesse. Was kümmert mich dein Zivilstand, der mit dem Namen eines alten Generals, eines großen Industriellen oder einer Madame Robinet auf Email eingraviert ist? Den Präsidenten Herriot lasse ich mir noch gefallen, denn er hat die Art und auch die Kompetenzen eines guten Gärtners. Doch tauft dich meine Verehrung anders, o Rose, die ich im geheimen Sündigen Purpur nenne, Aprikosene, Schneezauber, Fee oder Dunkle Schöne. Und ohne zu erröten, trägst du auch den Glanz eines so heidnischen Namens wie: zitternder Schenkel der Nymphe!

Unter meinem Fenster stehen alte, blütenreiche Rosenstauden. Sie wachsen zwischen Wassertümpeln, badenden Tauben, im Bürstenschnitt zugestutztem Rasen, kugelig geschnittenen Althäasträuchern und stolzen Cannabüscheln. Weder Krieg noch Fröste vermochten sie zu vernichten. Nie haben sie uns enttäuscht, sie blühten, blühten wieder und blühten ein drittes Mal, ehe der November kam. Sie widerstehen sogar den Kindern des ersten Arrondissements, die für ihre Wildheit berüchtigt sind. Einer der Stöcke trägt als Ergebnis besonderer Züchtung Rosen, die zur Hälfte gelb, zur Hälfte rot sind. Ein anderer, der an einem Gestell kunstvoll hin- und hergezogen wurde, überschüttet seine Stützen mit einem unerhörten Reichtum schwefelgelber Blüten. Wie soll ich es euch sagen? Könnte ich doch diese Rosen und die herrlichen, alten Rosenstöcke des Palais Royal so beschreiben, daß die Schweizer Rosenhecke im Genfer Park von Eaux-Vives, die ich einmal in ihrer Glorie sah, darob neidisch würde. Rosen, wem soll ich euch vergleichen... eure hartgeschlossenen Knospen erst und dann die voll erblühte Blume? In welchem Paradies stehen Gewächse, die euch ebenbürtig wären, ihr, die der gefangene Regenbogen des Springbrunnens mitten in der Großstadt Paris zum Leben erweckt... Nun habe ich es vielleicht gefunden. Ihr seid fast so schön wie die Kletterrosen, die den Hof des winzigen Bahnwärtergärtchens überwuchern, das Häuschen des Gärtners verdecken oder an der Mauer des bäuerlichen Gasthofes emporklettern. Hier, dort, weiter weg, allüberall, wo sie zu unserem Entzücken beweisen, was der Monat Juni vermag, wenn das Schicksal ihm gütig gesinnt ist und wenn schönes Wetter dazukommt, die Einsamkeit eines jungen Mädchens oder die Hand eines alten versonnenen Mannes und seiner gütig schneidenden Schere.

HUGO VON HOFMANNSTHAL

1874–1929

Die Rose und der Schreibtisch

PROSAGEDICHT

Ich weiß, daß Blumen nie von selbst aus offnen Fenstern fallen. Namentlich nicht bei Nacht. Aber darum handelt es sich nicht. Kurz, die rote Rose lag plötzlich vor meinen schwarzen Lackschuhen auf dem weißen Schnee der Straße. Sie war sehr dunkel, wie Samt, noch schlank, nicht aufgeblättert, und vor Kälte ganz ohne Duft. Ich nahm sie mit, stellte sie in eine ganz kleine japanische Vase auf meinem Schreibtisch und legte mich schlafen.

Nach kurzer Zeit muß ich aufgewacht sein. Im Zimmer lag dämmernde Helle, nicht vom Mond, aber vom Sternlicht. Ich fühlte beim Atmen den Duft der erwärmten Rose herschweben und hörte leises Reden. Es war die Porzellanrose des Altwiener Tintenzeuges, die über irgend etwas Bemerkungen machte. «Er hat absolut kein Stilgefühl mehr», sagte sie, «keine Spur von Geschmack.» Damit meinte sie mich. «Sonst hätte er unmöglich so etwas neben mich stellen können.» Damit meinte sie die lebendige Rose.

MASSIMO BONTEMPELLI

1878–1960

Mann mit Rose in der Hand

Es war wenige Stunden nach Mitternacht und wenige Stunden vor Tagesanbruch, als ich den «Drago pieno d'acchiacchi» betrat.

Ich ging durch den Vorraum und stieß die letzte Tür auf. Dann hielt ich eine Weile inne; mein Blick, an den Nebel von Meeren und Bergen gewöhnt, durchdrang den Schleier aus Rauch und Farben, der mir die Tiefe des Lokals zu verbergen suchte. Und nach kurzer Zeit hatte ich auch die hinterste Ecke erkundet. Dann stieg ich die vier Stufen hinunter und befand mich im Herzen des berühmten Cabarets.

Der Saal war voller ganz kleiner Tischchen, an denen gedrängt Menschen saßen. Irgendwie fand ich Platz an einem der Tischchen.

Ich ließ meine Augen über das Meer männlicher, weiblicher und geschlechtsloser Köpfe gleiten, die sich im Raum bewegten: plötzlich blieben sie an einem Licht haften. Lichter blitzten auf, alle möglichen und von allen Seiten, sie quollen unter den Tischbeinen hervor, aus den Deckenritzen, aus den feuchten Rinnsalen, die über die Wände rannen. Doch ein Licht zog mich ganz besonders an: es war von reinstem

Weiß und rund wie das Fell einer großen Trommel; und es war auch wirklich eine große Trommel, von innen leuchtend, mit einer Ebenholzverlängerung, die die Züge eines Negers trug; der Neger war von Landsleuten umgeben, und zu jedem von ihnen gehörte ein klangvolles, äquatoriales Instrument.

Als mein Blick auf die große Trommel fiel, begann sie laut zu dröhnen, und die anderen Neger folgten ihr mit Rhythmen voll der tiefsten Glut.

Dieser Ausbruch von Tönen ließ meinen Blick hochschnellen, ich mußte ihn rasch oben an der gegenüberliegenden Wand festheften, damit er mir nicht entglitt.

Und da sah ich den Drachen, den namengebenden Herrn des Lokals.

Der Drache besaß zwei oder drei Flügel, die er aber nicht benutzte: er kletterte mühevoll die Wand hoch, mit seinen acht Klauen, die schlaff herunterhingen wie leere Socken. Seine Stirn war mit spitzen Hörnern bewaffnet, die an Einhörner erinnerten, doch er bedrohte den Raum mit Zähnen und Zunge. Sein langer, weicher Bauch war gestreift wie der von Seidenraupen. Die Klauen endeten in stark gebogenen Krallen, die er während des Kletterns hochhob und nach vorne spreizte, als wolle er sich eine Erbschaft sichern.

Zeitweise drang der Rauch der Menschen und anderer Dinge in Schwaden an seine blauen Nüstern.

So kletterte er in alle Ewigkeit am ansteigenden Rand einer großen, flachen Scheibe hoch: es war eine Sonne in Form einer halben Melone mit veilchenblauen Strahlen auf gelbem Grund. Daraus ergossen sich unablässig Wellen ordinären Rots und abgeschmackten Veilchenblaus und nährten, in unberechenbaren Kaskaden hinunterstürzend, die Lichter im Saal, sie sprangen auf die Brüstung der Logen und verliehen dem Raum und dessen Bewohnern eine Seele; jetzt vereinten sie sich, strebten in schnellem Lauf voran, stauten sich in den Kehlen der schwarzen Instrumente, die sie unersättlich verschlangen und als Töne augenblicklich wieder ausspien.

Ab und zu öffnete sich hinten die Tür, und über die Stufen ergoß sich ein neues Rinnsal von Menschen, das sogleich in der Flut aufging. Unwillkürlich fragte ich mich, warum der Saal immer voll war und die neuen Männer und Frauen doch immer Platz fanden. Die Männer waren weiß oder schwarz, die Frauen hatten alle möglichen Farben, feuerlackierte Gesichter und mondbleiche Arme und Rücken. Vielleicht wurden alle, die schon im Saal waren, bei der Ankunft neuer Gäste ein wenig kleiner. Oder vielleicht verschmolzen zwei, drei oder vier Personen zu einer? Ich begann, meine Nachbarn voller Mißtrauen zu betrachten. Auf dem Stuhl vor mir saß ein Fleischberg in Form einer prallgereiften Frau. Ich versuchte, leicht nach hinten zu rücken.

Links von mir betrachtete ein trübsinniger Amerikaner ein großes Glas Whisky; daneben standen noch zwei Gläser, die ebensogroß waren, aber leer.

Während ich mich umdrehte, schwenkte mein Blick unwillkürlich leicht nach oben. Und ich sah einen schönen roten Fisch, der ganz alleine im Bauch eines Behälters schwamm und unseren Bereich von der Höhe aus beherrschte; er drückte den offenen Mund ans Glas und betrachtete das Geschehen unten in allen Einzelheiten.

Am meisten schien ihn zu erstaunen, daß all diese Menschen auf engstem Raum zwischen den Tischchen Platz zum Tanzen fanden, den Jazz konsumierend, der immer noch Melonen- und Veilchenlichter in sich hineinschlang und sie, unter wildem Klagen und langgezogenem Heulen, wieder gegen den Drachen ergoß, der die Wand in die Jahrhunderte hochkletterte.

Erst nachdem ich alle Einzelheiten dieser für mich neuen Welt wahrgenommen hatte, fand ich Ruhe und versuchte, es mir auf meinem sehr harten Stuhl bequem zu machen, um die nächtlichen Wonnen des «Drago pieno d'acchiacchi» bis zur Neige auszukosten.

Der Amerikaner links von mir ließ sich einen vierten Whisky bringen und lächelte ihn voller Liebe an.

Mein Blick überwand vorsichtig den Berg von Fleisch vor mir, der zeitweise einzustürzen drohte, gelangte dann zu einem Tischchen und blieb dort an einem elfenbeingeschnitzten Ebenholzgesicht hängen, das vor Freude überströmte. Es war das dunkle Gesicht eines wunderschönen Negers; erst glaubte ich, die Jazzmusiker in einem Spiegel zu sehen, doch da bemerkte ich, daß der Neger nicht zu ihnen gehörte und echt war und daß sich ihm statt eines Musikinstruments eine sanfte weiße Frau mit blauen Augen und Lilienarmen an die Brust schmiegte.

Das Bild dieses Engelskopfes, der hingebungsvoll auf den Schultern des feurigen, lebensfrohen Negers ruhte, war so innig und voller Sehnen, daß ich sogleich diskret den Blick von dieser Idylle abwandte. Ich drehte mich zum Glas des roten Fisches um.

Aber da bemerkte ich, daß der Fisch mich auch ansah, und wir wandten uns, wie das in solchen Situationen so ist, beide leicht verlegen ab.

Die Befangenheit des Fisches warf einen Schatten auf meine Seele.

Ich spürte einen Hauch von Unruhe über die Köpfe der Männer und Frauen huschen. Die

Luft war heiß wie in einem Ofen, und doch zog ich fröstelnd die Schultern ein. Mir schien, als würden die Melonen und Veilchen vibrieren und nächstens zerplatzen. Doch im Saal hatte sich nichts verändert: die Koliken des Jazz, der kletternde Drache, die Idylle des Negers, Tänze, Rauch und Lärm, alles lebte und handelte nach eigenen Gesetzen.

Während ich in die Runde schaute, um mich zu beruhigen, hörte ich links von mir plötzlich ein kurzes, trockenes Grunzen. Ich fuhr herum.

Es war der Amerikaner. Mit einer Hand hielt er sein Whiskyglas auf dem Tisch umklammert, betrachtete es aber nicht mehr; er schaute über die Köpfe der Nachbarn hinweg, mit weit aufgerissenen Augen und schiefem, grimmigem Mund, ein cholerisches Zittern lief über sein Gesicht.

Wieder grunzte er und machte sich in einem «Ahoo» voller Abscheu Luft. Ich versuchte, seinem drohenden Blick zu folgen.

Plötzlich stand er auf.

Er schüttelte sich auf den überlangen Beinen. Dann streckte er den linken Arm aus, bemerkte das Whiskyglas in der Hand, zog den Arm zurück und streckte die andere Hand aus, deren Zeigefinger knochig und lang war wie ein Stab; dabei schrie er: «Neger! He, ein Neger darf keine Weiße berühren!»

Die Tänzer hielten inne, der Lärm zerfloß, alle

Schultern und Köpfe wandten sich dem Idyll des Negers und der Wut des Amerikaners zu.

«He, Neger, laß die Weiße in Ruhe!»

Der Neger reagierte als letzter. Der blonde, blaue Kopf hob sich von seiner Brust. Der Neger blickte erstaunt um sich wie ein junger Elefant, und seine Zähne funkelten wie Sterne.

«Nehmt dem Dreckneger die Weiße weg!»

Der Amerikaner setzte sich in Bewegung. Irgendwie, wie durch ein Wunder, setzte er sich in Bewegung, es gelang ihm, Tische, Stühle, Köpfe, Schultern und den Lärm der Menschen zu überwinden, die alle schrien, während er sich bewegte. Neger und Amerikaner standen sich nun gegenüber: der Amerikaner war blau im Gesicht, der Neger noch immer vollkommen erstaunt. Der Amerikaner warf das Smokingjakkett von sich. Der Neger warf die Frau von sich. Ich weiß nicht, wohin der Amerikaner seinen Whisky geschmissen hatte. Er schmiß den Smoking auf den Kopf der Frau, die ohnmächtig zu Boden sank.

Einige Hilfsbereite stürzten über die nächsten Gruppen weg und beeilten sich, die Gegner zu trennen. Ihre menschenfreundliche Absicht wurde jedoch gebremst, denn die Gegner hatten noch nicht zugeschlagen. Sie standen einander gegenüber, mit geballten Fäusten und angewinkelten Armen, doch beide waren unentschlossen, ob sie angreifen oder sich verteidigen sollten. Sie brüllten sich an, einer auf amerikanisch, der andere auf französisch mit Tropenakzent. Stimmen eines jeden Geschlechts gesellten sich dazu, sie schrien in anderen Sprachen und woben um diesen Rassenkampf ein lebhaftes Szenario. Alle warteten. Ich drehte mich rasch um, um zu sehen, wie sich der Fisch verhielt, doch der war eingeschlafen.

Schließlich schoß die Faust des Negers horizontal auf die Brust des Amerikaners; sogleich packten zwei Hilfsbereite die Arme des Negers. Die Faust des Amerikaners war inzwischen auf den Schädel des Negers niedergesaust; zwei weitere Hilfsbereite waren bereit, sich an die Arme des Amerikaners zu hängen.

Rund um die plastische Gruppe wurden die Stimmen des Szenarios schriller. Die blaue Engelin war wieder zu sich gekommen, sie war unter dem Smoking des Angreifers hervorgekrochen und hatte sich bequem auf den Fußboden hingesetzt, um das Ganze zu verfolgen; sie zupfte die blonden Haare auf der Stirn und um die Ohren zurecht.

Als die Hilfsbereiten für eine Weile den Druck lockerten, versuchten die beiden Gegner wieder loszuschnellen. Da packten die vier Hilfsbereiten erneut zu, und die beiden waren von neuem unbeweglich.

Die Kellner und der oberste Chef des Lokals

waren an den Ort des Dramas geeilt und redeten sanft auf die beiden ein: «Lassen Sie es gut sein, meine Herren, lassen Sie uns die Sache in Ordnung bringen.» Aber unter den Zuschauern hatten sich zwei Gruppen gebildet: die Negerpartei und die Amerikanerpartei: deshalb begannen von Zeit zu Zeit zwei weitere Recken zu raufen, und für jeden von ihnen tauchten auf der Stelle zwei neue Hilfsbereite auf und packten sie an den Armen. So vervielfachte sich der Anfangsstreit wie Blätter unter der Druckerpresse, und das war für die weiter Entfernten sehr bequem, denn jeder konnte ein Exemplar in unmittelbarer Nähe verfolgen.

Doch als das Geschrei eines jeden das höchste Stimmvolumen erreicht hatte, als der Lärm der Menschen vollkommen mit dem Spiel der Instrumente vermischt war, die diesen mit aller Kraft zu übertönen versuchten, begann sich ein großes Unbehagen unter die Menge zu schleichen und ließ die Lichter erbeben; ein Schauer lief über die nackten Schultern und steifen Hemdbrüste. Ein nervöses Kribbeln erfaßte den Boden, die Flaschen und Menschen erzitterten. Geheimnisvoll wie ein benommener Luftzug stahl sich eine unruhige elektrische Spannung durch die Decke. Keiner wußte mehr, weshalb er schrie. Alle taten irgend etwas, um nicht in einen gähnenden Abgrund zu stürzen. Starke Beklemmung ergriff die Herzen und beengte sie. Die Schreie und Klänge schwollen zu einem weithallenden Angstschrei an, der nicht enden wollte wie das Geheul von Sirenen.

Auf einmal verstummte die Menge und drehte sich, den Atem anhaltend, in der plötzlich entstandenen Stille zur Eingangstür um.

Die Tür ging langsam auf, und oben an den vier Stufen erschien ein gut gekleideter, zufriedener Mann; er hielt eine Rose in der Hand.

Der zufriedene Mann stieg die vier Stufen hinunter, eine nach der anderen, er schaute niemanden an und schritt, gelassen, unter dem Bild des Drachen an der hinteren Wand durch den Saal. Dann verschwand er mit der Rose in der Hand durch ein Türchen auf der anderen Seite, und niemand sah ihn je wieder.

Der Rosenmann war erschienen, und niemand weiß, wer er ist; doch als er weg war, lief der Wind unruhiger Spannung hinter ihm her, brach sich an der kleinen Ausgangstür und erstarb.

Als ich mich umsah und horchte, bemerkte ich, daß jede Sache, jedes Licht, jeder Ton und jede Person am angestammten Platz war. Neben mir flirtete der Amerikaner im Smoking mit seinem fünften Glas Whisky, jenseits des Fleischberges vor mir reifte am Horizont das Poem des schwarzen Mannes und der blauen Frau heran. Alle rundum tanzten oder plauderten inmitten von Gläsern, die unter den Lichtern des Drachen funkelten. Männer und Frauen, alle waren zufrieden in dieser Melonen- und Veilchennacht, während die lauten seelenwunden Rhythmen des Jazz ihrer Verzweiflung freien Lauf ließen und den Saal des «Drago pieno d'acchiacchi» damit erfüllten.

THEODOR STORM

1817–1888

Späte Rosen

Ich befand mich in der Nähe einer norddeutschen Stadt auf dem Landhause eines Freundes. Wir hatten einen großen Teil der Jugend zusammen verlebt, bis wir fast am Schlusse derselben durch die Verschiedenheit unseres Berufes getrennt wurden. Während der zwanzig Jahre, in denen wir uns nicht gesehen, war er der Chef eines von ihm gegründeten bedeutenden Handlungshauses geworden; mich hatten die Verhältnisse in die Fremde getrieben und dort für immer festgehalten. Jetzt war ich endlich einmal wieder in der Heimat.

Die Frau des Hauses hatte ich bisher noch nicht gekannt. – Sie war nicht jung mehr; aber in ihren Bewegungen war noch die Leichtigkeit der Jugend, und ihre ruhig blickenden Augen waren noch von einer kindlichen Klarheit. Es herrschte zwischen diesen beiden Menschen, wie ich bald zu bemerken Gelegenheit hatte, eine gegenseitige fast bräutliche Rücksichtnahme. Wenn sie zum Frühstück frisch gekleidet in den Saal trat, suchten ihre Augen zuerst nach ihm und taten an die seinen die stille Frage, ob sie ihm so gefalle. Dann verschwand für einen Augenblick die tiefe

Falte von seiner Stirn, und er empfing ihre dargereichte Hand, als werde sie erst eben ihm geschenkt. Mitunter, wenn er in seinem Arbeitskabinett am Schreibtische saß, trat sie aus ihrem Wohnzimmer oder aus dem davorliegenden Gartensaal und setzte sich schweigend neben ihn; oder sie war ungesehen hinter seinen Stuhl getreten und legte still die Hand auf seine Schulter, als müsse sie ihn versichern, daß sie in seiner Nähe, daß sie für ihn da sei.

Es war im Oktober an einem klaren Nachmittag. Mein Freund war eben, nach Beendigung seiner Geschäfte, aus der Stadt zurückgekehrt, und wir saßen nun, die alte Zeit beredend, auf der breiten Terrasse vor dem Hause, von der man über den tiefer liegenden Garten und über eine daran grenzende grüne Wiesenfläche auf das dunkle Wasser der Ostseebucht und jenseit dieser auf sanft ansteigende Buchenwälder hinaussah, deren Laub sich schon zu färben begann. Dies alles und der tiefblaue Herbsthimmel darüber war von den hohen Pappeln, die zu beiden Seiten der Terrasse standen, wie von dunkeln Riesenkulissen eingefaßt. – Die Frau meines Freundes war, ihr jüngstes Töchterchen an der Hand, aus der offenen Flügeltür des Gartensaales getreten und mit einem stillen Lächeln an uns vorübergegangen; sie wollte sich nicht in unsere Schattenwelt drängen, an der sie keinen Teil hatte. Nun stand sie mit dem Kinde auf dem

Arm am Rande der Terrasse und blickte einem vorüberziehenden Dampfschiffe nach, dessen Rädergebrause schon eine Zeitlang die Stille der Landschaft unterbrochen hatte. Ihre hohe Gestalt, die Umrisse ihres edlen Kopfes hoben sich deutlich gegen den dunklen Himmel ab.

Unser beider Augen mochten ihr unwillkürlich gefolgt sein, denn das Gespräch verstummte. Ich langte gedankenlos nach den Trauben, die in einer Kristallschale vor uns auf dem Marmortisch standen.

«So hat es kommen müssen», sagte ich endlich, indem ich den Gegenstand unserer Unterhaltung noch einmal wieder aufnahm, «ich, der sogar mit Kastanien und Kirschensteinen Handel trieb, wurde ein Mann der Wissenschaft; und du – wo sind deine Trauerspiele geblieben, die du als Sekundaner schriebst?»

«Die italienische Buchführung», erwiderte er lächelnd, «ist ein scharfes Pulver gegen die Poesie; und gleichwohl habe ich noch den festen Willen hinzutun müssen, damit das Mittel anschlug.»

Er sah mich mit seinen dunklen Augen an, die noch den idealen Zug verrieten, der ihn in seiner Jugend auszeichnete.

«Es mag dir Mühe gekostet haben», sagte ich.

«Mühe?» wiederholte er langsam; «es ist vielleicht das Wenigste, was es mich gekostet hat.» Und dabei flog ein Blick zu seiner Frau hinüber, von einer solchen Energie der Zärtlichkeit, von einer Freude des Besitzes, als habe er die Geliebte erst vor kurzem sich errungen.

Unwillkürlich mußte ich eines kleinen Vorfalls am ersten Tage meines Hierseins gedenken. Damals, beim Eintritt in das Arbeitskabinett meines Freundes, fiel mein erster Blick auf das neben seinem Schreibtisch hängende Bildnis eines schönen jugendlichen Mädchens. Es war in Öl gemalt, in klaren lichten Farben und von einer wahrhaft leuchtenden Heiterkeit und Lebensfrische. Auf meine Frage, wen es vorstelle, erwiderte Rudolf: «Es ist das Bildnis meiner Frau. Das heißt», setzte er hinzu, «des Mädchens, das später meine Braut und dann meine Frau geworden ist. Es war für die Großeltern gemalt und ist aus deren Nachlaß an sie zurückgelangt.» Er war bei diesen Worten gleichfalls vor das Bild getreten, während ich in Gedanken die jugendlichen Züge mit denen der nur noch flüchtig gesehenen Frau verglich. – Als ich nach einer Weile mich zu ihm wandte, trug sein Antlitz den unverkennbaren Ausdruck einer fast schmerzlichen Innigkeit, den ich mir bei meinem längeren Aufenthalte immer weniger zu erklären wußte. Denn dieses Mädchen war ja sein geworden; sie lebte und – so schien es – sie beglückte ihn noch jetzt.

Nun, als in diesem Augenblick die schöne ruhige Gestalt vor uns von der Terrasse in den

Garten hinabstieg und da ich nicht fürchtete, eine ungeheilte Wunde zu berühren, vermochte ich meine damalige Beobachtung nicht länger zu verschweigen. «Was war das, Rudolf?» sagte ich und nahm die Hand meines Jugendfreundes, «sage mir es, wenn du es kannst!»

Er blickte noch einmal in den Garten hinab, hinter dem aus den Wiesen schon die Abendnebel aufzusteigen begannen; dann strich er das schlichte Haar von seiner Stirn und sagte mit dem herzlichen Ton seiner mir einst so vertrauten Stimme: «Es ist kein Unrecht dabei und auch kein Unheil; ich kann es dir schon sagen – soweit so etwas überhaupt sich sagen läßt. Du hast es seinerzeit aus meinen Briefen erfahren, wie ich meine Frau vor nun fast fünfzehn Jahren in meinem elterlichen Hause kennenlernte. Sie besuchte meine Schwester, mit der sie im Bade auf unseren Westsee-Inseln zusammengetroffen war. Ich lebte damals in der angestrengtesten und aufreibendsten Tätigkeit. Ein Kompagnon, auf dessen Mitteln ein Teil des kaum aufgeführten Handelsgebäudes ruhte, war plötzlich ausgeschieden, und das Fehlende mußte auf andere Weise und in kürzester Frist ersetzt werden. Dazu kam die Errichtung der Dampfschiffahrts-Sozietät, die ich schon derzeit im Plane hatte, dessen Ausführung aber die Eifersucht unserer Nachbarschaft immer neue Hindernisse entgegenstellte. Ich bedurfte, wenn ich den Tag in

Arbeit und Aufregung hinbrachte, einer ermutigenden Teilnahme, eines Zufluchtsortes, an dem ich mein Herz ausruhen konnte. Beides fand ich bei der jungen Freundin meiner Schwester. Abends im elterlichen Garten, beim Auf- und Abwandeln zwischen den Ligusterzäunen, waren meine Pläne und meine Sorgen der Gegenstand unserer Gespräche; sie hatte ein Ohr und Verständnis für alles. Die Einfachheit und Sicherheit ihres Wesens, die du neulich am ersten Tage deines Hierseins an ihr bewundertest, waren schon damals vorhanden. Doch auch der Mutwille der Jugend war ihr nicht fremd. Ich erinnere mich eines Abends, wo ich den beiden Mädchen an dem alten Gartentisch in der Laube gegenübersaß. Es war an diesem Tage aller Art Unglück für mich hereingebrochen. In einem augenblicklichen Anfalle von Mutlosigkeit rief ich aus: ‹Es geht am Ende dennoch über meine Kräfte!› Sie antwortete nicht darauf; aber sie stützte schweigend das Kinn in ihre Hand und sah mich eine Weile wie mit zürnenden, erstaunten Augen an. Dann wandte sie den Kopf zu meiner Schwester und sagte lächelnd: ‹Siehst du! Er glaubt schon selbst nicht mehr daran!› Und sie hatte recht; schon in den nächsten Wochen fühlte ich, daß meine Kräfte reichten. Es verstand sich endlich fast von selbst, daß sie ihre Hand in meine legte; daß ich sie festhielt. Andere sagten mir von ihrer Schönheit; ich sah sie darauf an; ich hatte nie daran gedacht und dachte auch ferner nicht daran. So ward sie meine Frau; eine Genossin des Lebens, das der Tag mir brachte und in immer erneuter Aufgabe zur Lösung vor mich hinstellte. Du wirst dich dessen erinnern – denn ich habe dir damals öfterer geschrieben –, wie von nun an ein Wirrsal nach dem andern gelöst wurde. Mir war dabei fast, als geschehe es durch ihre Hand; denn sie an ihrem Platze wußte alles zur rechten Zeit zu tun; sie verstand die stumme Sprache der Dinge, gleich der Goldmaria des Märchens, die es im Vorübergehen aus den Bäumen rufen hört: ‹Schüttle uns, wir Äpfel sind alle miteinander reif!› – Schon nach einigen Jahren vermochte ich dies Landhaus zu erstehen und unsern einfachen Wünschen gemäß einzurichten. Aber mit dem Glück, das mich begünstigte, mehrten sich auch meine Geschäfte; ich hatte nicht sie, sie hatten mich; ich war eingefangen in einem Netz von Kombinationen, deren eine immer die andere ablöste; alle Kräfte meines Geistes waren in diesen einen Dienst gegeben, der sie Tag für Tag in Anspruch nahm.»

Mein Freund hielt inne; seine älteste zwölfjährige Tochter war aus dem Haus zu uns getreten und fragte nach der Mutter. Er nahm sie in seinen Arm und horchte nach dem Garten hinunter. Drüben von dem Glashause her, das mit seiner weißen First neben der Gartenmauer aus

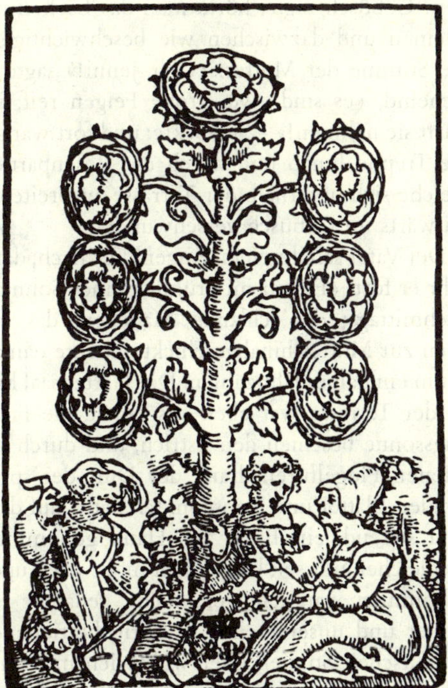

Erhard Schön
Rosen-Sieben

dem Gebüsch ragte, hörte man das Lachen der Kleinen und dazwischen wie beschwichtigend die Stimme der Mutter: «Geh, Jenni!» sagte er lächelnd, «es sind zwei große Feigen reif; ihr dürft sie nehmen!» – Sie nickte; und fort war sie; die Treppe hinab und durch die Rasenpartien, welche sich unterhalb der Terrasse ausbreiteten, seitwärts im Gebüsch verschwunden.

Der Vater sah ihr einen Augenblick nach; dann fuhr er fort: «Es war im Frühling eines Sonntagnachmittags; das schlanke Mädchen, das wir eben zur Mutter hinabgeschickt, mochte damals kaum ein halbes Jahr zählen. Der Gartensaal hier an der Terrasse war eben ausgemalt, die Frühlingssonne beschien den Estrich, und durch die offenen Flügeltüren drang der Duft der sprießenden Blätter und Knospen. Ich hatte, auf dem Sofa sitzend, ein Buch zur Hand genommen, desgleichen mir seit lange nicht mehr vor Augen gekommen war; ich weiß nicht, gedachte ich deiner und unserer einst so eifrig betriebenen altdeutschen Studien oder wollte ich mich nur vergewissern, daß hier draußen für mich eine andere Welt sei als drüben in der Stadt zwischen den dunkeln Wänden meiner Schreibstuben. Es war Meister Gottfrieds ‹Tristan›, den ich aufgeschlagen hatte. In einiger Entfernung mir gegenüber am Fenster saß meine Frau mit einer weiblichen Arbeit beschäftigt; nebenan im Zimmer schlief das Kind in seiner Wiege. Es war alles still; nichts störte mich, mit Tristan und Isote die Meerfahrt zu beginnen.

Die Kiele streichen hin; in der einsamen Mittagsstunde sitzt Isote auf dem Verdeck. Der Sommerwind weht in ihren goldenen Haaren; aber ihre Augen quellen über, aus Weh nach der Heimat, aus Furcht vor der Fremde, wo sie des greisen Königs Gemahl werden soll. Tristan will sie trösten; aber sie stößt ihn zurück; sie haßt ihn, weil er ihren Ohm Morolt erschlagen hat. Die Luft geht schwül, sie dürstet. In der Schiffskemenate, schlecht verwahrt, steht der Minnetrank, der Isotens Herz dem alten Bräutigam entzünden soll. Ein kleines Fräulein ruft: ‹Seht, hier steht Wein!›, und Tristan bietet ahnungslos der Königin den Becher.

Sie trank mit Zaudern, ihr war so schwer,
Und gab es ihm; da trank auch er.

Und nun beginnt das Zauberspiel des alten Dichters; wir leben mit ihnen in ihrem Zweifel und in ihrer Herzensgier, wie sie nicht wollen und doch müssen, wie sie noch glauben, frei zu sein, und dennoch fürchten, es zu werden. Unaufhaltsam quellen die süßen Verse hervor; mit ihrer heimlich dringenden Weise betören sie das Herz. Ich sah sie vor mir, das schöne jugendliche Paar, wie sie zusammen am Bord des Schiffes lehnen. Sie blicken hinaus über das Wasser, um nicht zu sehen, wie ihre Hände heimlich ineinander ruhen; und während sie ganz einer in dem andern trunken sind, reden sie wie zufällig fremde Worte, von Meer und Nebel, von Luft und See. –

Der Duft des Bechers, den der alte Meister seinem Leser so nahezubringen weiß, stieg auf und begann auch an mir sein Zauberwerk zu üben. Durch die Dichtung wurde etwas in mir bewegt, was das Leben bis dahin hatte schlafen lassen; ich hatte diese andere Welt nicht kennengelernt, die Tristan und Isoten nun ihre eigenen unerbittlichen Gesetze aufnötigt; mit der der Dichter selbst, wie er zu Anfang seines Werkes sagt, verderben und gedeihen will.

Ich sah von dem Buch zu meiner Frau hinüber. Damals, mein Freund, lag noch der Duft der Jugend auf ihren Wangen. Durchs Fenster fielen die Schatten der jungen Pappelblätter auf ihre Stirn und bewegten sich leise hin und wider, während sie die Augen auf ihre Arbeit niedergeschlagen hatte. – War sie nicht ebenso schön wie ‹der Minne Federspiel, Isot›? Oder war der Minnebecher kein bloßes Symbol, und bedurfte es wirklich des geheimnisvollen Trankes, um diesen holden Wahnsinn zu erschaffen?

In diesem Augenblick erwachte nebenan das Kind. Die junge Mutter stand auf und warf die Arbeit hin; aber während sie durch den Saal ging, sah sie mich mit ihren schönen heitern Augen an und winkte mir, ihr zu folgen.

Ich mußte lächeln. ‹Was willst du noch?› sagte ich halblaut zu mir selbst und schlug das alte Zauberbuch zu. Und schon war sie zurück und brachte mir das Kind, das die großen verschlafenen Augen gegen die helle Frühlingssonne aufriß. –

So blieb es ruhig zwischen uns, wie es gewesen war. Ein Jahr nach dem andern ging dahin; und in währender Zeit verblühte allmählich die schöne jugendliche Frau an meiner Seite. Ich sah es nicht; ich hatte kein Auge dafür, wie die Züge ihres lieben Angesichts unmerklich den weichen Umriß der Jugend verloren und wie der Seidenglanz ihres blonden Haares erlosch; nur ihres geistigen Wesens wurde ich mir immer klarer bewußt; ich fühlte deutlich, wie es sich immer fester begründete, und ebenso, wie ich sie immer mehr verehrte.

Vor drei Jahren wurde uns noch eine zweite Tochter geboren – horch nur! Sie sind im Glashause; wie sie mit der Schwester disputiert! –

Indessen hatten sich meine Arbeiten allmählich vereinfacht; die Geschäfte gingen ihren geordneten Gang, so daß ich manches andern Händen überlassen konnte. Mein Leben gewann endlich wieder Raum für andere Dinge. Da das Notwendige ohne Zwang geschehen konnte, so machte sich der dem Menschen eingeborene

Drang nach Schönheit wieder geltend. Ich gab dem Garten seine jetzige Gestalt und ließ dort unten das Rosarium anlegen. – Du hörtest schon, daß sie die Rosen vor allen andern Blumen liebt. – Im Jahre darauf wurde hinter demselben der geräumige Pavillon erbaut. Die Holzmosaik des Fußbodens, die Sessel und was sonst an Geräten hineingehörte, ließ ich nach Zeichnungen eines befreundeten Architekten von geschickten Handwerkern anfertigen; die hohen Fenster wurden zur Hälfte mit hellgrauen seidenen Gardinen verhangen, so daß ein gedämpftes wohltuendes Licht entstand. Hier in dieser Gartenstille las ich zum ersten Male in ungestörtem Zusammenhange die alten ewigen Gesänge, die ‹Odyssee› – die ‹Nibelungen›; ich las sie laut; denn sie saß neben mir und hörte, und ihre fleißigen Hände ließen unbewußt die Arbeit ruhen. Auch die Hausmusik war nicht vergessen; mir hatte das Leben keine Zeit zur Ausübung einer Kunst gelassen, aber meine Frau verstand es, zu singen, und sie hatte es schon immer gern in meiner und der Kinder Gegenwart getan. Nun traten andere hinzu, die ein Gleiches leisteten; denn unmerklich hatte sich uns ein kleiner Kreis teilnehmender und gleichgesinnter Menschen angeschlossen.

So war im Juni vorigen Jahres mein vierzigster Geburtstag herangekommen. – Die Frühsonne weckte mich; sonst schlief noch alles. Ich kleidete mich an und ging durch das schweigende Haus auf die Terrasse. Der Rasen unterhalb derselben war noch in tiefem Schatten; nur die Spitzen der Bäume und der goldene Knopf des Gartenhauses leuchteten in der Morgensonne; drüben auf dem Wasser lag noch der weiße Nebel, aus dem die schwankende Spitze eines Mastes nur dann und wann hervorsah. Ich stieg langsam in den Garten hinunter, ganz erfüllt von dem Gefühl der süßen unberührten Frühe; ich trat leise auf, als fürchte ich, den Tag zu wecken.

Am vorhergehenden Abend war ich wieder einmal über Meister Gottfrieds ‹Tristan› geraten und hatte mich ganz in das alte Buch vertieft. Es waren die letzten Blätter, die diese anmutige Dichterhand geschrieben.

Der Minnetrank hat seine Zauberkraft bewährt. Die schöne Königin Isote und Tristan, des Königs Neffe, sie konnten voneinander nicht lassen. Der alte langmütige König hat endlich die Schuldigen verbannt; der Dichter aber tut seinem klopfenden Herzen Genüge und führt seine Lieblinge fern von den Menschen in die Wildnis. Kein Lauscher ist ihnen gefolgt; die Sonne scheint, die Kräuter duften; in der ungeheuren Einsamkeit nur sie und er; um sie her der säuselnde Wald und unsichtbar in den Lüften der unablässige Gesang der Vögel. Sie wandeln im Abendschein durch die Wiese hin, wo der kühle Bronnen klingt; dort sitzen sie nieder unter der

Linde und blicken zurück nach der Felsengrotte, wo sie die Nacht zusammen ruhten. Sie reiten bei Sonnenaufgang durch die taubenetzte Heide auf die Pirsch, die Armbrust in der Faust, die Rosse aneinanderdrängend, Isotens goldenes Haar um Tristans Schultern wehend.

In der stillen Morgenluft stiegen die Bilder der Dichtung wie Träume in mir auf. – Indessen war die Zeit vorgerückt; die Sonne schien warm auf die Gartensteige, die Blätter tropften, die Wohlgerüche der Blumen verbreiteten sich, und in den Lüften begann das feine Getön der Insektenwelt. Ich empfand die Fülle der Natur, und ein Gefühl der Jugend überkam mich, als läge das Geheimnis des Lebens noch unentsiegelt vor mir. Ich beschleunigte meinen Schritt, ich trat fester auf; unwillkürlich streckte ich den Arm aus und brach einen blühenden Zweig von dem Gebüsch, das nebenan im Rasen stand. – Unten vor dem Pavillon standen noch die Gartenstühle, wie wir sie am Abend verlassen hatten; an den verschlossenen Läden rieselte der Tau herab. Ich nahm den Schlüssel aus seinem Versteck unter der Treppenstufe und sperrte die Türen auf, damit die Morgenluft hineindringen könne. Dann ging ich zurück, rüttelte im Vorübergehen an der verschlossenen Tür des Glashauses und trat nach einer Weile durch den Gartensaal in das Wohnzimmer meiner Frau. Es rührte sich noch nichts im Hause, die Morgenruhe lag noch in allen Winkeln. Aber ein starker frischer Rosenduft schien die Nähe eines Geburtstagstisches zu verraten. – Als ich die Tür meines Arbeitszimmers öffnete, fielen meine Augen auf ein Ölgemälde in ovaler Medaillonform, das angelehnt auf meinem Schreibtisch stand. Es war das lebensgroße Profilbild eines Mädchenkopfes; über dem schweren Goldrahmen, der es einfaßte, lag eine Girlande von vollen roten Zentifolien. – Der Kopf war ein wenig zurückgeworfen, das glänzende blonde Haar schien erst eben von einer leichten Hand zurückgestrichen; auf den halbgeöffneten Lippen lag der köstliche Übermut der Jugend.

Ich stand atemlos und starrte das schöne jugendliche Antlitz an; mir war, als dürfe ich meine Nähe nicht verraten, als könne von einem unvorsichtigen Hauche alles in Duft verwehen. – Es mußte eine Welt voll Frühlingssonnenlichtes sein, in welche diese jungen lachenden Augen hinaussahen. Ich neigte unwillkürlich das Haupt. Sie – sie wäre es gewesen; mit ihr wäre auch ich in jene Einsamkeit geflohen, nach der jedes Menschenherz einmal verlangt...»

Rudolf faßte meine Hand.

«Und weshalb war sie es nicht gewesen? – Du kennst das Bild. Was ich gesehen, war nicht die Phantasie eines Malers, nicht etwa die blonde Königin Isote, die vielleicht niemals gelebt hat. Dies Antlitz vor mir hatte dem Leben, meinem eigenen Leben angehört; so war sie einst gewesen, die vor vielen Jahren ihre Hand in meine legte, die noch an meiner Seite lebte.

Ich blickte wieder auf, es ließ mich nicht; der Duft nach Schönheit überwältigte mich ganz. Der Anfang eines alten Liedes fiel mir ein: ‹O Jugend, o schöne Rosenzeit!› – sie hatte es damals in meinem elterlichen Hause oft gesungen. Ich streckte die Arme nach dem Bilde aus, als müsse sie so noch einmal wiederkehren, als sei diese süße jugendliche Gestalt noch nicht für immer der Vergangenheit anheimgefallen.

Da plötzlich, während mein Herz von Reue und von vergeblicher Sehnsucht zerrissen wurde, überkam mich ein Gedanke unzweifelhaften, unaussprechlichen Glückes. Sie, die das einst gewesen war, sie selber lebte noch; sie war in nächster Nähe, ich konnte schon jetzt, in diesem Augenblick noch bei ihr sein.

Ich verließ das Zimmer, ich suchte sie; aber sie war nicht mehr im Hause. Als ich in den Garten hinabging, kam sie mir unterhalb der Terrasse entgegen. Sie sah mich lächelnd an, als wollte sie in meinen Augen die Freude über ihr Geburtstagsangebinde lesen. Aber ich ließ ihr keine Zeit, ich faßte schweigend ihre Hand und führte sie in den Garten hinab. – Und wie sie in dem weißen Morgenkleide in ihrer mädchenhaften Weise neben mir ging, mit ihren stillen Augen mich fragend und erstaunt betrachtend, wie ihre Hand so leicht und hingegeben in der meinen lag, da konnte ich nicht erwarten, mich anbetend vor ihr niederzuwerfen; denn alle Leidenschaft meines Lebens erwachte und drängte ihr entgegen, ungestüm und unaufhaltsam.»

Rudolf schwieg einen Augenblick; dann sagte er leise, indem er vor sich in das Abendrot blickte, das schon mit seinem letzten Schein am Himmel stand: «So habe auch ich noch aus dem Minnebecher getrunken, einen tiefen, herzhaften Zug; zu spät – aber dennoch nicht zu spät!»

Wir saßen schweigend nebeneinander; allmählich brach die Dunkelheit herein. Im Garten war alles still geworden; aber im Pavillon unten waren schon die Lichter angezündet und schienen durch die Büsche. Nun wurde ein Akkord angeschlagen, und von einer tiefen Altstimme gesungen, klangen die Worte durch die Nacht: «O Jugend, o schöne Rosenzeit!»

1892–1951

La rosa pura

La rosa, la rosa pura.
Quiero mandarte la pura rosa.
La que no tiene símbolo ni signo.
La que no pese
porque recuerda un recuerdo.
La que no cante
porque se cogió con el gozo.
La que no tenga fecha,
fecha de hombre, fecha de número,
fecha de mundo:
la que sea su nacimiento puro
sucediendo a su mismo capullo.
La que no diga: «Me quieres», ni: «Te quiero.»
La que diga tan sólo: «Soy mis pétalos,
mi color, mi forma, soy la rosa pura. Tómame.»
La que no pida
que te la pongas en el pecho.
La que se contente con el encuentro
de su color y tus ojos,
de tu mirada, un instante.
Con el contacto
de su materia y tu vida: tu mano, un instante.

PEDRO SALINAS

1892–1951

Die reine Rose

Die Rose, die reine Rose.
Ich will die lautere Rose dir senden.
Die Rose ohne Symbol noch Zeichen.
Schwerelos sei sie,
unbelastet von Erinnerung.
Sie singe nicht,
weil sie freudig gepflückt ward.
Zeitlos sei sie,
ohne Jahrtag für Mensch, für Zahl,
ohne weltliches Gedenken:
sie sei nur ihr eigenes Spriessen,
ihr Werden aus der Knospe.
Sie sage nicht: «Du liebst mich», noch: «Ich liebe dich.»
Sie sage einzig nur: «Ich bin meine Blüte,
meine Farbe, meine Gestalt, die reine Rose.
Nimm mich.»
Sie verlange nicht
an die Brust gesteckt zu werden,
sie begnüge sich mit der Begegnung
ihrer Farbe und deinen Augen,
deines Blickes, ganz flüchtig nur.

La que te deje vivir
sin rosas, si tú no quieres
tener la rosa en tu vida.

Me lavaré las manos
toda una noche entera en el agua
lenta y lustral de los ríos del sueño,
para cogerla de mañana antes
de que despierte la conciencia,
porque quiero cogerla con los dedos,
no quiero cogerla con un pensamiento.
Y si la cojo así y así te llega,
mis pies recordarán haber pisado
el paraíso, antes
del bien y el mal, de la mujer y el hombre.
Y yo seré una sombra,
y tú serás otra sombra,
sin otra realidad que la que crea
el ofrecernos una rosa pura.

Mit der Berührung
ihrer Stofflichkeit und deinem Leben: deiner
Hand, ganz flüchtig nur.
Sie lasse dich leben
ohne Rosen, wenn du in deinem Leben
keine Rose haben willst.

Ich werde meine Hände waschen
eine ganze Nacht im sühnenden Wasser
der trägen Flüsse des Schlafs,
um sie des Morgens zu pflücken, bevor
das Bewußtsein erwacht,
denn mit den Fingern will ich sie pflücken,
nicht mit einem Gedanken.
Und pflücke ich sie so, und bekommst du sie so,
wissen meine Füße für immer, das Paradies
betreten zu haben, bevor
es Gut und Böse gab, Frau und Mann.
Ich werde zum Schatten dereinst,
auch du wirst zum Schatten,
als Wirklichkeit ersteht allein
unser Darbieten einer reinen Rose.

QUELLENNACHWEIS

Anakreon

Über die Rose. Aus: Götz, «Die Gedichte Anakreons und der Saphho Oden» (Faksimiledruck nach der Ausgabe von 1760), Stuttgart 1970.

Anonym, chinesisch, 16. Jahrhundert

Das Rosenaquarell. Aus: «Die dreizehnstöckige Pagode. Geschichten aus dem ‹Kin Ku Ki Kwan›», Berlin 1940.

Anonym, deutsch, 17. Jahrhundert

Die mystische Wurzel. Aus: «Deutsche Barocklyrik», herausgegeben von Max Wehrli, Manesse Verlag, Zürich 1977.

Anonym, deutsch, 17. Jahrhundert

Maria durch ein Dornwald ging. Aus: Herderer, «Geistliche Lyrik des Abendlandes», Salzburg 1962.

Azorín (José Martínez Ruiz)

Rose, Lilie, Nelke. Aus: Azorín, «Blanco en azul. Cuentos», © Colección Afrodisio Aguado Verlag, Madrid 1944.

Bontempelli, Massimo

Mann mit Rose in der Hand. Aus: Bontempelli, «Tutte le opere narrative», Band 4, © Luigi Trevisini, Mailand 1941.

Borges, Jorge Luis

Die Rose des Paracelsus. Aus: Borges, «Gesammelte Werke», Band 4, © Carl Hanser Verlag, München 1982.

Browne, William of Travistock

Die Rose. Aus: «Englische Sonette», ausgewählt und übersetzt von Gisbert Kranz, © Reclam Verlag, Stuttgart 1970.

Bunin, Iwan Aleksejewitsch
Die Rose von Jericho. Aus: Bunin, «Sobranie sočinenij», Band 4, Moskau 1993.

Charis, Petros
Um einen Rosenstrauch. Aus: Charis, «Die letzte Nacht der Erde», © Erich Röth-Verlag, Kassel 1980.

Colette, Sidonie-Gabrielle
Rose. Aus: Colette, «Blumen und Jahreszeiten», © Büchergilde Gutenberg, Zürich 1953.

Darío, Rubén
Der Baum König Davids. Aus: Darío, «Obras completas», Band 4, Madrid 1955.

Deledda, Grazia
Die blühende Rosenveranda. Aus: Deledda, «Romanzi e novelle», Band 3, Mailand 1961.

Desbordes-Valmore, Marceline
Die Rosen des Saadi. Aus: Hausenstein, «Das trunkene Schiff und andere französische Gedichte von Chénier bis Mallarmé», Freiburg/München 1950.

Dickinson, Emily
Ein Kelch, ein Blütenblatt und ein Dorn. Aus: «The Complete Poems of Emily Dickinson», London 1970.

Frost, Robert
Die Familie der Rosen. Aus: Frost, «Gesammelte Gedichte», Mannheim 1952. © Langewiesche-Brandt Verlag, Ebenhausen.

Goethe, Johann Wolfgang
Heidenröslein. Aus: Goethe, «Werke. Hamburger Ausgabe», Band 1, München 1994.

Hesse, Hermann
Heumond. Aus: «Gesammelte Dichtungen», © Suhrkamp Verlag, Frankfurt am Main, 1952.

Hofmannsthal, Hugo von
Die Rose und der Schreibtisch. Aus: Hofmannsthal, «Sämtliche Werke», Band 29, © Fischer Verlag, Frankfurt am Main 1978.

Jahja Kemal (Beyatli Jahja Kemal)
Der Tod der Berauschten. Aus: «Lyrik des Ostens», herausgegeben von Wilhelm Gundert, Annemarie Schimmel und Walter Schubring. © Hanser Verlag, München 1968.

Jewett, Sarah Orne
Eine einzige Rose. Aus: Jewett, «Der weiße Reiher und andere Erzählungen», © Manesse Verlag, Zürich 1966.

Jonson, Ben
An Celia. Aus: «Englische Gedichte von Shakespeare bis W. B. Yeats», herausgegeben von Hans Hennecke, Berlin 1938.

Keller, Gottfried
Dorotheas Blumenkörbchen. Aus: Keller, «Sämtliche Werke», Band 10, Zürich 1945.

Klopstock, Friedrich Gottlieb
Das Rosenband. Aus: Klopstock, «Werke», München 1984.

Lagerlöf, Selma
Die Legende von der Christrose. Aus: Lagerlöf, «Gesammelte Werke», Band 2, © Nymphenburger Verlag, München 1980.

la Mare, Walter de
Nachbarn. Aus: de la Mare, «The Beginning and Other Stories», London 1955, © Erbengemeinschaft Walter de la Mare und die «Society of Authors» als ihre Vertreter.

Lawrence, David Herbert
Der Schatten im Rosengarten. Aus: Lawrence, «The Complete Short Stories», London 1968.

Lenau, Nikolaus
Welke Rose. Aus: Lenau, «Sämtliche Werke und Briefe», Band 1, Frankfurt am Main 1971.

Lessing, Gotthold Ephraim
Als Amor in den goldnen Zeiten. Aus: Lessing, «Werke und Briefe», Band 1, Frankfurt am Main 1989.

Llor, Miquel
Ein Tintenfleck. Aus: «Katalanische Erzähler», herausgegeben und übersetzt von Johannes Hösle, © Manesse Verlag, Zürich 1978.
Mallea, Eduardo
Die Rose von Cernobbio. Aus: «Unter dem Kreuz des Südens. Erzählungen aus Mittel- und Südamerika», hrsg. v. Albert Theile, © Manesse Verlag, Zürich 1956.
Mörike, Eduard
Agnes. Aus: Mörike, «Sämtliche Werke in zwei Einzelbänden», Band 2, München 1979.
Montale Eugenio
Die gelben Rosen. Aus: Montale, «Farfalle di Dinard», © Arnoldo Mondadori Editore, Mailand 1960.
Morgenstern, Christian
Von den heimlichen Rosen. Aus: Morgenstern, «Werke und Briefe», Band 2, Stuttgart 1992.
O. Henry (William Sydney Porter)
Rosen, Ränke und Romanzen. Aus: «The Complete Works of O. Henry», New York 1889.
Paustowskij, Konstantin
Kostbarer Staub. Aus: Paustowskij, «Sobranie sočinenij», Moskau 1967.
Ronsard, Pierre de
An Marie. Aus: «Abendländische Lyrik. Von den Troubadours bis zum 20. Jahrhundert», herausgegeben von Erwin Laaths, München 1969.
Rückert, Friedrich
Die Nachtigall sang. Aus: Rückert, «Östliche Rosen», Leipzig 1822.
Shakespeare, William
Sonett 54. Aus: Shakespeare, «Die Sonette», © Manesse Verlag, Zürich 1983.
Salinas, Pedro
Die reine Rose. Aus: Salinas, «Poesías completas», Band 4, © Alianza Editorial, Madrid, 1990.

Söderberg, Hjalmar
Der Schatten. Aus: Söderberg, «Erzählungen», © Manesse Verlag, Zürich 1976.
Södergran, Edith
Die Rose. Aus: Södergran, «Rosenaltaret», Stockholm, 1925.
Spitteler, Carl
Die Ameisen im Rosengarten. Aus: Spitteler, «Gesammelte Werke», Band 8, Zürich 1947.
Storm, Theodor
Späte Rosen. Aus: Storm, «Sämtliche Werke», Band 2, München 1951.
Sinan Ümmi, Ibrahim
Rosen. Aus: «Lyrik des Ostens», herausgegeben von Wilhelm Gundert, Annemarie Schimmel und Walter Schubring, © Hanser Verlag, München 1968.
Turgenjew, Iwan
Die Rose. Aus: Turgenjew, «Gedichte und Prosa», Leipzig 1903.
Wilde, Oscar
Die Nachtigall und die Rose. Aus: «Complete Works of Oscar Wilde», London 1967.
Yeats, William Butler
Aus der Rose. Aus: Yeats, «Werke», Band 2, © Luchterhand Verlag, München 1977.

Der Manesse Verlag dankt für die Nachdruckgenehmigungen; in einigen wenigen Fällen waren die Rechtsinhaber nicht zu ermitteln. Der Verlag ist hier bereit, allfällige rechtmäßige Ansprüche abzugelten.

BILDNACHWEIS

Jacobus à Bruck, «Emblemata Moralia et Bellica», Straßburg 1744: Seite 389

Joachim Camerarius, «Symbolorum et Emblematum Ex Re Herbaria Desumtorum Centuria Una Collecta», Nürnberg 1590: Seite 89, 161, 277, 393

Jacob Cats, «Alle Wercken von de Heere Jacob Cats», Amsterdam 1629: Seite 137, 347

Jacob Cats, «Emblemata Moralia et Aeconomica», Rotterdam 1627: Seite 245, 325, 369, 401

Georgette de Montenay, «Emblemes ou Devises Chrestiennes», Lyon 1571: Seite 195

Diego de Saavedra Fajardo, «Nachdenkliche Politische Sinn-Sprüche» Amsterdam 1655: Seite 229

Gabriel Rollenhagen, «Nucelus Emblematum Selectissimorum», Arnheim 1611: Seite 13, 217

«Emblemata Selectoria», Amsterdam 1704: Seite 129

«Die geistlichen Herzensbildungen in zweyhundert und fünfzig Biblischen Figur-Sprüchen», Augsburg 1722: Seite 183

Meister PW von Bologna, 15. Jh. (Spielkarte, Rosensechs): Seite 357

Holzschnitt von Erhard Schön, um 1513–30 (Spielkarte, Rosensieben): Seite 435

Mit freundlicher Genehmigung der Zentralbibliothek Zürich, aus deren Beständen die Illustrationen entnommen wurden.

INHALT

Diese Buchausgabe der *Manesse Bibliothek der Weltliteratur*
wurde mit der Berthold Bembo BQ gesetzt, im
Bogenoffset gedruckt und in Fadenheftung gebunden.
Alle verwendeten Materialien entsprechen alterungs-
beständiger Qualität, und die Papiere sind
chlor- und säurefrei.

Die Deutsche Bibliothek – CIP-Einheitsaufnahme

Rosen: Texte aus der Weltliteratur
Hrsg. von Anne Marie Fröhlich
Zürich : Manesse Verlag, 1997
(Manesse Bibliothek der Weltliteratur)
ISBN 3-7175-1902-6 Gewebe
ISBN 3-7175-1903-4 Ldr.

NE: Fröhlich, Anne Marie [Hrsg.]